中国古典文学名著丛书

连城璧

[清] 李 渔 著

华夏出版社
HUAXIA PUBLISHING HOUSE

图书在版编目（CIP）数据

连城璧／（清）李渔著. —北京：华夏出版社，
2013.01 （2024.09重印）

（中国古典文学名著丛书）

ISBN 978 - 7 - 5080 - 6395 - 9

Ⅰ．①连… Ⅱ．①李… Ⅲ．①短篇小说 - 小说集 - 中
国 - 清代 Ⅳ．①I242.7

中国版本图书馆 CIP 数据核字（2011）第 087184 号

出版发行：华夏出版社
　　　　　（北京市东直门外香河园北里 4 号　邮编 100028）

经　　销：新华书店

印　　制：永清县晔盛亚胶印有限公司

版　　次：2013 年 01 月北京第 1 版
　　　　　2024 年 09 月北京第 2 次印刷

开　　本：670×970　1/16 开

印　　张：17

字　　数：254.7 千字

定　　价：33.00 元

本版图书凡印制、装订错误，可及时向我社发行部调换

前　言

在中国小说史上，明清时代是一个小说创作与传播的高峰时代。尤其是明代创作了很多伟大优秀的小说，《西游记》、《三国演义》、《水浒传》等，标志着古代文言小说的最高成就。与此同时，这一期间也出现了很多白话小说，这些小说中除了公案小说、侠义小说、历史演义小说、英雄传奇小说之外，还有数量可观的另类作品，这就是充斥着大量色情描写、情欲内容的艳情小说，这类小说往往迎合了读者的低级情趣，并遭到官府的禁毁与封杀。然而以今人的视角和标准客观地分析，一些艳情小说，却通过作者的笔触揭露和批判了封建的统治阶级和社会制度，表现了男女平等、妇女解放的进步思想，反映和歌颂了受压迫、受剥削的黎民百姓的反抗和斗争。这类小说与其称为艳情小说，实质上应称为世情小说。明代文人李渔创作的《连城璧》就属于这类小说。

李渔，原名仙侣，字笠鸿、滴凡，号笠翁。江苏雉皋（今如皋）人。是明末清初著名的文学家、戏曲家。明代中过秀才，入清后无意仕进，从事著述和指导戏剧演出。居于南京时，居所命名为"芥子园"，并开设书铺，编刻图籍，广交达官贵人、文坛名流。著有《凰求凤》、《玉搔头》等戏剧，《肉蒲团》、《觉世名言十二楼》、《无声戏》、《连城璧》等小说。

《连城璧》，是一部按子丑寅卯十二地丈分章的拟话本小说集，也是后世屡遭禁毁的小说之一。小说中每集讲述了一个完整的故事，每个故事都有一个或美丽善良、或淫浪害人、或聪慧仁义、或邪恶奸滑的女主角，通过人物的悲欢离合的经历，而警世喻人，劝人向善。《连城璧》反映了当时社会广阔的生活面，上至官府的达官显贵，下至社会底层的穷苦百姓，纷纷在作品中登场。这部小说中同作者所创作的同类小说一样，充斥了大量色情、淫荡的描写，这虽然与李渔一贯的小说表现手法和创作的艺术风格有关，但作者的创作态度却是较为严肃的，从总体上看是着眼于人生社会，在真实地揭露了封建社会生活百态中，既有一种对美好人性的赞美和讴歌,也有一种对荒淫无道的讽刺和批判;既有对众生人生结局迥异的冷静分析,又有对世道黑暗、制度腐朽的愤怒抗议。因此,当今天的读者在阅读此书时,应理性地辨别糟粕与精华,有选择地去批判地继承和光大民族传统文化。

这次再版,我们对原文中的疏漏和缺失进行了校勘和订正,对原书原来缺字的地方用□表示了出来,以帮助读者更方便的阅读。

编　者
2011 年 4 月

原　序

　　迷而不知悟,江河日下而不可返。此等世界,惩不能得之于夏楚,劝亦不能得之于遒铎;每在文人笔端,能使好善之心苏苏而动,恶恶之念油油而生。乃知天下能言之流,有裨世道不浅。吾友屏绝尘氛,闭户搦管,颔颔不休,视其书,非传奇即稗官野史。予谓:"古人著书,如班固、袁宏、贾逵、郑玄之徒,皆以经史传当世,子何屑屑此事为?"吾友微笑不答。予因取其所著之书,跌坐冷然亭上,焚香煮茗而读之。其深心具见于是,极人情诡变,天道渺征,从巧心慧舌,笔笔钩出,使观者于心焰熛腾之时,忽如冷水浃背,不自知好善心生,恶恶念起。予因拍案大呼:"吾友洵当世有心人哉! 经史之学仅可悟儒流,何如此作为大众慈航也。裴光庭有言曰:'但见情伪变诈于是乎生,不知忠信节义于是乎在。'其斯之谓欤!"故予于前后二集皆为评次,兹复合两者而一之。稍可搏节者必为逸去,其意使人不病高价,则天下之人皆得见其书。天下之人皆得见其书,而吾友维持世道之心,亦沛然遍于天下。

睡乡祭酒漫题

目　录

子　集
谭楚玉戏里传情　刘藐姑曲终死节

诗云：

　　从来尤物最移人，况有清歌妙舞身；

　　一曲《霓裳》千泪落，曾无半滴起娇羞。

又词云：

　　好妓好歌喉，擅尽风流。惯将欢笑起人愁。尽说含情单为我，魂魄齐勾。

　　舍命作缠头，不死无休。琼瑶琼玖竟相投。桃李全然无报答，尚美娇羞。

　　这首诗与这首词，乃说世间做戏的妇人比寻常妓女另是一种娉婷，别是一般妖媚，使人见了最易销魂，老实的也要风流起来，悭吝的也会撒漫起来。这是什么缘故？只因他学戏的时节，把那些莺啼燕语之声、柳舞花翻之态操演熟了，所以走到人面前，不消作意，自有一种云行水流的光景。不但与良家女子立在一处，有轻清重浊之分；就与娼家姊妹分坐两旁，也有矫强自然之别。况且戏场上那一条毡单，又是件最作怪的东西，极会难为丑妇，帮衬佳人。丑陋的走上去，使她愈加丑陋起来；标致的走上去，使她分外标致起来。常有五、六分姿色的妇人，在台下看了，也不过如此；及至走上台去，做起戏来，竟像西子重生，太真复出，就是十分姿色的女子，也还比她不上。这种道理，一来是做戏的人，命里该吃这碗饭，有个二郎神呵护她，所以如此；二来也是平日驯养之功，不是勉强做作得出的。

　　是便是了，天下最贱的人，是娼、优、隶、卒四种，做女旦的，为娼不足，又且为优，是以一身兼二贱了。为什么还把他做起小说来？只因第一种下贱之人，做出第一件可敬之事，犹如粪土里面长出灵芝来，奇到极处，所以要表扬他。别回小说，都要在本事之前另说一桩小事，做个引子；独有这回不同，不须为主邀宾，只消借母形子，就从粪土之中，说到灵芝上去，也觉得文法一新。

却说浙江衢州府西安县,有个不大不小的乡村,地名叫做杨村坞。这块土上的人家,不论男子妇人,都以做戏为业。梨园子弟所在都有,不定出在这一处,独有女旦脚色,是这一方的土产。她那些体态声音,分外来得道地,一来是风水所致,二来是骨气使然。只因她父母原是做戏的人,当初交媾之际,少不得把戏台上的声音、毡单上的态度做作出来,然后下种,那些父精母血已先是些戏料了;及至带在肚里,又终日做戏,古人原有胎教之说,她那些莺啼燕语之声,柳舞花翻之态,从胞胎里面就教习起了;及至生将下来,所见所闻,除了做戏之外,并无别事。习久成性,自然不差,岂是半路出家的妇人所能仿佛其万一? 所以他这一块地方,代代出几个驰名的女旦。别处的女旦,就出在娼妓里面,日间做戏,夜间接客,不过借做戏为由,好招揽嫖客;独有这一方的女旦不同,她有"三许三不许"。哪三许三不许?

　　　　许看不许吃;许名不许实;许谋不许得。

她做戏的时节,浑身上下,没有一处不被人看到,就是不做戏的时节,也一般与人玩耍,一般与人调情;独有香喷喷的那种美酒,只使人垂涎咽唾,再没得把人沾唇。这叫做许看不许吃。遇着那些公子王孙,富商大贾,或以钱财相结,或以势力相加,定要与她相处的,她也未尝拒绝;只是口便许了,心却不许,或是推说身子有病,卒急不好同房;或是假说丈夫不容,还要缓图机会,捱得一日是一日,再不使人容易到手。这叫做许名不许实。就是与人相处过了,枕席之间十分缱绻①,你便认做真情,她却像也是做戏,只当在戏台上面与正生做几出风流戏文,做的时节十分认真,一下了台就不作准。常有痴心子弟要出重价替她赎身,她口便许你从良,使你终日图谋,不惜纳交之费,图到后来究竟是一场春梦,不舍得把身子从人。这叫做许谋不许得。她为什么缘故定要这等作难? 要晓得此辈的心肠,不是替丈夫守节,全是替丈夫挣钱,不肯替丈夫挣小钱,要替丈夫挣大钱的意思。但凡男子相与妇人,那种真情实意,不在粘皮靠肉之后,却在眉来眼去之时,就像极馋的客人上了酒席,众人不曾下箸时节,自己闻见了香味,竟像那些看馔都是不曾吃过的一般,不住要垂涎咽唾;及至到口之后,狼餐虎嚼吃了一顿,再有珍馐上来,就不觉其可想,反觉其可厌了。男

---

　　① 缱绻(qiǎn quǎn)——感情好,难舍难分。

子见妇人，就如馋人遇酒食，只可使他闻香，不可容他下箸，一下了箸，就不觉兴致索然，再要他垂涎咽唾，就不能够了。所以他这一方的女旦，知道这种道理，再不肯轻易接人，把这三句秘诀，做了传家之宝，母传之于女，姑传之于媳。不知传了几十世，忽然传出个不肖的女儿来，偏与这秘诀相左，也许看，也许吃，也许名，也许实，也许谋，也许得，总来是无所不许。古语道得好："有治人，无治法。"她圆通了一世，一般也替丈夫同心协力，挣了一注大钱，还落得人人说她脱套。

　　这个女旦姓刘，名绛仙，是嘉靖末年的人。生得如花似玉，喉音既好，身段亦佳，资性又来得聪慧。别的女旦只做得一种脚色，独是她有兼人之才，忽而做旦，忽而做生，随那做戏的人家要她装男就装男，要她扮女就扮女。更有一种不羁之才，到那正戏做完之后，忽然填起花面来，不是做净，就是做丑，那些插科打诨的话，都是簇新造出来的，句句钻心，言言入骨，使人看了分外销魂，没有一个男人不想与她相处。她的性子原是极圆通的，不必定要潘安之貌，子建之才，随你一字不识、极丑极陋的人，只要出得大钱，她就与你相处。只因美恶兼收，遂致贤愚共赏，不上三十岁，挣起一分绝大的家私，封赠丈夫做了个有名的员外。她的家事虽然大了，也还不离本业，家中田地倒托别人照管，自己随了丈夫，依旧在外面做戏，指望传个后代出来，把担子交卸与他，自己好回去养老。谁想物极必反，传了一世，又传出个不肖的女儿来，不但把祖宗的成宪视若弁髦①，又且将慈母的芳规作为故纸，竟在假戏文里面做出真戏文来，使千年万载的人看个不了。

　　这个女儿，小名叫做藐姑，容貌生得如花似玉，可称绝世佳人，说不尽她一身的娇媚，有古语四句，竟是她的定评：

　　　　施粉则太白，施朱则太红，加之一寸则太长，损之一寸则太短。
至于遏云之曲，绕梁之音，一发是她长技，不消说得的了。她在场上扮演的时节，不但使千人叫绝，万人赞奇，还能把一座无恙的乾坤忽然变做风魔世界，使满场的人个个把持不定，都要死要活起来。为什么缘故？只因看到那销魂之处，忽而目定口呆，竟像把活人看死了；忽而手舞足蹈，又像把死人看活了。所以人都赞叹她道："何物女子，竟操生杀之权！"

────────────

　　①　视若弁髦——毫不可惜地抛弃无用之物。

他那班次里面有这等一个女旦，也就够出名了，谁想天不生无对之物，恰好又有一个正生，也是从来没有的脚色，与藐姑配合起来，真可谓天生一对，地生一双。那个正生又有一桩奇处，当初不由生脚起手，是从净丑里面提拔出来的。要说这段姻缘，须从根脚上叙起。

藐姑十二、三岁的时节，还不曾会做成本的戏文，时常跟了母亲，做几出零星杂剧。彼时有个少年的书生，姓谭，名楚玉，是湖广襄阳府人，原系旧家子弟，只因自幼丧母，随了父亲在外面游学。后来父亲又死于异乡，自己只身无靠，流落在三吴、两浙之间，年纪才十七岁。一见藐姑，就知道是个尤物，要相识她于未曾破体之先。乃以看戏为名，终日在戏房里面走进走出，指望以眉眼传情，挑逗她思春之念，先弄个破题上手，然后把承题、开讲的工夫逐渐儿做去。谁想她父母拘管得紧，除了学戏之外，不许她见一个闲人，说一句闲话。谭楚玉窥伺了半年，只是无门可人。

一日，闻得她班次里面样样脚色都有了，只少一个大净，还要寻个伶俐少年，与藐姑一同学戏。谭楚玉正在无聊之际，得了这个机会，怎肯不图？就去见绛仙夫妇，把情愿入班的话说了一遍。绛仙夫妇大喜，即日就留他拜了先生，与藐姑同堂演习。谭楚玉是个聪明的人，学起戏来自然触类旁通，闻一知十，不消说得的了。藐姑此时年纪虽然幼小，知识还强似大人，谭楚玉未曾入班，藐姑就相中他的容貌，见他看戏看得殷勤，知道醉翁之意决不在酒，如今又见他投入班来，但知香艳之可亲，不觉娼优之为贱，欲借同堂以纳款，虽为花面而不辞，分明是个情种无疑了，就要把一点灵犀托付与他。怎奈那教戏的先生比父亲更加严厉，念脚本的时节不许他交头接耳，串科分的时节唯恐他靠体沾身。谭楚玉竟做了梁山伯，刘藐姑竟做了祝英台，虽然同窗共学，不曾说得一句衷情，只好相约到来生变做一对蝴蝶，同飞共宿而已。

谭楚玉过了几时，忽然懊悔起来道："有心学戏，除非学个正生，还存一线斯文之体。即使前世无缘，不能够与她同床共枕，也在戏台上面，借题说法，两下里诉诉衷肠。我叫她一声妻，她少不得叫我一声夫，虽然作不得正经，且占那一时三刻的风流，了了从前的心事，也不枉我入班一场。这花面脚色，岂是人做的东西？况且又气闷不过，装扮出来的不是村夫俗子，就是奴仆丫环。自己睁了饿眼，看她与别人做夫妻，这样膀胱臭气，如何忍得过？"

一日,乘师父不在馆中,众脚色都坐在位上念戏。谭楚玉与藐姑相去不远,要以齿颊传情,又怕众人听见,还喜得一班之中,除了生旦二人,没有一个通文理的,若说常谈俗语,他便知道,略带些"之乎者也",就听不明白了。谭楚玉乘他念戏之际,把眼睛觑着藐姑,却像也是念戏一般,念与藐姑听,道:"小姐小姐,你是个聪明绝顶之人,岂不知小生之来意乎?"藐姑也像念戏一般,答应他道:"人非木石,夫岂不知,但苦有情难诉耳。"谭楚玉又道:"老夫人眄防①得紧,村学究拘管得严,不知等到何时,才能够遂我三生之愿?"藐姑道:"只好两心相许,俟诸异日而已。此时十目相视,万无佳会可乘,幸勿妄想。"谭楚玉又低声道:"花面脚色,窃耻为之,乞于令尊、令堂之前,早为缓颊,使得擢②为正生,暂缔场上之良缘,预作房中之佳兆,芳卿独无意乎?"藐姑道:"此言甚善,但出于贱妾之口,反生堂上之疑,是欲其入而闭之门也。子当以术致之。"谭楚玉道:"术将安在?"藐姑低声道:"通班以得子为重,子以不屑作花面而去之,则将无求不得,有萧何在君侧,勿虑追信之无人也。"谭楚玉点点头道:"敬闻命矣。"

过了几日,就依计而行,辞别先生与绛仙夫妇,要依旧回去读书。绛仙夫妇闻之,十分惊骇,道:"戏已学成,正要出门做生意了,为什么忽然要跳起槽来?"就与教戏的师父穷究他变卦之由,谭楚玉道:"人穷不可失志。我原是个读书之人,不过因家计萧条,没奈何就此贱业,原要借优孟之衣冠③,发泄我胸中之垒块。只说做大净的人,不是扮关云长,就是扮楚霸王,虽然涂几笔脸,做到那慷慨激烈之处,还不失我英雄本色;哪里晓得十本戏文之中,还没有一本做君子,倒有九本做小人。这样丧名败节之事,岂大丈夫所为? 故此不情愿做他。"绛仙夫妇道:"你既不屑做花面,任凭尊意拣个好脚色做就是了,何须这等任性。"谭楚玉就把一应脚色都评品一番道:"老旦贴旦,以男子而屈为妇人,恐失丈夫之体;外脚末脚,以少年而扮作老子,恐销英锐之气;只是小生可以做得,又往往因人成事,助人成名,不能自辟门户,究竟不是英雄本色,我也不情愿做他。"戏师父对绛仙夫妇道:"照他这等说来,分明是以正生自居了。我看他人物声

---

①　眄防——同提防,小心防备。

②　擢(zhuó)——提拔。

③　优孟——春秋时楚国的艺人。优孟衣冠后指演戏。

音,倒是个正生的材料。只是戏文里面,正生的曲白最多,如今各样戏文都已串就,不日就要出门行道了,即使教他做生,那些脚本一时怎么念得上?"谭楚玉笑一笑道:"只怕连这一脚正生,我还不情愿做;若还愿做,那几十本旧戏,如何经得我念?一日念一本,十日就念十本了。若迟一月出门,难道三十本戏文还不够人家扮演不成?"那戏师父与他相处,一向知道他的记性最好,就劝绛仙夫妇把他改做正生,倒把正生改了花面。

谭楚玉的记性,真是过目不忘,果然不上一个月,学会了三十多本戏文,就与藐姑出门行道。起先学戏的时节,内有父母眄防,外有先生拘管,又有许多同班朋友夹杂其中,不能够匠心匠意,说几句知情识趣的话。只说出门之后,大家都在客边,少不得同事之人,都像弟兄姊妹一般,内外也可以不分,嫌疑也可以不避,捱肩擦背的时节,要嗅嗅她的温香,摩摩她的软玉,料想不是什么难事。谁料戏房里面的规矩,比闺门之中更严一倍。但凡做女旦的,是人都可以调戏得,只有同班的朋友调戏不得。这个规矩,不是刘绛仙夫妇做出来的,有个做戏的鼻祖,叫做二郎神,是他立定的法度。同班相谑,就如姊妹相奸一般,有碍于伦理。做戏的时节,任你肆意诙谐,尽情笑耍,一下了台,就要相敬如宾,笑话也说不得一句。略有些暧昧之情,就犯了二郎神的忌讳,不但生意做不兴旺,连通班的人都要生起病来。所以刘藐姑出门之后,不但有父母眄防,先生拘管,连那同班的朋友都要互相纠察,见她与谭楚玉坐在一处,就不约而同都去伺察她,唯恐做些勾当出来,要连累自己,大家都担一把干系。可怜这两个情人,只当口上加了两纸封条,连那"之乎者也"的旧话也说不得一句,只好在戏台之上借古说今,猜几个哑谜而已。别的戏子怕的是上台,喜的是下台,上台要出力,下台好躲懒故也。独有谭楚玉与藐姑二人,喜的是上台,怕的是下台,上台好做夫妻,下台要避嫌疑故也。

这一生一旦立在场上,竟是一对玉人,那一个男子不思,那一个妇人不想?又当不得他以做戏为乐,没有一出不尽情极致。同是一般的旧戏,经他两个一做,就会新鲜起来。做到风流的去处,那些偷香窃玉之状,偎红倚翠之情,竟像从他骨髓里面透露出来,都是戏中所未有的一般,使人看了无不动情。做到苦楚的去处,那些怨天恨地之词,伤心刻骨之语,竟像从他心窝里面发泄出来,都是刻本所未载的一般,使人听了无不坠泪。这是什么缘故?只因别的梨园做的都是戏文,他这两个做的都是实事。

戏文当做戏文做，随你扮演得好，究竟生自生而旦自旦，两下的精神联络不来，所以苦者不见其苦，乐者不见其乐。他当戏文做，人也当戏文看也。若把戏文当了实事做，那做旦的精神注定在做生的身上，做生的命脉系定在做旦的手里，竟使两个身子合为一人，痛痒无不相关，所以苦者真觉其苦，乐者真觉其乐。他当实事做，人也当实事看也。他这班次里面有了这两个生旦，把那些平常的脚色都带挈得尊贵起来。别的梨园每做一本，不过三四两、五六两戏钱，他这一班定要十二两，还有女旦的缠头在外。凡是富贵人家有戏，不远数百里都要来接他们。接得去的就以为荣，接不去的就以为辱。

刘绛仙见新班做得兴头，竟把旧班的生意丢与丈夫掌管，自己跟在女儿身边，指望教导她些骗人之法，好趁大注的钱财。谁想藐姑一点真心死在谭楚玉身上，再不肯去周旋别人。别人把她当做心头之肉；她把别人当做眼中之钉。教她上席陪酒，就说生来不饮，酒杯也不肯沾唇；与她说一句私话，就勃然变色起来，要托故起身。那些富家子弟拼了大块银子去结识她，她莫说别样不许，就是一颦一笑，也不肯假借与人。打首饰送她的，戴不上一次两次，就化作银子用了；做衣服送她的，都放在戏箱之中，做老旦、贴旦的行头，自己再不肯穿着。隐然有个不肯二夫要与谭楚玉守节的意思，只是说不出口。

一日做戏做到一个地方，地名叫做某某埠。这地方有所古庙，叫做晏公庙。晏公所职掌的，是江海波涛之事，当初曾封为平浪侯，威灵极其显赫。他的庙宇就起在水边，每年十月初三日是他的圣诞。到这时候，那些附近的檀越都要扮演戏文，替他上寿。往年的戏常请刘绛仙做，如今闻得她小班更好，预先封了戏钱遣人相接，所以绛仙母子赴召而来。往常间做戏，这一班男女都是同进戏房，没有一个参前落后。独有这一次，人心不齐，各样脚色都不曾来，只有谭楚玉与藐姑二人先到。他两个等了几年，只讨得这一刻时辰的机会，怎肯当面错过？神庙之中不便做私情勾当，也只好叙叙衷曲而已。说了一会，就跪在晏公面前，双双发誓说："谭楚玉断不他婚，刘藐姑必不另嫁。倘若父母不容，当继之以死，决不作负义忘情、半途而废之事。有背盟者，神灵殛之！"发得誓完，只见众人一起走到，还亏他回避得早，不曾露出破绽来，不然疑心生暗鬼，定有许多不祥之事生出来也。当日做完了一本戏，各回东家安歇不提。

却说本处的檀越里面有个极大的富翁,曾由赀①郎出身,做过一任京职。家私有十万之富。年纪将近五旬,家中姬妾共有十一房。刘绛仙少年之时,也曾受过他的培植,如今看见藐姑一貌如花,比母亲更强十倍,竟要拼一注重价娶她,好与家中的姬妾凑作金钗十二行。就把他母子留入家中,十分款待,少不得与绛仙温温旧好,从新培植一番,到那情意绸缪之际,把要娶藐姑的话恳恳切切的说了一番。绛仙要许他,又因女儿是棵摇钱树,若还熨得他性转,自有许多大钱趁得来,岂止这些聘礼;若还要回绝他,又见女儿心性执拗,不肯替爹娘挣钱,与其使气任性,得罪于人,不如打发出门,得注现成财物的好。踌躇了一会,不能定计,只得把句两可之词回复他道:"你既有这番美意,我怎敢不从?只是女儿年纪尚小,还不曾到破瓜的时节;况且延师教诲了一番,也等她做几年生意,待我弄些本钱上手,然后嫁她未迟。如今还不敢轻许。"那富翁道:"既然如此,明年十月初三,少不得又有神戏要做,依旧接你过来,讨个下落就是了。"绛仙道:"也说得是。"过了几日,把神戏做完,与富翁分别而去。

她当晚回复的意思,要在这一年之内看女儿的光景何如,若肯回心转意,替父母挣钱,就留她做生意;万一教诲不转,就把这着工夫做个退步。所以自别富翁之后,竟翻转面皮来与女儿作对。说之不听,继之以骂,骂之不听,继之以打。谁想藐姑的性子坚如金石,再不改移。见她凌逼不过,连戏文也不情愿做,竟要寻死寻活起来。

及至第二年九月终旬,那个富翁早早差人来接。接到之时,就问绛仙讨个下落。绛仙见女儿不是成家之器,就一口应允了他。那富翁竟兑了千金聘礼,交与绛仙,约定在十月初三神戏做完之后,当晚就要成亲。绛仙还瞒着女儿,不肯就说,直到初二晚上,方才知会她道:"我当初生你一场,又费许多心事教导你,指望你尽心协力,替我挣一份人家。谁想你一味任性,竟与银子做对头。良不像良,贱不像贱,逢人就要使气,将来毕竟有祸事出来。这桩生意不是你做的,不如收拾了行头,早些去嫁人的好。某老爷是个万贯财主,又曾出任过,你嫁了他,也算得一位小小夫人,况且一生又受用不尽。我已收过他的聘礼,把你许他做偏房了。明日就要过

---

① 赀(zī)——凭财产资格为官。

门,你又不要任性起来,带挈①老娘嘞气。"

藐姑听见这句话,吓得魂不附体,睁着眼睛把母亲相了几相,就回复道:"母亲说差了,孩儿是有了丈夫的人,烈女不更二夫,岂有再嫁之理?"绛仙听见这一句,不知从那里说起,就变起色来道:"你的丈夫在那里?我做爹娘的不曾开口,难道你自己做主,许了人家不成?"藐姑道:"岂有自许人家之理,这个丈夫是爹爹与母亲自幼配与孩儿的,难道还不晓得,倒装聋做哑起来?"绛仙道:"好奇话!这等你且说来是那一个?"藐姑道:"就是做生的谭楚玉。他未曾入班之先,终日跟来跟去,都是为我。就是入班学戏,也是借此入门,好亲近孩儿的意思。后来又不肯做净,定要改为正生,好与孩儿配合,也是不好明白说亲,把个哑谜与人猜的意思。母亲与爹爹都是做过生旦,演过情戏的人,难道这些意思都解说不出?既不肯把孩儿嫁他,当初就不该留他学戏;即使留他学戏,也不该把她改为正生。既然两件都许,分明是猜着哑谜,许他结亲的意思了。自从做戏以来,那一日不是他做丈夫,我做妻子?看戏的人万耳万目,那一个做不得证见?人人都说我们两个是天地生成,造化配就的一对夫妻,到如今夫妻做了几年,忽然叫我变起节来,如何使得?这样圆通的事,母亲平日做惯了,自然不觉得诧异;孩儿虽然不肖,还是一块无瑕之玉,怎肯自家玷污起来?这桩没理的事,孩儿断断不做!"

绛仙听了这些话,不觉大笑起来,把她啐了一声道:"你难道在这里做梦不成?戏台上做夫妻哪里作得准?我且问你,这个'戏'字怎么样解说?既谓之戏,就是戏谑的意思了,怎么认起真来?你看见几个女旦嫁了正生的?"藐姑道:"天下的事,样样都可以戏谑,只有婚姻之事,戏谑不得。我当初只因不知道理,也只说做的是戏,开口就叫他丈夫。如今叫熟了口,一时改正不来,只得要将错就错,认定他做丈夫了。别的女旦不明道理,不守节操,可以不嫁正生;孩儿是个知道理、守节操的人,所以不敢不嫁谭楚玉。"绛仙见她说来说去,都另是一种道理,就不复与她争论,只把几句硬话发作一场,竟自睡了。

到第二日起来,吃了早饭午饭,将要上台的时节,只见那位富翁打扮得齐齐整整,在戏台之前走来走去。要使众人看了,见得人人羡慕,个个

---

① 带挈——带领,提携。

思量，不能够到手的佳人，竟被他收入金屋之中，不时取乐，恨不得把"独占花魁"四个字写在额头上，好等人喝彩。谭楚玉看见这种光景，好不气忿。还只说藐姑到了此时，自有一番激烈的光景要做出来，连今日这本戏文决不肯好好就做，定要受母亲一番箠①楚，然后勉强上台。谁想天下的事尽有变局，藐姑隔夜的言语也甚是激烈，不想睡了一晚，竟圆通起来。坐在戏房之中，欢欢喜喜，一毫词色也不作，反对同班的朋友道："我今日要与列位作别了，相处几年，只有今日这本戏文才是真戏，往常都是假的，求列位帮衬帮衬，大家用心做一番。"又对谭楚玉道："你往常做的都是假生，今日才做真生，不可不尽心协力。"谭楚玉道："我不知怎么样叫做用心，求你教导教导。"藐姑道："你只看了我的光景，我怎么样做，你也怎么样做，只要做得相合，就是用心了。"谭楚玉见她所说的话，与自己揣摩的光景绝不相同，心上大有不平之气。

正在忿恨的时节，只见那富翁摇摇摆摆走进戏房来，要讨戏单点戏。谭楚玉又把眼睛相着藐姑，看她如何相待，只说仇人走到面前，定有个变色而作的光景；谁想藐姑的颜色全不改常，反觉得笑容可掬，立起身来对富翁道："照家母说起来，我今日戏完之后，就要到府上来了。"富翁道："正是。"藐姑道："既然如此，我生平所学的戏，除了今日这一本，就不能够再做了。天下要看戏的人，除了今日这一本，也不能够再看了。须要待我尽心尽意摹拟一番，一来显显自家的本事，二来别别众人的眼睛。但不知你情愿不情愿？"那富翁道："正要如此，有什么不情愿？"藐姑道："既然情愿，今日这本戏不许你点，要凭我自家作主，拣一本熟些的做，才得尽其所长。"富翁道："说得有理，任凭尊意就是，但不知要做那一本？"藐姑自己拿了戏单，拣来拣去，指定一本道："做了《荆钗记》罢。"富翁想了一想，就笑起来道："你要做《荆钗》，难道把我比做孙汝权不成？也罢，只要你肯嫁我，我就暂做一会孙汝权，也不叫做有屈。这等大家快请上台。"

众人见她定了戏文，就一起装扮起来，上台扮演，果然个个尽心，人人效力。曲子里面，没有一个打发的字眼；说白里面，没有一句掉落的文法。只有谭楚玉心事不快，做来的戏不尽所长，还亏得藐姑帮衬，等他唱出一两个字，就流水接腔，还不十分出丑。至于藐姑自己的戏，真是处处摹神，

---

① 箠(chuí)——鞭打。

出出尽致。前面几出虽好，还不觉得十分动情，直做到遣嫁以后，触着她心上的苦楚方才渐入佳境，就不觉把精神命脉都透露出来，真是一字一金，一字一泪。做到那伤心的去处，不但自己的眼泪有如泉涌，连那看戏的一二千人，没有一个不痛哭流涕。再做到抱石投江一出，分外觉得奇惨，不但看戏之人堕泪，连天地日月都替她伤感起来。忽然红日收藏，阴云密布，竟像要混沌的一般。往常这出戏不过是钱玉莲自诉其苦，不曾怨怅别人；偏是她的做法不同，竟在那将要投江、未曾抱石的时节，添出一段新文字来，夹在说白之中，指名道姓咒骂着孙汝权。恰好那位富翁坐在台前看戏，藐姑的身子正对着他，骂一句"欺心的贼子"，把手指他一指；咒一句"遭刑的强盗"，把眼相他一相。那富翁明晓得是教训自己，当不得他良心发动，也会公道起来，不但不怒，还点头称赞，说她骂得有理。藐姑咒骂一顿，方才抱了石块走去投江。别人投江是往戏场后面一跳，跳入戏房之中，名为赴水，其实是就陆；她这投江之法，也与别人不同，又做出一段新文字来，比咒骂孙汝权的文法更加奇特。那座神庙原是对着大溪的，戏台就搭在庙门之外，后半截还在岸上，前半截竟在水里。藐姑抱了石块，也不向左，也不向右，正正的对着台前，唱完了曲子，就狠命一跳，恰好跳在水中。果然合着前言，做出一本真戏。把那满场的人，几乎吓死，就一起呐喊起来，叫人捞救。

谁想一个不曾救得起，又有一个跳下去，与她凑对成双。这是什么缘故？只因藐姑临跳的时节，忽然掉转头来，对着戏房里面道："我那王十朋的夫阿！你妻子被人凌逼不过，要投水死了，你难道好独自一个活在世上不成？"谭楚玉坐在戏箱上面，听见这一句，就慌忙走上台来，看见藐姑下水，唯恐迫之不及，就如飞似箭的跳下去，要寻着藐姑，与她相抱而死，究竟不知寻得着寻不着。

满场的人到了此时，才晓得她要做《荆钗》全是为此，那辱骂富翁的着数，不过是顺带公文，燥燥脾胃，不是拼了身子嫁他，又讨些口上的便宜也。她只因隔夜的话都已说尽，母亲再不回头，知道今日戏完之后，决不能够完名全节。与其拖刀弄剑，死于一室之中，做个哑鬼；不如在万人瞩目之地，畅畅快快做他一场，也博个千载流传的话柄。所以一夜不睡，在枕头上打稿，做出这篇奇文字来。第一着巧处，妙在嬉笑如常，不露一毫愠色，使人不防备她，才能够为所欲为。不然，这一本担干系的戏文，就断断不容她做了;第二着巧处,妙在自家点戏,不由别人做主,才能够借题发挥,泄尽胸中的垒块。倘若点了别本戏文,纵有些巧话添出来,也不能够直捷痛快至此也;第三着巧处,又妙在与情人相约而死,不须到背后去商量,就在众人面前,邀他做个鬼伴,这叫做明人不做暗事。若还要瞒着众人,与他议定了才死,料想今日决死不成,只好嫁了孙汝权,再做抱石投江的故事也。后来那些文人墨士,都作挽诗吊她。有一首七言绝句云:

一誓神前死不渝,心坚何必怨狂且。

相期并跃随流水,化作江心比目鱼。

却说这两个情人一起跳下水去,彼时正值大雨初晴、山水暴发之际,那条壁峻的大溪又与寻常沟壑不同,真所谓长江大河,一泻千里,两个人跳下去,只消一刻时辰,就流到别府别县去了,哪里还捞得着? 所以看戏的人口便喊叫,没有一个动手。刘绛仙看见女儿溺死,在戏台之上搥胸顿足,哭个不了。一来倒了摇钱树,以后没人生财;二来受过富翁的聘礼,恐怕女儿没了,要退出来还他,真所谓人财两失。哭了一顿,就翻转面皮来,顾不得孤老、表子相与之情,竟说富翁倚了财势,逼死她的女儿,要到府县去告状。那些看戏的人,起先见富翁卖弄风流,个个都有些醋意。如今见他逼出人命来,好不快心,那一个不摩拳擦掌,要到府县去递公呈。还亏得富翁知窍,教人在背后调停,把那一千两聘礼送与绛仙,不敢取讨;又去一、二千金,弥缝了众人,才保得平安无事。刘藐姑不曾娶得,白白做了半日孙汝权,只好把"打情骂趣"四个字消遣情怀,说曾被绝世佳人亲口骂过一次而已。

且说严州府桐庐县,有个滨水的地方,叫做新城港口,不多几户人家,都以捕鱼为业。内中有个渔户姓莫,人就叫他做莫渔翁,夫妻两口搭一间茅舍,住在溪水之旁。这一日见洪水泛滥,决有大鱼经过,就在溪边张了大罾①,夫妻两个轮流扳扯。远远望见波浪之中,有一件东西顺流而下,莫渔翁只说是个大鱼,等他流到身边,就一罾兜住。这件东西却也古怪,未曾入罾的时节,分明是浮在水上的;及至到了罾中,就忽然重坠起来,竟要沉下水去。莫渔翁用力狠扳,只是扳他不动,只得与妻子二人,四脚四手一起用力,方才拽得出水。伸起头来一看,不觉吃了一惊,原来不是大

---

① 罾——鱼网。

鱼,却是两个尸首,面对了面,胸贴了胸,竟像捆在一处的一般。莫渔翁见是死人,就起了一点慈悲之念,要弄起来埋葬他。就把罾索系在树上,夫妻两个费尽许多气力,抬出罾来。仔细一看,却是一男一女,紧紧搂在一处,却像在云雨绸缪之际,被人扛抬下水的一般。莫渔翁夫妇解说不出,把他两个面孔细看一番,既不像是死人,又不像是活人,面上手上虽然冰冷,那鼻孔里面却还有些温意,但不见他伸出气来。莫渔翁对妻子道:"看这光景,分明是医得活的,不如替他接一接气,万一救得这两条性命,只当造了个十四级的浮屠,有什么不好?"妻子道:"也说得是。"就把男子的口对了男子,妇人的口对了妇人,把热气呵将下去。不上一刻,两个死人都活转来。及至扶入草舍之中,问他溺死的缘故,那一对男女诉出衷情,原来男子就是谭楚玉,妇人就是刘藐姑,一先一后跳入水中,只说追寻不着,谁想波涛里面竟像有人引领,把他两个弄在一处,不致你东我西;又像有个极大的鱼,把他两个负在背上,依着水面而行,故此来了三百余里,还不曾淹得断气。只见到了罾边,那个大鱼竟像知道有人捞救,要交付排场,好转去的一般,把他身子一丢,竟自去了,所以起先浮在水上,后来忽然重坠起来。亏得有罾隔住,不曾沉得到底,故此莫渔翁夫妇用力一扳,就扳上来也。

　　谭楚玉与藐姑知道是晏公的神力,就望空叩了几首,然后拜谢莫渔翁夫妇。莫渔翁夫妇见是一对节义之人,不敢怠慢,留在家中款待几日,养好了身子,劝他往别处安身,不可住在近边,万一父母知道,寻访前来,这一对夫妻依旧做不成了。谭楚玉与藐姑商议道:"我原是楚中人,何不回到楚中去?家中的薄产虽然不多,耕种起来,还可以稍供饘粥。待我依旧读书,奋志几年,怕没有个出头的日子?"藐姑道:"极说得是。但此去路途甚远,我和你是精光的身子,那里讨这许多盘费?"莫渔翁看见谭楚玉的面貌,知道不是个落魄之人,就要放起官债来,对他二人道:"此去要得多少盘费?"谭楚玉道:"多也多得,少也少得。若还省俭用些,只消十两也就够了。"莫渔翁道:"这等不难。我一向卖鱼趱聚得几包银子,就并起来借你。只是一件,你若没有好处,我一厘也不要你还;倘若读书之后,发达起来,我却要十倍的利钱,少了一倍,我也决不肯受的。"谭楚玉道:"韩信受漂母一饭之恩,尚且以千金相报,你如今救了我两口的性命,岂止一饭之恩!就不借盘费,将来也要重报,何况又有如此厚情?我若没有好日就罢了,若有好日,千金之报还不止,岂但十倍而已哉!"莫渔翁夫妇见他要去,就备了饯行的酒席,料想没有山珍,只有水错,无非是些虾鱼蟹鳖之类。贫贱之家,不分男女,四个人坐在一处,吃个尽醉。睡了一晚,第二日起来,莫渔翁并了十两散碎银子,交付与他。谭楚玉妇夫拜辞而去,一路风食水宿,戴月披星,自然不辞辛苦。

不上一月,到了家中。收拾一间破房子,安住了身,就去锄治荒田,为衣食之计。藐姑只因自幼学戏,女工针织之事全然不晓,连自家的绣鞋褶裤都是别人做与她穿的,如今跟了谭楚玉,方才学做起来。当不得性子聪明,一做便会,终日替人家缉麻拈草,做鞋做袜,趁些银子,供给丈夫读书。起先还是日里耕田,夜间诵读,藐姑怕他分心分力,读得不专,竟把田地都歇了,单靠自己十个指头,做了资生的美产。连买些籴米之事,都用不着丈夫,只托邻家去做,总是怕他妨工的意思。

谭楚玉读了三年,出来应试,无论大考小考,总是矢无虚发。进了学,就中举;中了举,就中进士;殿试之后,选了福建汀州府节推。论起理来,湖广与福建接壤,自然该从长江上任,顺便还家,做一出衣锦还乡的好戏。怎奈他炫耀乡里之念轻,图报恩人之念重,就差人接了家小,在京口相会,由浙江一路上去,好从衢、严等处经过,一来叩拜晏公,二来酬谢莫渔翁夫妇。又怕衙门各役看见举动,知道他由戏子出身,不像体面,就把迎接的人都发落转去,叫他在浦城等候,自己夫妻两个一路游山玩水而来,十分洒乐。

到了新城港口,看见莫渔翁夫妇依旧在溪边罾鱼,就着家人拿了帖子上去知会,说当初被救之人,如今做官上任了,从此经过,要上来奉拜。莫渔翁夫妇听了,几乎乐死,就一起褪去箬帽,脱去蓑衣,不等他上岸,先到舟中来贺喜。谭楚玉夫妻把他请在上面,深深拜了四拜。拜完之后,谭楚玉对莫渔翁道:"你这扳罾的生意,甚是劳苦;捕鱼的利息,也甚是轻微。不如丢了罾网,跟我上任去,同享些荣华富贵何如?"藐姑见丈夫说了这句话,就不等他夫妻情愿,竟着家人上去收拾行李。莫渔翁一把扯住家人,不许他上岸,对着谭楚玉夫妻摇摇手道:"谭老爷、谭奶奶,饶了我罢。这种荣华富贵,我夫妻两个莫说消受不起,亦且不情愿去受他。我这扳罾的生意虽然劳苦,打鱼的利息虽是轻微,却尽有受用的去处。青山绿水是我们叨住得惯,明月清风是我们僭享得多,好酒好肉不用钱买,只消拿鱼去换,好朋好友走来就吃,不须用帖去招。这样的快乐,不是我夸嘴说,除了捕鱼的人,世间只怕没有第二种。受些劳苦得来的钱财,就轻微些,倒还把稳;若还游手靠闲,动不动要想大块的银子,莫说命轻福薄的人弄他不来,就弄了他来,少不得要陪些惊吓,受些苦楚,方才送得他去。你如今要我跟随上任,吃你的饭,穿你的衣,叫做'一人有福,带挈一屋',有什么不好? 只是当不得我受之不安,于此有愧。况且我这一对夫妻,是闲散惯了的人,一旦闭在署中,半步也走动不得,岂不郁出病来? 你在外面坐堂审事,比较钱粮,那些鞭扑之声,啼号之苦,顺风吹进衙里来,叫我这一对慈心的人,如何替他疼痛得过? 所以情愿守我的贫穷,不敢享你的富贵。你这番盛意,只好心领罢了。"

谭楚玉一片热肠,被他这一曲《渔家傲》唱得冰冷,就回复他道:"既然如此,也不敢强。只是我如今才中进士,不曾做官,旧时那宗恩债还不能奉偿。待我到任之后,差人请你过来,多送几头份上,等你趁些银子,回来买田置地,赡养终身,也不枉救我夫妇一场。你千万不要见弃。"莫渔翁又摇手道:"也不情愿,也不情愿。那打抽丰的事体,不是我世外之人做的,只好让与那些假山人、真术士去做。我没有那张薄嘴唇,厚脸皮,不会去招摇打点。只求你到一年半载之后,分几两不伤阴德的银子,或是俸薪,或是羡余,差人赍送与我,待我夫妻两口备些衣衾棺椁,防备终身,这就是你的盛德了。我是断断不做游客的,千万不要来接我。"谭楚玉见他说到此处,一发重他的人品,就吩咐船上备酒,与他作别。这一次的筵席,只列山珍,不摆水错,因水族是他家的土产,不敢以常物相献故也。虽是富贵之家,也一般不分男女,与他夫妻二人共坐一席,因他是贫贱之交,不敢以宦体相待故也。四个人吃了一夜,直到五鼓,方才分别而去。

行了几日,将到受害的地方。彼时乃十一月初旬,晏公的寿诞已过了一月。谭楚玉对藐姑道:"可惜来迟了几时,若早得一月,趁那庙中有戏子,就顺便做本戏文,一来上寿,二来谢恩,也是一桩美事。"藐姑道:"我也正作此想,只是过期已久,料想那乡村去处没有梨园,只好备付三牲,哑祭一祭罢了。"及至行到之时,远远望见晏公庙前依旧搭了戏台,戏台上的椅桌还不曾撤去,却像还要做戏的一般。谭楚玉就吩咐家人上去打听,看是什么缘故。原来十月初旬下了好几日大雨,那些看戏的人除了露天,没有容身之地。从来做神戏的,名虽为神,其实是为人,人若不便于看,那做神道的就不能够独乐其乐了。所以那些檀越改了第二个月的初三，替他补寿。此时戏方做完，正要打发梨园起身，不想谭楚玉夫妻走到，虽是偶然的事，或者也是神道有灵，因他这段姻缘原以做戏起手，依旧要以做戏收场，所以留待他来，做一出喜团圆的意思也不可知。谭楚玉又着家人上去打听，看是那一班戏子。家人问了下来回复，原来就是当日那一班，只换得一生一旦。那做生的脚色就是刘绛仙自己，做旦的脚色，乃是绛仙之媳，藐姑之嫂，年纪也只有十七、八岁，只因死了藐姑，没人补缺，就把她来顶缸。这两个生旦虽然比不得谭、藐，却也还胜似别班，所以这一方的檀越依旧接她来做。

藐姑听见母亲在此，就急急要请来相会。谭楚玉不肯道："若还遽然①与她相见，这出团圆的戏就做得冷静了。须要如此如此，这般这般，才做得有些热闹。"藐姑道："说得有理。"就着管家取十二两银子，又写一个名帖，去对那些檀越道："家老爷选官上任，从此经过，只因在江中遇了飓风，许一个神愿，如今要借这庙宇里面了了愿心，兼借梨园一用，戏钱照例送来，一毫不敢短少。"那些檀越落得做个人情，又多了一本戏看，有什么不便宜？就欣然许了。谭楚玉又吩咐家人，备了猪羊祭礼，摆在神前。只说老爷冒了风寒，不能上岸，把官船横泊在庙前，舱门对了神座，夫妻二人隔着帘子拜谢。拜完之后，就并排坐了，一边饮酒，一边看戏。只见绛仙拿了戏单，立在官舱外面道："请问老爷，做那一本戏文？"谭楚玉叫家人吩咐道："昨日夫人做梦，说晏公老爷要做《荆钗》，就做《荆钗记》罢。"绛仙收了戏单，竟进戏房，装扮王十朋去了。

看官，你说谭楚玉夫妻为什么缘故，又点了这一本？难道除了《荆钗》，就没有好戏不成？要晓得他夫妻二人不是要看戏，要试刘绛仙的母子之情。藐姑当日原因做《荆钗》而赴水，如今又做《荆钗》，正要使她见鞍思马、睹物伤情的意思，若还做到苦处，有些真眼泪掉下来，还不失为悔过之人，就请进来与她相会；若还举动如常，没些酸楚之意，就不消与她相会，竟可以飘然而去了。所以别戏不点，单点《荆钗》，这也是谭楚玉聪明的去处。只见绛仙扮了王十朋走上台来，做了几出，也不见她十分伤感；直到他媳妇做玉莲投江，与女儿的光景无异，方才有些良心发动，不觉

①　遽(jù)然——突然。急速，匆忙。

狠心的猫儿忽然哭起鼠来。此时的哭法，还不过是背了众人，把衣袖拭拭眼泪，不曾哭得出声：及至自己做到祭江一出，就有些禁止不住，竟放开喉咙哭个尽兴。起先是叫："钱玉莲的妻阿，你到那里去了？"哭到后面，就不觉忘其所以，"妻"字竟不提起，忽然叫起"儿"来。满场的人都知道是哭藐姑，虽有顾曲之周郎，也不忍捉她的错字。

藐姑隔着帘子，看见母亲哭得伤心，不觉两行珠泪界破残妆，就叫丫环把帘子一掀，自己对着台上叫道："母亲不要啼哭，你孩儿并不曾死，如今现在这边。"绛仙睁着眼睛把舟中一看，只见左边坐着谭楚玉，右边坐着女儿，面前又摆了一桌酒，竟像是她一对冤魂知道台上设祭，特地来受享的一般。就大惊大骇起来，对着戏房里面道："我女儿的阴魂出现了，大家快来！"通班的戏子听了这一句，那一个不飞滚上台，对着舟中细看，都说道："果是阴魂，一毫不错。"那些看戏的人见说台前有鬼，就一起害怕起来，都要回头散去。只见官船之上，有个能事的管家，立在船头高声吆喝道："众人不消惊恐，舱里面坐的不是什么阴魂，就是谭老爷、谭奶奶的原身。当初赴水之后，被人捞救起来，如今读书成名，选了汀州四府，从此经过。当初亏得晏公显圣，得以不死，所以今日来酬愿的。"那些看戏的人听了这几句话，又从新掉转头来，不但不避，还要挨挤上来，看这一对淹不死的男女，好回去说新闻。就把一座戏场挤做人山人海，那些老幼无力的，不是被人挤到水边，就是被人踏在脚底。

谭楚玉看见这番光景，就与妻子商议道："既已出头露面，瞒不到底，倒不如同你走上台去，等众人看个明白，省得他挨挨挤挤，夹坏了人。"藐姑道："也说得是。"就一起脱去私衣，换了公服，谭楚玉穿了大红圆领，藐姑穿着凤冠霞帔，两个家人张了两把簇新的蓝伞，一把盖着谭楚玉，一把盖着藐姑，还有许多僮仆丫环，簇拥他上岸。谭楚玉夫妻二人先到晏公法像之前，从新拜了三拜，然后走上戏台，与绛仙行礼。行礼之后，又把通班的朋友都请过来，逐个相见过去。绛仙与同班之人问他被救的来历，谭楚玉把水中有人引领，又被大鱼负载而行，及至送入罾中，大鱼忽然不见，幸遇捕鱼人相救，得以不死的话，高声大气说了一遍，好使台上台下之人一起听了，知道晏公有灵，以后当愈加钦敬的意思。众人听了，惊诧不已。众檀越闻知此事，个个都来贺喜。当日要娶藐姑的富翁，恐怕谭楚玉夫妻恨他，日后要来报怨，连忙备了重礼，央众檀越替他解纷。谭楚玉一毫不受,对众檀越道:"若非此公一激之力,不但姻缘不能成就,连小弟此时还依旧是个梨园,岂能飞黄腾达至此? 此公非小弟之仇人,乃小弟之恩人也,何报之有?"众人听了,啧啧称羡,都说他度量宽宏。

藐姑对绛仙道:"如今女婿中了进士,女儿做了夫人,你难道还好做戏不成? 趁早收拾了行头,随我们上任,省得在这边出丑。"绛仙见女儿、女婿不念旧恶,喜之不胜,就把做戏的营业丢与媳妇承管,自家跟着女儿去享荣华富贵。谁想到了署中,不上一月,就生起病来,千方百药医治不好,只得叫女儿送她回去。及至送到家中,那病体不消医治,竟自好了。病愈之后,依旧出门做戏,康康健健,一毫灾难也不生。这是什么缘故?一来因她五行八字注定是个女戏子,所以一日也离不得戏场,离了戏场就要生灾作难。可见命轻福薄的人,莫说别人扶他不起,就是自家生出来的儿女,也不能够抬举父母做个以上之人。所以世间的穷汉,只该安命,切不可仇恨富贵之人,说不肯扶持带挈他。二来因绛仙的身子终日轻浮惯了,一时郑重不来,就如把梅香升作夫人,奴仆收为养子,不但贱相要露出来,连她自己心上也不觉其乐,而反觉其苦。一觉其苦,就有疾病生出来。所以妓女从良,和尚还俗,若非出自本意,被人勉强做来的,久后定要复归本业,不能随主终身也。

却说谭楚玉到任之后,做了半年,就差人赍①了五百金送与莫渔翁,叫他权且收了,以后还要不时馈送,决不止千金而已。谁想莫渔翁十分廉介,只收一百两,做了十倍利钱,其余四百金尽皆返璧。谭楚玉做到瓜期之后,行取进京,又从衢、严等处经过,把晏公庙宇鼎新一番,又买了几十亩香火田,交与檀越掌管,为祭祀演剧之费。再到新城港口,拜访莫渔翁。莫渔翁先把几句傲世之言,挫去他的骄奢之色;后把许多利害之语,攻破他的利欲之心。谭楚玉原是有些根器的人,当初做戏的时节,看见上台之际十分热闹,真是千人拭目、万户倾心,及至戏完之后,锣鼓一歇,那些看戏的人竟像要与他绝交的一般,头也不回,都散去了。可见天地之间,没有做不了的戏文,没有看不了的热闹,所以他那点富贵之心还不十分着紧;如今又被莫渔翁点化一番,只当梦醒之时,又遇一场棒喝,岂有复迷之理? 就不想赴京去考选,也不想回家去炫耀,竟在桐庐县之七里溪边,买

---

① 赍(jī)——怀着,抱着。

了几亩山田,结了数间茅屋,要远追严子陵的高踪,近受莫渔翁的雅诲,终日以钓鱼为事。莫渔翁又荐一班朋友与他,不是耕夫,就是樵子,都是些有入世之才、无出世之兴的高人,终日往还,课些渔樵耕牧之事。藐姑又有一班女朋友,都是莫渔翁的妻子荐与她的,也是些能助丈夫成名、不劝良人出仕的智女,终日往来,学些蚕桑织纤之事。后来都活到九十多岁,才终天年。只可惜没有儿子,因藐姑的容貌过于娇媚,所以不甚宜男;谭楚玉又笃于夫妇之情,不忍娶妾故也。

丑　集
老星家戏改八字　穷皂隶陡发万金

诗云：

> 从来不解天公性，既赋形骸焉用命。
>
> 八字何曾出母胎，铜碑铁板先刊定。
>
> 桑田沧海易更翻，贵贱荣枯难改正。
>
> 多少英雄哭阮途，叫呼不转天心硬。

这首诗单说个命字。凡人贵贱穷通，荣枯寿夭，总定在八字里面。这八个字，是将生未生的时节，天公老子御笔亲除的。莫说改移不得，就要添一点减一画也不能够。所以叫做"死生由命，富贵在天"。

当初有个老者，一生精于命理，只有一子，未曾得孙。后来媳妇有孕，到临盆之际，老者拿了一本命书，坐在媳妇卧房门外伺候，媳妇在房中腹痛甚紧，收生婆子道："只在这一刻了。"老者将时辰与年月日干一合，叫道："这个时辰犯了关煞，是养不大的。媳妇做你不着，再熬一刻，到下面一个时辰，就是长福长寿的了。"媳妇听见，慌忙把脚垫①住，狠命一熬。谁想孩子的头已出了产门，被产母闭断生气，死在腹中。及至熬到长福长寿的时辰，生将下来，他又到别人家托生去了，依旧合着养不大的关煞。这等看来，人的八字果然是天公老子御笔亲除，断断改不得的了。

如今却又有个改得的，起先被八字限住，真是再穷穷不去；后来把八字改了，不觉一发发将来。这叫做理之所无、事之所有的奇话，说来新一新看官的耳目。

成化年间，福建汀州府理刑厅，有个皂隶，姓蒋名成，原是旧家子弟。乃祖在日，田连阡陌，家满仓箱，居然是个大富长者。到父亲手里，虽然比前消乏，也还是个瘦瘦骆驼。及至父死，蒋成才得三岁。两兄好嫖好赌，不上十年，家资荡尽。等得蒋成长大，已无立锥之地了。

---

①　垫（jiàn）——斜着支撑。

　　一日蒋成对二兄道："偌大家私都送在你们手里，我不曾吃父亲一碗饭，穿母亲一件衣。如今费去的追不转了，还有什么卖不去的东西，也该把件与我，做父母的手泽。"二兄道："你若怕折便宜，为什么不早些出世？被我们风花雪月去了，却来在死人臀眼里挖屁。如今房产已尽，只有刑厅一个皂隶顶首，一向租与人当的，将来拨与你，凭你自当也得，租与人当也得。"蒋成思量道："我闻得衙门里钱来得泼绰，不如自己去当，若挣得来，也好娶房家小，买间住房，省得在兄嫂喉咙下取气。又闻得人说：衙门里面好修行。若遇着好行方便处，念几声不开口的阿弥，舍几文不出手的布施，半积阴功半养身，何等不妙？"竟往衙门讨出顶首，办酒请了皂头，拣个好日，立在班篷底下伺候。

　　刑厅坐堂审事，头一根签就抽着蒋成行杖。蒋成是个慈心的人，那里下得这双毒手？勉强拿了竹板，忍着肚肠打下去，就如打在自己身上一般，犯人叫"阿哟"，他自己也叫起"阿哟"来。打到五板，眼泪直流，心上还说太重了，恐伤阴德。谁知刑厅大怒，说他预先得了杖钱，打这样学堂板子，丢下签来，犯人只打得五板，他倒打了十下倒棒。自此以后，轮着他行杖，虽不敢太轻，也不敢太重，只打肉，不打筋，只打臀尖，不打膝窟，人都叫他做恤刑皂隶。

　　过了几时，又该轮着他听差。别人都往房科买票，蒋成一来乏本，二来安分，只是听其自然。谁想不费本钱的差，不但无利，又且有害；不但赔钱，又且陪棒。当了一年差，低钱不曾留得半个，屈棒倒打了上千。要仍旧租与人当，人见他尝着苦味，不识甜头，反要拿捏他起来。不是要减租钱，就是要贴使费，没奈何，只得自己苦撑。那同行里面，也有笑他的，也有劝他的。笑他的道："不是撑船手，休来弄竹篙。衙门里钱这等好趁？要进衙门，先要吃一服洗心汤，把良心洗去；还要烧一份告天纸，把天理告辞；然后吃得这碗饭。你动不动要行方便，这'方便'二字是毛坑的别名，别人泻干净，自家受腌臢。你若有做毛坑的度量，只管去行方便；不然，这两个字，请收拾起。"蒋成听了，只不回言。那劝他的道："小钱不去，大钱不来，你也拼些赀本，买张票子出去走走，自然有些兴头；终日捏着空拳等差，有什么好差到你？"蒋成道："我也知道，只是去钱买的差使，既要偿本，又要求利，拿住犯人，自然狠命的需索了。若是诈得出的还好，万一诈不出的，或者逼出人命，或者告到上司，明中问了军徒，暗中损了阴德，岂不懊悔？"劝者道："你一发迂了。衙门里人将本求利，若要十倍、二十倍，方才弄出事来。你若肯平心只讨一两倍，就是半送半卖的生意了，犯人还尸祝你不了，有什么意外的事出来？"蒋成道："也说得是。只是刑厅比不得府县衙门，没有贱票，动不动是十两半斤，我如今口食难度，那有这项本钱？"劝者又道："何不约几个朋友，做个小会，有一半付与房科，他也就肯发票，其余待差钱到手，找账未迟。"蒋成听了这些话，如醉初醒，如梦初觉，次日就办酒请会，会钱到手，就去打听买票。

闻得按院批下一起着水人命，被犯是林监生。汀州富户，数他第一，平日又是个撒漫使钱的主儿，故此谋票者极多。蒋成道："先下手为强。"即去请了承行，先交十两，写了一半欠票。次日签押出来，领了拘牌，寻了副手同去。不料林监生预知事发，他有个相知在浙江做官，先往浙江求书去了。本人不在，是他父亲出来相见。父亲须鬓皓然，是吃过乡饮的耆老①，儿子虽然慷慨，自己甚是悭吝，封了二两折数，要求蒋成回官。蒋成见他是个德行长者，不好变脸需索；况且票上无名，又不好带他见官。只得延捱几日，等他慷慨的儿子回来，这主肥钱仍在，不怕谁人抢了去。那里晓得刑厅是个有欲的人，一向晓得林监生巨富，见了这张状子，拿来当做一所田庄，怎肯忽略过去？次日坐堂，就问："林监生可曾拿到？"蒋成回言："未奉之先，往浙江去了。求老爷宽限，回日带审。"刑厅大怒，说他得钱卖放，选头号竹板，打了四十，仍限三日一比。蒋成到神前许愿：不敢再想肥钱，只求早卸干系。怎奈林监生只是不到，比到第三次，蒋成臀肉腐烂，经不得再打，只得磕头哀告道："小的命运不好，省力的事差到小的就费力了。求老爷差个命好的去拿，或者林监生就到也不可知。"刑厅当堂就改了值日皂隶。起先蒋成的话，一来是怨恨之辞，二来是脱肩之计，不想倒做了金口玉言，果然头日改差，第二日林监生就到，承票的不费一厘本钱，不受一些惊吓，趁了大块银子，数日之间，完了宪件。蒋成去了重本，摸得二两八折低银，不够买棒疮膏药，还欠下一身债负，自后再不敢买票。钻刺也吃亏，守分也吃亏，要钱也没有，不要钱也没有，在衙门立了二十余年，看见多少人白手成家，自己只是衣不遮身，食不充口，衙门内外就起他一个混名，叫做"蒋晦气"。吏书门子清晨撞着他，定要叫几声大吉

---

① 耆（qí）老——年老而有地位的士绅。

利市。久而久之，连官府也知道他这个混名。

起先的刑厅，不过初一十五不许他上堂，平常日子也还随班值役。末后换了一个青年进士，是扬州人，极喜穿着，凡是各役中衣帽齐整、模样干净的就看顾他，见了那褴褛龌龊的，不是骂，就是打。古语有云：

楚王好细腰，宫中皆饿死。

只因刑厅所好在此，一时衙门大小，都穿绸着绢起来，头上簪了茉莉花，袖中烧了安息香，到官面前乞怜邀宠。蒋成手内无钱，要请客也请客不来。新官到任两月，不曾差他一次。有时见了，也不叫名字，只唤他"教化奴才"。蒋成弄得踚天蹐地①，好不可怜。

忽一日刑厅发了二梆，各役都来伺候，见官不曾出堂，大家席地坐了讲闲话。蒋成自知不合时宜，独自一人坐在围屏背后。众人中有一个道："如今新到个算命的，叫做华阳山人，算得极准，说一句验一句。"又一个道："果然，我前日去算，他说我驿马星明日进宫，第二日果然差往省城送礼。"又一个道："他前日说我恩星次日到命，果然第二日赏了一张好牌。"众人道："这等我们明日都去试一试。"那算过的道："他门前挨挤不开，要等半日，才轮得着。"蒋成听见，思量道："这等是个活神仙了。我蒋成偃蹇半世②，将来不知可有个脱运的日子？本待也去算算，只是跟官的人，那有半日工夫去等？"踌躇未了，刑厅三梆出堂。只见养济院有个孤老喊状，说妻子被同伴打坏，命在须臾，求老爷急救。刑厅初意原是不肯准的，只因看见蒋成立在阶下，便笑起来道："唤那教化奴才上来。我一向不曾差你，谁知有你这个教化差人，又有一对教化的原被告，也是千载奇逢，就差你去拿。"标一根签丢下来，蒋成拾了，竟往养济院去。从一个命馆门前经过，招牌上写一行字道：

华阳山人谈命，一字不着，不受命金。

蒋成道："这就是他们说的活神仙了。"掀帘一看，一个算命的也没有。心上思忖道："难得他今日清闲，不如偷空进去算算，省得明日来遇着朋友，算得不好，被他耻笑。"走进去，把年月日时说了一遍。山人展开命纸，填了八字五星，仔细一看，忽然哼了一声，将命纸丢下地去，道："这样命算

---

① 踚天蹐地——形容十分小心，恐惧不安。

② 偃蹇半世——倒霉半辈子。

他怎的?"蒋成道:"好不好也要算算,难道不好的命就是没有命钱的么?"山人道:"这样八字,我也不忍要你命钱。"蒋成道:"什么缘故?"山人道:"凡人命不好看运,运不好看星。你这命局已是极不好的了,从一岁看起,看到一百岁,要一日好运、一点好星也没有。你休怪我说,这样八字,莫说求名求利,就去募缘抄化,人见了你也要关门闭户的。"蒋成被这几句话说伤了心,不觉掉下泪来道:"先生,你说的话虽然太直,却也一字不差。我自从出娘肚皮,苦到如今,不曾舒眉一日,终日痴心妄想,要等个苦尽甘来。据老先生这等说,我后面没有好处了。这样日子过他怎的? 不如早些死了的干净!"起先还是含泪,说到此处,不觉痛哭起来。

山人劝他住又不住,教他去又不去,被他弄得没奈何,只得生个法子哄他出门。对他道:"你若要过好日子,只除非把八字改一改,就有好处了。"蒋成道:"先生又来取笑,八字是生成的,怎么改得?"山人道:"不妨,我会改。"重新取一张命纸,将蒋成原八字只颠倒一颠倒,另排上五星运限,后面批上几句好话,折做几折,塞在蒋成袖中道:"以后人问你八字,只照这命纸上讲,还你自有好处。"蒋成知道是诨话,正要从头哭起,忽然有个皂头拿一根火签走进来道:"老爷拿你!"蒋成问什么事发,原来是养济院那个孤老等他不去拿人,又来禀官,故此刑厅差皂头来捉违限。

蒋成吃了一惊,随他走进衙去。只见刑厅怒冲冲坐在堂上,见他一到,不容分说,把签连筒推下叫打。蒋成要辩,被行杖的一把拖下,袖中掉出一张纸来。刑厅道:"什么东西? 取来我看。"门子拾将上去,刑厅展开,原来是张命纸。从头看了一遍,大惊道:"叫他上来。你这张命纸从那里来的? 是何人的八字?"蒋成道:"就是小人的狗命。"刑厅大笑道:"看你这个教化奴才不出,倒与我老爷同年同月同日同时。"当下饶了打,退堂进去。到私衙见了夫人,不住的笑道:"我一向信命,今日才晓得命是没有凭据的。"夫人问:"怎见得?"刑厅道:"我方才打一个皂隶,他袖中掉下一张命纸,与我的八字一般一样。我做官,他做皂隶,也就有天渊之隔了,况且又是皂隶之中第一个落魄的,你道从那里差到那里? 这等看来,命有什么凭据?"夫人道:"这毕竟是刻数不同了。虽然如此,他既与你同时降生,前世定有些缘法,也该同病相怜,把只眼睛看看他才是。"刑厅道:"我也有这个意思。"

次日坐川堂,把蒋成叫进来,问他身上为何这等褴褛。蒋成哭诉从前之苦,刑厅不胜怜惜,吩咐衙内取出十两银子,教他买几件衣帽换了来听差。蒋成磕头谢了出去,暗中笑个不了。随往典铺买了几件时兴衣服,又结了一顶瓦楞帽子,到混堂洗一个澡,从头至脚脱旧换新。走出来恰好遇着个磨镜的,挑了一担新磨的镜子。蒋成随着他一面走,一面照,竟不是以前的穷相。心上暗想道:"难道八字改了,相貌也改了不成?"走进衙门,合堂恭贺,又替他上个徽号,叫做"官同年"。那些穿绸着绢的,羡慕他这几件衣服,都叫做"御赐宫袍"。安息香也送他熏,茉莉花也送他戴,蒋成一时请客起来,弄得那六宫粉黛无颜色。

　　自此以后,刑厅教他贴堂服侍,时刻不离,有好票就赏他,有疑事就问他,竟做了腹心耳目。蒋成也不敢欺公作弊,地方的事,知无不言,言无不尽,倒扶持刑厅做了一任好官。古语道不差,官久自富。蒋成在刑厅手里不曾做一件坏法的事,不曾得一文昧心的钱,不上三年,也做了数千金家事,娶了妻,生了子,买了住房,只不敢奢华炫耀。忽一日想起:我当初若不是那个算命先生,那有这般日子?为人不可忘本,办了几色礼,亲自上门去拜谢。华阳山人见了,不知是那一门亲戚,问他姓名,蒋成道:"不肖是刑厅皂隶,姓蒋名成,向年为命运箪鈗①,来求先生推算,先生见贱造不好,替我另改一个八字。自改之后,忽然亨通,如今做了个小小人家,都是先生所赐,故此不敢忘恩,特来拜谢。"山人想了半日,才记起来道:"那是我见你啼哭不过,假设此法,宽慰你的,那有当真改得的道理?"蒋成道:"彼时我也知道是笑话,不想后来如此如此……"把刑厅见了命纸,回嗔作喜,自己因祸得福的话说了一遍。山人道:"世间那有这等事?只怕还是你自己的命好,我当初看错了也不可知。你说来,待我再算一算。"蒋成将原先八字说去,山人仔细看了一遍道:"原不差,这样八字,莫说成家,饭也没得吃的。你再把改的八字说来看。"蒋成因那张命纸是起家之本,时刻带在身边,怎敢丢弃?就在夹袋中取出来,与山人一看,山人大笑道:"确然是这个八字上发来的,若照这个命,你不但发财,后来还有官做。"蒋成大笑道:"先生又来取笑,我这个人家已是欺天枉人骗来的,还怕天公查将出来,依旧要追了去,还想做什么官?"山人道:"既然前面验了,后面岂有不验之理?待我替你再判几句,留为后日之验。"提起笔来,

---

　　①　箪鈗(zhūn zhān)——困顿不得志。

又续上一个批语。蒋成袖了,作别而去。

不上月余,刑厅任满,钦取进京。临行对蒋成道:"我见你一向小心守法,不忍丢你,要带你进京,你可愿去?"蒋成道:"小的蒙老爷大恩,碎身难报,情愿跟去服侍老爷。"刑厅赏了银子安家。蒋成一路随行,到了京中,刑厅考选吏部,蒋成替他内外纠察,不许衙门作弊,尽心竭力,又扶持他做了一任好官。主人鉴他数载勤劳,没有什么赏犒,那时节朝中弊窦初开,异路前程可以假借,主人替他做个吏员脚色,拣上绝好县分,选了主簿出来;做得三年,又升了经历。两任官满还乡,宦囊竟以万计,却好又应着算命先生的话。这岂不是理之所无、事之所有的奇话?说来真个耳目一新。

说话的,若照你这等说来,世上人的八字,都可以信意改得的了?古圣贤"死生由命、富贵在天"的话,难道反是虚文不成?看官,要晓得蒋成的命原是不好的,只为他在衙门中做了许多好事,感动天心,所以神差鬼使,教那华阳山人替他改了八字,凑着这段机缘。这就是《孟子》上"修身所以立命"的道理,究竟这个八字不是人改,还是天改的。又有一说,若不是蒋成自己做好事,怎能够感动天心?就说这个八字不是天改,竟是人改的也可。

寅　集

乞儿行好事　皇帝做媒人

词云：

好汉从来难得饱，穷到乞儿犹未了。得钱依旧济颠危，甘死沟渠成饿莩。　叫化铜钱容易讨，乞丐声名难得好。谁教此辈也成名，只为衣冠人物少。——右调《玉楼春》

这首词是说明朝正德年间，一个叫化子的好处。世上人做了叫化子，也可谓卑贱垢污不长进到极处了，为什么还去称赞他？不知讨饭吃的这条道路虽然可耻，也还是英雄失足的退步，好汉落魄的后门，比别的歹事不同。若把世上人的营业从末等数起，倒数转来，也还是第三种人物。第一种下流之人是强盗穿窬，第二种下流之人是娼优隶卒，第三种下流之人，才算着此辈。此辈的心肠，只因不肯做强盗穿窬，不屑做娼优隶卒，所以慎交择术，才做这件营生。世上有钱的人，若遇此辈，都要怜悯他一怜悯，体谅他一体谅。看见懦弱的乞儿，就把第二种下流去比他，心上思量道："这等人若肯做娼优隶卒，哪里寻不得饭吃，讨不得钱用，来做这种苦恼生涯？有所不为之人，一定是可以有为之人，焉知不是吹箫的伍相国，落魄的郑元和？无论多寡，定要周济他几文，切不可欺他没用，把恶毒之言去诟誶他，把嘑蹴之食①去侮谩他。"看见凶狠的乞儿，就把第一种下流去比他，心上思量道："这等人若做了强盗穿窬，黑夜之中走进门来，莫说家中财物任他席卷，连我的性命也悬在他手中，岂止这一文两文之钱，一碗半碗之饭？为什么不施舍他，定要逼人为盗？"人人都把这种心肠优容此辈，不但明去暗来，自身有常享之富贵，后世无乞丐之子孙；亦可使娼优渐少，贼盗渐稀；即于王者之政，亦不为无助。陈眉公云："释教一门，乃朝廷家中绝大之养济院也。使鳏寡孤独之人悉归于此，不致有茕②民无

---

① 嘑蹴之食——同嗟来之食，指带有侮辱性的施舍。

② 茕（qióng）——忧愁。

告之忧。"我又云"卑田一院,乃朝廷家中绝大之招安寨也。使游手亡赖之人悉归于此,不致有饥寒窃发之虑。"这两种议论都出己裁,不是稗官野史上面吸取将来的套话,看小说者,不得竟以小说目之。况且从来乞丐之中,尽有忠臣义士、文人墨客隐在其中,不可草草看过。至于乱离之后,鼎革之初,乞食的这条路数,竟做了忠臣的牧羊国,义士的采薇山,文人墨客的坑儒漏网之处,凡是有家难奔、无国可归的人,都托足于此。有心世道者,竟该用招贤纳士之礼,一食三吐哺,一沐三握发,去延揽他才是,怎么好把残茶剩饭去亵渎他? 我如今先请两位教化陪客与本传做个引子,一个是太平时节的文人墨客,一个是乱离时节的义士忠臣,说来都可以新人耳目。

明朝弘治年间,曾有一个显宦,忘其姓名。他因出使琉球,还朝复命,从苏州经过,慕虎丘山上风景之胜,特地泊了座船,备了筵席,又开一樽名酒,叫做葡萄酿,是琉球国王送他做下程的,携到山顶之上。带了几个陪宾,把毹单铺了,一边饮酒,一边赋诗。正在那边搜索枯肠,忽然有个乞儿走上山来,立在面前讨酒吃。显宦大怒,说他阻挠笔兴,搅乱吟思,可恨之极,吩咐家人驱逐他。他不慌不忙,回复那显宦道:"我只说列位老爷相公在这边做什么难事,所以怪人搅扰,却原来是做诗。做诗有什么难处,怕人搅扰? 我自讨我的饭,你自做你的诗,两不相妨,何须发恼?"说了这两句,只是立了不动。那显宦对着家人,高声大怒道:"面前立了个叫化子,如何做得好诗出来? 还不快赶他去!"乞儿道:"面前立了个叫化子,就做得好诗出来;若还立了个正经人,连好字也写不出了。亏那唐朝的李太白,面前坐了个皇帝,又立了贵妃,尚且下笔如流,做出《清平调》三首,为千古之绝唱。难道从古及今,只有李太白一个,才称得才子,列位老爷相公,还算不得诗翁么?"

显宦听了这些话,气得目定口呆,要忍耐又忍耐不住,要发作又发作不得,与那几个陪宾面面相视。有一个陪宾道:"他不过在说评话的口里,听了几个故事来,在这边调唇弄舌,晓得《清平调》是什么东西? 且待我盘他一盘。"就对乞儿道:"我且问你,'清平调'是古风,是律诗,还是绝句?"乞儿道:"不是古风,不是律诗,也只怕不是绝句。"众人道:"这等是什么诗体?"乞儿道:"'清平调'三个字,就是诗体了,何须问得?"众人笑了一阵,又问他道:"这三首诗是为何而作? 诗里面的意思,是说的一件什么东西?"乞儿道:"'清平调'三个字,就是诗的意思了,又何须问得?"
众人又笑了一阵,就对他道:"何如? 你的马脚露出来了。这三首诗,是
为咏牡丹而作,叫做七言绝句。诗体尚且不知,题义全然不解,竟在这里
瞎猜。横也是'清平调',竖也是'清平调','清平调'是件什么东西,可
是吃得的么?"乞儿道:"这等说来,列位相公认错了。这三首诗,不但不
是绝句,亦且叫不得是诗,乃是三篇乐府。但凡诗词里面,可歌而不可唱
者,谓之诗;可歌而兼可唱者,谓之乐府。若还这三首是诗,当初的题目,
就该是'咏牡丹'三字,不该叫做《清平调》了。所谓调者,就是词曲里面
越调、商调、大石调之类是也。玄宗天子出这个题目与他,原是要被之管
弦,使伶工演习,见得海宴河清,朝廷无事,圣天子安坐深宫,终日看名花,
亲国色,宴乐清平的意思,所以叫做《清平调》。这三首乐府的妙处,在于
文采既佳,宫商又协,所以喜动天颜,受了许多宠赐;若单单只取文采,不
过是几首咏物诗罢了,为什么千古相传,以为绝调? 如今列位相公,诗体
也不叫做尽知,题义也不叫做甚解,亏得生在今时,做仕宦的陪宾,还可以
藏拙;若还也生在唐朝,与李太白一同应制,只怕文字做来未必中式。不
但赏赐轮不着,连那两盏龙凤灯笼还要借重尊手提了,送李太白回院也不
可知。"说过这些话,又拱拱手道:"乞儿粗卤,不知忌讳,冲撞列位相公,
莫怪莫怪。"众人听了,气得面如土色,恨不得把头发揪了过去,痛打一
顿,方才畅快。只因碍了主人,不好动手。

那显宦见他应对如流,又且说得理明义畅,知道是个文人墨士流落下
来的,词色之间,有些要优待他的意思。怎奈那些陪宾不服,不肯作兴他。
内中有一个道:"他那些话,都是别处所来的,世上尽有谈今说古,口若悬
河的人,及至提起笔来,一个字也写不出。如今求老先生考他一考,若还
笔下写来的,也像口里这等便捷,晚生们情愿让他上坐。"那显宦就对乞
儿道:"你会做诗么?"乞儿道:"像李太白那样的乐府,果然做不出,若还
只要成篇,不论音律,与这几位相公唱和起来,或者也还应付得过。"显宦
道:"取一幅诗笺、一副笔砚与他。"乞儿道:"这等求老爷命一个题,限一
个韵。"显宦道:"诗的题目不过是登高眺远的意思,随意做来就是了。料
你做叫化子的人识不多几个字,不好把险韵难你,限一个'上大人'的
'上'字罢了。"乞儿提起笔来,先写个'一'字,后写个'上'字,就丢下笔
来,袖手而立,却像做不出的光景。那些陪宾看了,个个都掩口而笑。显

宦道：“我说你的胸中，不过一两点墨水罢了，晓得做什么诗。才写得两个字，就住了手，世上有两个字一首的诗么？”乞儿道："不瞒老爷说，乞儿的才虽然不如李太白，平日做诗的毛病却与他一般，先有了斗酒，然后才有诗百篇。若还要我干做，其实是做不出的。”显宦道：“就赏他一碗酒。”管家斟了一大碗，放在桌上，乞儿一吸而尽，提起笔来，依旧写个“一”字，写个“上”字，又丢下笔来，袖手而立。显宦大怒道：“为何又是这两个字，写了这两个字又不动了？”乞儿道：“只因才多酒少，接济不来，所以笔机干涩，写不成篇。求老爷再赐几碗，还你一挥而就。”显宦道：“这等再赏他一碗。”管家又斟一碗与他。他吃尽了，提起笔来，增上个“又”字，再写“一上”二字，依旧丢下笔来，袖手而立。显宦道：“如今还有什么讲？”乞儿道：“毕竟是酒少的缘故，若饮尽此壶而诗不成者，罚以金谷酒数。”显宦对家人道：“我明晓得他是骗酒吃，就拼这一壶舍他，若还再做不出，一总与他算账就是了。”乞儿一手举笔，一手拿碗，叫管家不住的斟。吃了一碗，仍写“一上”二字。那些陪宾见他写来写去，不过是这两个容易字，知道是白丁无疑了，正要打点报仇，不想吃完之后，就把这几个容易字眼凑成一句，后面又续上三句，恰好是一首眺望的诗。显宦取去一看，不觉大惊大笑，喝彩起来。其诗云：

　　　　一上一上又一上，一上直与青天傍；

　　　　等闲回首白云低，四海五湖同一望。

显宦捏了这幅诗笺，扯那几个陪宾到背后去商议，说此人口气极大，必非以下之人，要拉他入席同饮。那几个陪宾众口一词，都说朝廷重臣与乞丐之人同坐，近于失体，旁人传播开去，有碍官箴。显宦踌躇了一会，掉转身来，正要与他说话，不想他诗成之后，飘然而去，任凭呼唤，再不回头。

　　显宦没奈何，只得吩咐一个管家尾他下山，察其动静。只见走到山脚之下，有三、四个绝标致的名妓接他下船，替他除去破帽，脱去破衣，换了新巾艳服，大家笑做一团，开船饮酒而去。连岸上的人，也都拍掌呵呵笑个不住。管家问道：“方才上船去的是何等之人？为什么缘故假装这个模样？”岸上人道：“这是本处一个解元相公，姓唐名寅，表字伯虎。字画文章俱是当今第一，极喜诙谐玩世，人都叫他风魔①解元。起先你家老爷

---

　　① 风魔——发疯，癫狂。

将要上山的时节,他的酒船泊在你们船边,闻得你们船上开了一瓶好酒,他垂涎不过。后来见你老爷上山,他对那些名妓道:'怎么样生个法子,走上山去骗他几杯,尝一尝滋味才好。'有个名妓道:'如今的仕宦,那个不晓得名士之中有个唐伯虎,你拼得写个名帖走去拜他,怕他不留你坐首席?'唐伯虎道:'写晚生帖子干谒要津,是当今名士的长技,我一向耻笑他们的,此戒断不可破。况且明明白白走去撞席,也觉得没有波澜。须要生个妙法,去吃了他的酒来,还不使他知道姓名,方才有趣。'有个名妓道:'这等说,除非做齐人乞食的故事,方可必得,只怕你没有这副脸皮。'唐伯虎道:'才人玩世,何所不可?毕吏部为酒而做贼,贼尚可做,况于乞丐乎?'随即换了破衣破帽,扮做叫化子,走上山来骗酒吃。方才下山的时节,我见他沉醉醺醺,想是中了他的诡计了。"管家就把做诗吃酒的话,与他说了一遍,如飞走上山去,回复主人。显宦大惊道:"原来就是唐伯虎!这样一个大名公,竟与他当面错过,可惜可惜!"埋怨那些陪宾道:"我原要礼貌他,都是兄弟们不肯,阻塞贤路,使他做了玩世不恭的畸人,使我做了贤愚不辨的俗吏。这桩奇事,将来必传。万一有人做起戏来,我面上这两笔水粉,是兄弟们见惠的了。"把那几个陪宾说得哑口无言,羞惭满面。

第二日备了一副盛礼,又携了一樽葡萄酥,进城去访唐伯虎。唐伯虎辞了礼物,只受名酒一樽,当面开了,与他尽欢而别。临别之时,显宦问他求画。他就把昨日的故事,画做一幅着色山水,叫做《六如山人乞食图》。这幅名画与这桩韵事,至今流传,以为实迹。他虽然不是真正乞儿,却也捏了一时三刻的糙碗,穿了七拼八补的衲头,骗许多好酒吃下肚,还博个风流豪杰之名。这是文人墨客的故事了。

那个忠臣义士,去今不远,就出在崇祯末年。自从闯贼破了京城,大行皇帝遇变之后,凡是有些血性的男子,除死难之外,都不肯从贼。家亡国破之时,兵荒马乱之际,料想不能丰衣足食,大半都做了乞儿。闻得南京立了弘光,只说是个中兴之主,个个都伸开手掌,沿途抄化而来,指望辅佐明君,共讨国贼。谁想来到南京,见弘光贪酒好色,政出多门,知道不能中兴,大失从前之望。到那时节,卑田院中的隐士熬不得饥饿,出来做官的,十分之中虽有八、九分,也还有一、二分高人达士,坚持糙碗,硬着衲衣,宁为长久之乞儿,不图须臾之富贵。所以明朝末年的叫化子,都是些有气节、有操守的人。若还没有气节，没有操守，就不能够做官，也投在流贼之中，抢掳财物去了，那里还来叫化？彼时鱼龙混杂，好歹难分，谁知乞丐之中尽有人物。直到清朝定鼎，大兵南下的时节，文武百官尽皆逃窜，独有叫化子里面死难的最多，可惜不知姓名，难于记载。只有江宁府百川桥下投水自尽的乞儿，做一首靖难的诗，写在桥塇之上，至今脍炙人口。其诗云：

> 三百余年养士朝，一闻国难尽皆逃。
>
> 纲常留在皁田院，乞丐羞存命一条。

这岂不是乞丐里的忠臣义士？

话休烦絮，且把正事说来。明朝正德年间，山东路上有个知书识字的乞儿，混名叫做"穷不怕"。为人极其古怪，忽而姓张，忽而姓李，没有一定的姓氏。今日在东，明日在西，没有一定的住居。有时戴方巾，穿绸绢，做乞丐之中第一个财主；有时蓬头赤脚，连破衣破帽都没有，做叫化子里面第一个穷人。

为什么没有定姓？他原是个旧家子弟，只因为人轻财重义，把金银视为粪土，朋友当做性命；又喜替人抱不平，乡里之中有大冤大屈的事，本人懦弱不能告理，他就挺身出头，代他申诉。不上几场官司，几年挥霍，就把数千金产业费得罄尽，弄得仓无一粒，囊无半文。平昔受恩的朋友，见他穷了，分文不肯借贷；连自家的妻子，没穿少吃，饥寒不过，也逼他做起朱买臣来。他因看破世情，毫无眷恋，竟把妻孥弃了，飘然出门，随他嫁也得，守也得，只携一根棒，一只碗，做个不骄妻妾的齐人，在外面乞食。知道自己不长进，玷辱祖宗，怕人知道姓氏，说他是某人之子，某人之孙，要把"叫化"二字封赠先人，所以不肯说出真言，忽而姓张，忽而姓李。

为什么没有定居？他道："叫化"两个字，也是随人解说得的，若还只顾口腹，不惜廉耻，把几十个"老爷"、"奶奶"换他一文低钱，叫了又叫，化了又化，这就是叫唤之"叫"、募化之"化"了；若还做得清高，讨得廉介，在乞丐里面行些道义出来，使人见了，个个思忖道："乞丐之人尚且如此，岂可人而不如乞丐乎？"这等做来，就是劝教之"教"、变化之"化"了。每一户人家，终身只讨他一次，这一次又只讨他一文，在我不伤其廉，在人不伤其惠。当初做官的里面，有个"一钱太守。"做太守的人，每一个百姓取他一文钱，尚且不叫做贪墨，何况于乞丐之人？若还守定在一处，讨过的人家终日去讨，不但惹人憎嫌，取人唾骂，就是自己心上也觉得不安；不如周游列国，传食四方，使我的教化大行于天下，天下好施喜舍的人，要见我第二面也不能够，就像天上的神龙一般，使人见首而不见尾，何等清高，何等廉介！他立定了这个主意，所以今日在东，明日在西，再不曾在一个地方住上一年半载。

为何忽然财主，又忽然做了穷人？只因他天性慷慨，最恶的是悭吝之人。古语道得好："江山易改，秉性难移。"他就做了叫化子，依旧还轻财重义。自己要别人施舍，讨来的钱钞又要施舍别人。财主人家见他讨饭讨得清高，做人做得硬挣，又且通今识古，会做几首粗浅诗词，都不把他做乞儿看待。见他走进门来，不是亲手递茶，就是唤人送饭；不是解开串头拣一大钱，就是摊开银包掊一小块，都不消他开口，输心乐意的施舍他。所以他的钱财，极来得容易，一日到晚，定有几百个绝大的铜钱，几十块极碎的银子。若肯攒积起来，不但不消叫化，还可以恢复旧业，做个中兴财主。怎奈他旧性不改，竟像银子钱财上面有刀锋剑鏊，要割人手掌的一般，有了几分，定要散去，决不肯留在身边过夜。看见同伴之中，有时运不济，叫化不来的，论分论钱周济他；有病倒在床，不能出去叫化的，论年论月供给他。这或者是同病相怜，物伤其类的意思，也还罢了。有时讨到穷苦人家，见他家中粮绝，灶上烟消，死者无棺，病者少药，就不觉动起恻隐心来。岂但不要他施舍，还向旧蒲包里倾出冷饭，倒送于施主充饥；破布袋中摸出金钱，反施与檀那作福。所以叫化得来的时节，三、五日不做好汉，买些衣服，穿着起来，就是乞丐之中第一个财主；撒漫去了的时节，一、两日没人接济，衣裳卖尽，出身露体，就是叫化里面第一个穷人。人见他穷到叫化的地步，还不回头，得了钱财，依旧浪用，竟像要与穷鬼打斗的一般。所以起他一个混名，叫做"穷不怕"。叫到后来，凡是北京、河南、山东、山西的人，没有一个不知其名，他竟做了乞丐之中的名士。人人都望他上门，要看是怎生一副面孔，做人这等异样。

一日讨到山西太原府，也是他运限不利，劫数难逃，名士的遭际忽然偃蹇①起来。初到地方叫化，只有一个好善的妓妇，留他吃了一顿饱饭，出门的时节还约他再来走走。"穷不怕"是讨过一次不讨第二次的，怎么

---

①　偃蹇(yǎn jiǎn)——困顿；窘迫；敝衣履。

还肯再去？那晓得除了这个信女，再没有第二个善男。讨了四、五日，低钱不见一文。在人家门首立上几个时辰，讨不得半碗冷粥，一块锅巴。临舍他的时节，还要骂上几声，把饭食丢在地下，等他自拾；再没有和颜悦色，在手里递与他的。"穷不怕"是有侠骨的人，宁可忍饥受饿，使性出门，不肯受那嗟蹴之食。一连饿了几日，不觉眼中发花，耳内蝉鸣，一张没倚靠的肚皮，吸到背脊上去，看看要做伯夷、叔齐了。自己宿在冷庙之中，反复思量道："我往常的叫化时运，是从来少有的，为什么没原没故倒起运来？虽然说是叫化的人，就活到一百岁少不得是饿死，只是我这叫化子比别人不同，多活一年，还替世上的人多做一年好事。难道不老不病，就是这等死了不成？"

　　想过一会，忽然醒悟转来道："是了。往常人肯施舍，一来是重我的人品，二来是慕我的名声，所以一见了面，就相待如宾，钱财饭食，不求而至。我如今初到地方，又不曾有人替我先容，说有个轻财重义的'穷不怕'，要到这边来行道，大家作兴他一作兴；我又不曾自己称名道姓，说我就是远近知名的'穷不怕'，初到这边来糊口，求列位看顾一看顾。他知道我是何人，肯破格相待我？如今没奈何，只得要做毛遂自荐了。把近来做名士的诀窍也要试验出来，使他知道我，在盛名之下，终好尊敬我。"算计定了，就买一张大绵纸，褙做几层，做一首七言四句的诗，写在上面，就如星相医卜的招牌一般，捏在手里，走到人家去叫化。其诗云：

　　　　仗义疏财"穷不怕"，自书名号肩头挂。

　　　　别人施我我施人，叫化之中行教化。

拿了这张招牌，熬着饿肚，到街上去东走西撞。只说"穷不怕"三个字是棵摇钱树，街上人见了，只恨相见之晚，岂有当面错过，竟不延纳之理？谁想天下之事，尽有出之意外的。未挂招牌之先，银子铜钱虽然讨不着，还有些残茶剩饭与他看看，做个望梅止渴，画饼充饥；自挂招牌之后，冷粥要留来养猫，锅巴要拿去喂狗，没得与他见面。"穷不怕"立得腿酸，叫得口渴，还讨一顿棍子打了出来。一个太原城里，不知几十万人家，不约而同，都是如此，竟像写了合同议约，要饿死他的一般。不知是什么缘故？他只得叹口气道："道之不行也欤，命也。'穷不怕'其如命何！"回到冷庙之中，丢了招牌，也不求生，也不寻死，只是仰天僵卧，做个束手待毙而已。可怜他是饿坏的人，那里经得再饿？只消一日一夜，没有水浆下肚，就不觉四肢冰冷,目定口张,只有出气,没有进气了。

看官,你说"穷不怕"的教化处处大行,独有太原行不去;别处的人都喜施舍,独有太原不喜施舍,这是什么缘故?要晓得太原的人,也是极慕他的,只因终日放在口里,说来说去,看见乞儿上门,就呵叱他道:"你不晓得叫化里面有个'穷不怕'么?一户人家只讨一次,到第二次就请他也不来了,这才是个好花子。你为何不学他一学,三日两头只管上门来惹厌,我们就有钱也不舍你,要留在这边,等那'穷不怕'。"人人都是这等说,传播开去,就有个远方乞儿,要射起利来,竟假冒"穷不怕"之名,先到太原来行道。太原的人都把他面庞举止细细看了一遍,然后把银钱送他,饭食请他,那个乞儿倒撰了一注大钱而去。临去的时节,又对众人道:"我'穷不怕'是一匹好马,再不吃回头草的。如今扰过一次,以后再不来了。只恐怕有无耻之徒,等我去后,歇上一年半载,假冒我的贱名来搅扰地方,不但费了施主的钱钞,又且坏了不肖的名声。列位谨记此言,切不可被人欺骗。"所以太原之人,一来错认了前人之貌,二来误听了先人之言,起先既把假的当做真的,如今自然把真的当做假的了。所以一见了他,就像仇人一般,半个铜钱不肯轻舍,连那一块锅巴,半碗冷粥,勉强丢掷与他,还像违了圣旨的一般,怎么肯欢欢喜喜的出手?"穷不怕"只因名高致累,弄到生计索然,又没人对他说,他那里得知?

彼时饿到九死一生之际。本处的地方总甲,往常巴不得死了乞丐,好往各家科敛银钱,多少买几个芦席卷了死人,抬去埋了,余剩下来的,好拿去买酒肉吃。此时见"穷不怕"浑身冰冷,料想没有生机,就不等他断气,先到各家科敛。偶然敛到一个娼妇人家,那个娼妇姓刘,是太原城中第一个名妓,正接着一个财主嫖客,与他对坐下棋。听见说死了乞儿,就把棋子丢下了,连忙问道:"那叫化子是那里人?可晓得他的名字?"地方道:"是山东路上来的,混名叫做'穷不怕'。"妓妇大惊道:"这是一尊活菩萨,为什么没病没痛,就会死了?"地方道:"是没人施舍,饿死了的。"妓妇连声叹息,说:"这个乞儿,本处的人不晓得他的来历,我当初在山东居住,他也在山东叫化,只有我认得他,这个才是真正'穷不怕',以前来的那一个是冒名的。"嫖客道:"乞丐的人,有什么好处,别人冒起名来?"妓妇把他生平善行,对嫖客述了一遍。嫖客道:"这只怕是传闻的话,乞丐里面那有这等好人?"妓妇道:"耳闻是虚,眼见是实,他的好处我不但眼见,还亲自受他恩惠过的。不瞒相公说，我十二、三岁的时节，家里彻穷，母亲死了三日，不能备办棺衾。他叫化叫到我家来，我对他痛哭道：'母亲的尸骸暴露，尚且不能收殓，那有铜钱打发你？'他起先不信，及至领他看过尸首，他就动了恻隐之心，取出一包银子，虽然不上一两，倒有七、八百块，都是叫化来的，又凑上几百铜钱，送与我家父亲，措办棺木。我家正在危急之际，顾不得羞耻，只得受了他的。若不是他周济，母亲的骸骨几乎不能收殓，他竟是我的恩人。前日走进门来，我便认得他，他还认不得我。只留他吃得一顿饭，约他改日再来，要对他说出原情，重重的报他一报他。那里晓得几日不见，就饿死了，岂不可怜。"说完，不觉泪下起来。嫖客道："他既然助你葬亲，我如今也替你还他一口棺木，再做些好事超度超度他，也就可以报得他了。"妓妇道："若得如此，感恩不尽。"嫖客就吩咐家人，取五两银子，交与地方总甲备办棺衾，待收殓之后，再叫和尚超度他。妓妇恐怕地方总甲侵渔入己，叫家人跟去，面同收殓。

　　谁想买了棺木抬到庙中，把死人一看，还是不曾绝命的。家人讨些热汤灌了几口，就渐渐有些生气，再把粥汤灌灌，不觉对人说起话来，说："我是饿死的人，一个铜钱、半碗冷饭，尚且没人施舍，这口棺木是从那里来的？满城的财主都要置我于死地，列位是何等之人，又为何肯来救我？"地方与家人把妓妇感他昔日之恩，嫖客助他棺衾之费的话，说了一遍。"穷不怕"大惊道："难道如今世上还有个知恩报德的人不成？这是桩奇事了。这等看来，不但我乞丐之中有人物，连娼优隶卒之中也有人物了。"惊喜了一会，就勉强挣扎起来，买些点心吃吃，央家人扶了，走去拜谢恩人。妓妇见他活了，不胜之喜，连忙取饭食款待他。嫖客问他道："你往常穷不怕，如今穷怕了么？"他点点头道："穷怕了。"嫖客道："你以后有了钱财，还敢浪用么？"他摇摇头道："再不敢浪用了。"嫖客对妓妇道："他大难不死，又能悔过，将来必有好处。你当初既受过他的恩惠，如今又没有亲人，何不与他结为兄妹。留在家中，把些闲饭养他，一来报恩，二来积德，何等不妙？"妓妇道："我也正要如此。"就在嫖客面前，对天拜了几拜。从此以后，妓妇呼他为兄，他呼妓妇为妹，两下相处得极好。

　　过了三、五日，"穷不怕"有些厌烦起来，自己思量道："我当初破家之后，只因不屑做娼优隶卒，所以出来叫化。如今争了十年饿气，又从新跟了妓女，做起乌龟亲眷来。图哺啜而丧声名，岂不是为小而失大？"就托故辞了妓妇与嫖客,要往别处走走。嫖客留他不住,只得吩咐他道:"你这等一个人,为什么好事不做,只想去叫化? 你看从来叫化里面,那一个是有收成的? 我如今赠你五十两银子,你拿去做本钱,寻些生意做做,切不可再去叫化了。"说完,就吩咐家人开开皮匣,取出一锭大元宝,亲手交付与他。"穷不怕"再三推辞,推辞不脱,只得受了。妓妇又吩咐他道:"你是个慷慨的人,有了这注银子,少不得看见穷人又要施舍;舍去之后,少不得又像前日的故事。只怕饿死在别处,没有第二个灌粥汤、舍棺木的人了。我如今把个戒指送你,你戴在手上,但凡要用银子的时节,就想着我的话,急急要止住了,不可再照以前撒漫。"说完,就退下一个金戒指,替她戴在手上。"穷不怕"千恩万谢,拜别出门。心上思量道:"有了五十两银子,自然该做生意了,难道还好叫化不成? 只是一件,我自有生以来,不曾做过生意,不知那一桩买卖做得。万一做折了本,依旧叫化;不如把银子藏在身边,再叫化几时,看世上的生意是那一桩最稳,学些本事在肚里,然后去做,也不为迟。"算计定了,就离了太原地方,到北京保定府高阳县去行道。也亏他善听忠言,不违谏诤,把妓妇叮嘱的话紧紧记在心头,半个低钱不敢浪用,准准熬了一个月。

　　到一月之后,又是他月建不利,劫数难逃。每日清晨起来,到街上叫化,只见个四十多岁的妇人,跪在一个乡宦人家门首,不住的磕头。磕一个头,叫一声道:"天官老爷,还了我的人罢!"一连磕上几百个头,方才走了开去。今日如此,明日也如此。冤家凑巧,"穷不怕"不去,他再不来;他若不来,"穷不怕"也不去,竟像约定的一般,日日在他门首撞着。一连遇见十几次,"穷不怕"恻隐之心又有些动弹起来。待他转去的时节,跟住了他,走到个僻静之处,叫住了问道:"老奶奶,你为什么事跪在人家门首磕头? 有什么苦情,对我说一说看。"那妇人正在悲苦之际,听见后面有人叫唤,巴不得立住告诉一番,等人替她区处;及至回转头来,看见是个叫化子,那里有口对他说话? 啐了一声,往前竟走。"穷不怕"不好再问,只得跟他回去,看他住在那里,再做计较。跟了许多路,跟到个冷落乡村,那妇人走进一间草屋,就把门拴上,放声大哭起来。哭了一阵,隔壁有个妇人劝她道:"周大娘,不要哭,你家大姐是取不转来的了,落得省些脚步,以后不消去罢。"那妇人道:"我银子又措办不来,势力又敌他不过,难道把个活剥剥的女儿坑死在他家里不成? 少不得日日去磕头,若讨得女儿人来,当做求他;讨不得人来,当做咒他。看他怎么样发落我?"

"穷不怕"未问之先,见他终日磕头礼拜,还怕是解不开的冤结;及至跟到门前,听见说出"银子"二字,心上就宽了一半,腰间那个元宝竟像要动起来的一般。就把妇人的门敲几下道:"周大娘,送女儿的来了,快些开门。"那妇人听见这一句,又惊又喜,只说果然是乡宦的管家送女儿上门,连那隔壁的妇人也替她欢喜不过,大家走出来迎接。谁想开门一看,就是那个不识高低、好管闲事的叫化子。妇人又啐一声道:"孽冤魂,穷饿鬼,为什么不去讨你的涝饭,只管跟住我歪缠? 我的女儿在那里? 为什么敲门打户,骗起人来?""穷不怕"道:"大娘不要发恼,我这个叫化子比别的叫化子不同,是替人分得忧、挑得担的,我见你日日在人家门首磕头,毕竟有什么冤枉之事,所以跟住了问你。谁想你并不回言,我只得随你回来,察其动静。方才听见这位大娘劝你,你说势力又敌他不过,银子又设处不来。这等说,若有了银子,就可以取得人出了。请问你的令爱还是卖与他的,当与他的? 请说一说,我替你区处。"那妇人笑一笑道:"好大力量,好大面皮,高阳城里不知多少财主,多少贵人,我个个都告诉过了,不曾见有一毫用处。你一个讨饭吃的人,自己性命养不活,要替人处起事来,可不是多劳的气力?""穷不怕"道:"这等说起来,大娘见左了。如今世上那有个财主肯替人出银子、贵人肯替人讲公道的? 若要出银子、讲公道,除非是贫穷下贱之人里面,或者还有几个。我这叫化的人,只因穷到极处,贱到至处,不想做财主,不望做公卿,所以倒肯替人代些银子,讲些公道。你但说来,只要银子取得人出,还你一个令爱就是了,何须管我叫化不叫化。"

那妇人还不肯信,只说是个油嘴花子,要骗他茶饭吃的,随他盘问,再不开口。隔壁的妇人道:"周大娘,你也忒煞执意。他虽是叫化的人,也难为他一片好意,便对他说说也不妨事,难道费你什么本钱不成?"那妇人却不得邻舍体面,只得告诉他道:"我这个女儿,今年十六岁了。三年之前,我丈夫去世,没有一个倚靠的人。地方上有几个光棍,见我女儿生得眉清目秀,就起了不良之心,没原没故生出诡计来,说我丈夫在日曾把女儿许他,要白白领去做媳妇。见我不肯,竟要告起状来。方才那个乡宦不知从那里知道,就教管家来对我说道:'我家老爷闻得地方光棍要白占你女儿,十分不服,要替你出头。你若肯假写一张卖契,只说卖与我家老爷,他们自然断了妄想。若再来与你讲话,待我老爷拿个帖子送到县里去,怕不打断他狗筋。待事平之后,歇上一年半载,把女儿交付还你,寻好人家做亲就是。'我听了这些话,只说果然是好意,就央人写一张卖契,填了三十两虚价,连女儿送到他家。还磕了许多头,谢他的恩德。自从送去之后,地方上的光棍就果然断了妄想,不敢再提前事。如今过了三年,是非也息了,女儿也大了,我要领他回来,招个女婿养老。谁想那乡宦又起不良之心,要收我女儿做小。我知道落了圈套,跳不出来,只得依从了他。又谁想那乡宦的夫人,是高阳城里第一个妒妇,听见丈夫要收我女儿,就把女儿百般磨难,做定了规矩,每日要打一百皮鞭,逼我去领。及至我走去领,那乡宦又留住不发,说:'你若要领去,须照卖契上的银子,一本一利,还得清清楚楚,我这里方才发人;若少一厘,不要痴想。'我如今要赎,又没有这注银子;若还不赎,女儿又吃打不过,只得日日去磕头,指望他过意不去,或者把女儿还我也不可知。谁想哀告了几十天,头也磕过上万,他全然不理。昨日女儿寄信出来,说他的皮鞭也打过上万了,浑身的肌肉没有一寸不紫,没有一寸不烂,再经不得打了。赎与不赎,教我寄个回信与他。赎得成,再熬几顿;赎不成,待她好寻死。你说这样的事,教我苦不苦,急不急?"说完,又放声大哭起来。

"穷不怕"道:"大娘不要哭,且商量正事。请问这位令爱,要吃得多少银子,才赎得出?"妇人道:"他讲过了,照原契上一本一利。我当初并不曾得他一厘,只是不合写了这张虚契。如今若要取赎,须得三十两本钱,三十两利钱,共成六十两交送进去,方才领得出来。如今莫说六十,就是六两、六钱,也没得打桩,教我怎么处?""穷不怕"道:"他说这些,难道就要这些不成?"妇人道:"他明是爱我女儿,舍不得发还,知道我没有银子,故此把这难题难我。我就有了六十两送去,还怕他不肯,又要把别话支吾;若还少了一两、五钱,不能足数,他一发却之有名,自然赎不出了。""穷不怕"道:"就要这些,也不是什么难事,我现有一个元宝在此,就少十两也容易凑。只是一件,这个元宝是一个大恩人送与我活命的,我要都送与你,就是从井救人,万一叫化不来,依旧饿死,就负了他的盛意了。好事也要做,性命也要活,老实对你说,这六十两之中,我只好助你一半,那一半我替你生个法子出来,还你不上三、五日,就有女儿进门。"妇人道:"生个什么法子?""穷不怕"道:"天下作福的事,人人肯做,只怕没有个唱首的人。我如今助你三十两，那三十两也要想一个人助你，就不能够。若还一两二两，三钱五钱，不拘多寡，凑集起来，料想也还容易。你如今就像化缘一般，做起一本册子来，待我把你自家口气做篇告助的引子，写在前面。开头一名是我写起，人见我乞丐之人尚且助你三十两，难道那些有体面、有身家的人不助你几两？一个不成，你到各家去写一写，料想不出三、五日，就可以完得数了。"妇人道："合少成多的事，或者也还做得来。只是你这样穷人，怎好累你出一半？""穷不怕"道："我的银子是送人送得惯的，不消你替我肉疼，快些设法起来就是。"就先摸几个铜钱，走去买了一个毛边帖子，他的笔砚是时常带在身边，取将出来，替他写个引子道：

　　告助孀妇周门某氏，痛夫早亡，只生一女，向因葬夫之用，卖与乡宦某老爷为婢，得身价银三十两是实。今因氏老无儿，桑榆莫靠，蒙某老爷垂怜孤寡，恩许备价赎回，赘婿养老。可怜赤贫嫠妇①，囊无半文，本利不赀，何从措办？谨此奉告四方义士，三党懿亲，各发婆心，共垂佛手，或损半缣之费，或损一饭之资，割少成多，共襄义举。子母全归之日，即是娘儿永聚之期。德比二天，恩同再造。惠助者，请列大名于左。

　　写完，高声朗诵一遍，与妇人听了。然后提起笔来，大书一行字道：

　　海内知名乞儿"穷不怕"，义助赎女银叁拾两。

　　写完之后，又押了一个花字，递与妇人。妇人接便接了，心上还有些疑惑，说他是个叫化之人，那有这注大银子，恐怕是脱空扯谎的话，口里便欢喜，面庞举动之间，不大十分踊跃。"穷不怕"，知道他的意思，就在一个破布袋里摸出那锭元宝，放在妇人面前道："大娘不要疑心，这件东西不是铜倾锡铸的，乡宦人家用得惯，拿去他自然认得。只是凿他开来要费许多气力，不如就交与你，你明日告助来的银子，还我二十两，这个元宝就不消动得，囫囵囵送去就是了。"妇人看了这件东西，方才手舞足蹈起来，千"恩主"、万"好人"称谢个不了。连隔壁的妇人，也朝他念了几声"阿弥陀佛"。"穷不怕"把元宝交付与他，自己依旧去叫化。

　　妇人拿了这个帖子，到那些财主亲眷人家，凡是与他丈夫有一面的，

---

　　①　嫠(lí)妇——寡妇。

挨家逐户去走一次。只说有了大头脑,不怕没有小帮助,难道一县的财主,抵不得一个叫化子不成? 放心落意去求助。谁想天下的事,再料不定。起先只说把"叫化"二字,塞住众人的口,自家说得有理,使他回不出来。乞丐之人,尚且助我,他是何等之人,肯说我不如乞丐,免不得意思,定然要出手的了。谁想倒被"叫化"二字塞住自家的口,被他说得有理,自己反回不出来。俗语二句道得好:

无钱买茄子,只把老来推。

众人的本意,原是不肯破悭的。若没有前面这行大字,还不便直捷回他,只好说待别人写了,再来见我,做个缓兵之计。只因有了"穷不怕"这个尊名,写在缘簿之首,众人见了,就不约而同,都把"穷不怕"三个字当了回帖,说:"你把叫化子写在前面,教我们写在后面,明明说我是叫化不如的人了。既然叫化不如,那有银子助你? 叫化子写三十两,我们除非写三百两才是,若还写二十九两,也是张不如叫化的供状了,如何使得? 你既有了这个叫化檀越,只消再寻一位叫化施主写了第二行,就赎得女儿出了,何须要求众人?"还有几个是他丈夫的好朋友、好亲戚,银子便没得周济他,偏会责人以大义,说:"做寡妇的人,还该理烈些,不该容闲杂不食之人在家走动。做叫化子的怎得有三十两银子,只怕来历也有些不明。他与你是那一门亲眷,为什么没原没故,肯把这注银子助你? 只怕名色也有些不雅。"妇人被他说得满面羞惭,无言可对。回到家中,闷闷的坐了几日,料想女儿赎不成,要等"穷不怕"来把元宝交还他去。

到第五、六日,"穷不怕"走进门来,问那三十两银子有了不曾。妇人三把眼泪,四把鼻涕,朝他哭了一场,然后回复。"穷不怕"不等说完,就截住道:"这等说,多份是没有了。也罢,一客何劳二主,这桩好事,待我一个叫化子做完了罢。那个元宝是五十两,我这几日又讨了几串铜钱,都换做银子在这里,算来也有八、九两,还不能够足数。我手上有个金戒指,是个结义的妹子送与我戒浪用的。我如今浪戒不住,要他也没干,一发放在里面,凑成足数罢了。"说完,就把银子取出来,戒指勒下来,一总交付明白,催他去赎女儿,自己别了出门,约到明日来贺喜。

妇人拿了这注财物,走到乡宦门首,那些管家只说他要进去撒赖,不肯放她入门。妇人将元宝、金银把与他看,说:"为赎女而来。"家人信了,方才放她进去。妇人见过乡宦,磕了几个头,就取出身价,摆在他面前,求他称兑。那乡宦把元宝、戒指仔细一看，问他是那里来的，妇人就说："是个财主乞儿赠我的。"乡宦踌躇了一会，吩咐她道："我今日有事，没工夫兑银子，收在这边，明日来兑。"妇人不敢违拗，只得应声而去。

到第二日清晨，"穷不怕"走到妇人家里，问他女儿赎出不曾，妇人把乡宦事忙、约了今日的话说了一遍。"穷不怕"正要出门，不想有几个健汉，如狼似虎拥进门来，取一条铁链，把他锁在一头，把妇人锁在一头，不容分说，牵了出去。"穷不怕"问是什么缘故，众人不应；妇人问是什么情由，众人也不理。一直带到高阳县前，关在一间空屋里面。"穷不怕"与妇人两个跪在地下哀求，要他说出锁拿之故。那些健汉道："打劫钱粮的事发了，难道你自家做的事自家不明白，还要问我不成？""穷不怕"与妇人面面相视，不知那里说起。再问几句，那些健汉就擎起铁尺，要打下来。"穷不怕"与妇人两个不敢开口，只得战战兢兢，抖做一团，缩在屋角头，等候发落。

看官，你道这是什么缘故？只因那一日乡绅看了元宝，心上动疑，说从来只有官府的钱粮，方才倾做元宝，随你财主人家银子，也不过是五两一锭，十两一锭。叫化的人，若不是做强盗打劫，这件东西从那里来？又有一个赤金戒指搭在里面，一发情弊显然了。况且元宝上面两边都有小字，乡宦是老年的人，眼睛不济，不曾戴得眼镜，看来不大分明，所以打发妇人回去，一来要细看元宝，二来要根究来历。及至妇人去后，拿到日头底下，戴了眼镜，仔细一看，一边是解户的名字，一边是银匠的名字。原来这解户与银匠就是高阳县人，半年之前，高阳县解一项钱粮进京，路上遇着响马，干净打劫了去。累那解户转来倾家荡产，从新赔出银子倾做元宝，解进京去，方才保得身家性命。这桩大事是通县皆知的，乡宦岂不闻得？如今看了这两行小字，不觉大惊大笑起来。随即打轿去拜知县，把替他访着强盗，拿住真赃的话，说了一遍。就把元宝取出来，付与知县亲验。知县看了，千称万谢，送了乡绅回去，就传捕快头目进衙门吩咐，叫他用心捉获，不可疏虞，所以"穷不怕"与妇人受了这场横祸。

等到知县升堂，捕快带了进去，少不得知县先审妇人，问他这注赃物是那里来的？妇人少不得说出真情，推到"穷不怕"身上。"穷不怕"不等知县拷问，就说"元宝、金银都是乞儿送与他的，要审来历，只问乞儿，不干这妇人之事。"知县道："这等你把打劫钱粮的情节，从直招来，省得我动刑具。"穷不怕"道:"一尺天,一尺地,乞儿并不曾打劫什么钱粮。这个元宝,是太原城里一个嫖客舍与乞儿的。这个戒指,也是太原城里一个妓妇送与乞儿的。这些散碎银子,是乞儿叫化了铜钱,在本处兑换来的。有凭有据,并没有来历不明的事,求老爷鉴察。"知县见他不招,就把怒棋①一拍,吩咐禁子:"快夹起来!""穷不怕"平日虽然打过几场官司,都是从旁公举、代众伸冤的事,自己立在上风,看别人打板子、夹夹棍的,何曾受过这般刑罚? 夹了一夹棍,没有话招。知县又吩咐禁子:"重重的敲!"连敲上几百棍,"穷不怕"熬炼不过,知道招也是死,不招也是死,招了还死得迟,不招反死得快,只得信口乱说道:"不消再夹,待小的招出来就是。这项钱粮,是我在某处路上打劫来的,只为好嫖好赌,都用尽了,只留得这锭元宝,赃真事实,死罪无辞。"知县说:"打劫钱粮,决不是你一人,定有几个伙伴;顿寄赃物,决不在这一处,定有几个窝家。速速招来,不然我还要夹!""穷不怕"道:"小的气力最大,本事最高,生平做强盗,再不用帮手,都是一个人打劫;到一处地方,只以乞丐为名,日走街坊,夜宿庙宇,再没有一个窝家。"知县道:"你方才说,那个元宝是嫖客舍你的,那个戒指是妓妇送你的,这等看来,那嫖客就是伙伴,妓妇就是窝家了,为什么不招?""穷不怕"道:"那都是信口支吾的话,其实不曾遇着什么嫖客,相处什么妓妇,不敢妄扳良善之人,求老爷鉴察。"知县道:"盗情之事,不是一次审得出的,且把妇人讨保,强盗送监,待改日再审。"随即吩咐刑房出几张告示,张挂四门道:

　　高阳县正堂示:照得本县于本年某月解某项钱粮进京,途中被劫,致累本县捐俸赔偿,缉访多时,人赃未获。忽今天网不疏,大盗"穷不怕"挟带原赃,潜入本境,幸某乡绅访确密首,本县缉获审明。大盗"穷不怕"已经定罪监候,俟申详处决。但本县所失钱粮甚多,今只获元宝一锭;强盗党羽甚众,今只获"穷不怕"一人。盗首既至,党羽必随。除一面差捕缉拿外,仍着地方乡保,挨户严查,但有面生可疑之人,来历不明之物,即行密报,以便拘提;如有容隐疏纵等情,事发一体连坐。各保身家,毋贻后悔。特示。

告示挂了一月,不见有人出首贼党,缉获余赃。

---

　　①　怒棋——指惊堂木。

忽然一日,"穷不怕"正在监中吃牢饭,外面有个差人,捏了一张硃票进来,要提他出去。"穷不怕"见了硃票,吓得三魂入地,七魄升天,只说要提他处决,眼泪汪汪,跟了差人出去。走到丹墀①之下,跪定身子,抬起头来,只见上面坐了三个官府,都是认不得的。两边厅柱上锁了两个犯人。仔细一看,谁想左边一个就是本县的知县,前日夹他夹棍、定他死罪的人;右边一个就是本处的乡绅,前日替他作对、首他到官的人。连那无辜受累的妇人,也提来跪在下面;还有一个十五、六岁的女子,跪在妇人旁边,头不梳,脸不洗,面上有许多血印,却像打伤的一般。"穷不怕"看了,知道就是妇人的女儿,但不知提在一处做什么,上面坐的三位是什么官府,难道三官大帝忽显神通,知道我这桩事情实系冤枉,青天白日现出真形,来替人伸冤雪枉不成?只见跪了一会,右边一个官府把知县、乡绅与下面一干人犯的名字唱了一遍,连人连卷交付与左边两个。左边两个收了文卷,就吩咐跟随的人押解起身。自己也上了马,一路同行同宿,不知带往那里去。及至走了三日,"穷不怕"细问解人,方才说出缘故;原来是圣上知道高阳县里有这桩大冤大枉的事,特差两个校尉来捉知县、乡绅,并提一干人犯,带到京中,要亲自发落的。那唱名点解的官府,是本处按院,圣旨着他协拿的。"穷不怕"知道原由,却像死了几七从新活转来的一般,哪里喜欢得了!但不知皇帝坐在深宫,何从知道外面的事?就是有人传说进去,也只该发与本处抚按从新审鞫,超豁我的死罪罢了。为什么皇帝自己做官,替叫化子审起事来?一路猜疑到京,再不明白。

及至解到北京,校尉启奏皇上说:"高阳一起人犯提解到了。"皇上果然坐殿,亲自研审。先把知县叫上去,问他:"这个乞儿怎见得是强盗?这个元宝怎见得是真赃?为什么不审的确,就把无辜之人定了死罪?"知县说:"本犯手里现有劫去的元宝可凭,元宝上面现有解户、银匠的姓名可据。况且审鞫之时,本犯亲口供招,说打劫粮银是实,犯臣才定死罪,怎敢屈害无辜?"皇上又叫乡宦上去,问他:"为什么一毫身价不付,要白占良家子女?一毫影响没有,要陷害无罪良民?这个乞儿与你有什么冤仇,定要置他于死地?"乡宦道:"明中赤契,买人为婢,怎敢白占子女?真赃实犯,首他到官,怎敢罗织无辜?犯臣为他打劫钱粮,害民误国,从朝廷百

---

① 墀(chí)——台阶。

姓起见，故此从公出首，其实与他没有私仇。"皇上又叫妇人上去，问他："这个乞儿为什么缘故，就肯助你一个元宝，莫非与他有什么私情，故此这等相厚么？"妇人道："犯妇只因女儿被占，终日跪在乡宦门前磕头，他出来叫化，日日撞着，动了恻隐之心。起先还只肯助我一半，要留一半养命，恐怕饿死了，辜负救他之人；后来见满城财主分文不肯帮助，他看不过，方才做了畅汉，一分不留。犯妇守寡多年，并无失节之事。就要失节，为什么不相处一个好人，却与叫化子通起奸来？"

　　皇上审完了众人，方才叫到"穷不怕"。"穷不怕"俯伏在地，不敢抬头。皇上问他道："'穷不怕'，你这个元宝与那个戒指，委实是打劫来的，还是别人与你的？照直说来，不可回护。""穷不怕"道："万岁爷在上，'穷不怕'虽是个乞儿，也是有些操守、有些气节的人，怎肯做越理犯法之事？那个元宝，其实是太原城里一个嫖客，见乞儿做人疏财仗义，几乎饿死，赠与乞儿做本钱的。那个戒指，是太原城里一个妓妇，曾受过乞儿的恩惠，见嫖客赠了这注银子，恐怕乞儿留不住，又要送与别人，故此把乞儿带在手上，戒浪用的。有根有据，并非来历不明，求万岁爷超豁。"皇上道："这等说来，你虽不曾打劫，或者是那个嫖客打劫来的也不可知。知县夹你的时节，你为什么不招出他来？招出他来，就脱了你的死罪了。""穷不怕"道："那个嫖客生得方面大耳，着实有些福相，决非盗贼之徒，怎好冤民作贼？就作他是打劫来的，他好意把钱财赠我，我不将恩报也罢了，怎好扳出他来，教他替我问罪？所以宁可自己死，决不扳扯别人。"皇上道："这等说，你果然是个好汉，怪不得道路之人个个称赞你。这等那个嫖客你如今若遇着了他，可还认得么？""穷不怕"道："他是乞儿一个大恩人，时时刻刻放在心上，就是睡梦之中，却像立在面前的一般，恨不得买块沉香，刻他一个相貌，终日烧香礼拜的人，怎么会忘记。"皇上道："你方才说他生得方面大耳，有些福相，不知他与寡人的面貌，还是那一个生得齐整？赐你抬起头来，相一相看。""穷不怕"奉了圣旨，怎敢不依，只得抬起头来，把皇上的面貌仔细一相，不觉大惊小怪，伸头缩颈，心上有话，不敢说出口来。皇上道："看你这个光景，莫非寡人的面貌，与他有些相似么？""穷不怕"把舌头拳在口里，试了几试，方才答应道："是，他的面孔果然与龙颜相似。"皇上笑一笑道："若不相似，你如今被庸官势宦处死在狱中，不得到这边来了。老实对你说，那赠你元宝的嫖客，就是寡人。寡人只为要访民间利弊,所以私行出宫。偶然游到太原,在妓女刘氏家中住了几月,只不好说出姓名。连妓女刘氏也只说我是远方客人,不知就是当今正德皇帝。那日无心之中,不曾检点,赠你那个元宝,后来思想起来,着实替你害怕,岂有叫化之人带了元宝,不弄出事来之理? 及至后来游到高阳,看见那张告示,知道你果然弄出事来。寡人又在地方住了一日,把你受害的缘故细细访在肚里,然后进京。进京之后,就差人来救你。你如今冤也伸了,祸也脱了,'穷不怕'的好处,天下都知道了,劝你以后这样险事少要去做,留条性命,吃几年饱饭罢。"

说了这几句,就把知县、乡宦一起叫上去发落。对知县道:"亏你做官的人,一些民情也不知,一些吏弊也不谙。他若果然是个强盗,本处打劫的银子还该运到别处去,怎么肯把别处打劫的赃物反带到本处来? 你说元宝上面有名字可据,这等你劫去之后,从新解来的元宝,难道是没有名字的么? 寡人发到各处去用,难道也是打劫来的不成? 就说事有可疑,也该明察暗访,待千真万确之后,才动刑具,才定死罪,也不为迟。为什么不管好歹,就动夹棍? 不问虚实,就正典刑? 问他一个死罪也罢了,还把夹棍套在脚上,叫他扳害良民。还亏他果然仗义,不肯招出送元宝的人来;若还招出姓名,说了窝处,连寡人都是你的囚犯了。即此一事糊涂,不知你往日做官,屈死了多少百姓!"说完,发与锦衣卫,重打四十棍,削职为民,以为不公不明之戒。又对乡宦道:"你做仕宦的人,也曾做过官府,管过百姓,为什么占人子女,又要冤害良民? 居乡如此,平日做官可知。你的罪重似县官,没有多话吩咐你。"发与刑部,立刻枭斩,为行势虐民之戒。

这些人犯个个都发落去了,只有妇人的女儿跪在金銮殿下,不曾叫得着。皇上抬头看见,就叫宣那女子上来。这个女儿原有十二分姿色,起先被妒妇磨难坏了,所以蓬头垢面,不似人形;如今离了妒妇,十几日不吃皮鞭,面上血痕消了,就有些红里透白起来,走到皇上面前,尽有一种嫣然之致。皇上把她从头至脚看了一遍,就对"穷不怕"道:"寡人知道你没有妻子,看这女儿尽有福相,你当初为她一人受了百搬磨折,若不把她配你,还教她嫁哪一个? 就是寡人做媒,成就你这桩好事。"说了这一句,就叫他夫妇两个在金銮殿上拜堂。

拜完之后,又对"穷不怕"道:"你这样好人,莫说乞丐之中没有第二个,就是衣冠里面也寻不出来。寡人眼见这些好处,岂有不擢①居民上之理? 如今就要吩咐吏部,教他补你一个清要之官,替百姓做些好事,也强如在乞丐里面仗义疏财。"“穷不怕”叩头道:"万岁在上,别的赏赐臣只管谢恩,唯有这桩事不敢奉诏。衣冠乃朝廷之名器,怎么好赐与乞丐之人? 臣叫化十年,足迹遍于天下,谁人不知‘穷不怕’是个有名的乞儿! 一旦顶冠束带,立于缙绅之间,使人见了,视冠裳为秽器,等俸禄于残羹,不说叫化之中贤愚不等,只说朝廷之上贵贱不分。万一贤人君子都挂冠逃遁起来,万岁的天下与谁人共理? 难道叫臣领些叫化子来替朝廷做事不成? 所以这一桩事断断不敢奉诏。"皇上见他说得理正,虽然不好相强,心上毕竟丢他不下,踌躇了一会,又对他道:"不肯做官,也是你的好处,我如今另有个赏赐到你。那妓女刘氏已随寡人入宫,现拜贵妃之职。你当初曾与她结为姊妹,我就把你赐姓为刘,使异姓联为同族,封你做个皇亲国戚何如?"“穷不怕”想了一会,方才答应道:"皇亲国戚虽然荣贵,还有官无职,与临民治国的不同。自古道‘皇帝也有草鞋亲’,就下贱些也无碍,这等说臣就要奉诏了。"

　　当日谢了皇恩,回到寓处与周氏成亲。满朝文武见他封了皇亲,那一个不来庆贺? 后来皇上的宠眷日隆,赏赉甚厚,又赐他一个宅子,住在皇城里面,荣华富贵,享用不了。起先穷不怕,后来富贵太过,倒有些怕起来。只恐命轻福薄,承载不起,要生出意外之灾,惹出非常之祸,所以见人一味谦虚,不敢放肆。朝中文武百官,称他为"老先生";他称别人,不论尊卑,一概"老爷"到底,自己称为"小人"。自做皇亲之后,还时常扮做叫化子,出去私行,访民间利弊。凡有兴利除害之事,就入宫去说,劝皇上做。后来生了三子,都为显官。自己活到八十八岁,才终天年。这是从来叫化之中第一个异人,第一件奇事。看官们看了,都要借他来警策一番,切不可也把"叫化"二字做了回护,说乞丐之人我不屑学他,反去做乞丐不为之事也。

---

①　擢(zhuó)——提拔。

卯　集

清官不受扒灰谤　义士难伸窃妇冤

诗云：

从来廉吏最难为，不似贪官病可医。

执法法中生弊窦，矢公公里受奸欺。

怒棋响处民情抑，铁笔摇时生命危。

莫道狱成无可改，好将山案自翻移。

这首诗是劝世上做清官的，也要虚衷舍己，体贴民情，切不可说我无愧于天，无怍于人，就审错几桩词讼，百姓也怨不得我。这句话，那些有守无才的官府，个个拿来塞责，不知误了多少人的性命。所以怪不得近来的风俗，偏是贪官起身有人脱靴，清官去后没人尸祝，只因贪官的毛病有药可医，清官的过失无人敢谏的缘故。说便是这等说，叫那做官的也难。百姓在私下做事，他又没有千里眼、顺风耳，哪里晓得其中的曲直？自古道"无谎不成状"。要告张状词，少不得无中生有、以虚为实才骗得准。官府若照状词审起来，被告没有一个不输的了。只得要审口供。那口供比状词更不足信，原、被告未审之先，两边都接了讼师，请了干证，就像梨园子弟串戏的一般，做官的做官，做吏的做吏，盘了又盘，驳了又驳，直说得一些破绽也没有，方才来听审。及至官府问的时节，又像秀才在明伦堂上讲书的一般，那一个不有条有理，就要把官府骗死也不难。那官府未审之先，也在后堂与幕宾串过一次戏了出来的。此时只看两家造化，造化高的合着后堂的生旦，自然赢了；造化低的合着后堂的净丑，自然输了，这是一定的道理。难道造化高的里面就没有几个侥幸的、造化低的里面就没有几个冤屈的不成？所以做官的人，切不可使百姓撞造化。我如今先说一个至公至明、造化撞不去的，做个引子。

崇祯年间，浙江有个知县，忘其姓名，性极聪察，惯会审无头公事。一日在街上经过，有对门两家百姓争嚷。一家是开糖店的，一家是开米店的，只因开米店的取出一个巴斗量米，开糖店的认出是他的巴斗，开米店的又说他冤民做贼,两下争闹起来。见知县抬过,截住轿子齐禀。知县先问卖糖的道:"你怎么讲?"卖糖的道:"这个巴斗是小的家里的,不见了一年,他今日取来量米,小的走去认出来,他不肯还小的,所以禀告老爷。"知县道:"巴斗人家都有,焉知不是他自置的?"卖糖的道:"巴斗虽多,各有记认。这是小的用熟的,难道不认得?"说完,知县又叫卖米的审问。卖米的道:"这巴斗是小的自己办的,放在家中用了几年,今日取出来量米,他无故走来冒认。巴斗事小,小的怎肯认个贼来? 求老爷详察。"知县道:"既是你自己置的,可有什么凭据?"卖米的道:"上面现有字号。"知县取上来看,果然有"某店置用"四字。又问他道:"这字是买来就写的,还是用过几时了写的?"卖米的应道:"买来就写的。"知县道:"这桩事叫我也不明白,只得问巴斗了。巴斗,你毕竟是那家的?"一连问了几声,看的人笑道:"这个老爷是痴的,巴斗那里会说话?"知县道:"你若再不讲,我就要打了!"果然丢下两根签,叫皂隶重打。皂隶当真行起杖来,一街两巷的人几乎笑倒。打完了,知县对手下人道:"取起来,看下面可有什么东西?"皂隶取过巴斗,朝下一看,回复道:"地下有许多芝麻。"知县笑道:"有了干证了。"叫那卖米的过来:"你卖米的人家,怎么有芝麻藏在里面? 这分明是糖坊里的家伙,你为何徒赖他的?"卖米的还支吾不认,知县道:"还有个姓水的干证,我一发叫来审一审。这字若是买来就写的,过了这几年,自然洗刷不去;若是后来添上去的,只怕就见不得水面了。"即取一盆水,一把筅帚,叫皂隶一顿洗刷,果然字都不见了。知县对卖米的道:"论理该打几板,只是怕结你两下的冤仇。以后要财上分明,切不可如此。"又对卖糖的道:"料他不是偷你的,或者对门对户借去用用,因你忘记取讨,他便久假不归。又怕你认得,所以写上几个字。这不过是贪爱小利,与逾墙挖壁的不同,你不可疑他做贼。"说完,两家齐叫青天,磕头礼拜,送知县起轿去了。那看的人没有一个不张牙吐舌道:"这样的人,才不枉叫他做官。"至今传颂以为奇事。

　　看官,要晓得这事虽奇,也还是小聪小察,只当与百姓讲个笑话一般,无关大体。做官的人,既要聪明,又要持重。凡遇斗殴相争的小事,还可以随意判断;只有人命、奸情二事,一关生死,一关名节,须要静气虚心,详审复谳①，就是审得九分九厘九毫是实，只有一毫可疑，也还要留些余地，切不可草草下笔，做个铁案如山，使人无可出入。如今的官府只晓得人命事大，说到审奸情，就像看戏文的一般，巴不得借他来燥脾胃。不知奸情审屈，常常弄出人命来，一事而成两害，起初那里知道？如今听在下说一个来，便知其中利害。

正德初年，四川成都府华阳县有个童生，姓蒋名瑜，原是旧家子弟。父母在日，曾聘过陆氏之女，只因丧亲之后，屡遇荒年，家无生计，弄得衣食不周。陆家颇有悔亲之意，因受聘在先，不好启齿。蒋瑜长陆氏三年，一来因手头乏钞，二来因妻子还小，故此十八岁上，还不曾娶妻过门。

他隔壁有个开缎铺的，叫做赵玉吾，为人天性刻薄，惯要在外人面前卖弄家私，及至问他借贷，又分毫不肯。更有一桩不好，极喜谈人闺阃之事。坐下地来，不是说张家扒灰，就是说李家偷汉。所以乡党之内，没有一个不恨他的。年纪四十多岁，只生一子，名唤旭郎。相貌甚不济，又不肯长，十五六岁，只像十二三岁的一般。性子痴痴呆呆，不知天晓日夜。有个姓何的木客，家资甚富。妻生一子，妾生一女，女比赵旭郎大两岁。玉吾因贪他殷实，两下就做了亲家。不多几时，何氏夫妻双双病故。彼时女儿十八岁了，玉吾要娶过门，怎奈儿子尚小，不知人事；欲待不娶，又怕他兄妹年相仿佛，况不是一母生的，同居不便。玉吾是要谈论别人的，只愁弄些话靶出来，把与别人谈论。就央媒人去说，先接过门，待儿子略大一大，即便完亲，何家也就许了。及至接过门来，见媳妇容貌又标致，性子又聪明，玉吾甚是欢喜。只怕嫌他儿子痴呆，把媳妇顶在头上过日，任其所欲，求无不与。那晓得何氏是个贞淑女子，嫁鸡逐鸡，全没有憎嫌之意。

玉吾家中有两个扇坠，一个是汉玉的，一个是迦楠香的，玉吾用了十余年，不住的吊在扇上，今日用这一个，明日用那一个。其实两件合来直不上十两之数，他在人前骋富，说直五十两银子。一日要买媳妇的欢心，叫妻子拿去，任她拣个中意的用。何氏拿了，看不释手，要取这个，又丢不得那个；要取那个，又丢不得这个。玉吾之妻道："既然两个都爱，你一总拿去罢了。公公要用，他自会买。"何氏果然两个都收了去，一般轮流吊在扇上。若有不用的时节，就将两个结在一处，藏的纸匣之中。玉吾的扇

---

① 谳(yàn)——议罪。

坠被媳妇取去,终日捏着一把光光的扇子,邻舍家问道:"你那五十两头如今那里去了?"玉吾道:"一向是房下收在那边,被媳妇看见,讨去用了。"众人都笑了一笑。内中也有疑他扒灰,送与媳妇做表记的;也有知道他儿子不中媳妇之意,借死宝去代活宝的。口中不好说出,只得付之一笑。玉吾自悔失言,也只得罢了。

却说蒋瑜因家贫,不能从师,终日在家苦读。书房隔壁就是何氏的卧房,每夜书声不到四更不住。一日何氏问婆道:"隔壁读书的是个秀才,还是个童生?"婆答应道:"是个老童生,你问他怎的?"何氏道:"看他读书这等用心,将来必定有些好处。"他这句话是无心说的,谁想婆竟认为有意。当晚与玉吾商量道:"媳妇的卧房与蒋家书房隔壁,日间的话无论有心无心,到底不是一件好事,不如我和你搬到后面去,叫媳妇搬到前面来,使他朝夕不闻书声,就不动怜才之念了。"玉吾道:"也说得是。"拣了一日,就把两个房换转来。

不想又有凑巧的事,换不上三日,那蒋瑜又移到何氏隔壁,咿咿唔唔读起书来。这是什么缘故?只因蒋瑜是个至诚君子,一向书房做在后面的,此时闻得何氏在他隔壁做房,瓜李之嫌,不得不避,所以移到前面来。赵家搬房之事,又不曾知会他,他那里晓得?本意要避嫌,谁想反惹出嫌来。何氏是个聪明的人,明晓得公婆疑他有邪念,此时听见书声,愈加没趣,只说蒋瑜有意随着他,又愧又恨。玉吾夫妻正在惊疑之际,又见媳妇面带惭色,一发疑上加疑。玉吾道:"看这样光景,难道做出来了不成?"其妻道:"虽有形迹,没有凭据,不好说破他,且再留心察访。"看官,你道蒋瑜、何氏两个搬来搬去弄在一处,无心做出有心的事来,可谓极奇极怪了;谁想还有怪事在后,比这桩事更奇十倍,真令人解说不来。

一日蒋瑜在架上取书来读,忽然书面上有一件东西,像个石子一般。取来细看,只见:

　　形如鸡蛋而略匾,润似蜜蜡而不黄。手摸似无痕,眼看始知纹路密;远观疑有玷,近觇才识土斑生。做手堪夸,雕斫浑如生就巧;玉情可爱,温柔却似美人肤。历时何止数千年,阅人不知几百辈。

原来是个旧玉的扇坠。蒋瑜大骇道:"我家向无此物,是从那里来的?我闻得本境五圣极灵,难道是他摄来富我的不成?既然神道会摄东西,为什么不摄些银子与我?这些玩器寒不可衣,饥不可食,要他怎的?"又想一想道:"玩器也卖得银子出来。不要管他,将来吊在扇上,有人看见要买,就卖与他。但不知价值几何,遇着识货的人,先央他估一估。"就将线穿好了,吊在扇上,走进走出,再不见有人问起。

这一日合该有事,许多邻舍坐在树下乘凉,蒋瑜偶然经过。邻舍道:"蒋大官读书忒煞用心,这样热天,便在这边凉凉了去。"蒋瑜只得坐下。口里与人闲谈,手中倒拿着扇子,将玉坠掉来掉去,好启众人的问端。就有个邻舍道:"蒋大官,好个玉坠,是那里来的?"蒋瑜道:"是个朋友送的,我如今要卖,不知价值几何?列位替我估一估。"众人接过去一看,大家你看我,我看你,都不作声。蒋瑜道:"何如? 可有个定价?"众人道:"玩器我们不识,不好乱估,改日寻个识货的来替你看。"蒋瑜坐了一会,先回去了。众人中有几个道:"这个扇坠明明是赵玉吾的,他说把与媳妇了,为什么到他手里来? 莫非小蒋与他媳妇有些勾而搭之,送与他做表记的么?"有几个道:"他方才说是人送的。这个穷鬼,那有人把这样好东西送他? 不消说是赵家媳妇嫌丈夫丑陋,爱他标致,两个弄上手,送他的了,还有什么疑得?"有一个尖酸的道:"可恨那老王八平日轻嘴薄舌,惯要说人家隐情,我们偏要把这桩事塞他的口。"又有几个老成的道:"天下的物件相同的多,知是不是? 明日只说蒋家有个玉坠,央我们估价,我们不识货,叫他来估,看他认不认,就知道了。若果然是他的,我们就刻薄他几句,燥燥脾胃,也不为过。"算计定了。

到第二日,等玉吾走出来,众人招揽他到店中,坐了一会,就把昨日看扇坠估不出价来的话说了一遍,玉吾道:"这等何不待我去看看?"有几个后生的,竟要同他去,又有几个老成的,朝后生摇摇头道:"叫他拿来就是了,何须去得?"看官,你道他为什么不叫玉吾去? 他只怕蒋瑜见了对头,不肯拿出扇坠来,没有凭据,不好取笑他,故此只叫一两个去,好骗他的出来。这也是虑得到的去处。谁知蒋瑜心无愧怍,见说有人要看,就交与他,自己也跟出来。见玉吾高声问道:"老伯,这样东西是你用惯的,自然瞒你不得,你道价值多少?"玉吾把坠子捏了,仔细一看,登时换了形,脸上胀得通红,眼里急得火出。众人的眼睛相在他脸上,他的眼睛相在蒋瑜脸上,蒋瑜的眼睛没处相得,只得笑起来道:"老伯莫非疑我寒儒家里,不该有这件玩器么? 老实对你说,是人送与我的。"玉吾听见这两句话,一发火上添油,只说蒋瑜睡了他的媳妇,还当面讥诮他,竟要咆哮起来。仔细想一想道："众人在面前，我若动了声色，就不好开交，这样丑声扬开来，不成体面。"只得收了怒色，换做笑容，朝蒋瑜道："府上是旧家，玩器尽有，何必定要人送？只因舍下也有一个，式样与此相同，心上踌躇，要买去凑成一对，恐足下要索高价，故此察言观色，才敢启口。"蒋瑜道："若是老伯要，但凭见赐就是，怎敢论价？"众人看见玉吾的光景，都晓得是了，到背后商量道："他若拼几两银子，依旧买回去灭了迹，我们把什么塞他的嘴？"就生个计较，走过来道："你两个不好论价，待我们替你们作中。赵老爹家那一个，与迦楠坠子共是五十两银子买的，除去一半，该二十五两。如今这个待我们拿了，赵老爹去取出那一个来比一比好歹。若是那个好似这个，就要减几两；若是这个好似那个，就要增几两；若是两个一样，就照当初的价钱，再没得说。"玉吾道："那一个是妇人家拿去了，那里还讨得出来？"众人道："岂有此理，公公问媳妇要，怕她不肯？你只进去讨，只除非不在家里就罢了，若是在家里，自然一讨就拿出来的。"一面说，一面把玉坠取来藏在袖中了。"玉吾被众人逼不过，只得假应道："这等且别，待我去讨；肯不肯明日回话。"众人做眼做势的作别。蒋瑜把扇坠放在众人身边，也回去了。

却说玉吾怒气冲冲回到家中，对妻子一五一十说了一遍。说完，捶胸拍桌，气个不了。妻子道："物件相同的尽多，或者另是一个也不可知。待我去讨讨看。"就往媳妇房中，说："公公要讨玉坠做样，好去另买，快拿出来。"何氏把纸匣揭开一看，莫说玉坠，连迦楠香的都不见了，只得把各箱各笼倒翻了寻。还不曾寻得完，玉吾之妻就骂起来道："好淫妇，我一向如何待你？你做出这样丑事来！扇坠送与野老公去了，还故意东寻西寻，何不寻到隔壁人家去！"何氏道："婆婆说差了，媳妇又不曾到隔壁人家去，隔壁的人又不曾到我家来，有什么丑事做得？"玉吾之妻道："从来偷情的男子，养汉的妇人，个个是会飞的，不须从门里出入。这墙头上，房梁上，那一处扒不过人来，丢不过东西去？"何氏道："照这样说来，分明是我与人有什么私情，把扇坠送他去了。这等还我一个凭据！"说完，放声大哭，颠作不了。玉吾之妻道："好泼妇，你的赃证现被众人拿在那边，还要强嘴！"就把蒋瑜拿与众人看、众人拿与玉吾看的话备细说了一遍。说完，把何氏勒了一顿面光。何氏受气不过，只要寻死。玉吾恐怕邻舍知觉，难于收拾，只得倒叫妻子忍耐，吩咐丫环劝住何氏。

次日走出门去，众人道："扇坠一定讨出来了！玉吾道："不要说起，房下问媳妇要，她说娘家拿去了，一时讨不来，待慢慢去取。"众人道："他又没有父母，把与那一个？难道送他令兄不成？"有一个道："他令兄与我相熟的，待我去讨来。"说完，起身要走。玉吾慌忙止住道："这是我家的东西，为何要列位这等着急？"众人道："不是，我们前日看见，明明认得是你家的，为什么在他手里？起先还只说你的度量宽宏，或者明晓得什么缘故把与他的，所以拿来试你。不想你原不晓得，毕竟是个正气的人，如今府上又讨不出那一个，他家又现有这一个，随你什么人，也要疑惑起来了。我们是极有涵养的，尚且替你耐不住，要查个明白；你平素是最喜批评别人的，为何轮到自己身上，就这等厚道起来？"玉吾起先的肚肠，一味要忍耐，恐怕查到实处，要坏体面。坏了体面，媳妇就不好相容。所以只求掩过一时，就可以禁止下次，做个哑妇被奸，朦胧一世也罢了。谁想人住马不住，被众人说到这个地步，难道还好存厚道不成？只得拼着媳妇做事了。就对众人叹一口气道："若论正理，家丑不可外扬。如今既蒙诸公见爱，我也忍不住。一向疑心我家淫妇与那个畜生有些勾当，只因没有凭据，不好下手。如今有了真赃，怎么还禁得住？只是告起状来，须要几个干证，列位可肯替我出力么？"众人听见，齐声喝彩道："这才是个男子。我们有一个不到官的，必非人类。你快去写起状子来，切不可中止。"

玉吾别了众人，就寻个讼师，写一张状道：

告状人赵玉吾，为奸拐戕命事：兽恶蒋瑜，欺男幼懦，觊媳姿容，买屋结邻，穴墙窥诱。岂媳憎夫貌劣，苟合从奸，明去暗来，匪朝伊夕。忽于本月某夜，席卷衣玩千金，隔墙抛运，计图挈拐。身觉喊邻围救，遭伤几毙。通里某等参证。窃思受辱被奸，情方切齿，诳财杀命，势更寒心。叩天正法，扶伦斩奸。上告。

却说那时节成都有个知府，做官极其清正，有"一钱太守"之名；又兼不任耳目，不受嘱托。百姓有状告在他手里，他再不批属县，一概亲提。审明白了，也不申上司，罪轻的打一顿板子，逐出免供；罪重的立刻毙诸杖下。他生平极重的是纲常伦理之事，他性子极恼的是伤风败俗之人。凡有奸情告在他手里，原告没有一个不赢，被告没有一个不输到底。赵玉吾将状子写完，竟奔府里去告，知府阅了状词，当堂批个"准"字，带入后衙。次日检点隔夜的投文，别的都在，只少了一张告奸情的状子。知府道：

"必定是衙门人抽去了。"及至升堂，将值日书吏夹了又打，打了又夹，只是不招。只得差人叫赵玉吾另补状来。状子补到，即便差人去拿。

却说蒋瑜因扇坠在邻舍身边，日日去讨，见邻舍只将别话支吾，又听见赵家婆媳之间吵吵闹闹，甚是疑心。及至差人奉票来拘，才知扇坠果是赵家之物。心上思量道："或者是他媳妇在梁上窥我，把扇坠丢下来，做个潘安掷果的意思。我因读书用心，不曾看见，也不可知。我如今理直气壮，到官府面前照直说去。官府是吃盐米的，料想不好难为我。"故此也不诉状，竟去听审。

不上几日，差人带去投到，挂出牌来，第一起就是奸拐戕命事。知府坐堂，先叫玉吾上去问道："既是蒋瑜奸你媳妇，为什么儿子不告状，要你做公公的出名？莫非你也与媳妇有私，在房里撞着奸夫，故此争锋告状么？"玉吾磕头道："青天在上，小的是敦伦重礼之人，怎敢做禽兽聚麀①之事？只因儿子年幼，媳妇虽娶过门，还不曾并亲，虽有夫妇之名，尚无唱随之实。况且年轻口讷，不会讲话，所以小的自己出名。"知府道："这等他奸你媳妇有何凭据，什么人指见，从直讲来。"玉吾知道官府明白，不敢驾言，只将媳妇卧房与蒋瑜书房隔壁，因蒋瑜挑逗媳妇，媳妇移房避他，他又跟随引诱，不想终久被他奸淫上手，后来天理不容，露出赃据，被邻舍拿住的话，从直说去。知府点头道："你这些话，到也像是真情。"又叫干证去审。只见众人的话，与玉吾句句相同，没有一毫渗漏，又有玉坠做了奸赃，还有什么疑得？就叫蒋瑜上去道："你为何引诱良家女子，肆意奸淫？又骗了许多财物，要拐她逃走，是何道理？"蒋瑜道："老爷在上，童生自幼丧父，家贫刻苦，励志功名，终日刺股悬梁，尚博不得一领蓝衫挂体，那有功夫去钻穴逾墙？只因数日之前，不知什么缘故在书架上捡得玉坠一枚，将来吊在扇上，众人看见，说是赵家之物，所以不察虚实，就告起状来。这玉坠是他的不是他的，童生也不知道，只是与他媳妇并没有一毫奸情。"知府道："你若与她无奸，这玉坠是飞到你家来的不成？"不动刑具，你哪里肯招！"叫皂隶："夹起来！"皂隶就把夹棍一丢，将蒋瑜鞋袜解去，一双雪白的嫩腿，放在两块檀木之中，用力一收，蒋瑜喊得一声，晕死去了。皂隶把他头发解开，过了一会，方才苏醒。知府问道："你招不招？"蒋瑜摇头道：

---

①　麀(yōu)——母鹿。

"并无奸情,叫小的把什么招得?"知府又叫皂隶重敲。敲了一百,蒋熬不过疼,只得喊道:"小的愿招!"知府就叫松了。皂隶把夹棍一松,蒋瑜又死去一刻,才醒来道:"他媳妇有心到小的是真,这玉坠是她丢过来引诱小的,小的以礼法自守,并不曾敢去奸淫他。老爷不信,只审那妇人就是了。"知府道:"叫何氏上来!"

　　看官,但是官府审奸情,先要看妇人的容貌。若还容貌丑陋,他还半信半疑;若是遇着标致的,就道他有诲淫之具,不审而自明了。彼时何氏跪在仪门外,被官府叫将上去,不上三丈路,走了一二刻时辰,一来脚小,二来胆怯。及至走到堂上,双膝跪下,好像没有骨头的一般,竟要随风吹倒,那一种软弱之态,先画出一幅美人图了。知府又叫抬起头来,只见她俊脸一抬,娇羞百出,远山如画,秋波欲流,一张似雪的面孔,映出一点似血的朱唇,红者愈红,白者愈白。知府看了,先笑一笑,又大怒起来道:"看你这个模样,就是个淫物了。你今日来听审,尚且脸上搽了粉,嘴上点了胭脂,在本府面前扭扭捏捏,则平日之邪行可知,奸情一定是真了。"看官,你道这是什么缘故? 只因知府是个老实人,平日又有些惧内,不曾见过美色,只说天下的妇人毕竟要搽了粉才白,点了胭脂才红,扭捏起来才有风致,不晓得何氏这种姿容态度是天生成的,不但扭捏不来,亦且洗涤不去,他哪里晓得? 说完了又道:"你好好把蒋瑜奸你的话从直说来,省得我动刑具。"何氏哭起来道:"小妇人与他并没有奸情,叫我从哪里说起?"知府叫拶①起来,皂隶就么喝一声,将她纤手扯出。可怜四个笋尖样的指头,套在笔管里面,抽将拢来,教她如何熬得? 少不得娇啼婉转,有许多可怜的态度做出来。知府道:"他方才说玉坠是你丢去引诱他的,他到归罪于你,你怎么还替他隐瞒?"何氏对着蒋瑜道:"皇天在上,我何曾丢玉坠与你? 起我先在后面做房,你在后面读书引诱我;我搬到前面避你,你又跟到前面来。只为你跟来跟去,起了我公婆疑惑之心,所以陷我至此。我不埋怨你就够了,你到冤屈我起来!"说完,放声大哭。知府肚里思量道:"看他两边的话渐渐有些合拢来了。这样一个标致后生,与这样一个娇艳女子,隔着一层单壁,干柴烈火,岂不做出事来? 如今只看他原夫生得如何,若是原夫之貌好似蒋瑜,还要费一番推敲;倘若相貌庸劣,自

---

　　① 拶(zǎn)——旧刑。用拶子夹手指。

然情弊显然了。"就吩咐道："且把蒋瑜收监,明日带赵玉吾的儿子来,再审一审,就好定案。"

只见蒋瑜送入监中,十分狼狈。禁子要钱,脚骨要医,又要送饭调理,囊中没有半文,叫他把什么使费?只得央人去问岳丈借贷。陆家一向原有悔亲之心,如今又见他弄出事来,一发是眼中之钉、鼻子之醋了,哪里还有银子借他?就回复道:"要借贷是没有,他若肯退亲,我情愿将财礼送还。"蒋瑜此时性命要紧,那里顾得体面?只得写了退婚文书,央人送去,方才换得些银子救命。

且说知府因接上司,一连忙了数日,不曾审得这起奸情。及至公务已完,才叫原差带到,各犯都不叫,先叫赵旭郎上来。旭郎走到丹墀①,知府把他仔细一看,是怎生一个模样?有《西江月》为证:

> 面似退光黑漆,发如鬈累金丝。鼻中有涕眼多脂,满脸密麻兼痣。劣相般般俱备,谁知更有微疵。瞳人内有好花枝,睁着把官斜视。

知府看了这副嘴脸,心上已自了然。再问他几句话,一字也答应不来,又知道是个憨物。就道:"不消说了,叫蒋瑜上来。"蒋瑜走到,膝头不曾着地,知府道:"你如今招不招?"蒋瑜仍旧照前说去,只不改口。知府道:"再夹起来!"看官,你道夹棍是件什么东西,可以受两次的?熬得头一次不招,也就是个铁汉子了;临到第二番,莫说苔杖徒流的活罪宁可认了,不来换这个苦吃,就是砍头刖②足、凌迟碎剐的极刑,也只得权且认了,捱过一时,这叫做"在生一日,胜死千年"。为民上的要晓得,犯人口里的话,无心中试出来的才是真情,夹棍上逼出来的总非实据。从古来这两块无情之木不知屈死了多少良民,做官的人少用他一次,积一次阴功,多用他一番,损一番阴德,不是什么家常日用的家伙离他不得的。蒋瑜的脚骨前次夹匾了,此时还不曾复原,怎么再吃得这个苦起?就喊道:"老爷不消夹,小的招就是了!何氏与小的通奸是实,这玉坠是她送的表记。小的家贫留不住,拿出去卖,被人认出来的。所招是实。"知府就丢下签来,打了二十。叫赵玉吾上去问道:"奸情审得是真了,那何氏你还要他做媳妇

---

① 丹墀——屋宇前面没有屋檐覆盖的平台,古时多涂成红色。

② 刖(yuè)——古代砍掉脚的酷刑。

么?"赵玉吾道:"小的是有体面的人,怎好留失节之妇? 情愿叫儿子离婚。"知府一面教画供,一面提起笔来判道:

> 审得蒋瑜、赵玉吾比邻而居。赵玉吾之媳何氏,长夫数年,虽赋桃夭,未经合卺。蒋瑜书室,与何氏卧榻止隔一墙,怨旷相挑,遂成苟合。何氏以玉坠为赠,蒋瑜贫而售之,为众所获,交相播传。赵玉吾耻蒙墙茨之声,遂有是控。据瑜口供,事事皆实。盗淫处女,拟辟何辞? 因属和奸,姑从轻拟。何氏受玷之身,难与良人相匹,应遣大归。赵玉吾家范不严,薄杖示儆。

众人画供之后,各各讨保还家。

却说玉吾虽然赢了官司,心上到底气愤不过,听说蒋瑜之妻陆氏已经退婚,另行择配,心上想道:"他奸我的媳妇,我如今偏要娶他的妻子,一来气死他,二来好在邻舍面前说嘴。"虽然听见陆家女儿容貌不济,只因被那标致媳妇弄怕了,情愿娶个丑妇做良家之宝,就连夜央人说亲。陆家贪他豪富,欣然许了。玉吾要气蒋瑜,分外张其声势,一边大吹大擂,娶亲进门;一边做戏排筵,酬谢邻里:欣欣烘烘,好不热闹。蒋瑜自从夹打回来,怨深刻骨;又听见妻子嫁了仇人,一发咬牙切齿。隔壁打鼓,他在那边捶胸;隔壁吹箫,他在那边叹气。欲待撞死,又因大冤未雪,死了也不瞑目,只得贪生忍耻,过了一月有余。

却说知府审了这桩怪事之后,不想衙里也弄出一桩怪事来。只因他上任之初,公子病故,媳妇一向寡居,甚有节操。知府有时与夫人同寝,有时在书房独宿。忽然一日,知府出门拜客,夫人到他书房闲玩,只见他床头边帐子外有一件东西,塞在壁缝之中。取下来看,却是一只绣鞋。夫人仔细识认,竟像媳妇穿的一般。就藏在袖中,走到媳妇房里,将床底下的鞋子数一数,恰好有一只单头的,把袖中那一只取出来一比,果然是一双。夫人平日原有醋癖,此时那里忍得住? 少不得"千淫妇、万娼妇"将媳妇骂起来。媳妇于心无愧,怎肯受这样郁气? 就你一句,我一句,斗个不了。正斗在热闹头上,知府拜客回来,听见婆媳相争,走来劝解,夫人把他一顿"老扒灰、老无耻"骂得口也不开。走到书房,问手下人道:"为什么缘故?"手下人将床头边寻出东西,拿去合着油瓶盖的说话细细说上。知府气得目定口呆,不知那里说起,正要走去与夫人分辨,忽然丫环来报道:"大娘子吊死了!"知府急得手脚冰冷,去埋怨夫人,说他屈死人命。夫人不由分说，一把揪住，将面上胡须捋去一半。自古道："蛮妻拗子，无法可治。"知府怕坏官箴，只得忍气吞声，把媳妇殡殓了。一来肚中气闷不过，无心做官，二来面上少了胡须，出堂不便，只得往上司告假一月，在书房静养。终日思量道："我做官的人，替百姓审明了多少无头公事，偏是我自家的事再审不明。为什么媳妇房里的鞋子会到我房里来？为什么我房里的鞋子又会到壁缝里去？"。翻来覆去想了一月，忽然大叫起来道："是了，是了！"就唤丫环一面请夫人来，一面叫家人伺候。及至夫人请到，知府问前日的鞋子在那里寻出来的？夫人指了壁洞道："在这个所在。你藏也藏得好，我寻也寻得巧。"知府对家人道："你替我依这个壁洞拆将进去。"家人拿了一把薄刀，将砖头撬去了一块，回复道："里面是精空的。"知府道："正在空处可疑，替我再拆。"家人又拆去几块砖，只见有许多老鼠跳将出来。知府道："是了，看里面有什么东西？"只见家人伸手进去，一连扯出许多物件来，布帛菽粟，无所不有。里面还有一张绵纸，展开一看，原来是前日查检不到、疑衙门人抽去的那张奸情状子。知府长叹一声道："这样冤屈的事，叫人那里去伸！"夫人也豁然大悟道："这等看来，前日那只鞋子也是老鼠衔来的。只因前半只尖，后半只秃，他要扯进洞去，扯到半中间，高底碍住扯不进，所以留在洞口了。可惜屈死了媳妇一条性命！"说完，捶胸顿足，悔个不了。

知府睡到半夜，又忽然想起那桩奸情事来，踌躇道："官府衙里有老鼠，百姓家里也有老鼠，焉知前日那个玉坠不与媳妇的鞋子一般，也是老鼠衔去的？"思量到此，等不得天明，就叫人发梆，一连发了三梆，天也明了。走出堂去，叫前日的原差将赵玉吾、蒋瑜一干人犯带来复审。蒋瑜知道，又不知那头祸发，冷灰里爆出炒豆来，只得走来伺候。知府叫蒋瑜、赵玉吾上去，都一样问道："你们家里都养猫么？"两个都应道："不养。"知府又问道："你们家里的老鼠多么？"两人都应道："极多。"知府就吩咐一个差人，押了蒋瑜回去，凡有鼠洞，可拆进去，里面有什么东西，都取来见我。"差人即将蒋瑜押去。不多时，取了一粪箕的零碎物件来。知府叫他两人细认，不是蒋家的，就是赵家的。内中有一个迦楠香的扇坠，咬去一小半，还剩一大半。赵玉吾道："这个香坠就是与那个玉坠一起交与媳妇的。"知府道："是了，想是两个结在一处，老鼠拖到洞口，咬断了线掉下来的。"对蒋瑜道："这都是本府不明，叫你屈受了许多刑罚，又累何氏冒了不洁之名,惭愧惭愧。"就差人去唤何氏来,当堂吩咐赵玉吾道:"她并不曾失节,你原领回去做媳妇。"赵玉吾磕头道:"小的儿子已另娶了亲事,不能两全,情愿听她别嫁。"知府道:"你娶什么人家女儿,这等成亲得快?"蒋瑜哭诉道:"老爷不问及此,童生也不敢伸冤,如今只得哀告了:他娶的媳妇,就是童生的妻子。"知府问什么缘故,蒋瑜把陆家爱富嫌贫,赵玉吾恃强夺娶的话一一诉上。知府大怒道:"他倒不曾奸你媳妇,你的儿子倒奸了他的发妻,这等可恶!"就丢下签来,将赵玉吾重打四十,还要问他重罪。玉吾道:"陆氏虽娶过门,还不曾与儿子并亲,送出来还他就是。"知府就差人立取陆氏到官,要思量断还蒋瑜。不想陆氏拘到,知府叫他抬头一看,只见发黄脸黑,脚大身矬,与赵玉吾的儿子却好是天生一对,地产一双。知府就对蒋瑜指着陆氏道:"你看她这个模样,岂是你的好逑?"又指着何氏道:"你看她这种姿容,岂是赵旭郎的伉俪?这等看来,分明是造物怜你们错配姻缘,特地着老鼠做个氤氲使者,替你们改正过来的。本府就做了媒人,把何氏配你。"唤库吏取一百两银子,赐与何氏备妆奁。一面取花红,唤吹手,就叫两人在丹墀下拜堂,迎了回去。后来蒋瑜、何氏夫妻恩爱异常。不多时宗师科考,知府就将蒋瑜荐为案首,以儒士应试,乡会联捷。后来由知县也升到四品黄堂,何氏受了五花封诰,俱享年七十而终。

　　却说知府自从审屈了这桩词讼,反躬罪己,申文上司,自求罚俸。后来审事,再不敢轻用夹棍。起先做官,百姓不怕他不清,只怕他太执;后来一味虚衷,凡事以前车为戒,百姓家尸户祝,以为召父再生。后来直做到侍郎才住。只因他生性极直,不会藏匿隐情,常对人说及此事,人都道:"不信川老鼠这等利害,媳妇的鞋子都会拖到公公房里来。"后来就传为口号,至今叫四川人为川老鼠。又说传道四川人娶媳妇,公公先要扒灰,如老鼠打洞一般,尤为可笑。四川也是道德之乡,何尝有此恶俗?我这回小说,一来劝做官的,非人命强盗,不可轻动夹足之刑,常把这桩奸情做个殷鉴;二来教人不可像赵玉吾轻嘴薄舌,谈人闺阃之事,后来终有报应;三来又为四川人暴白老鼠之名,一举而三善备焉,莫道野史无益于世。

辰　集

美女同遭花烛冤　村郎偏享温柔福

诗云：

> 天公局法乱如麻，十对夫妻九配差。
> 常使娇莺栖老树，惯教玩石伴奇花。
> 合欢床上眠仇侣，交颈帏中带软枷。
> 只有鸳鸯无错配，不须梦里抱琵琶。

这首诗单说世上姻缘一事，错配者多，使人不能无恨。这种恨与别的心事不同，别的心事可以说得出、医得好，唯有这桩心事，叫做哑子愁、终身病，是说不出、医不好的。若是美男子娶了丑妇人，还好到朋友面前去诉诉苦，姊妹人家去遣遣兴，纵然改正不得，也还有个娶妾讨婢的后门。只有美妻嫁了丑夫，才女配了俗子，只有两扇死门，并无半条生路，这才叫做真苦。古来"红颜薄命"四个字已说尽了。只是这四个字，也要解得明白，不是因他有了红颜，然后才薄命，只为他应该薄命，所以才罚做红颜。但凡生出个红颜妇人来，就是薄命之坏了，哪里还有好丈夫到他嫁，好福份到他享？

当初有个病人，死去三日又活转来，说曾在地狱中看见阎王升殿，鬼判带许多恶人听他审录，他逐个酌其罪之轻重，都罚他变猪变狗、变牛变马去了，只有一个极恶之人，没有什么变得。阎王想了一会，点点头道："罚你做一个绝标致的妇人，嫁一个极丑陋的男子，夫妻都活百岁，将你禁锢终身，才准折得你的罪业。"那恶人只道罪重罚轻，欢欢喜喜的去了。判官问道："他的罪案如山，就变做猪狗牛马，还不足以尽其辜，为何反得这般美报？"阎王道："你哪里晓得？猪狗牛马虽是个畜生，倒落得无知无识，受别人豢养终身，不多几年，便可超生转世；就是临死受刑，也不过是一刀之苦。那妇人有了绝标致的颜色，一定乖巧聪明，心高志大，要想嫁潘安、宋玉一般的男子。及至配了个愚丑丈夫，自然心志不遂，终日忧煎涕泣，度日如年，不消人去磨她，她自己会磨自己了。若是丈夫先死，她还好去改嫁,不叫做禁锢终身;就使她自己短命,也不过像猪狗牛马,拼受一刀一索之苦,依旧可以超生转世,也不叫做禁锢终身。我如今教她偕老百年,一世受别人几世的磨难,这才是惩奸治恶的极刑,你们哪里晓得?"

看官,照阎王这等说来,红颜果是薄命的根由,薄命定是红颜的结果,那哑子愁自然是消不去、终身病自然是医不好的了。我如今又有个消哑子愁、医终身病的法子,传与世上佳人,大家都要谨记。这个法子不用别的东西,就用"红颜薄命"这一句话做个四字金丹。但凡妇人家生到十二三岁的时节,自己把镜子照一照,若还眼大眉粗,发黄肌黑,这就是第一种恭喜之兆了,将来决有十全的丈夫,不消去占卜;若有二三分姿色,还有七八分的丈夫可求;若有五六分的姿色,就只好三四分的丈夫了;万一姿色到了七分八分、九分十分,又有些聪明才技,就要晓得是个薄命之坯,只管打点去嫁第一等第一名的愚丑丈夫。时时刻刻以此为念,看见才貌俱全的男子,晓得不是自己的对头,眼睛不消偷觑,心上不消妄想。预先这等磨练起来,及至嫁到第一等第一名的愚丑丈夫,只当逢其故主,自然贴意安心,那阎罗王的极刑自然受不着了。若还侥幸嫁着第二三等、第四五名的愚丑丈夫,就是出于望外,不但不怨恨,还要欢喜起来了。人人都用这个法子,自然心安意遂,宜室宜家,哑子愁也不生,终身病也不害,没有死路,只有生门,这"红颜薄命"的一句话岂不是四字金丹? 做这回小说的人,就是妇人科的国手了。奉劝世间不曾出阁的闺秀,服药于未病之先;已归金屋的阿娇,收功于瞑眩之后,莫待病入膏肓,才悔逢医不早,我如今再把一桩实事演做正文,不像以前的话出于阎王之口,入于判官之耳,死去的病人还魂说鬼,没有见证的。

明朝嘉靖年间,湖广荆州府有个财主,姓阙字里侯。祖上原以忠厚起家,后来一代富似一代,到他父亲手里,就算荆州第一个富翁。只是一件,但出有才之贝,不出无贝之才,莫说举人进士挣扎不来,就是一顶秀才头巾,也像平天冠一般,承受不起。里侯自六岁上学,读到十七八岁,刚刚只会记账,连拜帖也要央人替写。内才不济也罢了,那个相貌,一发丑得可怜,凡世上人的恶状,都合来聚在他一身,半件也不教遗漏。好事的就替他取个别号,叫做"阙不全"。为什么取这三个字? 只因他五官四肢,都带些毛病,件件都阙,件件都不全阙,所以叫做"阙不全"。那几件毛病?

眼不叫做全瞎,微有白花;面不叫做全疤,但多紫印;手不叫做全

秃,指甲寥寥;足不叫做全跷,脚跟点点;鼻不全赤,依稀略见酒糟痕;
发不全黄,朦胧稍有沉香色;口不全吃,急中言常带双声;背不全驼,
颈后肉但高一寸;还有一张歪不全之口,忽动忽静,暗中似有人提;更
余两道出不全之眉,或断或连,眼上如经樵采。

古语道得好:"福在丑人边。"他这等一个相貌,享这样的家私,也够受得
紧了。谁想他的妻子,又是个绝代佳人。父亲在日,聘过邹长史之女。此
女系长史婢妾所生,结亲之时,才四五岁,长史只道一个通房之女,许了鼎
富之家,做个财主婆也罢了,何必定要想诰命夫人? 所以一说便许,不问
女婿何如。谁想长大来,竟替爷娘争气不过。她的姿貌,虽则风度嫣然,
有仙子临凡之致,也还不叫做倾国倾城;独有那种聪明,可称绝世。垂
髫①的时节,与兄弟同学读书,别人读一行,她读得四五行,先生讲一句,
她悟到十来句。等到将次及笄,不便从师的时节,她已青出于蓝,也用先
生不着了。写得一笔好字,画得一手好画,只因长史平日以书画擅长,她
立在旁边看看,就学会了,写画出来竟与父亲无异,就做了父亲的捉刀人,
时常替她代笔。后来长史游宦四方,将她带在任所。及至任满还乡,阙里
侯又在丧中,不好婚娶。等到三年服阕,男女都已二十外了。长史当日许
亲之时,不料女儿聪明至此,也不料女婿愚丑至此。直到这个时节,方才
晓得错配了姻缘,却已受聘在先,悔之不及。邹小姐只道财主人家儿子,
生来定有些好相,决不至于鳅头鼠脑。那"阙不全"的名号,家中个个晓
得,单瞒得她一人。

　里侯服满之后,央人来催亲,长史不好回得,只得凭他迎娶过门。成
亲之夜,拜堂礼毕,齐入洞房。里侯是二十多岁的新郎,见了这样妻子,那
里用得着软款温柔,连合卺杯也等不得吃,竟要扯她上床。只是自己晓得
容貌不济,妻子看见定要做作起来,就趁她不曾抬头,一口气先把灯吹灭
了,然后走近身去,替她解带宽衣。邹小姐是赋过谀梅的女子,也肯脱套,
不消得新郎死拖硬扯,顺手带带也就上床。虽然是将开之蕊,不怕蜂钻;
究竟是未放之花,难禁蝶采。摧残之际,定有一番狼藉。女人家这种磨
难,与小孩子出痘一般少不得有一次的,这也不消细说。只是云收雨散之
后,觉得床上有一阵气息,甚是难闻。邹小姐不住把鼻子乱嗅,疑她床上

---

① 垂髫——小孩子头发扎起来下垂着,指幼年。

有臭虫。那里晓得里侯身上,又有三种异香,不消烧沉檀、点安息,自然会从皮里透出来的。那三种?

口气,体气,脚气。

邹小姐闻见的是第二种,俗语叫做狐腥气。那口里的,因他自己藏拙,不敢亲嘴,所以不曾闻见;脚上的,因做一头睡了,相去有风马牛之隔,所以也不曾闻见。邹小姐把被里闻一闻,又把被外闻一闻,觉得被外还略好些,就晓得是他身上的缘故了,心上早有三分不快。只见过了一会,新郎说起话来,那口中的秽气对着鼻子直喷;竟像吃了生葱大蒜的一般。邹小姐的鼻子是放在香炉上过世的,那里当得这个熏法?一霎时心翻意倒起来,欲待起来呕唾,又怕新郎知道嫌他,不是做新人的厚道,只得拼命忍住;忍得他睡着了,流水爬到脚头去睡。谁想他尊足与尊口也差不多,躲了死尸,撞着臭鲞,弄得个进退无门。坐在床上思量道:"我这等一个精洁之人,嫁着这等一个污秽之物,分明是苏合遇了蜣螂,这一世怎么腌臜得过?我昨日拜堂的时节,只因怕羞不敢抬头,不曾看见他的面貌;若是面貌可观,就是身上有些气息,我拼得用些水磨工夫,把他刮洗出来,再做几个香囊与他佩带,或者与还掩饰得过。万一面貌再不济,我这一生一世怎么了?"思量到此,巴不得早些天明,好看他的面孔。谁想天也替他藏拙,黑魆魆的再不肯亮,等得精神倦怠,不觉睡去,忽然醒来,却已日上三竿,照得房中雪亮。里侯正睡到好处,谁想有人在帐里描他的睡容。邹小姐把他脸上一看,吓得大汗直流,还疑心不曾醒来,在梦中见鬼,睁开眼睛把各处一相,才晓得是真,就放声大哭起来。里侯在梦中惊醒,只说她思想爷娘,就坐起身来,把一只粗而且黑的手臂搭着她腻而且白的香肩,劝她耐烦些,不要哭罢。谁想越劝得慌,她越哭得狠,直等里侯穿了衣服,走出房去,冤家离了眼前,方才歇息一会;等得走进房来,依旧从头哭起。从此以后,虽则同床共枕,犹如带锁披枷,憎嫌丈夫的意思,虽不好明说出来,却处处示之以意。

里侯家里另有一所书房,同在一宅之中,却有彼此之别。邹小姐看在眼里,就瞒了里侯,叫人雕一尊观音法像,装金完了,请到书房。待满月之后,拣个好日,对里侯道:"我当初做女儿的时节,一心要皈依三宝,只因许了你家,不好祝发。我如今替你做了一月夫妻,缘法也不为不尽。如今要求你大舍慈悲,把书房布施与我,改为静室,做个在家出家。我从今日起,就吃了长斋,到书房去独宿,终日看经念佛,打坐参禅,以修来世。你可另娶一房,当家生子。随你做小做大,我都不管,只是不要来搅我的清规。"说完,跪下来拜了三拜,竟到书房去了。里侯劝她又不听,扯她又不住,等到晚上,只得携了枕席,到书房去就她。谁想她把门窗户扇都封锁了,犹如坐关一般,只留一个丫环在关中服侍。里侯四顾徬徨,无门可入,只得转去独宿一宵。到次日,接了丈人丈母进去苦劝,自己跪在门外哀求,怎奈她立定主意,并不回头。过了几时,里侯善劝劝不转,只得用恶劝了。吩咐手下人不许送饭进去,她饿不过,自然会钻出来。谁想邹小姐求死不得,情愿做伯夷、叔齐,一连饿了两日,全无求食之心。里侯恐怕弄出人命来,依旧叫人送饭。

　　一日立在门外大骂道:"不贤慧的淫妇! 你看什么经? 念什么佛? 修什么来世? 无非因我相貌不好,本事不济,不能够遂你的淫心,故此在这边装腔使性。你如今要称意不难,待我卖你去为娼,立在门前,只拣中意的扯进去睡就是了。你说你是个小姐,又生得标致,我是个平民,又生得丑陋,配你不来么? 不是我夸嘴说,只怕没有银子,若拼得大注银子,就是公主西施,也娶得来! 你办眼睛看我,我偏要娶个人家大似你的、容貌好似你的回来,生儿育女,当家立业。你那时节不要懊悔!"邹小姐并不回言,只是念佛。里侯骂完了,就去叫媒婆来吩咐,说要个官宦人家的女儿,又要绝顶标致的,竟娶作正,并不做小。只要相得中意,随她要多少财礼,我只管送。就是媒钱也不拘常格,只要遂得意来,一个元宝也情愿谢你。

　　自古道:"重赏之下,必有勇夫。"只因他许了元宝谢媒,那些走千家的妇人,不分昼夜去替他寻访,第三日就来回复道:"有个何运判的小姐,年方二八,容貌赛得过西施。因他父亲坏了官职,要凑银子寄到任上去完赃,目下正要打发女儿出门,财礼要三百金,这是你出得起的。只是何夫人要相相女婿,方才肯许;又要与大娘说过,他是不肯做小的。"里侯道:"两件都不难。我的相貌其实不扬,他看了未必肯许,待我央个朋友做替身,去把他相就是了;至于做大一事,一发易处。你如今就进关去那泼妇讲,说有个绝标致的小姐要来作正,你可容不容? 万一吓得她回心,我就娶不成那一个,也只当重娶了这一个,一样把媒钱谢你。"那媒婆听了,情愿趁这注现成媒钱,不愿做那桩欺心交易,就拿出苏秦、张仪的舌头来进关去做说客。谁想邹小姐巴不得娶来作正,才断得她的祸根,若是单做小,目下虽然捉生替死,只怕久后依旧要起死回生。就在佛前发誓道:"我若还想在阙家做大,叫我万世不得超生。"媒婆知道说不转,出去回复里侯,竟到何家作伐。约了一个日子,只说到某寺烧香,那边相女婿,这边相新人。

到那一日,里侯央一个绝标致的朋友做了自己,自己反做了帮闲,跟去偷相。两个预先立在寺里等候。那小姐随着夫人,却像行云出岫,冉冉而来,走到面前,只见他:

> 眉弯两月,目闪双星。摹拟金莲,说三寸尚无三寸;批评花貌,算十分还有十分。拜佛时,屈倒蛮腰,露压海棠娇着地;拈香处,伸开纤指,烟笼玉笋细朝天。立下风暗嗅肌香,甜净居麝兰之外;据上游俯观发采,氤氲在云雾之间。诚哉绝世佳人,允矣出尘仙子!

里侯看见,不觉摇头摆尾,露出许多欢欣的丑态。自古道:"两物相形,好丑愈见。"那朋友原生得齐整,又加这个傀儡立在身边,一发觉得风流俊雅。何夫人与小姐见了,有什么不中意?当晚就允了。里侯随即送聘过门,选了吉日,一样花灯彩轿,娶进门来。

进房之后,何小姐斜着星眸,把新郎觑了几觑,可怜两滴珍珠,不知不觉从秋波里泻下来。里侯知道又来撒了,心上思量道:"前边那一个,只因我进门时节娇纵了她,所以后来不受约束。古语道:'三朝的新妇,月子的孩儿,不可使她弄惯。'我的夫纲,就要从今日整起。"主意定了,就叫丫环拿合卺杯来,斟了一杯送过去。何小姐笼着双手,只是不接。里侯道:"交杯酒是做亲的大礼,为什么不接?我头一次送东西与你,就是这等装模做样,后来怎么样做人家?还不快接了去!"何小姐心上虽然怨恨,见他的话说得正经,只得伸手接来,放在桌上。从来的合卺杯不过沾一沾手,做个意思,后来原是新郎代吃的。里侯只因要整夫纲,见她起先不接,后来听了几句硬话就接了去,知道是可以威制的了,如今就当真要她吃起来。对一个丫环道:"差你去劝酒,若还剩一滴,打你五十皮鞭。"丫环听见,流水走去,把杯递与何小姐。小姐拿便拿了,只是不吃。里侯又叫一个丫环去验酒,看干了不曾。丫环看了来回复道:"一滴也不曾动。"里侯就怒起来,叫劝酒的过来道:"你难道是不怕家主的么!自古道:'拿我碗,服我管。'我有银子讨你来,怕管你不下!要你劝一盅酒都不肯依,后来怎么样差你做事!"叫验酒的扯下去重打五十,"打轻一下,要你赔十下!"验酒的怕连累自己,果然一把拖下去,拿了皮鞭,狠命的打。何小姐明晓得他打丫环惊自己,肚里思量道:"我今日落了人的圈套,料想不能脱身,不如权且做个软弱之人,过了几时,拼得寻个自尽罢了。总是要死的人,何须替他嘔气?"见那丫环打到苦处,就止住道:"不要打,我吃就是了。"里侯见她畏法,也就回过脸来,叫丫环换一杯热酒,自己送过去。何小姐一来怕嘔气,二来因嫁了匪人,愤恨不过,索性把酒来做对头,接到手,两三口就干了。里侯以为得计,喜之不胜,一杯一杯,只管送去。何小姐量原不高,三杯之后,不觉酩酊。里侯慢橹摇船来捉醉鱼,这晚成亲,比前番吹灭了灯,暗中摸索的光景,大不相同。何小姐一来酒醉,二来打点一个死字放在胸中,竟把身子当了尸骸,连那三种异香闻来也不十分觉察。受创之后,一觉直睡到天明。

次日起来,梳过了头,就问丫环道:"我闻得他预先娶过一房,如今为何不见?"丫环说:"在书房里看经念佛,再不过来的。"何小姐又问:"为什么就去看经念佛起来?"丫环道:"不知什么缘故,做亲一月,就发起这个愿来,家主千言万语,再劝不转。"何小姐就明白了。到晚间睡的时节,故意欢欢喜喜,对里侯道:"闻得邹小姐在那边看经,我明日要去看她一看,你心下何如?"里侯未娶之先,原在她面前说了大话,如今应了口,巴不得把何小姐送去与她看看,好骋自己的威风,就答应道:"正该如此。"

却说邹小姐闻得他娶了新人,又替自家欢喜,又替别人担忧,心上思量道:"我有鼻子,别人也有鼻子;我有眼睛,别人也有眼睛。只除非与他一样奇丑奇臭的,才能够相视莫逆;若是稍有几分姿色、略知一毫香臭的人,难道会相安无事不成?"及至临娶之时,预先叫几个丫环摆了塘报,"看人物好不好,性子善不善,两下相投不相投,有话就来报我。"只见娶进来,头一报说她人物甚是标致;第二报说她与新郎对坐饮酒,全不推辞;第三报说她两个吃得醉醺醺的上床,安稳睡到天明,如今好好在那边梳洗。邹小姐大惊道:"好涵养,好德性,女中圣人也,我一千也学她不来。"

只见到第三日,有个丫环拿了香烛毡单,预先来知会道:"新娘要过来拜佛,兼看大娘。"邹小姐就叫备茶伺候。不上一刻,远远望见里侯携了新人的手,摇摇摆摆而来,把新人送入佛堂,自己立在门前看她拜佛;又一眼相着邹小姐,看她气不气。谁想何小姐对着观音法座,竟像和尚尼姑拜忏的一般,合一次掌,跪下去磕了一个头,一连合三次掌,磕三个头,全不像妇人家的礼数。里侯看见,先有些诧异了。又只见她拜完了佛,起来对着邹小姐道:"这位就是邹师父么?"丫环道:"正是。"何小姐道:"这等师父请端坐,容弟子稽首。"就扯一把椅子放在上边,请邹小姐坐了好拜。邹小姐不但不肯坐,连拜也不叫她拜。正在那边扯扯曳曳,只见里侯嚷起来道:"胡说!她只因没福做家主婆,自己贬入冷宫。原说娶你来作正的,如今只该姊妹相称,那有拜她的道理?好没志气!"何小姐应道:"我今日是徒弟拜师父,不是做小的拜大娘,你不要认错了主意。"说完,也像起先拜佛一般,和南了三次,邹小姐也依样回她。拜完了,两个对面坐下。才吃得一杯茶,何小姐就开谈道:"师父在上,弟子虽是俗骨凡胎,生来也颇有善愿,只因前世罪重业深,今生堕落奸人之计。如今也学师父猛省回头,情愿拜为弟子,陪你看经念佛,半步也不敢相离。若有人来缠扰弟子,弟子拼这个臭皮囊去结识他,也落得早生早化。"邹小姐道:"新娘说差了。我这修行之念,蓄之已久,不是有激而成的。况且我前世与阙家无缘,一进门来就有厌目之意,所以退居静室,虚左待贤。闻得新娘与家主相得甚欢,如今正是新婚燕尔的时候,怎么说出这样不情的话来?我如今正喜得了新娘,可保得耳根清净,若是新娘也要如此,将来的静室竟要变做闹场了,连三宝也不得相安,这个断使不得。"说完,立起身来,竟要送她出去。何小姐哪里肯走!里侯立在外边,听见这些说话,气得浑身冰冷。起先还疑她是套话,及至见邹小姐劝她不走,才晓得果是真心,就气冲冲的骂进来道:"好淫妇!才走得进门,就被人过了气。为什么要赖在这边?难道我身上是有刺的么?还不快走!"何氏道:"你不要做梦!我这等一个如花似玉的人,与你这个魑魅魍魉宿了两夜,也是天样大的人情,海样深的度量,就跳在黄河里洗一千个澡,也去不尽身上的秽气,你也够得紧了。难道还想来玷污我么?"

　　里侯以前虽然受过邹小姐几次言语,却还是绵里藏针、泥中带刺的话,何曾骂得这般出像?况且何小姐进门之后,屡事小心,叫举杯就举杯,叫吃酒就吃酒,只说是个搓得圆捏得匾的了,到如今忽然发起威来,处女变做脱兔,叫里侯怎么忍耐得起?何小姐不曾数说得完,他就预先捏了拳头伺候,索性等她说个尽情,然后动手。到此时,不知不觉何小姐的青丝细发已被他揪在手中，一边骂一边打。把邹小姐吓得战战兢兢，只说这等一个娇皮细肉的人，怎经得铁槌样的拳头打起？只得拼命去扯。谁想骂便骂得重，打却打得轻，势便做得凶，心还使得善。打了十几个空拳头，不曾有一两个到她身上，就故意放松了手，好等她脱身，自己一边骂，一边走出去了。何姐挣脱身子，号啕痛哭。

大底妇人家的本色，要在那张惶急遽的时节方才看得出来，从容暇豫之时，那一个不会做些娇声，装些媚态？及至检点不到之际，本相就要露出来了。何小姐进门拜佛之时，邹小姐把她从头看到脚底，真是袅娜异常。头上的云鬟大似冰盘，又且黑得可爱，不知她用几子头箆，方才衬贴得来；及至此时被里侯揪散，披将下去，竟与身子一般长，要半根假发也没有。至于哭声，虽然激烈，却没有一毫破笛之声；满面都是啼痕，又洗不去一些粉迹。种种愁容苦态，都是画中的妖媚，诗里的轻盈，无心中露出来的，就是有心也做不出。邹小姐口中不说，心上思量道："我常常对镜自怜，只说也有几分姿色了，如今看了她，真是珠玉在前，令人形秽。这样绝世佳人，尚且落于村夫之手，我们一发是该当的了。"想了一会，就竭力劝住，教她从新梳起头来。两个对面谈心，一见如故。到了晚间，里侯叫丫环请她不去，只得自己走来负荆，唱喏下跪，叫姐呼娘，桩桩丑态都做尽，何小姐只当不知。后来被他苦缠不过，袖里取出一把剃刀，竟要刎死。里侯怕弄出事来，只得把她交与邹小姐，央泥佛劝土佛，若还掌印官委不来，少不得还请你旧官去复任。

却说何小姐的容貌，果然比邹小姐高一二成，只是肚里的文才，手中的技艺，却不及邹小姐万分之一。从她看经念佛，原是虚名；学她写字看书，倒是实事。何爱邹之才，邹爱何之貌，两个做了一对没卵夫妻，阙里侯倒睁着眼睛在旁边吃醋。熬了半年，不见一毫生意，心上思量道："看这光景，两个都是养不熟的了，他们都守活寡，难道叫我绝嗣不成？少不得还要娶一房，叫做三遭为定。前面那两个原怪她们不得，一个才思忒高，一个容貌忒好，我原有些配她们不来。如今做过两遭把戏，自己也明白了，以后再讨，只去寻那一字不识、粗粗笨笨的，只要会做人家，会生儿子就罢了，何须弄那上书上画的，来磨灭自己？"算计定了，又去叫媒婆吩咐。媒婆道："要有才有貌的便难，若要老实粗笨的，何须寻得？我肚里尽有。只是你这等一户大人家，也要有些福相、有些才干，才承受得起。

如今袁进士家现有两个小要打发出门,一个姓周,一个姓吴。姓周的极有福相、极有才干,姓吴的又有才、又有貌,随你要那一个就是。"里侯道:"我被有才有貌的弄得七死八活,听见这两个字也有些头疼,再不要说起,竟是那姓周的罢了。只是也要过过眼,才好成事。"媒婆道:"这等我先去说一声,明日等你来相就是。"两个约定,媒人竟到袁家去了。

却说袁家这两个小,都是袁进士极得意的。周氏的容貌虽不十分艳丽,却也生得端庄;只是性子不好,一些不遂意就要寻死寻活。至于姓吴的那一个,莫说周氏不如她,就是阙家娶过的那两位小姐,有其才者无其貌,有其貌者无其才,只除非两个并做一个,方才敌得她来。袁进士的夫人,性子极妒,因丈夫宠爱这两个小,往常嘔气不过,如今乘丈夫进京去谒选,要一起打发出门,以杜将来之祸。听见阙家要相周氏,又有个打抽丰的举人要相吴氏,袁夫人不胜之喜,就约明日一起来相。里侯因前次央人央坏了事,这番并不假借,竟是自己亲征。次日走到袁家,恰好遇着打抽丰的举人相中了吴氏出来,闻得财礼已交,约到次日来娶。里侯道:"举人拣的日子自然不差,我若相得中,也是明日罢了。"及至走入中堂,坐了一会,媒婆就请周氏出来,从头至脚任凭检验。男相女固然仔细,女相男也不草草。周氏把里侯睃了两眼,不觉变下脸来,气冲冲的走进去了。媒婆问里侯中意不中意,里侯道:"才干虽看不出,福相是有些的,只是也还嫌她标致,再减得几分姿色便好。"媒婆道:"乡宦人家,既相过了,不好不成,劝你将就些娶回去罢。"里侯只得把财礼交进,自己回去,只等明日做亲。

却说周氏往常在家,听得人说有个姓阙的财主,生得奇丑不堪,有"阙不全"的名号。周氏道:"我不信一个人身上就有这许多景致,几时从门口经过,叫我们出去看看也好。"这次媒人来说亲,只道有个财主要相,不说姓阙不姓阙,奇丑不奇丑。及至相的时节,周氏见他身上脸上景致不少,就有些疑心起来,又不好问得,只把媒婆一顿臭骂道:"阳间怕没有人家,要到阴间去领鬼来相?"媒人道:"你不要看错了,他就是荆州城里第一个财主,叫做阙里侯,没有一处不闻名的。"周氏听见,一发颠作起来道:"我宁死也不嫁他,好好把财礼退去!"袁夫人道:"有我做主,莫说这样人家,就是叫化子,也不怕你不去!"周氏不敢与大娘对口,只得忍气吞声进房去了。

　　天下不均匀的事尽多。周氏在这边有苦难申,吴氏在那边快活不过。相他的举人,年纪不上三十岁,生得标致异常,又是个有名的才子,吴氏平日极喜看他诗稿的。此时见亲事说成,好不得意,只怪他当夜不娶过门,百岁之中少了一宵恩爱,只得和衣睡了一晚。熬到次日,绝早起来梳妆。不想那举人差一个管家押媒婆来退财礼,说昨日来相的时节,只晓得是个乡绅,不曾问是那一科进士,及至回去细查齿录,才晓得是他父亲的同年,岂有年侄娶年伯母之理? 夫人见他说得理正,只得把财礼还他去了。吴氏一天高兴扫得精光,白白梳了一个新妇头,竟没处用得着。

　　停一会,阙家轿子到了,媒婆去请周氏上轿,只见房门紧闭,再敲不开。媒婆只说她做作,请夫人去发作她。谁想敲也不开,叫也不应,及至撬开门来一看,可怜一个有福相的妇人,变做个没收成的死鬼,高高挂在梁上,不知几时吊杀的。夫人慌了,与媒婆商议道:"我若打发她出门,明日老爷回来,不过唝一场小气;如今逼死人命,将来就有大气唝了,如何了得?"媒婆道:"老爷回来,只说病死的就是。他难道好开棺检尸不成?"夫人道:"我家里的人别个都肯隐瞒,只有吴氏那个妖精,那里闭得她的口住?"媒婆想了一会道:"我有个两全之法在此。那边一头,女人要嫁得慌,男子又不肯娶;这边一头,男子要娶,女人又死了没得嫁。依我的主意,不如待我去说一个谎,只说某相公又查过了,不是同年,如今依旧要娶,她自然会钻进轿去,竟把她做了周氏嫁与阙家。阙家聘了丑的倒得了好的,难道肯退来还你不成? 就是吴氏到了那边,虽然出轿之时有一番惊吓,也只好肚里咒我几声,难道好跑回来与你说话不成? 替你除了一个大害,又省得她后来学嘴,岂不两便?"夫人听见这个妙计,竟要欢喜杀来,就催媒婆去说谎。吴氏是一心要嫁的人,听见这句话,那里还肯疑心,走出绣房,把夫人拜了几拜,头也不回,竟上轿子去了。

　　及至抬到阙家,把新郎一看,全然不是昨日相见的。她是个绝顶聪明之人,不消思索,就晓得媒婆与夫人的诡计了。心上思量道:"既来之,则安之。只要想个妙法出来,保全得今夜无事,就可以算计脱身了。"只是低着头,思量主意,再不露一些烦恼之容。里侯昨日相那一个,还嫌她多了几分姿容,怕娶回来唝气,那晓得又被人调了包。出轿之时,新人反不十分惊慌,倒把新郎吓得魂不附体,心上思量道:"我不信妇人家竟是会变的,只过得一夜,又标致了许多。我不知造了什么业障,触犯了天公,只管把这些好妇人来磨灭我。"正在那边怨天恨地,只见吴氏回过朱颜,拆开绛口,从从容容的问道:"你家莫非姓阙么?"里侯回她:"正是。"吴氏道:"请问昨日那个媒人与你有什么冤仇,下这样毒手来摆布你?"里侯道:"她不过要我几两媒钱罢了,那有什么冤仇? 替人结亲是好事,也不叫做摆布我。"吴氏道:"你家就有天大的祸事到了,还说不是摆布?"里侯大惊道:"什么祸事?"吴氏道:"你昨日聘的是哪一个,可晓得她姓什么?"里侯道:"你姓周,我怎么不晓得?"吴氏道:"认错了,我姓吴,那一个姓周。如今姓周的被你逼死了,教我来替她讨命的。"里侯听见,眼睛吓得直竖,立起身来问道:"这是什么缘故?"吴氏道:"我与她两个都是袁老爷的爱宠,只因夫人妒忌,乘他出去选官,瞒了家主,要出脱我们。不想昨日你去相她,又有个举人来相我,一起下了聘,都说明日来娶。我与周氏约定要替老爷守节,只等轿子一到,两个双双寻死。不想周氏的性子太急,等不到第二日,昨夜就吊死了。不知被哪一个走漏了消息,那举人该造化,知道我要寻死,预先叫人来把财礼退了去。及至你家轿子到的时节,夫人叫我来替她,我又不肯,只得也去上吊。那媒人来劝道:'你既然要死,死在家里也没用,阙家是个有名的财主,你不如嫁过去死在他家,等老爷回来也好说话。难道两条性命了不得他一份人家?'故此我依她嫁过来,一则替丈夫守节,二则替周氏伸冤,三来替你讨一口值钱的棺木,省得死在她家,盛在几块薄板之中,后来抛尸露骨。"说完,解下束腰的丝绦,系在颈上,要自家勒死。

他不曾讲完的时节,里侯先吓得战战兢兢,手脚都抖散了,再见他弄这个圈套,怎不慌上加慌? 就一面扯住,一面高声喊道:"大家都来救命!"吓得那些家人婢仆没脚的赶来,周围立住,扯的扯,劝的劝,使吴氏动不得手。里侯才跪下来道:"吴奶奶,袁夫人,我与你前世无冤,今世无仇,为什么上门来害我? 我如今不敢相留,就把原轿送你转去,也不敢退什么财礼,只求你等袁老爷回来,替你说个方便,不要告状,待我送些银子去请罪罢了。"吴氏道:"你就送我转去,夫人也不肯相容,依旧要出脱我,我少不得是一死。自古道:'走三家不如坐一家。'只是死在这里的快活。"里侯弄得没主意,只管磕头,求她生个法子,放条生路。吴氏故意踌躇一会,才答应道:"若要救你,除非用个伏兵缓用之计,方才保得你的身家。"里侯道:"什么计较?"吴氏道:"我老爷选了官,少不得就要回来,也是看得见的日子。你只除非另寻一所房屋,将我藏在里边,待我回来的时节,把我送上门去。我对他细讲,说周氏是大娘逼杀的,不干你事。你只因误听媒人的话,说是老爷的主意,才敢上门来相我;及至我过来说出缘故,就不敢近身,把我养在一处,待他回来送还。他平素是极爱我的,见我这等说,他不但不摆布你,还感激你不尽,一些祸事也没有了。"里侯听见,一连磕了几个响头,方才爬起来道:"这等不消别寻房屋,我有一所静室,就在家中,又有两个女人,可以做伴,送你过去安身就是。"说完,就叫几个丫环:"快送吴奶奶到书房里去。"

却说邹、何两位小姐闻得他又娶了新人,少不得也像前番,叫丫环来做探子。谁想那些丫环听见家主喊人救命,大家都来济困扶危了,那有工夫去说闲话?两个等得寂然无声,正在那边猜谜,只见许多丫环簇拥一个爱得人杀的女子走进关来,先拜了佛,然后与二人行礼,才坐下来。二人就问道:"今日是佳期,新娘为何不赴洞房花烛,却到这不祥之地来?"吴氏初进门,还不知这两个是姑娘是妯娌,听了这句话,打头不应空,就答应道:"供僧伽的所在,叫做福地,为什么反说不祥?我此番原是来就死的,今晚叫做忌日,不是什么佳期。二位的话,句句都说左了。"两个见她们言语来得激烈,晓得是个中人了。再叙几句寒温,就托故起身,叫丫环到旁边细问。丫环把起先的故事说了一番,二人道:"这等也是个脱身之计,只是比我们两个更做得巧些。"吴氏乘她们问丫环的时节,也扯一个到背后去问:"这两位是家主的什么人?"丫环也把二人的来历说了一番。吴氏暗笑道:"原来同是过来人,也亏她们寻得这块避秦之地。"两边问过了,依旧坐拢来,就不像以前客气,大家把心腹话说做一堆,不但同病相怜,竟要同舟共济。邹小姐与她们分韵联诗,得了一个社友。何小姐与她们同娇比媚,凑成一对玉人。三个就在佛前结为姊妹。过到后来,一日好似一日。

不多几时,闻得袁进士补了外官,要回来带家小上任。邹、何二位小姐道:"你如今完璧归赵,只当不曾落地狱,依旧去做天上人了。只是我两个珠沉海底,今生料想不能出头,只好修个来世罢了。"吴氏道:"我回去见了袁郎,赞你两人之才貌,诉你两人之冤苦,他读书做官的人,自然要动怜才好色之念。若有机会可图,我定要把你两个一起弄到天上去,决不叫你们在此受苦。"二人口虽不好应得,心上也着得如此。

　　又过几时，里侯访得袁进士到了，就叫一乘轿子，亲自送吴氏上门。只怕袁进士要发作他，不敢先投名帖，待吴氏进去说明，才好相见。吴氏见了袁进士，预先痛哭一场，然后诉苦，说大娘逼她出嫁，她不得不依，亏得阙家知事，许我各宅而居，如今幸得拨云见日。说完，扯住袁进士的衣袖，又悲悲切切哭个不了。只道袁进士回来不见了她，不知如何嗔气；此时见了她，不知如何欢喜。谁想他在京之时，就有家人赶去报信，周氏、吴氏两番举动，他胸中都已了然。此时见吴氏诉说，他只当不闻，见吴氏悲哀，他只管冷笑，等他自哭自住，并不劝她。吴氏只道他因在前厅，怕人看见，不好露出儿女之态，就低了头朝里面走。袁进士道："立住了！不消进去。你是个知书识理之人，岂不闻覆水难收之事。你当初既要守节，为什么不死，却到别人家去守起节来？你如今说与他各宅而居，这句话叫我那里去查账？你不过因那姓阙的生得丑陋，走错了路头，故此转来寻我；若还嫁与了那打抽丰的举人，我便拿银子来赎你，只怕也不肯转来了。"说了这几句，就对家人道："阙家可有人在外边？快叫他来领去。"家人道："姓阙的现在外面，要求见老爷。"袁进士道："请进来。"家人就去请里侯。里侯起先十分忧惧，此时听见一个"请"字，心上才宽了几分，只道吴氏替他说的方便，就大胆走进来，与袁进士施礼。袁进士送了坐，不等里侯开口，就先说道："舍下那些不祥之事，学生都知道了。虽是妒妇不是，也因这两个淫妇各怀二心，所以才有媒人出去打合。兄们只道是学生的意思，所以上门来相他。周氏之死，是她自己的命限，与兄无干。至于吴氏之嫁，虽出奸媒的诡计，也是兄前世与她有些夙缘，所以无心凑合。学生如今并不怪兄，兄可速速领回去，以后不可再叫她上门来坏学生的体面。"他一面说，里侯一面叫"青天"。说完，里侯再三推辞，说是："老先生的爱宠，晚生怎敢承受？"袁进士变下脸来道："你既晓得我的爱宠，当初就不该娶她；如今娶回去，过了这几时又送来还我，难道故意要羞辱我么？"里侯慌起来道："晚生怎么敢？就蒙老先生开恩，教晚生领去，怎奈她嫌晚生丑陋，不愿相从，领回去也要嗔气。"袁进士就回过头去对吴氏道："你听我讲，自古道：'红颜薄命。'你这样的女人，自然该配这样的男子。若在我家过世，这句古语就不验了。你如今若好好跟他回去，安心贴意做人家，或者还会生儿育女，讨些下半世的便宜；若还吵吵闹闹，不肯安生，将来也不过像周氏，是个梁上之鬼。莫说死一个，就死十人，也没人替你伸冤。"说完，又对里侯道："阙兄请别，学生也不送了。"又着手拱一拱，头也不回，竟走了进去。吴氏还啼啼哭哭，不肯出门，当不得许多家人你推我曳，把她塞进轿子。起先威风凛凛而来，此时兴致索然而去。

到了阙家，头也不抬，竟往书房里走。里侯一把扯住道："如今去不得了。我起先不敢替你成亲，一则被你把人命吓倒，要保身家；二则见你忒标致了些，恐怕晦气。如今尸主与凶身当面说过，只当批个执照来了，难道还怕什么人命不成？就是容貌不相配些，方才黄甲进士亲口吩咐过了，美妻原该配丑夫，是黄金板上刊定的，没有什么气晦得，请条直些走来成亲。"吴氏心上的路数往常是极多的，当不得袁进士五六句话，把她路数都塞断了。如今并无一事可行，被他做个顺手牵羊，不响不动，扯进房里去了。里侯这一晚成亲之乐，又比束缚醉人的光景不同，真是渐入佳境。从此以后，只怕吴氏要脱逃，竟把书房的总门锁了，只留一个转筒递茶饭过去。邹、何两位小姐与吴氏隔断红尘，只好在转筒边谈谈衷曲而已。

吴氏的身子虽然被他箝束住了，心上只是不甘，翻来覆去思量道："他娶过三次新人，两个都走脱了，难道只有我是该苦的？他们做清官，叫我一个做蛆虫。定要生个法子去弄她们过来，大家分些臭气。就是三夜轮着一夜，也还有两夜好养鼻子。"算计定了，就对里侯道："我如今不但安心贴意，随你终身，还要到书房里去，把那两个负固不服的都替你招安过来，才见我的手段。"里侯道："你又来算计脱身了。不指望獐犯鹿兔，只怕连猎狗也不得还乡，我被人骗过几次，如今再不到水边去放鳖了。"吴氏就罚咒道："我若骗你，叫我如何如何！你明日把门开了，待我过去劝她们，你一面收拾房间伺候，包你一拖便来。只是有句话要吩咐你，你不可不依。卧房只要三个，床铺却要六张。"里侯道："要这许多做什么？"吴氏道："我老实对你说，你身上这几种气息，其实难闻。自古道：'与人方便，自己方便。'等他们过来，大家做定规矩，一个房里一夜，但许同房，不许共铺，只到要紧头上那一刻工夫过来走走，闲空时节只是两床宿歇，这等才是个可久之道。"里侯听见，不觉大笑起来道："你肯说出这句话来，就不是个脱身之计了，这等一一依从就是。"次日起来，早早把书房开了，一面收拾房间，一面叫吴氏去做说客。

却说邹、何两位小姐见吴氏转来，竟与里侯做了服贴夫妻，过上许多时,不见一毫响动。两个虽然没有醋意,觉得有些懊悔起来。不是懊悔别的事,他道我们一个有才,一个有貌,终不及她才貌俱全,一个当两个的,尚且与他过得日子,我们半个头,与他嘶什么气? 当初那些举动,其实都是可以做、可以不做的。两个人都先有这种意思,吴氏的说客自然容易做了。这一日走到,你欢我喜,自不待说。讲了一会闲话,吴氏就对二人道:"我今日过来,要讲个份上,你二位不可不听。"二人道:"只除了一桩听不得的,其余无不从命。"吴氏道:"听不得的听了,才见人情,容易的事,那个不会做? 但凡世上结义的弟兄,都要有福同享,有苦同受,前日既蒙二位不弃,与我结了金石之盟,我如今不幸不能脱身,被他拘在那边受苦,你们都是尝过滋味的,难道不晓得? 如今请你们过去,大家分些受受,省得磨死我一个,你们依旧不得安生。"二人道:"你当初还说要超度我们上天,如今倒要扯人到地狱里去,亏你说得出口?"吴氏道:"我也指望上天,只因有个人说这地狱该是我们坐的,被他点破了,如今也甘心做地狱中人。你们两个也与我一样,是天堂无份、地狱有缘的,所以来拉你们去同坐。"就把袁进士劝她"红颜自然薄命,美妻该配丑夫"的话说了一遍,又道:"他这些话说得一毫不差,二位若不信,只把我来比就是了。你们不曾嫁过好丈夫的,遇着这样人,也还气得过;我前面的男子是何等之才,何等之貌,我若靠他终身,虽不是诰命夫人,也做个乌纱爱妾,尽可无怨了。怎奈大娘要逼我出去,媒人要哄我过来,如今弄到这个地步。这也罢了,那日来相我的人又是何等之才,何等之貌,我若嫁将过去,虽不敢自称佳人,也将就配得才子,自然得意了。谁想他自己做不成亲,反替别人成了好事,到如今误得我进退无门。这等看起来,世间的好丈夫,再没得把与好妇人受用的,只好拿来试你一试,哄你一哄罢了。我和你若是一个两个错嫁了他,也还说是造化偶然之误,如今错到三个上,也不叫做偶然了;他若娶着一个两个好的,还说他没福受用,如今娶着三个都一样,也不叫做没福了。总来是你我前世造了孽障,故此弄这鬼魅变不全的人身到阳间来磨灭你我。如今大家认了晦气,去等他磨灭罢了。"

吴氏起先走到之时,先把她两个人的手一边捏住一只,后来却像与她们闲步的一般,一边说一边走,说到差不多的时节,已到了书房门口两边交界之处了,无意之中把她们一扯,两个人的身子已在总门之外,流水要回身进去,不想总门已被丫环锁了,这是吴氏预先做定的圈套。二人大惊道:"这怎么使得？就要如此,也待我们商量酌议,想个长策出来,慢慢的回话,怎么捏人在拳头里,硬做起来？"吴氏道:"不劳你们费心,长策我已想到了。闻香躲臭的家伙,都现现成成摆在那边,还你不即不离,决不像以前只有进气没有出气就是。"二人问什么计策,吴氏又把同房各铺的话说了一遍,二人方才应允。各人走进房去,果然都是两张床,中间隔着一张桌子,桌上又摆着香炉匙箸。里侯也会奉承,每一个房里买上七八斤速香,凭她们烧过日子,好掩饰自家的秽气。从此以后,把这三个女子当做菩萨一般烧香供养,除那一刻要紧工夫之外,再不敢近身去亵渎她们。由邹而何,由何而吴,一个一夜,周而复始,任他自去自来,倒喜得没有醋吃。

不上几年,三人各生一子。儿子又生得古怪,不像爷,只像娘,个个都娇皮细肉。又不消请得先生,都是母亲自教。以前不曾出过科第,后来一般也破天荒,进学的进学,中举的中举,出贡的出贡。里侯只因相貌不好,倒落得三位妻子都会保养他,不十分肯来耗其精血,所以直活到八十岁才死。这岂不是美妻该配丑夫的实据？我愿世上的佳人把这回小说不时摆在案头,一到烦恼之时,就取来翻阅,说我的才虽绝高,不过像邹小姐罢了;貌虽极美,不过像何小姐罢了;就作两样俱全,也不过像吴氏罢了。他们一般也嫁着那样丈夫,一般也过了那些日子,不曾见飞得上天,钻得入地,每夜只消在要紧头上熬那一两刻工夫,况那一两刻又是好熬的。或者度得个好种出来,下半世的便宜就不折了。或者丈夫虽丑,也还丑不到阙不全的地步,只要面貌好得一两分,秽气少得一两种,墨水多得一两滴,也就要当做潘安、宋玉一般看承,切不可求全责备。

我这服金丹的诀窍都已说完了,药囊也要收拾了,随你们听不听,不干我事。只是还有几句话,吩咐那些愚丑丈夫:她们嫁着你固要安心,你们娶着她也要惜福。要晓得世上的佳人,就是才子也没福受用的,我是何等之人,能够与她作配？只除那一刻要紧的工夫,没奈何要少加亵渎,其余的时节,就要当做菩萨一般烧香供养,不可把秽气熏她,不可把恶言犯他,如此相敬,自然会像阙里侯,度得好种出来了。切不可把这回小说做了口实,说这些好妇人是天叫我磨灭她的,不怕走到那里去!要晓得磨灭好妇人的男子,不是你一个;磨灭好妇人的道路,也不是这一条。万一阎王不曾禁锢她终身,不是咒死了你去嫁人,就是弄死了她来害你,这两桩事都是红颜女子做得出的。阙里侯只因累世积德，自己又会供养佳人，所以后来得此美报。不然，只消一个袁进士翻转脸来，也就够他了。我这回小说也只是论姻缘的大概，不是说天下夫妻个个都如此。只要晓得美妻配丑夫倒是理之常，才子配佳人反是理之变。处常的要相安，处变的要谨慎。这一回是处常的了，还有一回处变的，就在下面，另有一般分解。

巳　集

遭风遇盗致奇赢　让本还财成巨富

诗云:

> 从来形体不欺人,燕颔①封侯果是真。
>
> 亏得世人皮相好,能容豪杰隐风尘。

前面那一回讲的是"命"了,这一回却说个"相"字。相与命这两件东西,是造化生人的时节搭配定的。半斤的八字,还你半斤的相貌;四两的八字,还你四两的相貌;竟像天平上弹过的一般,不知怎么这样相称。若把两桩较量起来,赋形的手段比赋命更巧。怎见得他巧处?世上人八字相同的还多,任你刻数不同,少不得那一刻之中,也定要同生几个;只有这相貌,亿万苍生之内,再没有两个一样的。随你相似到底,走到一处,自然会异样起来。所以古语道:"人心之不同,有如其面。"这不同的所在已见他的巧了,谁知那相同的所在,更见其巧。若是相貌相同,所处的地位也相同,这就不奇了;他偏要使那贵贱贤愚相去有天渊之隔的,生得一模一样,好颠倒人的眼睛,所以为妙。当初仲尼貌似阳虎,蔡邕貌似虎贲。仲尼是个至圣,阳虎是个权奸;蔡邕是个富贵的文人,虎贲是个下贱的武士,你说哪里差到哪里?若要把孔子认做圣人,连阳虎也要认做圣人了;若要把虎贲认做贱相,连蔡邕也要认做贱相了。这四个人的相貌虽然毕竟有些分辨,只是这些凡夫俗眼哪里识别得来?从来负奇②磊落之士,个个都恨世多肉眼,不识英雄;我说这些肉眼是造化生来护持英雄的,只该感他,不该恨他。若使该做帝王的人个个知道他是帝王,能做豪杰的人个个认得他是豪杰,这个帝王、豪杰一定做不成了。项羽知道沛公该有天下,那鸿门宴上岂肯放他潜归?淮阴少年知道韩信后为齐王,那胯下之时岂肯留他性命?亏得这些肉眼,才隐藏得过那些异人。还有一说,若使后来该

---

① 燕颔——形容相貌英俊。

② 负奇——心怀奇志。

富贵的人都晓得他后来富贵,个个去趋奉他,周济他,他就预先要骄奢淫欲起来了,哪里还肯警心惕虑,刺股悬梁,造到那富贵的地步?所以造化生人,使乖弄巧的去处都有一片深心,不可草草看过。

如今却说一个人相法极高,遇着两个面貌一样的,一个该贫,一个该富,他却能分辨出来。后来恰好合着他的相法,与前边敷演的话句句相反,方才叫做异闻。

弘治年间,广东广州府南海县,有个财主姓杨,因他家资有百万之富,人都称他为杨百万。当初原以飘洋起家,后来晓得飘洋是桩险事,就回过头来,坐在家中,单以放债为事。只是他放债的规矩有三桩异样:第一桩,利钱与开当铺的不同。当铺里面当一两二两,是三分起息,若当到十两二十两,就是二分多些起息了。他翻一个案道:借得少的毕竟是个穷人,那里纳得重利钱起?借得多的定是有家事的人,况且本大利亦大,拿我的本去趁出利来,便多取他些也不为虐。所以他的利钱,论十的是一分,论百的是二分,论千的是三分。人都说他不是生财,分明是行仁政,所以再没有一个赖他的。第二桩,收放都有个日期,不肯零星交兑。每月之中,初一、十五收,初二、十六放。其余的日子,坐在家中与人打双陆、下象棋,一些正事也不做。人知道他有一定的规矩,不是日期再不去缠扰他。第三桩一发古怪,他借银子与人,也不问你为人信实不信实,也不估你家私还得起还不起,只要看人的相貌何如。若是相貌不济,票上写得多的,他要改少了;若是相貌生得齐整,票上写一倍,他还借两倍与你。这是什么缘故?只因他当初在海上,遇个异人传授他的相法,一双眼睛竟是两块试金石,人走到他面前,一生为人的好歹,衣禄的厚薄,他都了然于胸中。这个术法别人拿去趁钱,他却拿来放债,其实放债放得着,一般也是趁钱。当初唐朝李世眅在军中选将,要相那面貌丰厚、像个有福的人,才叫他去出征;那些卑微庸劣的,一个也不用。人问他什么缘故?他道薄福之人,岂可以成功名?也就是这个道理。杨百万只因有此相法,所以借去的银子,再没有一注落空。

那时节南海县中有个百姓,姓秦名世良,是个儒家之子。少年也读书赴考,后来因家事萧条,不能糊口,只得废了举业,开个极小的铺子,卖些草纸灯心之类。常常因手头乏钞,要问杨百万借些本钱,只怕他的眼睛利害,万一相得不好,当面奚落几句,岂不被人轻贱?所以只管苦捱。捱到后面，一日穷似一日，有些过不去了，只得思量道："如今的人，还要拿了银子去央人相面。我如今又不费一文半分，就是银子不肯借，也讨个终身下落了回来，有什么不好？"就写个五两的借票，等到放银的日期走去伺候。从清晨立到巳牌时分，只见杨百万走出厅来，前前后后跟了几十个家人，有持笔砚的，有拿算盘的，有捧天平的，有抬银子的。杨百万走到中厅，朝外坐下，就像官府升堂一般，吩咐一声收票。只见有数百人一起取出票来，捱挤上去，就是府县里放告投文，也没有这等热闹。秦世良也随班拥进，把借票塞与家人收去，立在阶下，听候唱名。只见杨百万果然逐个唤将上去，从头至脚相过一番，方才看票。也有改多为少的，也有改少为多的。那改少为多的，兑完银子走下来，个个都气势昂昂，面上有骄人之色；那改多为少的，银子便接几两下来，看他神情萧索，气色暗然，好像秀才考了劣等的一般，个个都低头掩面而去。世良看见这些光景，有些懊悔起来道："银子不过是借贷，终久要还，又不是白送的，为什么受人这等怠慢？"欲待不借，怎奈票子又被他收去。

　　正在疑虑之间，只见并排立着一个借债的人，面貌身材与他一样，竟像一副印板印下来的。世良道："他的相貌与我相同，他若先叫上去，但看他的得失，就是我的吉凶了。"不曾想得完，那人已唤上去了。世良定着眼睛看，侧着耳朵听，只见杨百万将此人相过一番，就查票上的数目，却是五百两。杨百万笑道："兄那里借得五百两起？"那人道："不肖虽穷，也还有千金薄产，只因在家坐不过，要借些本钱到江湖上走走，这银子是有抵头的，怎见得就还不起？"杨百万道："兄不要怪我说，你这个尊相，莫说千金，就是万金也留不住。无论做生意不做生意，将来这些尊产少不得同归于尽。不如请回去坐坐，还落得安逸几年，省得受那风霜劳碌之苦。"那人道："不借就是了，何须说得这等尽情！"讨了票子，一路唧唧哝哝，骂将出去。

　　世良道："兔死狐悲，我的事不消说了。"竟要讨出票子，托故回家，不想已被他唤着名字，只得上去讨一场没趣了下来。谁想杨百万看到他的相貌，不觉眼笑眉欢，又把他的手掌扯了一捏，就立起身来道："失敬了。"竟查票子，看到五两的数目，大笑起来道："兄这个尊相，，将来的家资不在小弟之下，为什么只借五两银子？"世良道："老员外又来取笑了。晚生家里四壁萧然，朝不谋夕，只是这五两银子还愁老员外不肯，怎么说这等

过分的话,敢是讥诮晚生么?"杨百万又把他仔细一相道:"岂有此理,兄
这个财主,我包得过。任你要借一千、五百,只管兑去,料想是有得还
的。"世良道:"就是老员外肯借,晚生也不敢担当,这等量加几两罢。"杨
百万道:"几两、几十两的生意岂是兄做的? 你竟借五百两去,随你做什
么生意,包管趁钱,还不要你费一些气力,受一毫辛苦,现现成成做个安逸
财主就是。"说完,就拿笔递与世良改票,世良没奈何,只得依他,就在
"五"字之下、"两"字之上夹一个"百"字进去。写完,杨百万又留他吃了
午饭,把五百两银子兑得齐齐整整,叫家人送他回来。

世良暗笑道:"我不信有这等奇事,两个人一样的相貌,他有千金产
业,尚且一厘不肯借他;我这等一个穷鬼,就拼五百两银子放在我身上,难
道我果然会做财主不成? 不要管他,他既拼得放这样飘海的本钱,我也拼
得去做飘海的生意。闻得他的人家原是洋里做起来的,我如今不入虎穴,
焉得虎子? 也到洋里去试试。"就与走番的客人①商议,说要买些小货,跟
去看看外洋的风光。众人因他是读过书的,笔下来得,有用着他的去处,
就许了相带同行,还不要他出盘费。世良喜极,就将五百两银子都买了绸
缎,随众一起下船。

他平日的笔头极勤,随你什么东西,定要涂几个字在上面。又因当初
读书时节,刻了几方图书,后来不习举业,没有用处,捏在手中,不住的东
印西印,这也是书呆子的惯相。一日舟中无事,将自己绸缎解开,逐匹上
用一颗图书,用完捆好,又在蒲包上写"南海秦记"四个大字。众人都笑
他道:"你的本钱忒大,宝货忒多,也该做个记号,省得别人冒认了去。"世
良脸上羞得通红,正要掩饰几句,忽听得舵工喊道:"西北方黑云起了,要
起风暴,快收进岛去。"那些水手听见,一起立起身来,落篷的落篷,摇橹
的摇橹,刚刚收进一个岛内,果然怪风大作,雷雨齐来,后船收不及的,翻
了几只。世良同满船客人,个个张牙吐舌,都说亏舵工收船得早。等了两
个时辰,依旧青天皎洁。正要开船,只见岛中走出一伙强盗,虽不上十余
人,却个个身长力大,手持利斧,跳上船来,喝道:"快拿银子买命!"众人
看见势头不好,一起跪下道:"我们的银子都买了货物,腰间盘费有限,尽
数取去就是。"只见有个头目立在岸上,须长耳大,一表人材,对众人道:

---

① 走番的客人——番:番邦。这里指到海外做生意的商人。

"我只要货物,不要银子,银子赏你们做盘费转去,可将货物尽搬上来。"众强盗得了钧令,一起动手,不上数刻,剩得一只空船。头目道:"放你们去罢。"驾掌曳起风篷,方才离了虎穴。满船客人个个都号嗓痛哭,埋怨道:"不该带了个没时运的人,累得大家晦气。"世良又恨自家命穷,又受别人埋怨,又虑杨百万这注本钱如何下落,真是上天无路,入地无门。

不上数日,依旧到了家中。思量道:"丑媳妇免不得见公婆,如今本钱劫去,也要与他说个明白,难道躲得过世不成?"只得走到杨百万家,恰好遇着个收银的日子,那天平里面,铿铿锵锵,好像戏台上的锣鼓,响个不住。等得他收完,已是将要点灯的时候。世良面上无颜,巴不得暗中相见。杨百万见他走到面前,吃一惊道:"你做什么生意,这等回头得快?就是得利,也该再做几转,难道就拿来还我不成?"世良听见,一发羞上加羞,说不出口,仰面笑了一笑,然后开谈,少不得是"惭愧"二字起头,就把买货飘洋、避风遇盗的话说了一遍,深深唱个喏道:"这都是晚生命薄,扶持不起,有负老员外培植之恩,料今生不能补报,只好待来世变为犬马,偿还恩债。"说完,立在旁边,低头下气,不知杨百万怎生发作,非骂即打。谁知他一毫也不介意,倒陪个笑脸道:"胜败乃兵家之常。做生意的人,失风遇盗之事,哪里保得没有遭把?就是学生当初飘洋,十次之中也定然遇着一两次。自古道:'生意不怕折,只怕歇。'你切不可因这一次受惊,就冷了求财之念。譬如掷骰子的,一次大输,必有一次大赢。我如今再借五百两与你,你再拿去飘洋,还你一本数十利。"世良听见,笑起来道:"老员外,你的本钱一次丢不怕,还要丢第二次么?"杨百万道:"我若不扶持你做个财主,人都要笑我没有眼睛。你放心兑去,只要把胆放泼些,不要说不是自己的本钱,畏首畏尾,那生意就做不开了。自古道:'貌不亏人。'有你这个尊相,偷也偷个财主来。今晚且别,明日是放银的日期,我预先兑五百两等你。"

世良别了。到第二日,当真又写一张借票,随众走去。只见果然有五百两银子封在那边,上面写一笔道:

　　　大富长者秦世良客本。

众人的银子都不曾发,杨百万先取这一宗,当众人交与世良道:"银子你收去,我还有一句先凶后吉的话吩咐你。万一这注银子又有差池,你还来问我借。我的眼睛再不会错的,任你折本趁钱,总归到做财主了才住。"

众人都把他细看,也有赞叹果然好相的,也有不作声的,都要办着眼睛看他做财主。

世良谢了杨百万回来,算计道:"你的意思极好,只是吩咐的话决不可依。他叫我把胆放泼些,我前番只因泼坏了事,如今怎么还好泼得?况且财主口里的话极是有准的,他方才那先凶后吉的言语,不是什么好彩头,切记要谨慎。飘洋的险事断然不可再试了,就是做别的生意,也要留个退步。我如今把二百两封好了,掘个地窖,藏在家中,只拿三百两去做生意。若是路上好走,没有惊吓,到第二次一起带去作本。万一时运不通,又遇着意外之事,还留得一小半,回来又好别寻生理。"算计定了,就将二百两藏入地窖,三百两束缚随身,竟往湖广贩米。路上搭着一个老汉同行,年纪有六十多岁,说家主是襄阳府的经历,因解粮进京,回来遇着响马,把回批劫去。到省禀军门,军门不信,将家主禁在狱中。如今要进京去干文书来知会,只是衙门使用与往来盘费,须得三百余金。家主是个穷官,不能料理,将来绝有性命之忧。说了一遍,竟泪下起来。世良见他是个义仆,十分怜悯,只是爱莫能助,与他同行同宿,过了几晚。一日宿在饭店,天明起来束装,不见了一个盛银子的顺袋。世良大惊,说店中有贼。主人家查点客人,单少了那个同行的老汉。世良知道被他拐去,赶了许多路,并无踪影,只得捶胸顿足,哭了一场,依旧回家。心上思量道:"亏我留个退步,若依了财主的话,如今屁也没得放了。"只得把地窖中的银子掘将起来,仍往湖广贩米。

到了地头,寻个行家住下,因客多米少,坐了等货。一日见行中有个客人,面貌身材与世良相似,听他说话,也是广东的声音,世良问道:"兄数月之前,可曾问杨百万借银子么?"那客人道:"去便去一次,他不曾有得借我。"世良道:"我道有些面善。那日小弟也在那边,听见他说兄的话过于莽戆①,小弟也替兄不平。"那客人道:"他的话虽太直,眼睛原相得不差。小弟自他相过之后,弄出一桩人命官司,千金薄产费去三分之二。如今只得将余剩田地卖了二百金,出来做客。若趁钱便好,万一折本,就要合着他的话了。"世良道:"他的话断凶便有准,断吉一些也不验。"就将杨百万许他做财主,自己被劫被拐的话细说一番。那客人道:"我闻得他相

---

① 莽戆——鲁莽、戆直。

中一人，说将来也有他的家事，不想就是老兄，这等失敬了。"就问世良的
姓名，世良对他说过，少不得也回问姓名，他道："小弟也姓秦，名世芳，在
南海县西乡居住。"世良道："这也奇了，面貌又相同，姓又相同，名字也像
兄弟一般，前世定有些缘分。兄若不弃，我两个结为手足何如？"世芳道：
"照杨百万的相法，老兄乃异日之陶朱，小弟实将来之饿莩，怎敢仰攀？"
世良道："休得取笑。"两人办下三牲，写出年纪生日，世芳为兄，世良为
弟，就在神前结了金石之盟。两个搬做一房，日间促膝而谈，夜间抵足而
睡，情意甚是绸缪。

　　一日主人家道："米到了，请兑银子买货。"世良尽为弟之道，让世芳
先买。世芳进去取银子，忽然大叫起来道："不好了，银子被人偷去了！"
走出来埋怨主人家说："我房里并无别人往来，毕竟是你家小厮送茶送
饭，看在眼里，套开锁来取去了。我这二百两不是银子，是一家人的性命。
你若不替我查出来，我就死在你家，决不空手回去！"主人家道："舍下的
小厮俱是亲丁，决无做贼之理。这主银子毕竟到同房共宿的客人里面去
查，查不出，然后鸣神发咒，我主人家是没得赔的。"世芳道："同房共宿
的只有这个舍弟，他难道做这样歹事不成？"主人家道："你这兄弟又不是
同宗共祖的，又不是一向结拜的，不过是萍水相逢，偶然投契。如今的盟
兄盟弟里面，无所不至的事都做出来，就是你信得他过，我也信他不过。"
世良道："这等说，明明是我偷来了，何不将我的行李取出来搜一搜？"主
人家道："自然要搜，不然怎得明白？"世良气忿忿走进房去，把行李尽搬
出来，叫世芳搜。世芳不肯搜，世良自己开了顺袋，取出一封银子道："这
是我自己的二百两，此外若再有一封，就是老兄的了。"主人家道："怎么
他是二百两，你恰好也是二百两，难道一些零头都没有？这也有些可
疑。"就问世芳道："你的银子是多少一封，每封是多少件数，可还记得？"
世芳道："我的银子是血产卖来的，与性命一般，怎么记不得？"就把封数
件数说了一遍。主人家又问世良道："你的封数件数也要说来，看对不
对。"世良的银子原是借来就分开的，藏在地下已经两月，后面取出来见
原封不动，就不曾解开，如今哪里记得？就答道："我的银子藏多时了，封
数便记得，件数却记不得。"主人家道："看兄这个光景，也不像有银子藏
多时的，这句话一发可疑。如今只看与他的件数对不对就知道了。"竟把
银子拆开一看，恰好与世芳说的封数件数一一相同。主人家道："如今还

有什么辨得？"就把银子递与世芳，世芳又细细看了一遍道："数目也相同，银水也相似，只是纸包与字迹全然不是，也还有些可疑。"主人家道："有你这样呆客人。他既偷了去，难道不会换几张纸包包，写几个字混混？如今银子查出来了，随你认不认，只是不要胡赖我家小厮。"说完，竟进去了。世良气得目定口呆，有话也说不出。

世芳道："贤弟，这桩事叫劣兄也难处。欲待不认，我的银子查不出，一家性命难存，欲待认了，又恐有屈贤弟。如今只得用个两全之法。大家认些晦气，各分一半去做本钱，胡卢提结了①这个局罢。"世良道："岂有此理，若是小弟的银子，老兄分毫认不得；若是老兄的银子，小弟分毫取不得。事事都可以仗义，只有这项银子是仗不得义的。老兄若仗义让与小弟，就是独为君子；小弟若仗义让与老兄，就是甘为小人了。"世芳道："这等怎么处理？"世良道："如今只好明之于神。若是老兄肯发咒，说此银断断是你的，小弟情愿空手回去；若是小弟肯发咒，说此银断断是我的，老兄也就说不得要袖手空回。小弟宁可别处请罪了。"世芳道："贤弟不消这等固执，管仲是千古的贤人，他当初与鲍叔交财也有糊涂的时节。鲍叔知道他家贫，也蒙昽不加责备。如今神圣面前不是儿戏得的，还是依劣兄，各分一半的是。"两个人争论不止，那些众客人与主人家都替世芳不服道："明明是你的银子，怎么有得分与他？"又对世良道："我这行里是财帛聚会的所在，不便容你这等匪人，快把饭钱算算称还了走。"世良是个有血性的人，那里受得这样话起？就去请了城隍、关圣两分纸马，对天跪拜说："这项银两若果然是我偷他的，叫我如何如何。"只表自己的心，再不咒别人一句。拜完，将饭账一算，立刻称还，背了包裹就走。世芳苦留不住，只得瞒了众人，分那一百两，赶到路上去送他，他只是死推不受。

别了世芳，竟回南海，依旧去见杨百万，哭诉自己命穷，不堪扶植，辜负两番周济之恩，惭愧无地。说话之间，露出许多跼蹐不安②之态。杨百万又把好言安慰一番，到底不悔，还要把银子借他，被他再三辞脱。从此以后，纠集几个蒙童学生处馆过日。那些地方邻里因杨百万许他做财主，就把"财主"二字做了他的别号，遇见了也不称名，也不道姓，只叫"老财

---

① 胡卢提结了——胡乱了结了。
② 跼蹐（cù jí）不安——恭敬而不安的样子。

主"，一来笑他不替杨百万争气，二来见得杨百万的眼睛也会相错了人。

却说秦世芳自别世良之后，要将银子买米，不想因送世良迟了一日，米被别人买去了，止剩下几百担稻子。主人家道："你若不买，又有几日等货，不如买下来，自己砻①做米，一般好装去卖，省得耽搁工夫。"世芳道："也说得是。"就尽二百两银子买了。因有便船下瓜洲，等不得砻，竟将稻子搬运下船，要思量装到地头，舂做米卖。不想那一年淮扬两府饥馑异常，家家户户做种的稻子都舂米吃了，等到播种之际，一粒也无，稻子竟卖到五两一担。世芳货到，千人万人争买，就是珍珠也没有这等值钱。不上半月工夫，卖了一本十利，二百两银子变做二千，不知哪里说起。又在扬州买了一宗芥茶，装到京师去卖。京师一向只吃松萝，不吃芥茶的，那一年疫病大作，发热口干的人吃了芥茶，即便止渴，世芳的茶叶竟当了药卖。不上数月，又是一本十利。世芳做到这个地步，真是平地登仙，思量杨百万的说话，竟是狗屁，恨不得飞到家中，问他的罪。就在京师搭了便船，路上又置些北货，带到扬州发卖。虽然不及以前的利息，也有个四五分钱。此时连本算来，将有三万之数。又往苏州买做绸缎，带回广东。

不一日到了自家门前，货物都放在船上，自己一人先走进去。妻子见他回来，大惊小怪的问道："你这一向在哪里，做些什么勾当？"世芳道："我出门去做生意，你难道不晓得，要问起来？"妻子道："这等你生意做得何如？"世芳大笑道："一本百利，如今竟是个大财主了。"妻子一发大惊道："这等你本钱都没有，把什么趁来的？"世芳道："你的话好不明白，我把田地卖了二百两银子，带去做生意的，怎么说本钱都没有？"妻子道："你那二百两银子现在家中，何曾带去？"世芳不解其故，只管定着眼睛相妻子。妻子道："你那日出门之后，我晚间上床去睡，在枕头边摸着一封银子，就是那宗田价。只说你本钱掉在家中，毕竟要回来取，谁知忘了一向，再不见到。我只怕你没有盘费，流落在异乡，你怎么到会做起财主来？"世芳呆了半日，方才叹一口气道："银子便趁了这些，负心人也做得够了。"妻子问什么缘故，世芳就将下处寻不见银子，疑世良偷去的话说了一遍。妻子道："这等你的本钱是那个人的银子了。银子虽是他的，时运却是你自己的。如今拼得把这二百两送去还他就是。"世芳道："岂有

---

① 砻(lóng)——去掉稻壳的工具。

此理。有本才有利，我若不是他这注本钱，莫说做生意，就是盘缠也没得回来。那时节把他的银了错来也罢了，还叫他认一个贼去。仔细想来，我成了个什么人？如今只有一说，将本利一起送去还他，随他多少分些与我，一来赔他当日之罪，二来也见我不是有意负心，这才是个男子。"妻子道："自己天大的造化，趁得这注银子，怎么白白拿去送人？你就送与他，他只说自己本钱上生出来的，也决不感激你，为什么做这样呆事？"

世芳见妻子不明道理，随口答应了几句，当晚把货物留在舟中，不发上岸，只说装到别处去卖。次日杀了猪羊，还个愿心，请邻舍吃钟喜酒。第三日坐了货船，竟往南海去访世良的踪迹。问到他家，只见一间稀破的茅屋，几堵倾塌的土墙，两扇柴门，上面贴一副对联道：

> 数奇甘忍辱，形秽且藏羞。

世芳见了，知道为他而发，甚是不安。推开门来，只见许多蒙童坐在那边写字，世良朝外坐了打瞌睡，衣衫甚是褴褛。世芳走到面前，叫一声："贤弟醒来！"世良吓出一身冷汗，还以为世芳赶来羞辱他的一般，连忙走下来作揖，口里千惭愧、万惭愧。世芳作了一个揖，竟跪下来磕头，口里只说"劣兄该死"。世良不知那头事发，也跪下来对拜。拜完了，分宾主坐下。世良问道："老兄一向生意好么？"世芳道："生意甚是趁钱，不上一年，做了上百个对合，这都是贤弟的福分。劣兄今日一来负荆请罪，二来连本连利送来交还原主，请贤弟验收。"世良大惊道："这是什么说话？小弟不解。"世芳把到家见妻子，说本钱不曾带去的话，述了一遍，世良笑一笑道："这等说来，小弟的贼星出名了。如今事已长久，尽可隐瞒，老兄肯说出来，足见盛德。小弟是一个命薄之人，不敢再求原本，只是洗去了一个贼名，也是桩侥幸之事，心领盛情了。"世芳道："说那里话，劣兄若不是贤弟的本钱，莫说求利，就是身子也不得回家，岂有负恩之理？如今本利共有三万之数，都买了绸缎，现在舟中，贤弟请去发了上来。劣兄虽然去一年工夫，也不过是侥天之幸，不曾受什么辛苦。贤弟若念结义之情，多少见惠数百金，为心力之费则可；若还推辞不受，是自己独为君子，教劣兄做贪财负义的小人了。"说完，竟扯世良去收货。世良立住道："老兄不要矫情，世上那有自己求来的富贵，舍与别人之理！古人常道：'不义取财，如以身为沟壑。'小弟若受了这些东西，只当把身子做了毛坑，凡世间不洁之物，都可以丢来了。这是断然不要的。"世芳变起脸来道："贤弟若苦苦不受，劣兄把绸缎发上来，堆在空野之中，买几担干柴，放一把火，烧去了就是。"世良见他言词太执，只得陪个笑脸道："老兄不要性急，今日晚了，且在小馆荒宿，明早再做商量，多少领些就是。"一边说，一边扯个学生到旁边，唧唧哝哝的商议，无非是要预支束脩①，好做东道主人之意。世芳知道了，就叫世良过来道："贤弟不消费心，劣兄昨日到家，因一路平安，还个小愿，现带些祭余在船上，取来做夜宵就是。"世良也晓得束脩预支不来，落得老实些，做个主人扰客。当晚叙旧谈心，欢畅不了。

　　说话之间，偶然谈起杨百万来。世芳道："他空负半生风鉴之名，一些眼力也没有，只劣兄一人就可见了。他说我无论做生意不做生意，千金之产，同归于尽。我坐家的命虽然不好，做生意的时运却甚是亨通。如今这些货物虽不是自己的东西，料贤弟是仗义之人，多少决分些与我，我拿去营运起来，怕不挣个小小人家？可见他口里的话都是尽胡说的。我明日要去问他的口，贤弟可陪我去，且看他把什么言语支吾？"世良道："我去到要去，只是借他一千银子，本利全无，不好见面。"世芳大笑道："你如今有了三万，还愁什么一千"明日就当我面前，把本利算一算，发些绸缎还他就是了。"世良大喜道："说得极是。"

　　两个睡了一晚，次日是杨百万放银的日期。世芳道："我若竟去问他，他决要赖口，说去年并无此话，你难道好替我证他不成？我如今故意写一张借票，只说问他借一千两银子，他若不借，然后翻出陈话来，取笑他一场，使他无言对我，然后畅快。"算计定了，就写票同世良走去，依旧照前番的规矩，先把票子递了，伺候唱名。唱到秦世芳的名字，世芳故意装做失志落魄的模样，走上去等他相。杨百万从头至脚大概看了一遍，又把他脸上仔仔细细相了半个时辰，就对家人道："兑与他不妨，还得起的。"世芳道："老员外相仔细些，万一银子放落空不要懊悔。"杨百万道："若是去年借与你，就要落空；今年借去，再不会落空的。"世芳道："原来老员外也认得是去年借过的。既然如此，同是一个人，为什么去年就借不起，今年就借得起？难道我的脸上多生出一双耳朵，另长出一个鼻子来了不成？"杨百万道："论你相貌，是个彻底的穷人，只是脸上气色比去年大不

---

① 束脩(xiū)——捐送给教师的报酬。脩：干肉。

相同。去年是一团的滞气①，不但生意不趁钱，还有官府口舌，我若把银子借你，只好贴你打官司。你如今脸上，不但滞气没有了，又生出许多阴骘纹来，毕竟做了天大一件好事，才有这等气色，将来正要发财。你如今莫说一千，二千也只管借去。只是有一句话要吩咐你，你自己的福分有限，须要帮着个大财主，与他合做生意，沾些时运过来，还你本少利多，若自己单枪独马去做，虽不折本，也只好趁些蝇头小利而已。"世芳被他这些话说得毛骨悚然，不觉跪下来道："老员外不是凡人，乃是神仙下界点化众生的，敢不下拜。"杨百万扶起来道："怎见得我是神仙?"世芳道："晚生今日不是来借银子，是来问卜的。不想晚生的毛病，句句被老员外说着，不但不敢问卜，竟要写伏便了。"就把去年相了回去，弄出人命官司，后来卖田作本，掉在家中不曾带去，错把世良的银子认做本钱，拿去做生意屡次得彩，回来知道缘故，将本利送还世良的话，备细说过一遍。世良也走过去说："去年湖广相遇的，就是这位仁兄。他如今连本利送来还我，我决无受他之理。烦老员外劝他将货物装回，省得陷人于不义。"杨百万听了，仰天大笑一顿，对众人道："我杨老儿的眼睛可会错么?"指着世良道："我去年原说他，随你折本趁钱，总归到做财主了才住。如今折本折出上万银来，可是折出来的财主? 我又说他不要费一毫气力，受一毫辛苦，现现成成做个安逸财主。如今别人替他走过千山万水，趁了银子送上门来，可是个安逸财主?"阶下立着数百人，齐声喝彩道："好相法，真是神仙! 莫说秦兄该下跪，连我们都要拜服了。"杨百万又仰天笑了一顿，对世良道："这主钱财，你要辞也辞不得。不是我得罪他讲，他若不发这片好心，做这桩好事，莫说三万，就是三十万也依旧会去的。我如今替你酌处，一个出了本钱一个费了心力，对半均分，再没得说。"世芳道："既蒙老员外吩咐，不敢不遵。只是这项本钱，原是他借老员外的，利钱自然该在公账里除，难道叫他独认不成?"杨百万道："也说得是。"就叫家人把利钱一算，连本结个总账，共该一千三百两。世芳要一总除还，世良不肯道："你只受得二百两，其余的你不曾见面，难道强盗劫去的、拐子拐去的也要你认不成?"杨百万道："一发说得是。"就依世良，只算二百两的本利。世芳叫人发了几箱绸缎，替他交明白了。杨百万又替他把船上

①　滞气——霉气。

货物对半分开,世良的发上了岸,世芳的留在舟中。当晚杨百万大排筵席,做戏相待,一来旌奖他二人尚义,二来夸示自家的相法不差。

世芳第二日别了世良,将一半货物装载回去。走到自家门前,只见两扇大门忽然粉碎,竟像刀劂①斧砍的一般。走进去问妻子,妻子睡在床上叫苦连天,问她什么缘故? 妻子道:"自从你去之后,夜间有上百强盗打进门来,说你有几万银子到家,将我捆了,叫拿银子买命。我说银子货物都是丈夫带出去了,他只不信,直把我吊到天明方才散去。如今浑身紫胀,命在须臾。"世芳听了,叹口气道:"杨百万活神仙也! 他说我若不起这点好心,银子终久要去,如今一发验了。若不是我装去还他,放在家中,少不得都被强盗劫去。这等看起来,我落得做一个好人,还拾到一半货物。"妻子道:"如今有了这些东西,乡间断然住不得了,趁早进城去。"世芳道:"杨百万原叫我帮着个财主,沾他些时运。我今看来,以前的时运分明是世良兄弟的了。我何不搬进城去,依傍着他,莫说再趁大钱,就是保得住这些身家,也够得紧了。"就把家伙什物连妻子一起搬下货船,依旧载到城中,与世良合买一所厅房同住。结契的朋友做了合产的兄弟,况且面貌又不差,不认得的竟说是同胞手足。

一日世良与世芳商议道:"这些绸缎在本处变卖没有什么利钱,你何不同了飘洋的客人到番里②去走走,趁着好时运,或者飘得着也不可知。"世芳道:"我也正有此意。"就把妻子托与世良照管,将两家分开的货物依旧合将拢来,世芳载去飘洋不提。

却说南海到了一个新知县,是个贡士出身,由府幕升来的。到任不多时,就差人访问:"这边有个百姓,叫做秦世良,请来相会。"差人问到世良家里,世良道:"我与他并无相识,天下同名同姓的多,决不是我。"差人道:"是不是也要进去见见。"就把世良扯到县中,传梆进去。知县请进私衙,叫世良在书房坐了一会。只见帘里有人张了一张,走将进去,知县才出来相见。世良要跪,知县不肯,竟与他分庭抗礼,对面送坐。把世良的家世问了一遍,就道:"本县闻得台兄是个儒雅之士,又且素行可嘉,所以请来相会。以后不要拘官民之礼,地方的利弊常来赐教,就是人有什么份

———————————

① 劂(lí)——割。

② 番里——海外。

上相央,只要顺理,本县也肯用情,不必过于廉介。"世良谢了出去,思量道:"我与他无一面之交,又没有人举荐,这是哪里说起,难道是我前世的父亲不成?"隔了几时,又请进去吃酒,一日好似一日。地方上人见知县礼貌他,那个不趋奉,有事就来相央。替他进个徽号,叫做"白衣乡绅"。坏法的钱他也不趁,顺礼的事他也不辞,不上一年,受了知县五六千金之惠。

一日进去吃酒,谈到绸缪之处,世良问道:"治民与老爷前世无交,今生不熟,不知老爷为什么缘故一到就问及治民,如今天高地厚之恩再施不厌,求老爷说个明白,好待治民放心"知县道:"这个缘故论礼是不该说破的,我见兄是盛德之人,且又相知到此,料想决不替我张扬,所以不妨直告。我前任原是湖广襄阳府的经历,只因解粮进京,转来失了回批,军门把我监禁在狱。我着个老仆进京干部文来知会,老仆因我是个穷官,没有银子料理,与兄路上同行,见兄有三百两银子带在身边,他只因救主心坚,就做了桩不良之事,把兄的银子拐进京去,替我干了部文下来,我才能够复还原职。我初意原要设处这项银子,差人送来奉还的,不想机缘凑巧,我就升了这边的知县,所以一到就请兄相会。又怕别人来冒认,所以留在书房,叫老仆在帘里识认,认得是了,我才出来相会。后来用些小情,不过是补还前债的意思,没有什么他心。"说完了,就叫老仆出来,磕头谢罪。世良扶起道:"这等你是个义士了,可敬可敬。"世良别了知县出去,绝口不提,自此以后往来愈加稠密。

却说世芳开船之后,遇了顺风,不上一月,飘到朝鲜。一般也像中国,有行家招接上岸,替他寻人发卖。一日闻得公主府中要买绸缎,行家领世芳送货上门,请驸马出来看货。那驸马耳大须长,绝好一个人品,会说中国的话,问世芳道:"你是哪里人?叫什么名字?"世芳道:"小客姓秦,名世芳,是南海人。"驸马道:"这等秦世良想是你兄弟么?"世芳道:"正是,不知千岁哪里和他熟?"驸马道:"我也是中国人,当初因飘洋坏了船只,货物都沉在海中,喜得命不该死,抱住一块船板浮入岛内。因手头没有本钱,只得招集几个弟兄,劫些货物作本。后面来到这边,本处国王见我相貌生得魁梧,就招我做驸马。我一向要把劫来的资本,加利寄还中国之人,只是不晓得原主的名字。内中有一宗绸缎,上面有秦世良的图书字号,所以留心访问,今日恰好遇着你,也是他的造化。我如今一倍还他十倍,烦你带去与他。你的货不消别卖,我都替你用就是了。"说完,叫人收进去,吩咐明日来领价。世芳过了一晚,同行家走去,果然发出两宗银子,一宗是昨日的货价,一宗是寄还世良的资本。世芳收了,又叫行家替他置货。不数日买完,发下本船,一路顺风顺水,直到广州。

世良见世芳回来,不胜之喜,只晓得这次飘洋得利,还不晓得讨了陈账回来。世芳对他细说,方才惊喜不了。常常对着镜子自己笑道:"不信我这等一个相貌,就有这许多奇福。奇福又都从祸里得来,所以更不可解。银子被人冒认了去,加上百倍送还,这也够得紧了。谁想遇着的拐子,又是个孝顺拐子,撞着的强盗,又是个忠厚强盗,个个都肯还起冷账来,哪里有这样便宜失主!"世良只因色心淡薄,到此时还不曾娶妻。杨百万十分爱他,有个女儿新寡,就与他结了亲。妆奁甚厚,一发锦上添花。与世芳到老同居,不分尔我。后来直富了三代才住。

看官,你说这桩故事。奇也不奇? 照秦世良看起来,相貌生得好的,只要不做歹事,后来毕竟发积,粪土也会变做黄金;照秦世芳看起来,就是相貌生得不好的,只要肯做好事,一般也会发积,饿莩①可以做得财主。我这一回小说,就是一本相书,看官看完了,大家都把镜子照一照,生得上相的不消说了,万一尊容欠好,须要千方百计弄出些阴骘纹来,富贵自然不求而至了。

---

① 饿莩——饿死的人。

午　集

妒妻守有夫之寡　懦夫还不死之魂

词云：

妒妇有方可治，懦夫无药堪医。闺中强悍不由妻，尽是男儿纵起。

菩萨何曾怒目，金刚自去低眉。蛇头鳖颈失前威，那怕龙身豹尾。

——右调《西江月》

这首词专为惧内之人而作。世间惧内的男子，动不动怨天恨地，说氤氲使者配合不均，强硬的丈夫偏把柔弱的妻子配他；像我这等温柔软款、没有性气的人，正该配个柔弱的妻子，我也不敢犯上，她也不忍陵下，做个上和下睦，妇唱夫随，冠冠冕冕①的过他一世，有什么不妙？他偏不肯如此，定要选个强硬的妇人来欺压我。一日压下一寸来，十日压下一尺来，压到后面，连寸夫尺夫都称不得了，哪里还算得个丈夫？这是惧内之人说不出的苦楚。据我看起来，天地之间只有爬不起的男子，没有压不倒的妇人。做男子的秉阳刚之气而生，没有不强硬之理；做妇人的秉阴柔之气而生，没有不软弱之理。以男子之强硬，治妇人之软弱，不但于丈夫有益，亦且于妻子相宜。不信但看交媾的时节，哪一个妇人不喜男子之强硬，哪一位妻子不怪丈夫之软弱。这是造物付他的本性，不知不觉从天机忽动之际透露出来的。即此一事，就是男子宜刚，妇人宜柔；男子喜软，妇人喜硬的证据了。为什么不投以所喜，反投以所怪，使他习久成性，爬到丈夫头上来，终日吵吵闹闹，不但男子受苦，连她自己也吃亏。竟像携云握雨的时节，妇人越纵横，男子越畏缩，这种苦楚比遭刑受罚更胜一倍。辜负造物一片好心，把两个行乐的身子交付与他，只因当硬者不硬，以致当软者亦不软也。我如今先说个强硬丈夫，与后面软弱之人做个领袖，比寻常引

---

①　冠冠冕冕——体面的意思。

子不同,却是两事合为一事,那个软弱之人全亏了这个硬汉,方才爬得起来,不然竟被妻子压下地去,永世竟不能翻身。

这个强硬丈夫,是洪武末年、永乐初年的人,姓费字隐公,住在浙江衢州府常山县,由进士出身,做到四品黄堂之职。大小妻室共有二十多房,正夫人不倡酸风,众姬妾莫知醋味。同年的弟兄,相好的朋友,走到他家,但闻秋千院内有嘻笑之声,不见狮吼堂中有咆哮之气,没有一个不羡慕他。他到别人家里,看见夫妻吵闹,听见妻妾相争,就像看戏文、听鼓乐的一般,心上十分快乐,看了又看,听了又听,再舍不得起身。同去的人问他什么缘故,他说:"这种光景生来不曾看过,这种声响生平不曾听过,正要借看一看,借听一听,不见此辈之苦,哪知自己之乐。见过一遭,走回家去,定有几日神仙好做,故此不忍弃之而走。"不想四十之外,忽然丧了正室,恐怕姬妾众多,没人弹压,自己出门的时节要嘈杂起来,就托了亲戚朋友,要寻一位半老佳人,做个继室。

那些亲戚朋友,都是些惧内之人,平日见他讥诮自己,怀恨在心,大家商量起来,要寻个极妒极悍的女子与他续弦,使他说不得嘴。有个新寡之妇,年纪不上三十岁,姿貌之美,甲于里中,只得妒悍不过,平日有醋大王之名。丈夫未死之先,与个丑陋丫头偷了一次,云收雨散之后,被她看出破绽来,把丈夫叫到面前,三推六问,定要屈打成招,好结果丫环的性命。丈夫宁可吃打,只是不招。那醋大王疑心不解,就创出个试验奸情的法子来。吩咐丫环取一碗冷水,放在丈夫面前道:"若还果然无奸,就吃了下去。你敢吃不敢吃?"那丈夫一心要救丫环,竟不顾自己的性命,连声应道:"敢吃敢吃。"就取了那碗冷水,一口吃将下去。彼时是炎热天光,那丈夫要侥万一之幸,只说五脏六腑之中尽是暑气,以一杯之水救满腹之火,解凉止渴尚且不足,哪里有得流入肾经? 不知道以水救火则不足,以水济水则有余,热精才去,冷水即来,岂有不病之理? 激成一个大阴症,不上三日,就呜呼哀哉尚殪了。这位醋大王是一刻丢不下醋味的,弄死了丈夫,只当打翻了醋瓮,成年成月没有一滴沾唇,哪里口淡得过? 少不得要寻个酿醋之人,就吩咐媒婆,要寻男子再醮。那些惧内之人欢喜不过,大家撺掇①费隐公,叫他娶来续弦。费隐公也久慕其名,知道是个妒妇,因

---

① 撺掇——怂恿。

他有倾国之容,不忍求全责备,竟依众人娶了她。

众人只说此妇进门,定要把座清平世界搅做混浊乾坤,这个说嘴的神仙,料想不能再做了。等到第二日,大家以叫喜为名,都睁了眼睛去看她吵闹。不想走到门前,竟有笙箫鼓乐之声从内而出,竟像夫妻大小同在里面作乐的一般,全是太平气象,没有一毫变乱之形。众人惊诧不已,就叫家人通报。家人道:“老爷今日有家宴,方才上席,不好传禀,改日再来罢。”众人走了回去,第三日又来,家人照旧回复说:“今日又有家宴,不便传禀。”及至第四日走去,家人回复的话,依旧照有,不改一字。众人道:“为什么他的家宴再吃不了?”家人道:“前日的酒,是众位小奶奶做主,公请大奶奶的;昨日的酒,是大奶奶一人作主,回请众位小奶奶的;今日的酒,又是老爷自己做主,回请大小各位奶奶的。”众人听了,一发惊诧不已,就问家人道:“那位新奶奶是有名会吃醋的,难道走进门来,竟不露一毫风彩,与这些姬妾猫鼠同眠起来不成?”家人道:“进门的时节也甚是强梁,不肯服善,被老爷处治一夜就服贴了。如今好不和气,比前面的奶奶还觉得贤慧些。”众人听了,要学些法则回去处治强梁,就把起先不服的光景,后来制服的缘故,细细盘问他。

家人道:“新奶奶进门,看见许多女子,只说是接亲的妇人,全不介意。及至到了晚上,见她们不去,又要陪老爷吃酒,方才知道是妾,就变起脸来道:‘一户人家只有夫妻两个,哪里来这许多妇人? 我眼里着不得他们,快些打发开去!’老爷道:‘若没有几个妇人,只是夫妻一对,竟与挑葱弄菜之人无异了,成得一户什么人家? 我的规矩不是今日做起的,这些姬妾也不是今日才来的,不曾打发得惯。你若有福做夫人,好好的坐过来一同饮酒,若还没有福气,请避过一边,看我们作乐。决不因你一个向隅,使我满堂之人不能欢饮,落得不要费心。’大奶奶听了这些话,就爬起身来道:‘既然如此,我是没福的人,快打轿来送我回去。’老爷道:‘我这户人家是走得进来,走不出去的,我也久闻大名,知道你不好相处。起先说亲的时节,还不曾打扫椒房①,就设立一座冷宫伺候,喜得不甚相远,就在这卧室之旁。若还不嫌寂寞,请过去安逸几时,等你威怒稍平之后,再过来奉请。’新奶奶听了这些话,只说是吓她的,掉转头来竟走。那些小奶奶

---

① 椒房——古代后妃所居以椒和泥涂壁的宫殿,取其温暖、芳香、多子之意。

都要跟她过去,被老爷一声喝住,不许一个相随。等她过去之后,就与众位奶奶上席吃酒。吩咐家中女戏子,叫她把零出的戏用心做来。新奶奶走到那边,就放声大哭。老爷又吩咐梨园,叫把唱曲的声音与她相和。她若哭得轻,便做文戏;她若哭得重,就做武戏。轻清重浊,都要和得均匀,不许参差上下。那边哭了一夜,这边唱了一夜。及至唱到天明,将要撤席的时节,那边有个丫环慌慌张张走过来道:'新奶奶把一根丝绦系在梁上,想是要寻死了,大家快去劝一劝。'老爷吩咐众人道:'你们一个不许来,待我自己去劝。'新奶奶见老爷走到,只说被她吓慌了,当真来劝她,一发做起势来,要去上吊。谁想老爷走进房门,就把门窗户扇尽行关了,不放一人进去。对新奶奶道:'方才丫环来说,新夫人要想升天,特地过来相送。虽然不曾成亲,娶你过来,也算一场夫妻。临别之际,无以为情,赠你几遍往生神咒,省得做了非命之鬼,不得超生。'说了这几句,就坐转身子,把背脊向了他,高声大气念起咒来。一连念了几十遍,再不回头。只说她死了,哪里晓得往生神咒是这等灵验的,不但死者听了可以超生,连生者听了也可以免死。新奶奶见他念得发狠,竟不肯上吊起来,说:'你要我死,我偏不肯死,看你念到几时才住!'老爷笑了一声,掉转头去道:'你既不肯死,我也不念了。如今劝你改肠换肚,只当死过一次,再投人身的一般,开门七件之中,戒了第六件,不要吃罢。'新奶奶道:'要我不吃醋,须要放公道些。不要把虚名哄我一个,实惠加与众人。'老爷道:'决不如此,还你有名有实就是了。'各位小奶奶见她这种光景,知道要挽回了,大家落得做好人,就敛起份子来,又当贺喜,又当和事,第二日就办酒席,劝他们两个成亲。大奶奶做了那一场,怕老爷嫌她妒忌,以后还要贬入冷宫,要整个酒席赔罪他,恐怕各位奶奶耻笑,就以回席众人为名,第三日也办酒筵,吃了半夜。老爷见她悔过自新,自己也有些过意不去,也要办酒赔罪她,恐怕名声不好听,只以回席两处为名,所以今日又有酒筵,少不得还要吃到半夜。如今三处的酒席都已吃完,明日没有题目了,列位要会老爷,定是明日。"

众人听了这些话,都赞叹起来道:"不信做男子的人竟有这般胆量,别人一生一世弄不服的妇人,被他一夜工夫就弄服了。难道天下的妒妇都该受他的节制不成?这等看起来,那个妇人叫做醋大王,这个男子又该叫做妒总管了。大话要让他说,神仙要让他做,没本事奈何他。"这些说话被人传播开去,竟把"妒总管"之名做了他的别号。

他见众人加以美称,也就顾名思义起来,竟以总管自任。看见人家有妒妇,就千方百计要教导男子去征服了她,必使南风大竞①而后止。那些惧内之人,不论官职尊卑,年纪长幼,都要来拜门生,求他传授心法。未及一年,竟收了几百个门生。终日登坛说法,把弭酸止醋之方,细细的传授他。大概说天下的妒妇,不是些无用之人,皆女中之曹孟德也,乱世之奸雄,即治世之能臣,化得她转来,都是绝好的内助,可惜为男子都不能驾驭之耳。男子驾驭妇人,要以气魄为主,才术副之,有才术而无气魄,究竟用不出来,与痴蠢之人无异。"气魄"二字是圆通不得的,要从根脚上做起。一次畏惧她,被她夺了气魄去,就不能驾驭妇人,反要受妇人的驾驭了。"才术"二字比气魄不同,全要用得灵变,是要因人起见,因事起见,因时起见的,若执了死法行去,不但才术无所施,连气魄都要受累了。以执一之气魄,行圆通之才术,天下古今,无不可化之妒妇矣。"诸兄一向受制于尊阃②,如今都在丧气落魄之时,'才术'二字全然用不着,且回去养精蓄锐,把从前失去的气魄逐分逐毫的恢复转来,待气充魄定之后,然后来商量才术。中人以上者,要用七分气魄,三分才术;诸兄们本领不足,只算得个中人以下之人,若有得三分气魄,以七分才术济之,亦可以为成人矣。"那些及门的高足得了真传,个个从气魄做起,做到才术上去。费隐公又会审时度事,因人而施,问他尊阃是哪一种人,好做哪一种事,到那不先不后的时节,把个法子教导他,没有一个妒妇不被男子压倒。不上三年,数百里内外几有《汝坟》、《江汉》之风,"吃醋"二字竟没有人说起。

只有一个妇人,住在费隐公隔壁,偏要与他作梗,年过四十而无子,不容丈夫娶妾。人都说妒总管的威名,但能服远,而不能制近,费隐公甚以为耻。这个妇人叫做淳于氏,丈夫穆子大,是个有名的孝廉。他家惧内之风是祖坟上荫下来的,父传于子,子传于孙,再不曾空了一代。孝廉之父与费隐公乡、会同年,最相契厚,未死之前,曾对费隐公道:"小弟不肖,做了一世罢软丈夫,不能振拔,可惜这个同年老师不曾认得,如今甚以为悔。

---

① 南风大竞——南风:南方的音乐。竞:强劲。南方的音乐非常强劲。比喻男方在气势上压倒女方。

② 阃(kǔn)——宫内小巷。引申指妇女居住的内室,借指妇女。

只是亡妻虽妒,还妒出个儿子来,不曾使小弟绝嗣。不像如今的儿妇,除吃醋之外,并无他长;做亲二十余年,不曾怀娠一次,又不许小儿买妾,将来必有绝嗣之忧。这个年侄门生,是一定要拜的了,你千万不要拒绝。若还教诲得来,使他做个亢宗之子,娶房姬妾,生个儿子出来,则老年兄之恩德与小弟之宗祀,俱不泯矣。"费隐公道:"漠不相关之人,尚且替他筹画,何况同年之子。只要令郎不弃葑菲,肯来相商,还他有后就是。"此老回去,正要率领儿子来拜门生,不想被家务缠了几日,又忽然生起病来,不多几时就亡故了,这个年侄门生究竟不曾拜得。淳于氏知道左邻右舍没有好人,见了丈夫,定要劝他娶妾,就以守制为名,把丈夫关在家中,一步不许他走动。有时出门拜客,定要送到门前,直待他走过费家,方才进去,其畏妒总管也如此。

直到三年服阕①之后,穆子大的年纪一发多了,虑后之心十分急切,只得转托朋友替他先容,把费隐公约到别处,方才拜了门生。一来求他传授心事,为此时疗妒之方;二来借他遥作声援,为将来御妒之计。费隐公也把从前的秘诀传授他一番,叫他回去培养气魄。穆子大道:"门生所处的时势,与别人不同,娶妾生子之事,一日也迟不得了。若要气充魄定之后,才来商议才术,极少也得三、五年。到那须鬓皓然,精髓告竭的时节,就娶了姬妾来,也用她不着了。还求老师别作商量,想个早间种树、晚上乘凉的法子,才于门生有济。"费隐公想了一会,又对他道:"'气魄'二字究竟是少不得的,没有浩然之气,如何行得道义出来? 如今没奈何,只得用个权宜之法,你自家没有气魄,把学生的气魄借你去用一用。你今日回去,就要把娶妾的话劈空讲起,她若穷究来历,就说是学生的意思,因念同谱之情,不忍令先尊绝后,故有此举。且看她如何答应,再来见我,我自有应变之法。"穆子大道:"若还这等说去,她毕竟要震怒起来,断绝门生的来路,就要求见老师为善后之计,也不能够了。"费隐公道:"他不放你出来,我自有破柱取人的手段。不必自己亲征,只消几个门下之士,以公讨妒妇为名,赶到府上来,羞辱她一顿,连你也要发作几句,还要逼你离绝

_____

① 服阕(què)——旧制,父母死后守丧三年,期满除服,称为"服阕"。阕,终了。

她。到那时节,我自有法子引她入彀①,决不至于有纵无收。只是这桩事情,利于急而不利于缓,一面托人寻亲,一面与她讲话。等他略有肯意,就娶进门,方才没有转变。若还迟了几日,你是个没有气魄的人,就像舞仙童的一般,全看神仙附着他,方才舞弄得起;一刻离了神仙,就要露出本相来,没人畏惧她了。所以这桩事情,再缓不得。"

穆子大听了这些话,不觉胆壮起来,把他吩咐的言语,改头换尾做了一篇新奇文字,去说那阃内将军。走到家中,见了淳于氏,预先耀武扬威,把妒总管的声势着实夸张一遍,渐渐说到他身上来,说:"他征服了醋大王,威名远播,常山县中没有一个妒妇不出来投降,未有儿子的都劝丈夫娶妾。凡是惧内之人,感颂他的恩德,都约齐了去拜门生,竟不通知一声,把我的名字也开在数内。这也罢了,又有许多好事的朋友,要替他广施德化,大家劝我娶小。我再三回绝他,他就成群结党做起武断之事来,刻了一篇征剿妒妇、公讨忤逆的檄文,各处传谕,说我年近五旬,未有子息,现为妒妇所制,不肯买姬置妾,以危宗祧②,使妒总管之德化不能遍及于桑梓。仍限我十日之内,置买侧室。如过期不娶,即系不夫不妇、伤伦败化之人,要一起打上门来,声其罪而致讨。你说这桩事情好笑不好笑?"

淳于氏听了这些话,就翻转面皮来,先骂一顿,方才问他道:"你这些巧话要骗哪一个?你这些硬话要吓哪一个?我家绝嗣与别人何干,他来逼你娶小?就是男子不敢娶,妇人不容娶,也是仕宦人家的常事,又不是谋反叛逆,为什么就征剿起来?明明是你自己生心要做不轨之事,又惧怕我的法度,不敢胡行,故此假借别人的威势来吓制我。我是个不受欺骗、不怕吓制的人,征剿不征剿,且等他上门,我自会抵敌。你从来不敢放肆,今日忽然胆大起来,这个初犯断饶不得,好好跪过来领打!"说了这几句,就揪住穆子大的耳朵,要用起家法来。穆子大的刑罚往常是受惯的,如今有了靠山,正要处治她,那里还肯受她处治?就像杀猪一般高嘶大喊起来,要等费隐公听见,好发救兵的意思。谁想远水救不得近火,倒在火上加起油来。淳于氏道:"你这等叫喊,难道要号召别人来摆布我不成?"竟把丈夫擒倒在地,捏了家法打个不停。打完之后,又取一把交椅,朝东而

---

① 彀(gòu)——比喻圈套,牢笼。
② 宗祧(tiáo)——宗庙。

坐,对了费家的宅子,呼了隐公的名字,高声大骂起来道:"你自己要做乌龟,讨了一伙粉头在家里接客,邻舍人家不来笑你也够了,你倒要勾引别人也做起乌龟来。你劝别人娶小,想是要把自己的粉头出脱与他,多卖几两银子,又好去贩稍的意思。莫说我家的男子遵守法度,不敢胡行;就是要讨,也要寻个正气些的,用不着那些骚货。这个主顾落得不要招揽。"骂了一顿,又指定醋大王的名子,把她脚色手本,细细的念将出来,说:"你的来历哪个不知? 你的名头哪个不晓? 前面的丈夫是你亲手弄杀的,弄死了丈夫还不替他守寡,孝服不曾满,就发起骚来,要想出嫁。这样忍心害理的事,亏你做得出! 既出来嫁人,也要存些大体。醋大王的威风,关系天下妇人的体面,只因你一个丧气,使天下的妇人都丧气起来,成个什么体统? 嫁过来的时节,若还三夜五夜不得成亲,然后倒了威风,也还气得你过;只熬得一夜不曾同宿,就去拜倒辕门,使男子得志,还要办酒请罪他,这样丧名败节的事,也亏你做得出!"骂完之后,又去拷打丈夫,定要逼他画了供招,千年万载不敢娶妾,方才住手。

　　到了第二日,气愤不过,依旧向着东边,重新骂起。正骂到发兴之处,不想上百个男子一起拥上门来,一个一拳,就把两扇大门捶得粉碎。一起叫喊道:"妒妇在那里? 快走出来!"淳于氏看见势头汹涌,知道众怒难犯,口便应他:"我在这里,你们要怎么样?"那个知窍的身子,与那双在行的小脚,却比口嘴不同,一步一步的缩将进去,要拴上房门,为闭关自守之计。又对丈夫道:"你这个失志乌龟,难道看了妻子被众人殴辱不成?"她这句话明明是个求救之意。穆子大怕她识破,故意做些畏缩之形,也随着她的身子要躲进房去,却像自家见了众人,也不免于难的光景,被淳于氏推将出来,竟把房门闭上。外面的人听见淳于氏的声气,一步远似一步,知道妇人家胆怯,不敢出头。大家就乘虚而入,一步进似一步,竟打进内室里来。穆子大看见众人,做个躲藏不住的光景,方才走去拦住道:"列位虽有盛情,也不该如此,还要分个内外才是。"众人道:"胡说! 你这样没用的人,少不得被妒妇磨死,绝了后代,这户人家指日之间就要冰消瓦解了,还有什么内外?"淳于氏躲在房中,回复他们道:"就是绝了后代,也是命该如此,与列位何干? 要你们这等着急。"众人道:"我们众人不是你公公的年侄,就是你丈夫的朋友。朋友绝嗣,就与我们绝嗣一般,怎么不干我事? 况且费老师大宣德化,远近的妇人没有一个不改心革面,偏是你这狗妇在近边作梗，其实容你不得，要打死你这狗妇，等丈夫另娶一房，好生儿子。"说了这几句，就閛骨碌，打到房门上去，其声如雷，比起先捶门的声势更加利害。只是手法不同，起先用拳头，此时用巴掌，声虽重而势实轻，所以两扇房门再打不碎。穆子大故意惊慌起来，跪在众人面前替妻子讨饶。众人道："既然如此，打便不打，这个妒妇断然容她不得，你快快写封休书，趁我们在这边，休她回去。"淳于氏在里面应道："我又不犯七出之条，把什么题目休我？"众人道："七件里面，你倒犯了三件，还没有题目？"淳于氏道："哪三件？"众人道："妒是一件，不生子是一件，不孝是一件。这三件之中，哪一件是不该出的？"那房门外面现有文房四宝，众人一边说，一边写，到说完的时节，连休书草稿都替她打就了，竟拿住穆子大，要他誊真。穆子大不写，众人就千"不孝"、万"乌龟"骂将起来。骂之不已，又扭住他的胸脯，你睡一空拳，我踢一虚脚，做个打草惊蛇之意。丫环使婢看见，只说家主果然吃打，都惊慌啼哭起来。穆子大叫喊道："列位不要打，我写就是。"众人放了手，穆子大提起笔来，一挥而就。众人捏了休书，又逼他去雇轿子。内中有一个道："费老师就在隔壁，他家轿夫轿子都是现成的，问他借用一用就是了。"众人道："也说得是。我们喊了半日，口也干了，大家一起过去，一来借轿，二来吃茶，略歇一歇力，再来打发妒妇起身。"就一起走了出去。

不多一会，有个老妇人走将进来，对着穆子大道："你家为什么缘故，门都被人打下来？大娘在哪里？为什么不见？"穆大子并不回言，只把指头指着房内。那妇人道："原来躲在里面，这等快请出来，有我在此，不怕哪个吃你下去。他们若再来放肆，拼我老性命结识他们。"淳于氏在门缝里面张了一张，原来是换首饰的妇人，叫做钱二妈，一向在他家走动的。淳于氏就把门缝一开，招了她进去。钱二妈问他缘故，她把始末根由，略略说了几句。钱二妈道："这等说起来，是通县的公愤了。自古道：'众怒难犯。'又都是些举人秀才，不是惹得的，少刻打进房来，连我也不分皂白，老人家吃亏不起，放我出去罢。"淳于氏一把扯住，低声嘱咐她道："他们就要休我回去，正没个解劝的人，你千万救我一救。"钱二妈道："怎么样一个救法？你趁此时对我讲，省得众人进来，商量不及。"淳于氏道："不过开条门路，容他娶一房就是了。"才说得完，那些众人就领着轿子，依旧拥了进来，说："轿子到了，快些开门！若迟一刻，我们依旧打进来了。"钱二妈道:"列位相公,请息尊怒。我是换首饰的钱二妈,偶然走到的,你们请退一步,待我出来调停。"众人道:"除了打死,只有休的一法,没有什么调停。"口便这等说,众人的身子却退开了许多。钱二妈把门缝一开,走出来道:"列位相公的意思,不过要穆相公娶小。如今是我代做主张,容他娶就是了,何须这等发怒?"众人道:"你的话哪里作准,除非妒妇口里明明白白说个'肯'字,我们才罢;不然,定要休她回去,出空了房子,好另娶新人。"说了这一句,又大家啰唣起来,要打的要打,要休的要休,还说临行之际,每人只打一拳,当做送风①的筵席。钱二妈对着门缝道:"大娘你便依我的话,容他娶一房罢。"淳于氏道:"众人勒逼我做,我其实不许;像你方才好好的劝,我自然肯依。"钱二妈道:"何如? 大娘许过了,你们还有什么说得?"众人道:"这是缓兵之计,不要听她。"钱二妈道:"你们几百位相公动了公愤,一个人一口涎唾,就淹得人死的,怕什么缓兵之计? 难道她骗你们回去,好出名告状不成?"若还不信,我做保人就是了。"众人道:"既然如此,穆兄不许在家,跟了我们出去,直等寻了亲事,拣了日子,与新人一同进门,省得你在家受气。成亲之日,若有一句话说,少不得从头做起。连你这个保人,也办口棺材伺候。"说完,扯了穆子大,一起拥出去了。淳于氏待众人去后,少不得要咒骂一场,痛哭一顿,这是妇人家的故态,不消细述。当晚丈夫不在,就把钱二妈留在家中,一来做伴,二来商议翻招。当不得这个妇人是妒总管的心腹,预先吩咐定了,把他埋伏在近处,到计穷力竭之际,着她进来收兵的,不但不劝她翻招,还说许多利害的话,使她慑服到底。

却说众人拥了穆子大,不往别处,竟到费隐公家,把征服妒妇、面取供招的话回复了一遍。费隐公把穆子大留在家中,又替他吩咐家人,遍访女色。家人去了几日,回来覆命道:"访得有两个妇人,都有绝色,媒婆去知会了。但不知是老爷代相,还是穆相公自己去相?"费隐公道:"穆相公生平惧内,不曾见过妇人,那里知道好歹? 有心娶妾,索性娶个上好的,不然空费了这个名色,又枉费我一片心机,竟是我去代相罢了。"自己坐着轿子,出去相了半日,回来对穆子大道:"也是兄的造化,两个妇人都是尤物,我相了半日,不能定其去取,不如都用了罢。"穆子大道:"岂有此理,

———————————

①　送风——送行。

就娶一个也是万幸的了,非老师大力决不至此。一之已甚,其可再乎?"费隐公道:"一锄头也是动土,两锄头也是动土,我有心做个恶人,索性教你享福到底。况且你娶妾一事,原为生子而设,怎见得娶来那一个就断然会生? 万一与尊阃一般不能生育,又要央我做起事来,那样发棠之请①,就不敢从命了。你若都娶回去,一个不生,还有一个做了备卷;若还两个都生,一发是桩好事,难道中年得子,还怕他多了不成?"穆子大见他说得有理,就不怕折福,居然僭妄起来,竟把两个佳人一起聘了。

费隐公拣个好日,把以前出力的门生一起传到,好送他过去成亲。临行之际,又问他道:"前日吵闹的时节,你知道我吩咐众人扯你出来的意思么?"穆子大道:"门生不知,正要请教。"费隐公道:"总是因你没有气魄,恐怕离了众人,决要露出本相来,被她看破浅深,这娶妾之事就依旧不稳了,所以带你出来,使她不知虚实。如今送你三个进门,只当把皇帝扶上龙床,文官武将的事都做完了,这个皇帝要你自家去做,众人的气力着不到你身上来。就是起兵剿妒之事,也不是真正义举,止可一试,不可再试的。从今以后,你须要自家争气,把别人的气魄认做自己的气魄,一句话也讲错不得,一桩事也做错不得;若还差了一着,又等她爬上头来,不但前功尽弃,连那两位佳人还不知死所。这番阴骘都归到我身上来,不是为好,反是造孽了。你须要谨记此言,不可忽略。"穆子大道:"门生受老师再造之恩,只当重做一世人了,怎敢不图振作? 从今以后,强将部下无弱兵,断断不失门墙之体,求老师放心。"费隐公吩咐之后,等两乘轿子抬到门前,叫他随了新人一起进去。

淳于氏起先只许一个,如今见了一双,况且又美到极处,一个抵得几个的,竟把眉毛气得直竖,就当了众人发作起来,说:"许了娶,不容他娶,就是我的不是;许他娶一个,如今娶起两个来,这是谁的不是? 众人请讲一讲。"众人道:"一个娶得,十个也娶得了,岂但两个? 难道你要借端生事,好赶他出去不成?"大家又鼓噪起来,把以前的声势从新做起。淳于氏也不肯甘心,竟要拼了性命,与众人抵敌。亏得钱二妈夹在中间,做好做歹,替他排难解纷,这桩好事才不致于决裂。钱二妈等众人去后,把淳

---

① 发棠之请——棠:古代齐国的地名。孟子曾劝齐王发棠城的积谷,赈济贫穷。后用以表示赈济。

于氏扯进房中,再三苦劝,又与她抵足而眠,使她不见所见,不闻所闻,竟像吃酒醉的一般,鹘鹘突突过了一夜。穆子大倚了众人的虎威,不顾天颜咫尺,竟在辇毂之旁做起越礼犯份的事来,把两副铺盖并做一床,大家共枕同眠,叠成一个"磊"字。以生平不近一色之人,忽然骄奢淫欲,享起王侯天子之福来。你说他这场春梦从哪里做起?

到了第二日,也亏他胆力兼雄,智勇俱备,唯恐淳于氏要絮聒他,故意寻些事端,打张骂李,把手下的丫环奴仆个个都整饬一番,要使家主婆听见,知道他帽儿向前,今年不比往年的意思,竟把众人去了丢下来的余气剩魄,整整使了一日。淳于氏只道他有恃而然,恐怕一有响动,又要激起事来,只得随他舞弄,阳为不知,在房中坐了一日。

到第三日上,少不得两位新人要请她们出来,同拜三朝。及至走到堂前,与穆子大立在一处,各人抬头一看,不觉四滴眼泪一起流下腮来,背了新人暗暗的哭了一会。哭到后面,知道掩饰不来,索性搂做一团,号号簌簌哭个尽兴。这是什么缘故?只因他夫妻两口做亲二十余年,不曾相骂一场,不曾分宿一夜,穆子大自从吵闹之后,就随了众人出去,成亲之日虽然进来,也不曾与她会面,直到此时方才聚在一处,两片慈心一起发动起来,倒是男子的眼皮预先红起。穆子大成亲之夜,还怕众人去后,自己孤立少援,两处的洞房料想不能安度,即使紧闭重关,死守一处,少不得有一处受亏,所以把两床铺盖并做一床,全是为此,要做个联兵御敌之计。谁想波恬浪息,桴鼓不鸣,不但没有烽火之惊,还带挈他在中军帐里享了一夜帝王之福。你说穆子大心上感激她不感激她?当晚虽然感激,还说她这片好意未必出于自然,都是钱二妈挽回之力,焉知不是她要起兵,为左右之人所制,要养精蓄锐,等扯劝的人去了,然后与他为难也不可知,所以第二日耀武扬威,虚张声势,全是为此,要做个先声夺人之计。谁想她偃旗息鼓,绝不婴锋,不但不做骄兵,连应兵也不肯做,使自己唱凯而旋,以致两位新妇替她颂德称功,奏了一夜武成之乐。你说穆子大心上怜悯她不怜悯她?此时见了,以二十余年不曾反目的夫妻,忽然吴越了许久,又新被这些德化,所以不知不觉做了被感的豚鱼,先对他流起泪来。妇人家的眼泪又比男子不同,时时刻刻放在眼里伺候,要用就流下来,不用就收上去,随你什么男子,再哭不过妇人。所以这一次的哭法,虽是穆子大占先,究竟不能持久,淳于氏才哭动头,他的眼泪就有些告竭了。见妻子哭得可怜,自己陪她不过,就叫两个新人跪下来相劝。淳于氏的威风倒了几日,才讨得他这点赢头,也不好十分白大,就把两个一起扶起,与她们同拜三朝,礼貌之间,十分优待。穆子大看了,竟把自己当做神仙,却像从今以后,不但朋友用不着,连隔壁的妒总管都要禅位与他,这一世的门生,自然收不尽了。

当晚就别了新人,与淳于氏复敦旧好,少不得把请罪的筵席,放在情兴里面干折与他,不像费老师公请一家,使吃亏之人不能独享。淳于氏的筵席,不但与醋大王不同,不肯花钱费钞,连"情兴"二字也不肯破悭。知道她是喜哭的人,只把眼泪去结识她,使她陪哭不过,定要想个止泪之方。新人不在面前,少不得要自己下跪,再讨她些赢头到手,那以前失去的威风就不怕不复了。等他完事之后,不知不觉就啼哭起来。此时的眼泪,不像日间流得汹涌,故意使他涓涓滴滴,做个细水长流。从一更哭起,哭到三更,随你苦劝,再不肯住。穆子大拗她不过,毕竟堕入计中,爬起床来,跪在踏板上面,把丈夫改做尺夫,淳于氏还不肯住;直等他俯伏在地,把尺夫改做寸夫,然后收住哭声,发放他起来同睡。睡了一会,就把以前吵闹的来历,细细盘问他道:"我与你两个,恶杀了还是夫妻;那一班众人,好杀了也是朋友。为什么央了他们,摆布起我来?还亏我那一日知计,不肯与他对敌,若还走了出去,你一拳我一脚,岂不打死在你们手里?这还是哪个的主意?你好好对我说。若是别人强你做的,也还恕得你过,我不但不怪你,连众人也不去怪他。他要逼我做个贤妇,也是一片好意,难道有什么仇气不成?若还是你自家的主意,有心叫人处治我,就比强盗的心肠更甚一倍了,还与你做什么夫妻?不如一索吊死,到阎王面前去伸口怨气。只怕妒总管的威风,行不到阴司里去;就是那一班恶人,也不肯为了朋友,赶到阎王面前来递公揭。你这个新郎只怕做不长久。我既要死,也不肯好好就死,定要把新来的人打上几十顿,骂上几百遭,等她们那两条性命将要结果的时节,我才到阴司去等她们,决不肯为她们而死,还容她们在世上享福。你如今从直说来。"穆子大见她这些言语,又说得婉转,又来得急切,只道她果是真心。自己踌躇道:"他若知道这番举动不是自己的意思,一定肯原谅我,把往事付之东流,就只当不曾反目,这两个新人落得好过日子了;若还不说真情,自己认了不是,他就愈加仇恨起来,那些打骂新人、自己上吊的事,都是做得出的,哪有这许多精神去替他呕气?"

穆子大想到此处,就作那些圈套果然是自己做的,也要借重别人替他任过,哪里肯把别人的过失认到自己身上来? 就把始末根由和盘托出,说:"这些罪过不但与自己无干,连众位朋友,也不过是体天行道。总是费老师一片好心,看先人面上,不肯使我绝后,所以号召众人,帮扶我做事的。就是赶进来打你,也是虚张声势,要逼你个'肯'字出来,那有当真殴辱之理? 即使你不知计,出来与他对敌,我也要喝退众人,难道肯把自己的妻子与别人沾手不成? 这是断断没有的事。"淳于氏见他肯说真情,就欢喜不过,又把许多的甜言蜜语去哄诱他,还要尽其底里。穆子大要全直道,索性说个尽情,连妒总管传授的心法,都被他透漏出来,说:"妒妇不是无用之人,化得转来就是内助。你如今化转来了,将来助内之功,正不可限量,岂止不妒而已哉。"淳于氏道:"他既然会变化妒妇,毕竟有个化妒之方,你一发也说一说。我是已化之人,虽然用他不着,也待我记在肚里,等你生出儿子来,好教他一教。省得你是有事的人,将来要忘记了,可惜这样秘诀,不能够传授子孙。"穆子大道:"也说得是。"就在他肚子上面登坛说法起来,把先用气魄、后用才术的话,有条有理说了一遍。淳于氏得了真传,就像九尾狐狸学会了偷精啄髓之法,不但以前摄来的气魄没得还他,连将来未吐之气、未生之魄都要预先摄过来了。当晚欢欢喜喜,睡到天明。

　　第二日起来,把那两个姬妾优待如初,不露一毫声色。到了晚上,穆子大要与新人同睡,先来禀命于她,说:"做亲的旧例,一月之内,新人不守空房。要等满月之后,才好定一个规矩,或是每人一夜,或是你得一夜,他们两个共得一夜,且到临时酌拟。如今不曾满月,只得要去相伴她们。屈你独宿几晚,到满月之后,我过来多睡几时,补还你的欠账就是。"淳于氏道:"既然如此,昨夜就不该过来了。"穆子大道:"那是一向亏负了你,心上不安,要过来暴白心事,故此不拘常格,过来宿了一晚。如今说明白了,还要去循循旧例。"淳于氏想了一会,就对他道:"既然如此,你去就是了,何须说得?"穆子大听见这一句,只当奉了温旨,有什么不遵? 竟到以前作乐之处,自己脱了衣服,先爬上床,专等那两位新人来写"磊"字。等了一更天气,再不见新人进房,只说她们与大娘说话,不好抽身,只得披衣而起,要走去叫唤。不想爬下床来一看,那两扇房门起先是开着的,如今忽然闭了,心上已有三分疑惑;及至走去开门,又是反扣着的,连声叫唤,再没有人答应，就愈加愁闷起来。原来是尊夫人的计较，起先禀命的时节，穆子大前脚走来，后脚就被她们跟到，趁那两个姬妾不曾进房，就如飞取一把铁锁把房门锁上，自己阳为不知，竟去关门睡了，使那两上姬妾既不得进房，又没处借宿，彼时是隆冬天气，不怕不冻断狗筋。穆子大立了一会，只见门又曳不开，人又叫不应，知道是醋病发作，卒急难医，只得脱了衣服，又爬上床，冷冰冰的睡了一夜。睡到第二日，等淳于氏开了房门，放他出去，只见那两位新人，冻得头青面紫，抖做一团。问她们那里睡了一夜，那两个新人要说，被上面的牙齿与下面的牙齿相打不过，一句也说不出来。穆子大甚是不安，要想扯她们上床，自己脱了衣服，把热身子煏她们一煏，又怕淳于氏看见，不好意思。只得做眉做眼，把牙齿咬了几下，做个仇恨妒妇之意，也不曾敢说出来，凄凄楚楚的过了一日。

等到晚上，恐怕淳于氏又用前法，要摆布他，就预先吩咐新人，叫他坐在房中，不要出去，"开了房门等我，我到点灯时节自会进来。"那两个新人果然依了这句话，不曾到晚，就以补睡为名，都上床安歇了，开着房门，专等他来诉苦。穆子大在书房坐了一会，知道淳于氏没有好意，竟不去禀命她，到点灯时节，往新人房里竟走。不想走到门边，又有诧事，那两扇房门起先叫他开着的，如今忽然闭上了。只说那两个新人怪我累她们受苦，故意闭门不纳，要使我求告的意思，就一面叫，一面推，要新人放他进去。里面应道："房门并不曾拴，推进来就是了。"穆子大举手一摸，原来又是锁着的。昨晚不得出来，今晚不得进去，这才合着一句俗语，叫做"进退无门"。穆子大知道又是诡计，只得要上门哀告，求她们解危。料想那北门锁钥是决然不发的了，落得不要开口，只好将计就计，去借宿一夜，一来省得受冻，二来要去调停一番，预为明日之计，省得这重牢门夜夜上锁。就走到她们卧房之外，也像起先一般，一面叫，一面推，要淳于氏放他进去。里面只是不开，随他在外面叫唤。穆子大道："我不是来请钥匙，是来借宿的，不要认错了主意，快些开门。"里面伴宿的丫环听见这一句，知道不是有损无益的事，竟要起来开门，被淳于氏喝住道："不许！他有了两个新的，何须到旧处来借宿，不要理他。"穆子大道："既不容我借宿，求你把钥匙发出来，可怜我冻不过。"淳于氏道："你心上爱她们的人，为你冻了一夜，你就冻一夜赔罪他，也不为过。若还熬冻不起，你家的门扇原不十分坚固，再去约些朋友，帮你打开就是了，何须用钥匙？"穆子大听了这些刁声,一发忧煎不过,心上思量道:"我要打进去睡,有何难哉! 只是这个恶妇,决不等你安眠稳宿,又有别事做出来。半夜三更,与他呕什么气? 况且今日之事,都是费老师逆料过的,我临行之际,何等说得威风,如今被他听见,毕竟要耻笑我。发兵剿妒之事,他说过不肯再试的,料想不来救护,只是含忍的好。"左顾右盼,没有个栖身之所,只得走至灶前,到乱草窠中去投宿。亏得一只义犬,把热烘烘的床铺搭了家主,与他抵足而眠;虽然冻了一宵,还不至于十分狼狈。

穆子大未到天明,就预先思虑道:"这个妒妇诡计多端,令人不可测度。我这两夜的磨难也受得够了,焉知到了晚上又没有别计生出来? 不如还照前番与她硬做一出。费老师是执意的人,发兵剿妒之事,他说过不肯再试,自然不肯再试了。落得不要求他;只好去哀告朋友,求他为人为彻,竟把费老师的威风,瞒着费老师来使一使。若还吓得妒妇回心,只当撞着了个太岁,竟不必使他与闻,我已阴受其福了。且等太岁撞不着,然后央众人写封公书,求费老师于常法之外,生个变法出来,救我一救,料想他还是肯的。我如今且慢些出门,索性把众人的威风也瞒了众人,先在家中使一使,或者妒妇是伤弓之鸟,提起众人来就预先害怕,不敢再用诡计也不可知。若得如此,也只当撞着了个太岁,连众人也不使与闻,我已阴受其福了。且等太岁撞不着,然后去央烦朋友,求他在假事之中做出真事来,应了我的说话,料想也是肯的。"算计定了,又恐怕吵闹起来,被妒妇据了要害,不得出门,各路的救兵无由而至,就预先走到书房,写了一封告急的书,交与一个老仆,叫他留在身边,备而不用,等到万不得已之际,拿去请兵。这个老仆是他管家里面第一个忠义之人,常虑家主绝后的。

穆子大递书之后,正要去寻事丫环,责备奴仆,预先试一试虎威,好做假途灭虢之事。不想淳于氏的兵法,比他略神速些,不等这边发作,就预先整顿起来。把丫环奴仆一起唤入中堂,大喝一声,叫他们跪下,先问家人道:"前日众人打进门来,明明是个圈套,只瞒得我一个,你们都是知情的,为什么不说一声,使我中了诡计。好好的招出来! 同他计较的是那一个? 替他请兵的是那一个?"那些家人都说是相公自己做的,不干下人之事。淳于氏又问丫环道:"前日众人打进来,我是个正经人,要顾惜廉耻,不好出头露面,去抵敌他。你们是我的丫环,就像牙爪羽翼一般,都该奋勇争先,替我出气,为什么缩头缩颈,都躲在背后去,难道与家主串通一路,要置我于死地不成?"那些丫环都说自己是胆小之人,看见势头利害,不敢向先;况且大娘又没有军令,怎敢擅自出兵?故此不曾抵敌。淳于氏道:"既然如此,都饶你一个初犯。从今以后,若还那个乌龟家主要央人与我厮闹,管家里面,知风不报者,重打五十板,同谋与事者,毙诸杖下。那些乌合之众若还再上门来与我争竞,丫环里面,有畏首畏尾,不行抵敌者,重打五十板,有能奋勇争先,出奇制胜者,计功行赏。"那些丫环奴仆,起先唤到之时,大家都拼了肌肤来受鞭扑,如今感他不打之恩,哪一个不要将功折罪?磕了谢恩的头,都起去了。淳于氏又吩咐丫环,唤那两个姬妾出来。等他走到中堂,也与丫环奴仆一般,大喝一声,叫他跪下。自己拿张交椅,对他坐着道:"为你这两个妖精,使我嗬了多少臭气!你们两个毕竟是未嫁之前,与他勾搭上手。他丢你不下,要做先奸后娶的事,所以央了众人来压制我。如今从直招来,是几时与他睡起的?"那两个姬妾跪便跪了,还有个不受约束之意,把面孔朝了空处,不肯向她;又见她所说的话都是没有来历,要在鸡蛋里面寻出骨头来的,那里肯答应她?唯有相对凄然,痛哭流涕而已。淳于氏见她们心高气傲,不服审理,就取一根绝细的皮鞭,把那粉嫩的皮肤抽个不住。

　　淳于氏发性之初,拷问婢仆的时节,穆子大气愤不过,就要与她交锋;只因她所说的话,句句合着心事,自己正要借兵,她就说着借兵之事,竟像知道的一般,就是诸葛孔明,也没有这等的神见,被他智勇所慑,不敢撄锋①。后来见他唤到新人,渐有剥肤之惨,料想慑止不得,就对老仆做个手势,叫他一面求援,自己一面赴难。见两个姬妾打到苦处,就捏着一根门栓赶上前去,对淳于氏高高擎起,要在当头赏她一根。不想那根门栓又是雌木头做的,不听男子指挥,反替妇人效力。擎起的时节十分轻便,就像一根灯草;及至擎到半空,他就作怪起来,不肯向前,只想退后,就是几百斤的铁杆,也没有这般重坠。狠命要打,再打不下去。被淳于氏一把接住,就拿来处治丈夫。一到妇人手里,他就轻便起来,要起就起,要落就落,竟在穆子大身上翻了几十个筋斗。可怜这一男二女,被这强悍之妇打得皮破血流。那些丫环奴仆,见她军令森严,那个肯惹火烧身,都一起避了开去,要个揉疼摸痛的也没有。穆子大要喊叫几声,又怕妒总管听见,

---

①　撄(yīng)锋——撄:迫近。交锋之意。

要怪他不听善言,失了门墙之体,不但不发救兵,还要阻挠义举,所以忍气吞声,不敢东向而哭。淳于氏打过之后,就有许多苛政严法号令出来,总是要磨灭妇人、制服男子的苦事,定要这一男二女点头答应,当了遵依的呈子,方才发落起去。

却说那个赍①书的老仆,知道家主在急难之中,不能久待,就如飞似箭跑往各处求援,大奋包胥之哭,不上一个时辰,就把各路救兵尽皆征到。又怕淳于氏要疑虑他,自己吃亏不致紧,家主以后没人效力,就等众人将到之时,先替淳于氏做个探子,慌慌张张走去报信道:"闻得隔壁费老爷听见我家嘲气,又去号召众人,叫他们来打闹,不可不防备他。"才说得了,那些打闹的人已进了大门,淳于氏只当不知,随他打闹。一面吩咐家人,叫他们去守住大门,不到贼兵大败之际,不许放一人逃走。家人去后,就把中门关了。一面吩咐丫环,叫她们各寻器械,放在手头,"看我与众人争闹,众人争我不过,毕竟要打进门来,待我躲避上楼的时节,你们一起动手。"又吩咐一应下人,叫把铜盆水桶 与手巾衣服之类,都收拾上楼,不许留在耳目之前,使众人看见。那些下人不解其故,都在肚里猜疑,说众人的意思,不过来打闹一番,又不是抄家掳掠,为什么藏起物件来,难道怕他打劫了去不成?

淳于氏等他们收拾完了,就立在门缝之中,紧紧对着外面道:"你们这些鼠辈,前日来打闹一番,我看斯文面上,不好冲撞你。你们得些赢头,也就该住了,为什么今日又来?难道你们有口会骂,有手会打,我是个哑子孩子不成?"众人见他以前服善,如今忽然放肆起来,哪里还忍得住?就大家指定了她,千"妒妇"、万"狗妇"骂个不了。淳于氏道:"你们这些鼠辈,以前都是好人,只因拜了个乌龟头目做了门生,都学他做起乌龟来,那一个不讨些粉头,在家里接客?只因我家男子不肯学样,你怪他独为君子,恐怕在背后讥诮你们,所以千方百计,也要逼他讨几个。如今粉头也讨了,乌龟也做了,为什么还放他不过,要打上门来?难道要借我妒忌为名,好弄这两个淫妇出去,放在你们家里,借别人的粉头替自己接客不成?"说了这几句,就千"乌龟"、万"王八"骂个不了。还有许多村言泼语,都是男子口中骂不出来的说话,都被妇人骂出来。众人也要把村言泼语

---

① 赍(jī)——以物送人。

回复她几句，又碍了穆子大的体面，骂不出口来，到舌尖上又缩了转去，除"妒妇"、"狗妇"之外，没有第三个名目加她，口上的便宜已先折了一大半。淳于氏道："我们这班乌龟门生，也骂得够了，如今饶了你罢。只有几句未尽之言，烦你众人的口，寄与那乌龟老师，说他传授别人的心法，别人都试过了，不见十分应验。他说压制妇人要先用气魄，像我家男子前日那样威风，不但自家卖弄豪强，还把通国之兵都号召拢来，要压制我，也可谓雄到极处、壮到极处了；我如今还会箝束丈夫，鞭挞姬妾，可见先用气魄的话甚是荒唐，全然听不得的。他说气充魄定之后就用才术，像我家男子前日那样聪明，不但做尽圈套，吓我投降，连休书草稿都央人打就，要离绝我，也可谓决胜无遗，料敌多中的了；我如今还会跳出牢笼，不受驾驭，可见后用才术的话也甚是诞妄，一毫用不着的。这样心法也平常得紧，为什么就享此大名，把一县的愚夫愚妇都哄动起来，终日受他约束，岂不愧死！总是他前半生的命好，不曾遇着个能干的妇人与他作对，所以妄自尊大，做了半世的夜郎王。如今小巫遇了大巫，被我说破之后，叫他老老实实缩了龟头，躲在污泥洞中，过了下半世罢。"

众人见她以前的话虽然狠毒，还是骂的自己，况且这番举动是瞒着费隐公的，恐怕弄出事来，要惹他埋怨，所以一味含容，不敢轻易动手。如今见她丢了自己，骂到费老师身上，就一起胆壮起来，正要借此为名，好大闹一场，等老师知道，方才动气。就把几十个拳头，一起竖起来，对了中门，狠捶乱打。淳于氏不等攻开，就先把门栓一拔，做个抱头鼠窜的光景，急急的跑上楼去。众人见他畏惧，一直打进中门，直赶到楼梯脚下，看见两扇踏门是紧紧闭着的。众人因她今日的躲法与前日一般，也就把今日的攻法与前日一样，故意在踏门之上狠敲乱击，要逼她投降。那里晓得虚中有实，做妒妇的人不消读得武经七书，自然是谙练兵法的，不曾捶得几下，只见伏兵四起，有许多丫环使婢，执了器械赶上前来，对了众人乱打。众人都是赤手空拳，那里抵敌得过？打到痛处，就喊起来道："我们替你相公出力，你倒打起我来，难道你不是相公的人么？"众丫环道："大娘叫打，我们不敢不打。大娘的法度是相公知道的，以己之心，度人之心，他决然不怪。"说了这几句，就分外猖獗起来。淳于氏传令道："你们略打几下，见见大意就罢了，不用十分啰唆。如今对众人说，叫他们立到天井里来，我有几句好话说，在楼窗里面告诉他们，叫他们仰起头来看了我说。"众人看见出兵不利,都有求饶心,见他说了这一句,只道也像前日一般,要放声求饶,好等众人出去的意思,巴不得要借此收兵,就一涌拥入明堂,果然仰起头来,看她说话,只见楼上的窗子还是闭着的,只说在里面打点说话,好解散众人,哪里知道他安排兵器。少刻窗子一响,竟有许多污秽之物从楼上倾将下来,倾得众人满头满面。你说些什么污秽?原来是净桶里面的东西,叫做“米田共”,预先防备他们来,摆在楼上伺候的。起先躲避上楼,就是为此,居高建瓴,正要使这恩施普遍。所以众人里面,没有一个不被他雨露之恩,又喜得是仰面而受,没有一滴洒在空处,这个越王勾践,是人人要做的了。众人在不意之中,接了满面的污秽,竟像在粪缸里面爬起来的一般,那里腌臜得过?况且浑身衣服,又没有一寸干净的,要寻件拭面揩嘴的东西,竟不可得。对了穆子大道:“我们为你一个,吃了这样大亏,还不去吩咐家人,多舀几盆脸水,多取几条手巾,等我们洗抹一洗抹;再有随便的衣服取几件来,待我们权换一换,好出去见人。不然这一副嘴脸,怎么走得出去?”穆子大道:“家人虽有几个,都被妒妇吓制过了,没有一个敢来,待我自己去取。”那些众人见龌龊不过,哪里等得他取来,就一起跟到灶前,要就了铜盆洗面,哪里晓得铜盆水桶与拭面揩嘴的东西,都预先收拾过了,哪里摸得着一件?再去搜寻衣服,一发干净得好,莫说破裙破袄藏得精光,就是揩桌的抹布也不留一块。众人叹口气道:“神哉妒妇,真扰世之才也!如今没奈何,只得赶到隔壁去求救于费老师,讨他几盆热水洗濯一洗濯,借他几件衣服更换一更换,然后与他细作商量。”就一起带了污秽,拥入费隐公家。

　　费隐公看见,惊慌不已,竟不知什么缘故,只得掩鼻而问之。众人把酿粪的根由与受粪的来历,细细述了一遍;又把妒妇讥诮费隐公,托他转致的话,一字不遗都替他直言告禀。费隐公听了,气得双眸直竖,神气索然。因他污秽不过,难以接谈,就吩咐家人取衣服脸水,与他洗换过了,方才呵叱他道:“我前日已曾说过,剿妒的事是再试不得的。为什么背了我的话,又欺瞒着我,走去生起事来?如今被他扫尽威风,连我也为之丧气,却怎么了?”众人道:“门生们的不是,自然不消辩了。只是这场胜负,大于风化有关,还求老师舍短虑长,想个奇计出来,正一正风化才好。不然南风自此不竞,连以前收服的妒妇都要反叛起来,老师与门生辈都有不测之忧矣。”费隐公道:“治妒之方,只有气魄与才术两件,这等看起来,都被那个无用之物告诉了她，才有这番蠢动。如今我辈的伎俩都被她看透了，气魄不能制，才术不能驭，连王法官刑都治她不得了，哪里还处治得来？"众人道："若还处治不来，穆门生与那两个姬妾都要死于此妇之手。况且老师与她势不两立，妒妇之道不息，夫子之道不著，老师处治她不来，不但自家丧气，将来还要受制于她。焉知她得志以后，没有妒妇去拜门生？她也登坛说法，与老师相抗起来，只怕倡妒容易，化妒烦难，吾道之衰，可立而待矣。还求老师急图之。"费隐公不言不语，踌躇了一会，方才回复她们道："就要相图，也不是旦夕之事，且看她得志以后举动何如，我自有道理。"众人得了这句话，方才肯去。

却说淳于氏战败众人之后，先把丫环使婢叙功行赏，连报警的老仆亦在犒劳之中。赏功已毕，就把三个召寇之人，唤到面前行罚，穆子大领竹板，两个姬妾吃皮鞭，一日之中，受了两番严拷。从此以后，把这三个犯人监在两处，日间不许见面，夜里不使闻声。两处都拨了丫环不时巡逻，一有响动，就取出来治罪。监了几日，这一男二女都生起病来，明明是忧郁之症，淳于氏又说他害相思，分外防得严紧。穆子大再三哀告要出去就医，淳于氏只是不许。穆子大道："如今春闱①已近，会试的同袍都要起身快了，别样的事不许我走动，难道进京会试也不容我去不成？"淳于氏听了这句话，就欢喜起来，思想会试不是小事，且等他出之后，好结果这两个妇人，省得他立在面前，到底有些碍手。就一面料理行装，一面雇办船只，直到起身那一刻，才叫老仆挑了行李，跟他出门。未行以前，恐怕那班恶少要替他商量计策，思想复仇，一概不许他辞别朋友。那两个姬妾知道他此番出去，不是生离，竟是死别了，到临行之际，就不受拘挛②，从房里跳将出来，一起扭住穆子大，号嘁痛哭，说："我们两个终久是一死，不如死在你未去之先。"各人取出一把剃刀，都要自刎，被淳于氏喝令丫环夺下剃刀，扯了开去，才打发得丈夫出门。

穆子大伤心不过，哪里去得向前？心上思量道："我病体十分沉重，就到了京师，料想愁病交煎，也做不得好文字出，拿定不中，去也枉然。不如住在近边，看看家中的光景，好商机会。"就在船上住了一夜。到第二

---

① 闱（wéi）——考场。
② 拘挛——拘束。

日黎明,竟到费隐公家,哭诉从前之苦,求他生个法子,救了这条性命。费隐公恨他不过,哪里肯管? 只说没有计策。穆子大道:"老师不救门生,门生有死而已。"说了这一句,就跪下地去,只管撞头。费隐公想了一会,才问他道:"照你说起来,这一次的公车断然不上了。你可肯躲在我家,住上一年两载,待我把这强悍之妇处个尽情,使她一生一世不敢反复么?"穆子大道:"若得如此,莫说一年两载,就躲一世何妨。"费隐公道:"你如今被她磨灭不过,所以恨她,只怕一月两月不在面前,没有妒妇磨灭你,你的骨头又有些作痒起来,要思想妒妇,去受她的磨灭了。那里保得一年两载不想回去?"穆子大道:"门生的体面为她坏了,门生的宗祀为她绝了,连自己一条性命尚不能保,此等仇恨,竟可以不共戴天,岂有隔绝了她,还去思念之理?"费隐公道:"既然如此,我就要便宜行事了。你从今以后住在我家,待我把小儿辈相从,屈你做个西席①,省得你没有事做,要想出门。那两位佳人,包你不出十日,就双双弄她出来,与你并做一处就是了。"穆子大得了这句话,欢喜不了,也不问他取出佳人当用何法? 处治妒妇当用何方? 索性付之不闻,好等他便宜行事。

　　却说淳于氏打发丈夫之后,把那两个姬妾三日一敲,五日一比,定要送她上路。亏了一个能事的卖婆,常在她家走动的,把淳于氏再三苦劝,说:"打死不如放生,何不寻两分人家,遣她出去? 一来断绝祸根,二来也积一场阴德,三来还得几两银子,又省了两口棺材。"淳于氏见她说得有理,才肯放一条生路,要打发她出门。只是不肯嫁在近处,恐怕丈夫回来,要背地取赎,除非嫁与远方之人,方才没有后患。媒婆道:"这也不难。"就去寻了两个孤客,说是江南海北之人。淳于氏接了财礼,把两上姬妾一起打发出门。只说她与前面的丈夫,千年万载不能够见面了,那里晓得跨出门槛,就会相逢。原来那个媒婆又是费隐公的心腹,设定圈套叫她来做事的。果然不出十日,就把两个佳人与穆子大并做一处。这一男二女不但分而复合,又当死而复生,哪里快活得了? 住在费隐公家,看了样子,与他一般作乐。

　　住到一月之后,费隐公走到书房,对穆子大道:"你们三个住在这边,是极妥当的了,只是家中的事,也还要人料理。我看你这个老仆,大有忠

---

　　① 西席——旧时对幕友或家中请的教师的称呼。

义之心,须要想个法子,打发他回去。一来叫他料理家务,为目前署事之人;二来等他做个内应,为将来聚合之计。"穆子大道:"我也正要如此。只是他走了回去,妒妇就要疑心,说我既然进京,为什么不带人服侍,只有一个老仆,又打发转来?"费隐公道:"自有妙法,不但使他不疑,还只怕要信之太过。只是一件,从今以后,要屈你权死一死,到一年两年之后,再活转来,这个妒妇方才征得她服,与你们三个和气到老,没有一毫变更;你若不肯权死几年,这个妒妇是万万征她不服的,只好暂且安乐几时,依旧回去受苦罢了。"穆子大听了这几句,就惊骇起来道:"别样的事可以做得,生死大事,岂是儿戏得的? 况且死了一两年,如何再活得转来?"费隐公笑起来道:"不是当真叫你死,只要认个'死'字,说你原是有病的人,出门之后沉重起来,死在路上就是了。"穆子大道:"此计极妙。我自做亲以后,受了妒妇多少磨难,就屈她受些凄凉,暂守几年活寡,且让我住在这边,作乐作乐,度个后代出来,也不为过。只是一件,到一年两年之后,用个什么法子,又好说我活转来?"费隐公道:"法子尽有,只是如今说不得;若还对你说了,少不得又像前日一般,把我传授的心法都败露出来,使她识破底里,以致一败而不可救。三日两日尚且如此,何况一年两年,闭得你的口住?"穆大子道:"既然如此,门生不必再问,依了老师,打发他回去就是了。"费隐公道:"他口里说死,尊阃还未必见信,须要你自己的亲笔,写一封遗嘱与他,说:'我死在途中,不及料理后事,门户之计,全要仗你主持,不可贻笑于桑梓。所娶二妾,若还不曾怀娠,可速速叫他改嫁,你自己年过四旬,平日又喜谈书操,尽可做未亡人,切不可再生他想。'这等写去,她就信到极处。你这一、二年之间,也可以无内顾之忧了。"穆子大道:"极说得是。"说一面写遗嘱,一面吩咐老仆,叫他看守门户,不可放闲杂人往来,家中事体,不时过来说说。那老仆是个忠义之人,巴不得家主自在几年,好生个儿子,替故主接后。就把家中之事一力担当,领了遗嘱欣然而去。

却说淳于氏遣了二妾,只当拔去眼中之钉,好不适意。远近的妇人都说她大奋雄威,征服了妒总管,当今女子之中,要算她第一个豪杰。果然不出众人之料,竟有妒妇去拜门生,求她广行教化,连丈夫与她为难的人,都要内不避亲,外不避仇,要去皈依妙法起来。淳于氏正在得意之际,不想报讣的老仆忽然走到,说丈夫死在途中,再取出遗嘱一看,自然是千信万确的了。少不得大哭一场，要替他开丧受吊，被老仆止住道："相公吩咐过了，说我的死信只可使亲人得知。外面的朋友，且慢些使他知道。只因我出门未久，一旦命终，不知道的，只说我被妻子气死，前日受亏的人，未必不来多事。如今师出有名，不像前番孟浪，万一打闹起来，就要受他的茶毒了。且到一年半载，众人气平之后，然后说出也未迟。就是开丧受吊的事，都要等我旅榇到了，才可举行，以前切不可做。"这些说话，都是费隐公的主意，恐怕死信闻于众人，后来不好收煞，故此吩咐他说的。如今照样说来，不改一字。淳于氏听见，十分感念丈夫，就遵了遗命，不敢开丧，瞒着外面的人，设个灵座在家，私自拜奠。凶信未到的时节，收了许多妒妇门生，正要登坛说法，做那轩昂豪举之事，及至闻了此信，就有些收敛起来。坛也不登，法也不说，只是闭门自守，要做个无荣无辱之人。

　　初守的半年，也甚是贞节，一毫没有二心，终日号簁痛哭。穆子大听见，竟懊悔起来，有个起死回生之意。费隐公只是不许，说："你的骨头虽然作痒，要想回去受磨难，其如这两位佳人大限未到，不该去见罗刹何！"及至守到半年之后，淳于氏的心肠就有些改变起来，竟在痛哭流涕之中，寓了嘻笑怒骂之意，不但不感激他，反咬牙切齿痛恨他起来。终日叫天叫地，说："我前世造了什么孽障，今生罚我受苦。嫁了个有情有义的丈夫，替他守节，也还气得过；他生前背我娶妾，还做出许多圈套来摆布我。如今自己死了，累我不上不下，守这样无情之寡，着什么来由？难道叫我没儿没女，靠了几个奴仆过了一世不成？"终日哭来哭去，总是这些话。穆子大听见，竟有些着慌起来，对了费隐公道："听她的口气，分明要嫁了。万一弄假成真，等她做起失节的事来，怎么了得？"费隐公见到他听到此处，料想身上的骨头只会怕疼，决不作痒了，就把降妒的方法与他说知，也只怕漏泄，不敢彰扬了。就答应道："此非恶声也，将来会合之机，正在于此。我前日要兄假死，就为这一着，不然游学四方、埋头一处的话，那一句讲不得，定要说起死来。我要先把守寡一事去引动她望子之心，然后把'失节'二字去塞住她吃醋之口。她起先不容你娶妾，总是不曾做过寡妇，不知绝后之苦，一味要专宠取乐，不顾将来。只说有饭可吃，有衣可穿，过得一世就罢了，定要什么儿子？如今做个寡妇，少不得要自虑将来，得病之际哪个延医，临死之时谁人送老？自己的首饰衣服、粮米钱财，付与何人？少不得是一抢而散。想到此处，自然要懊悔起来。可见世间的儿子,无论嫡生庶出,总是少不得的。以后嫁了丈夫,自然以得子为重,取乐为轻了。她起先挟制丈夫,难为姬妾,总是说她身子站得正,口嘴说得响,立于不败之地,不怕那个休了她,所以敢作敢为,不肯受人箝束。若还略有差池,等丈夫捏住筋节,就有飞天的本事,也只好收拾起来了。她如今打熬不过,少不得要想出门。待我用个心腹之人,走去说合,假捏一个名字,说有人娶她续弦。另寻一所房子,把你安顿在里面,竟去娶她过来,做一出奇幻戏文与她看看。到那时候,'失节'两个字不消别人说她,她自己塞住了口,料想一生一世吃不得醋了。你说这个计较妥当不妥当?"穆子大听了这些话,欢喜不过,不觉手舞足蹈起来,说了许多赞服的话。又对他道:"既然如此,求老师及早央人过去说合,不要去迟了,等她又吩咐别人。"费隐公道:"学生娶过数十房姬妾,那一个媒婆不是相熟的?等她央了那一个,我然后呼唤她来,于中取事,方才万妥;若还叫人去说,就有三分不妙了。"穆子大道:"也说得是。"

只见过了几时,那两个姬妾一起肚大起来,原来是成亲那两夜所受的胎,起先不觉,如今看出来的。等到十月将满,一先一后生将下来,不想两个妇人竟生出三个儿子,有一个双胞的在里面。穆子大跳跃不过,思想不是老师的妙法弄出人来,岂但那两个姬妾死于妒妇之手,连这三个儿子都不能够出世了。那里感激得过?竟刻了长生牌位,供养她们起来。

却说淳于氏守到半年之后,渐渐立脚不住,要想出门。一来怕家人耻笑,不好去唤媒婆,替自己说亲;二来要把丫环使婢逐渐卖去,把银子鳖在身边,才好出嫁。就以卖婢为名,唤了媒人,不时计议。计议定了,就把以前出力的丫环,今日一个,明日一个,不上几月,都被她卖完。然后卖到自己身上。媒婆就替她寻下主子,把家中的物件逐渐运了出去。正要打点嫁人,不想有个得力的家人,听了外面的话,进来报信道:"外面人言藉藉①,都说大娘谋杀了丈夫;并不使一人知道,又把丫环使婢都出脱尽了,思想去嫁人。这样伤风败俗的事,断断容不得。要等大娘出嫁之日,从轿子里曳出来,活活打死,一来替自己出气,二来替相公伸冤。这些话说虽然未必真假,只怕也不可不防。"淳于氏听了,就慌做一团,与媒婆商议道:"还是嫁的好,不嫁的好?"媒婆道:"这等看起来,有些嫁不得;不如

---

① 藉藉——纷乱的样子,常形容众口喧哗或声名甚盛。

将计就计,倒做个贞节之人,守了这一世罢。"淳于氏道:"成不得!一来没有儿子,倚靠何人?二来丫环使婢都已卖去,把什么人做伴?三来运出去的东西,也不好再运进来;就运了进来,也要被人识破,说我这个节妇,是他们逼出来的。中止之事,万万做不得。只好想个法子,不要在家里上轿,另寻一个去处,走到那里起身。等众人知道的时节,已赶我不着了,难道好寻到哪边来与我吵闹不成?"媒婆道:"也说得是。"就替她拣了日子,寻个地方,竟像做贼的一般,等到黑夜之中,魆魆的逃走出去。

只见走到一处,有个绝美的妇人出来迎接她,媒婆道:"这是我的亲眷,你同她坐一会,我去领了轿子来。"媒婆去后,那个妇人就与他各叙寒暄,问他年纪多少,前面的丈夫作何营业,如今没了几年?成亲以后,可曾生养几个?淳于氏就说年过四旬,前夫是读书人,也曾中过乡榜,客死未及一年,从来不曾生育。那妇人道:"这等说起来,是好人家的宅眷了,为什么不坐轿子,竟走了出来?"淳于氏见是媒婆的亲眷,料想不笑她,就把丈夫未死之先,众人与她吵闹如今见她出嫁,要伺候轿子与她为难的话,细细说了一遍。那妇人道:"这等尊夫之死,由于何病,果然是大娘气杀的么?"淳于氏道:"不瞒大娘说,他出门的时节,原有些病症,是我吵闹出来的。想是出门之后,又记挂两个姬妾,恐怕被我磨死,所以越愁越重,把这性命送了。"那妇人道:"这等说起来,'我虽不杀伯仁,伯仁由我而死',既然结发一场,又害了他的性命,大娘心上也该过意不去,替他守守才是。为什么就嫁起来?"淳于氏道:"一来没有儿子,二来没有家业,叫我靠哪一个"难道呷西风过日子不成?"那妇人道:"我闻得做媒的说,大娘卖丫环的银子也有许多,生息起来,尽够过日子了。就是要嫁,也不该略守几年,等孝服满了,再嫁也未迟,不该这等性急。"淳于氏道:"不瞒大娘说,我做亲二十多年,不曾离过男子,倒不为别样,总是怕冷静不过,所以有心要嫁,不论迟早。"那妇人道:"这等说起来,是我的知己了。我当初也曾死过丈夫,也等不得服满就要出嫁,竟有不相谅的妇人骂起我来。我是个腼腆的人,不曾回骂得几句,至今恨她不过。如今遇了大娘,只当有个帮手了,几时约你同去见她,等说起来的时节,大家骂她一顿,替我们再醮之人争些饿气也好。"淳于氏道:"那个不难,我这张嘴是骂得人惯的,还你相见的时节决不折气就是。"两个说了一更天,再不见媒婆走到。淳于氏心焦不过,自己哝聒道:"这早晚不见轿子,几时才得过去,难道拣了好时好日不抬过门,要到第二日成事不成?"那妇人道:"这也不论。我当初改嫁的时节,当晚有事,不得成亲,也是到了第二日,才做好事的。"淳于氏道:"那是尊夫的不是,婚姻大事,岂是耽搁得的? 大娘是有修养的人,容得他如此;若把我们,就是当晚不好说,到第二、三日,也要奉承他几句。"两个谈谈说说,又过了一更多天。那妇人道:"这时候不来,定是有事耽搁了,不如脱了衣服,同我睡罢。"淳于氏道:"大娘若坐不过,请预先安置。我这一晚料想睡不着,不如坐坐的好。"那妇人陪她不过,竟自睡了。淳于氏在她卧榻之前走来走去,再没有一刻消停,听见那里响一下,就说是轿子到了,伸起头来,东张西望,及至晓得不是,定要哝哝聒聒,把媒婆骂上几句。守到天明,不知看上几十次,骂上几百声。直到第二日早饭之后,那个媒婆才领一乘轿子走进门来,说:"昨晚过去,原说就来的,不想巷头巷脑都关了栅门,轿子抬不过,所以耽搁了一夜,今日才来。"淳于氏不及怪她,竟别了妇人上轿。那妇人到临别之际,还说几时约个日子,要请她同去骂人。

淳于氏坐了轿子,抬到那户人家。只见出轿的时候,并没有一人迎接,竟是自己一个走入中堂。那中堂之上,没有人伺候,连香花灯烛都是没有的。淳于氏感觉不好,就要转去,及至回头一看,又不见了当初那几个抬轿的人都转去了。淳于氏十分疑惑,又只得自己一个捱进中门,走到内室里去。只见卧房里面,摆设得齐齐整整,都是自己的物件,叫媒婆运过来的,只是不见个人影。淳于氏不明不白,竟像做梦一般,心上思量道:"莫非遇了鬼怪,被他摄到这里不成? 就是鬼怪,也该有些鬼形怪影出现一出现,为什么绝无影响?"只听见卧房后面有几个孩子一起啼哭,但不知就在一处,还是隔壁人家。正要走去观望,不想黑暗之处,闪出一个人影来,一步近似一步,走到十步之外,就立住了,却像有件凶器捏在手里的一般。淳于氏定睛一看,竟是前面的丈夫,就吓得冷汗直流,高嘶大喊起来,一连说上几十个"有鬼",要等后面二人来相救。喊了一会,不见人来,就对着影子跪下磕头,说:"你生前死后的事,都是我不该,怪不得来报怨,我如今知罪了,求你转去罢。"说了这几句,就俯伏在地,死也不敢抬头。不想伏了一会,那影子里面就说起话来道:"我既然来在这边,哪里就肯转去,要同你算本总账,砍下头来,把身子剁作几块,方才肯去。我出门以前的事,说不得许多,且丢过一边罢了。为什么我出门几日,就把我两个爱妾一起卖去,只做得两夜夫妻,竟不使我再见一面,这是一可杀了。她们两个腹中都是有身孕的,把我现现成成的儿子送到别人家去,使我做了绝嗣之人,这是二可杀了。我生前受你多少磨难,连性命都死在你手里,还不见你感念一句,懊悔一声,哭到半年之后,还叫天叫地,骂起我来。难道我生前的咒骂还不曾听得够,死在阴司地府还听你的咒骂不成?这是三可杀了。我在生之时,你何等口强,动不动要谈节义,看见隔壁的妇人改嫁了丈夫,还指定她名字骂个不了。为什么轮着自己,就忍心害理起来,不怕别人笑耻,竟做了失节之妇?这是四可杀了。就是要嫁,也该守过三年两载,把我的灵柩装了回来,寻一块土地安厝了我,然后嫁也未迟。为什么这等性急,连期年的服也不曾穿得满,就嫁起人来?使我骸骨不能归家,做了异乡之鬼,这是五可杀了。你自己不肯守节,就是丫环使婢也留上一两个,做个烧钱化纸的人;在宗族里面立个螟蛉之子,替我接了后代,把家中的财物交付与他,然后出来改嫁,也还气得你过。为什么把许多丫环不分好歹,都替我卖去,把银子鳖在身边,连我一份好人家都搬了过来,与别人享福,这是七可杀了。其余的零星罪犯,若要细数起来,要几百桩也有。我如今总置不论,只问你这七桩大罪。每一桩罪砍你一刀,只把你的尸骸分做七块罢了。”他起先问罪的时节,淳于氏伏在地下,等他说一个“可杀”,自己应一个“该当”,说两个“可杀”,应两个“该当”,及至说到第七个上,知道说完之后就要下手,那条见机而做的魂灵已先走散了,只留个没干的身子伏在那边等杀,连这“该当”二字那里还应得出?只好缩做一团,哼哼嗄嗄的挣命罢了,预先硬了颈项,等他下刀。不想命根未断,那卧房后面有许多胆雄力大、不怕鬼的妇人赶进房来,把他丈夫的阴灵一把扯住,跪下来劝道:“杀死不如放生,看我们众人面上,饶了她罢。”又有两个妇人不但不怕鬼,还要与他打斗,竟把凶器夺了下来,不怕他不走,两个死拖硬曳,扯到卧房后面去了。

那些不去的妇人都一面说,一面拿手来挽道:“相公去了,大娘起来罢。”淳于氏仰起头来,把众人一看,又吃了一大惊。原来不是别人,就是他丈夫未死之前,零星讨来的使婢;丈夫既死以后,逐个卖去的丫环。如今见旧主有难,不知是那个神道托梦与她,大家不约而同,特地赶来相救的。淳于氏吃惊之后,爬起来坐了一会,把起先失去的魂魄招了转来,方才问众人道:“你们是从哪里来的?方才扯劝的人是那两个?为什么缘故你们都不怕鬼,竟与他说起话来?"那些丫环道:"大娘出脱我们的时节,就是卖与这户人家。方才那两个也是大娘卖去的小,我们未卖之前,她们先嫁过来的。大家都在一处,并不曾分开,只有大娘来得迟些,所以受了这场惊吓。方才捏着凶器与大娘算总账的是个活人,不是什么死鬼,大娘不要认错了。"淳于氏道:"这等说起来,难道是她们的丈夫不成?"那些丫环道:"不但是她们的丈夫,只怕连大娘自己还要做他的妻子也不可知。"淳于氏道:"这等说起来,想是她们恨我不过,故意做定圈套,叫丈夫娶我过来,让她们做大,捉我做小,好出气的意思了。这等为什么缘故,那个人的声音面貌竟与死者一般,说来的话又一句不错,那有这等相像的理?你们快说一说。"丫环道:"不是她们恨你不过,要摆布你;而是她们丢你不下,要收录你。我老实对你说,方才捏刀的人就是相公的原身,当初并不曾死,被你磨灭不过,做了这番圈套,要骗个儿子出来的。如今两位小主母已生了三个大呱呱,他这户人家不但不曾消灭,还添了几口人丁,愈加昌盛起来了。劝大娘从今以后,落得做个好人,不要去处治他罢。"

　　淳于氏听了这些话,不但不肯放心,反愈加害怕起来。这是什么缘故?只因起先怕鬼,如今又要怕人,怕人的心肠比怕鬼更加一倍。思想一个结发之妻,做了这许多歹事,把什么颜面见他?见面尚且不可,何况跟了他们,从新过起日子来?起先受他一刀,还是问的斩罪;如今同过日子,料想不得安生,少不得要早笑一句,晚说一句,剥削我的面皮,只当问了个凌迟碎剐。这样的重罪如何受得起?就是他不罪我,我自家心上也饶不过自家,相他一眼,定要没趣一遭;叫他一声,定要羞惭一次。这个凌迟碎剐的重罪,少不得是要受的,不如不见的好。所以怕人的心肠,比怕鬼更加一倍。起先怕鬼的时节,只想求生;如今怕人的时节,反要求死了。就对众丫环道:"我半日不出恭,如今要方便了,可有僻静的所在送我去解一解。"丫环不知,只说果然要上马桶,就把她送到方便之处,自己走出门来,好等她上马。谁想她马倒不上,竟去腾起云来。等丫环出去之后,就拴上房门,解下一条丝绦,系在屋梁之上,不多一会,就高高挂起了。丫环在门缝之中看见主母上吊,就一面打开房门,一面喊人相救。那两个生子之妾,随着丫环一起赶进房来,捧脚的捧脚,解头的解头,把个不曾断气的人又救活了。大家坐在一处,都把好言劝慰她;只有穆子大一个,得了老师的真传,不肯进房,坐在门前,大念往生神咒。

淳于氏见了两个姬妾,羞惭不过,眼睛也不敢睁开。那两个姬妾道:"大娘不要多心,我们是晓得世事的,大毕竟是大,小毕竟是小,决不为这番形迹就胆大起来。只要大娘略宽厚些,我们的日子就好过了,依旧顶你在头上,决没有怠慢之理。就是男子的心肠,也是挽回得转的。有我们在此,决不使他做狠心人,还你和气就是。"淳于氏听了这些话,方才放心,就爬起身来与她们见礼,认了许多不是,又托她们转致丈夫,也认了许多不是。这两个姬妾在费宅住了许久,也学了他些家风,两边斗出公分替他解和,少不得把两个仇人推在一处,依旧做了夫妻。这叫做"蛮妻拗子,无法可治",只好如此而已。

到了第二日,费隐公的夫人坐了大轿,上门来贺喜,要借新人一看。淳于氏晓得是醋大王,当初骂过了她,怕她要取回席,不肯出去相见。那两个姬妾道:"回席取过了,决不取第二次,出去见见也不妨。"及至走出中堂把她一看,原来就是前晚留宿的人。淳于氏满面羞惭,措身无地。费夫人道:"今日一来贺喜,二来相邀。那个不相谅的妇人喜得不远,就在舍间隔壁,借重大娘的尊口去狠骂她一场,替我出口小气。"淳于氏满面通红,答应不出,亏那两个体心的姬妾把别话阻挠问者,各顾左右而言他,还不至于羞死,只当积了一场阴德。后来夫妻之内,大小之间,竟和好不过。淳于氏把妾生之子领在身边抚育,当做亲生之子一般,好等那两个姬妾重生再养。后来连生六子,眼见十孙,传到后来,竟做了一县之中第一个繁衍之族,皆费隐公变化之力也。费隐公的教化,不独当世为然,他的流风余韵,至今尚在。俗语有两句云:"江山妇人不穿裤,常山妇人不吃醋。"此之谓也。

未　集

妻妾败纲常　梅香完节操

词云：

> 妻妾眼前花，死后冤家。寻常说起抱琵琶。怒气直冲霄汉上，切齿磋牙。　及至戴丧髽①，别长情芽。个中心绪乱如麻。学抱琵琶犹恨晚，尚不如他。

这一首《浪淘沙》词，乃说世间的寡妇，改醮者多，终节者少。凡为丈夫者，教训妇人的话虽要认真，属望女子之心不须太切。在生之时，自然要着意防闲，不可使他动一毫邪念；万一自己不幸，死在妻妾之前，至临终永诀之时，倒不妨劝她改嫁。她若是个贞节的，不但劝她不听，这番激烈的话，反足以坚其守节之心；若是本心要嫁的，莫说礼法禁她不住，情意结她不来，就把死去吓她，道："你若嫁人，我就扯你到阴间说话"，她也知道阎罗王不是你做，"且等我嫁了人，看你扯得去、扯不去"？当初魏武帝临终之际，吩咐那些嫔妃，教他分香卖履，消遣时日，省得闲居独宿，要起欲心，也可谓会写遗嘱的了。谁想晏驾之后，依旧都做了别人的姬妾。想他当初吩咐之时，那些妇人到背后去，哪一个不骂他几声阿呆，说我们六宫之中，若个个替你守节，只怕京师地面狭窄，起不下这许多节妇牌坊。若使遗诏上肯附一笔道："六宫嫔御，放归民间，任从嫁遣。"那些女子岂不分香刻像去尸祝他，卖履为资去祭奠他？千载以后，还落个英雄旷达之名，省得把"分香卖履"四个字露出一生丑态，填人笑骂的舌根。所以做丈夫的人，凡到易箦②之时，都要把魏武帝做个殷鉴。姬妾多的，须趁自家眼里或是赠与贫士，或是嫁与良民，省得她到披麻戴孝时节，把哭声做了怨声。就是没有姬妾，或者妻子少艾的，也该把几句旷达之言去激她一激。激得着的等她自守，当面决不怪我冲撞；激不着的等她自嫁，背后也

---

① 髽（zhuā）——髽髻（jì），梳在头顶两旁的髻。

② 易箦（zé）——箦：床席。换床席之意，借指人已去世。

不骂我阿呆。这是死丈夫待活妻妾的秘诀,列位都要谨记在心。我如今说两个激不着的,一个激得着的,做个榜样。只是激不着的本该应激得着,激得着的尽可以激不着,于理相反,于情相悖,所以叫做奇闻。

明朝靖、历之间,江西建昌府有个秀士,姓马字麟如,生来资颖超凡,才思出众,又有一副绝美的姿容。那些善风鉴的,都道男子面颜不宜如此娇媚,将来未必能享大年。他自己也晓得命理,常说我二十九岁运限难过,若跳得这个关去,就不妨了。所以功名之念甚轻,子嗣之心极重。正妻罗氏,做亲几年不见生育,就娶个莫氏为妾。莫氏小罗氏几岁,两个的姿容都一般美丽。家中又有个丫环,叫做碧莲,也有几分颜色,麟如收做通房。寻常之夜,在妻妾房中宿歇得多;但到行经之后,三处一般下种。过了七八年,罗氏也不生,碧莲也不育,只有莫氏生下一子。

生子之年,麟如恰好二十九岁。果然运限不差,生起一场大病,似伤寒非伤寒,似阴症非阴症,麟如自己也是精于医道的,竟辨不出是何症候。自己医治也不好,请人医治也不效,一日重似一日。看看要绝命了,就把妻妾通房,都叫来立在面前,抱着儿子问道:"我做一世人,止留得这些骨血,你们三个之中那一个肯替我抚养?我看你们都不像做寡妇的材料,肯守不肯守,大家不妨直说。若不情愿做未亡人,好待我寻个朋友,把孤儿托付与他,省得做拖油瓶带到别人家去,被人磨灭了,断我一门宗祀。"

罗氏先开口道:"相公说的什么话?烈女不更二夫,就是没有儿子,尚且要立嗣守节;何况有了嫡亲骨血,还起别样的心肠?我与相公是结发夫妻,比她们婢妾不同。她们若肯同伴相守,是相公的大幸;若还不愿,也不要担搁了她,要去只管去。有我在此抚养,不愁儿子不大。何须寻什么朋友,托什么孤儿,惹别人谈笑。"麟如点点头道:"说得好,这才像个结发夫妻。"

莫氏听了这些话,心上好生不平。丈夫不曾喝彩得完,她就高声截住道:"结发便怎的,不结发便怎的?大娘也忒把人看轻了。你不生不育的,尚且肯守,难道我生育过的,反丢了自家骨血,去嫁别人不成?从古来只有守寡的妻妾,那有守寡的梅香?我们三个之中,只有碧莲去得。相公若有差池,寻一户人家,打发她去,我们两个生是马家人,死是马家鬼,没有第二句说话。相公只管放心。"麟如又点点头道:"一发说得好,不枉我数年宠爱。"

　　罗氏、莫氏说话之时,碧莲立在旁边,只管啧啧称羡。及至说完,也该轮着她应付几句,她竟低头屏气,寂然无声。麟如道:"碧莲为什么不讲,想是果然要嫁么?"碧莲闭着口再不作声。罗氏道:"你是没有关系的,要去就说去,难道好强你守节不成?"碧莲不得已,才回复道:"我的话不消自己答应,方才大娘,二娘都替我说过了,做婢妾的人比结发夫妻不同,只有守寡的妻妾,没有守寡的梅香。若是孤儿没人照管,要我抚养他成人,替相公延一条血脉,我自然不该去;如今大娘也要守他,二娘也要守他,他的母亲多不过,那希罕我这个养娘?若是相公百年以后,没人替你守节,或者要我做个看家狗,逢时遇节烧一份纸钱与你,我也不该去;如今大娘也要守寡,二娘也要守寡,马家有什么大风水,一时就出得三个节妇?如今但凭二位主母,要留在家服侍,我也不想出门;若还愁吃饭的多,要打发我去,我也不敢赖在家中。总来做丫环的人,没有什么关系,失节也无损于己,守节也无益于人,只好听其自然罢了。"麟如听见这些话,虽然说她老实,却也怪她无情。心上酌量道:"这三个之中,第一个不把稳的是碧莲,第一个把稳的是罗氏,莫氏还在稳不稳之间。碧莲是个使婢,况且年纪幼小,我活在这边,她就老了面皮,说出这等无耻的话;我死之后,还记得什么恩情?罗氏的年纪长似她们两个,况且又是正妻,岂有不守之理?莫氏既生了儿子,要嫁也未必就嫁,毕竟要等儿子离了乳哺,交与大娘方才去得。做小的在家守寡,那做大的要嫁也不好嫁得;等得儿子长大,妾要嫁人时节,她的年纪也大了,颜色也衰了,就没有必守之心,也成了必守之势。将来代莫氏抚孤者,不消说是此人;就是勉莫氏守节者,也未必不是此人。"

　　吩咐过了,只等断气,谁想淹淹缠缠,只不见死,空了几时不受药,那病反痊可起来,再将养几时,公然好了。从此以后与罗氏、莫氏恩爱更甚于初;碧莲只因几句本色话,说冷了家主的心,终日在面前走来走去,眼睛也没得相她。莫说闲空时节不来耕治荒田,连那农忙之际,也不见来播种了。

　　却说麟如当初自垂髫之年,就入了学,人都以神童目之,道是两榜中人物。怎奈他自恃聪明,不肯专心举业,不但诗词歌赋,件件俱能,就是琴棋书画的技艺,星相医卜的术数,没有一样不会。别的还博而不精,只有岐黄①一道，极肯专心致志。古语云：

　　秀才行医，如菜作齑。

麟如是个绝顶聪明的人，又兼各样方书，无所不阅，自然触类旁通，见一知十。凡是邻里乡党之中有疑难的病症，医生医不好的，请他诊一诊脉，定一个方，不消一两贴药，就医好了。只因他精于医理，弄得自己应接不暇。那些求方问病的，不是朋友，就是亲戚，医好了病，又没有谢仪，终日赔工夫看病，赔纸笔写方，把自家的举业反荒疏了。

　　一日宗师岁试，不考《难经》《脉诀》；出的题目依旧是四书五经。麟如写惯了药方，笔下带些黄连、苦参之气，宗师看了，不觉瞑眩起来，竟把他放在末等。麟如前程考坏，不好见人，心上思量道："我一向在家被人缠扰不过，不如乘此失意之时，离了家乡，竟往别处行道。古人云：'得志则为良相，不得志则为良医。'有我这双国手，何愁不以青囊致富？"算计定了，吩咐罗氏、莫氏说："我要往远处行医，你们在家苦守。我立定脚跟，就来接你们同去。"罗氏、莫氏道："这也是个算计。"就与他收拾行李。麟如只让一个老仆，留在家中给薪水，自己约一个朋友同行。那朋友姓万，字子渊，与麟如自小结契，年事相仿，面貌也大同小异，一向从麟如学医道的。二人离了建昌，搭江船顺流而下，到了扬州，说此处是冠盖往来之地，客商聚集之所，借一传百，易于出名，就在琼花观前租间店面，挂了"儒医马麟如"的招牌。

　　不多几时，就有知府请他看病。知府患的内伤，满城的人都认做外感，换一个医生，发表一次，把知府的元气消磨殆尽，竟有旦夕之危。麟如走到，只用一贴清理的药，以后就补元气，不上数贴，知府病势退完，依旧升堂理事。道他有活命之功，十分优待，逢人便说扬州城里只得一个医生，其余都是刽子手。麟如之名，由此大著。未及三月，知府升了陕西副使，定要强麟如同去。麟如受他知遇之恩，不好推却，只是扬州生意正好，舍不得丢，就与子渊商议道："我便随他去，你还在此守着窠巢，做个退步。我两个面貌相同，到此不久，地方之人，还不十分相识，但有来讨药的，你竟冒我名字应付他，料想他们认不出。我此去离家渐远，音信难通，你不时替我寄信回去，安慰家人。"吩咐完了，就写一封家书，将扬州所得

━━━━━━━━━━

　　①　岐黄——实指一部医学名著《内经》和他的作者。在这里指医学。

之物,尽皆留下,叫子渊觅便寄回,自己竟随主人去了。

子渊与麟如别后,遇着一个夏布客人,是自家乡里,就将麟如所留银信交付与他,自己也写一封家书,托他一同寄去。终日坐在店中兜揽生意,那些求医问病的,只闻其名,不察其人,来的都叫马先生、马相公。况且他用的药与麟如原差不多,地方上人见医得病好,一发不疑,只是邻舍人家还晓得有些假借。子渊再住几时,人头渐熟,就换个地方,搬到小东门外,连邻居都认不出了。只有几个知事的在背后猜疑道:"闻得马麟如是前任太爷带去了,为什么还在这边?"那邻居听见,就述这句话来转问子渊。子渊恐怕露出马脚,想句巧话对他道:"这句话也不为无因。他原要强我同去,我因离不得这边,转荐一个舍亲叫做万子渊,随他去了,所以人都误传是我。"邻舍听了这句话,也就信以为实。

过上半年,子渊因看病染了时气,自己大病起来。自古道:"卢医不自医。"千方百剂,再救不好,不上几时,做了异乡之鬼。身边没有亲人,以前积聚的东西,尽为雇工人与地方所得,同到江都县递一张报呈,知县批着地方收殓。地方就买一口棺木,将尸首盛了,抬去丢在新城脚下,上面刻一行字道:"江西医士马麟如之柩。"待他亲人好来识认。

却说子渊在日,只托夏布客人寄得那封家信,只说信中之物尽够安家,再过一年半载寄信未迟。谁想夏布客人因贪小利,竟将所寄之银买做货物,往浙江发卖,指望翻个筋斗,趁此利钱,依旧将原本替他寄回。不想到浙江卖了货物,回至邬镇地方,遇着大伙强盗,身边银两尽为所劫。正愁这注信、银不能着落,谁想回到扬州,见说马医生已死,就知道是万子渊了。原主已没,无所稽查,这宗银子落得送与强盗,连空信都弃之水中,竟往别处营生去了。

却说罗氏、莫氏见丈夫去后,音信杳然,闻得人说在扬州行道,就着老仆往扬州访问。老仆行至扬州,问到原旧寓处,方才得知死信。老仆道:"我家相公原与万官人同来,相公既死,他就该赶回报信,为什么不见回来,如今到那里去了?"邻舍道:"那姓万的是他荐与前任太爷,带往陕西去了。姓万的去在前,他死在后,相隔数千里,那里晓得他死,赶回来替你报信?"老仆听到此处,自然信以为真。寻到新城脚下,抚了棺木,痛哭一场。身边并无盘费,不能装载还家,只得赶回报计。

罗氏、莫氏与碧莲三人闻失所天,哀恸几死,换了孝服,设了灵位,一连哭了三日,闻者无不伤心。到四、五日上,罗氏、莫氏痛哭如前,只有碧莲一人虽有悲凄之色,不作酸楚之声,劝罗氏、莫氏道:"死者不可复生,徒哭无益,大娘、二娘还该保重身子,替相公料理后事,不要哭坏了人。"罗氏、莫氏道:"你是有去路的,可以不哭;我们一生一世的事止于此了,即欲不哭,其可得乎?"碧莲一片好心,反讨一场没趣。只见罗氏、莫氏哭到数日之后,不消劝得,也就住了。

　　起先碧莲所说料理后事的话,第一要催她们设处盘费,好替家主装丧;第二要劝她们想条生计,好替丈夫守节。只因一句"有去路"的话,截住谋臣之口,以后再不敢开言。还只道她们止哀定哭之后,自然商议及此。谁想过了一月有余,绝不提起"装丧"二字。碧莲忍耐不过,只得问道:"相公的骸骨抛在异乡,不知大娘、二娘几时差人去装载?"罗氏道:"这句好听的话我家主婆怕不会说,要你做通房的开口?千里装丧,须得数十金盘费,如今空拳白手,哪里借办得来?只好等有顺便人去,托他焚化了捎带回来,埋在空处,做个纪念罢了。孤儿寡妇之家,那里做得争气之事?"莫氏道:"依我的主意,也不要去装,也不要去化,且留他停在那边,待孩子大了再做主意。"

　　碧莲平日看见她两个都有私房银子藏在身边,指望各人拿出些来,凑作舟车之费,谁想都不肯破悭,说出这等忍心害理的话,碧莲心上好生不平。欲待把大义至情责备她们几句,又怕激了二人之怒,要串通一路逼她出门,以后的过失就没人规谏。只得用个以身先人之法去感动她,就对二人道:"碧莲昨日与老苍头商议过了,扶榇之事,若要独雇船只,所费便多;倘若搭了便船,顺带回来,也不过费得十金之数。碧莲闲空时节替人做些针织,今日半分,明日三厘,如今凑集起来,只怕也有一半,不知大娘、二娘身边可凑得那一半出?万一凑不出来,我还有几件青衣,总则守孝的人,三年穿着不得,不如拿去卖了,凑做这桩大事,也不枉相公收我一场。说便是这等说,也还不敢自专,但凭大娘、二娘的主意。"罗氏、莫氏被她这几句话说得满面通红,那些私房银子,原要藏在身边,带到别人家去帮贴后夫的,如今见她说得词严义正,不敢回个没有,只得齐声应道:"有是有几两,只因不够,所以不敢行事。如今既有你一半做主,其余五两自然是我们凑出来了,还有什么说得?"碧莲就在身边摸出一包银子,对二人当面解开,称来还不上五两,若论块数,竟有上千。罗氏、莫氏见她欣然取出，知道不是虚言，只得也去关了房门，开开箱笼，就如做贼一般，解开荷包，拈出几块，依旧藏了。每人称出二两几钱，与碧莲的凑成十两之数，一起交与老仆。老仆竟往扬州，不上一月，丧已装回，寻一块无碍之地，将来葬了。

却说罗氏起先的主意，原要先嫁碧莲，次嫁莫氏，将她两人的身价，都凑作自己的妆奁，或是坐产招夫，或是挟资往嫁的。谁想碧莲首倡大义，今日所行之事，与当初永诀之言，不但迥然不同，亦且判然相反，心上竟有些怕她起来。遣嫁的话，几次来在口头，只是不敢说出。看见莫氏的光景，还是欺负得的，要先打发她出门，好等碧莲看样，又多了身边一个儿子。若叫她带去，怕人说有嫡母在家，为何叫儿子去随继父？若把她留在家中，又怕自己被她缠住，后来出不得门。立在两难之地，这是罗氏的隐情了。

莫氏胸中又有一番苦处。一来见小似她的当嫁不肯嫁，大似她的要嫁不好嫁，把自己夹在中间，动掸不得。二来懊恨生出来的孽障，大又不大，小又不小。若还有几岁年纪，当得家僮使唤，娶的人家还肯承受；如今不但无用，反要磨人，那个肯惹别人身上的虱，到自己身上去搔？索性是三朝半月的，或者带到财主人家，拼出得几两银子，雇个乳娘抚养，待大了送他归宗；如今日夜钉在身边，啼啼哭哭，那个娶亲的人不图安逸，肯容个芒刺在枕席之间？这都是莫氏心头说不出的苦楚，与罗氏一样病源，两般症候。每到欲火难禁之处，就以哭夫为名，悲悲切切，自诉其苦。

只有碧莲一人，眼无泪迹，眉少愁痕，倒比家主未死之先，更觉得安闲少累。罗氏、莫氏见她安心守寡，不想出门，起先畏惧她，后来怨恨她，再过几时，两个不约而同都来磨难他。茶冷了些，就说烧不滚；饭硬了些，就说煮不熟。无中生有，是里寻非，要和她吵闹。碧莲只是逆来顺受，再不与她们认真。

且说莫氏既有怨恨儿子之心，少不得要见于词色，每到他啼哭之时，不是咒，就是打，寒不与衣，饥不与食，忽将掌上之珠，变作眼中之刺。罗氏心上也恨这个小冤家掣她的肘，起先还怕莫氏护短，怒之于中不能形之于外，如今见他生母如此，正合着古语二句：

　　　　自家骨肉尚如此，何况区区陌路人。

那孩子见母亲打骂，自然啼啼哭哭，去投奔大娘。谁想躲了雷霆，撞着霹霁,不见菩萨低眉,反惹金刚怒目。甫离襁褓的赤子,怎经得两处折磨,不见长养,反加消缩。碧莲口中不说,心上思量道:"二人将不利于孺子,为程婴、杵臼者,非我而谁?"每见孩子啼哭,就把他搂在怀中,百般哄诱。又买些果子,放在床头,晚间骗他同睡。那孩子只要疼热,哪管亲晚,睡过一两夜,就要送还莫氏,他也不肯去了。莫氏巴不得遣开冤孽,才好脱身,那里还来索其故物。

罗氏对莫氏道:"你的年纪尚小,料想守不到头。起先孩子离娘不得,我不好劝你出门;如今既有碧莲抚养,你不如早些出门,省得辜负青年。"莫氏道:"若论正理,本该在家守节,只是家中田地稀少,没有出息,养不活许多闲人,既蒙大娘吩咐,我也只得去了。只是我的孽障,怎好遗累别人?他虽然跟住碧莲,只怕碧莲未必情愿。万一走到人家,过上几日,又把孩子送来,未免惹人憎恶。求大娘与她说个明白:她若肯认真抚养,我就把孩子交付与她,只当是她亲生亲养,长大之时就不来认我做娘,我也不怪;若还只顾眼前,不管后日,欢喜之时领在身边,厌烦之时送来还我,这就成不得了。"碧莲立在旁边,听了这些说话,就不等罗氏开口,欣然应道:"二娘不须多虑,碧莲虽是个丫环,也略有些见识,为什么马家的骨血,肯拿去送与别人?莫说我不送来还你,就是你来取讨,我也决不交付,你要去只管去。碧莲在生一日,抚养一日;就是碧莲死了,还有大娘在这边,为什么定要累你?"

罗氏听她起先的话,甚是欢喜,道她如今既肯担当,明日嫁她之时,若把儿子与她带去,料也决不推辞;及至见她临了一句,牵扯到自己身上,未免有些害怕起来。又思量道:"只有你这个呆人,肯替别人挑担,我是个伶俐的人,怎肯做从井救人之事?不如趁她高兴之时,把几句硬话激她,再把几句软话求她,索性把我的事也与她说个明白。她若乘兴许了,就是后面翻悔,我也有话问她,省得一番事业作两番做。"就对她道:"碧莲,这桩事你也要斟酌,孩子不是容易领的,好汉不是容易做的,后面的日子长似前边,倘若孩子磨起人来,日不肯睡,夜不肯眠,身上溺尿,被中撒屎,弄叫你哭不得,笑不得,那时节不要懊悔。你是出惯心力的人,或者受得这个累起,我一向是爱清闲,贪自在的,宁可一世没有儿子,再不敢讨这苦吃。你如今情愿不情愿,后面懊悔不懊悔,都趁此时说个明白,省得你惹下事来,到后面贻害于我。"碧莲笑一笑道:"大娘莫非因我拖了那个尾声①,故此生出这些远虑么? 方才那句话,是见二娘疑虑不过,说来安慰她的,如何认做真话? 况且我原说碧莲死了,方才遗累大娘。碧莲肯替家主抚孤,也是个女中义士,天地有知,死者有灵,料想碧莲决不会死。碧莲不死,大娘只管受清闲、享自在,决不叫你吃苦。我也晓得孩子难领,好汉难做,后来日子细长,只因看不过孩子受苦,忍不得家主绝嗣,所以情愿做个呆人,自己讨这苦吃。如今一言既出,驷马难追,保得没有后言,大娘不消多虑。"罗氏道:"这等说来,果然是个女中义士了。莫说别人,连我也学你不得。既然如此,我还有一句话,也要替你说过。二娘去后,少不得也要寻户人家打发你,到那时节,你须要把孩子带去,不可说在家一日,抚养一日,跨出门槛,就不干你的事,又依旧累起我来。"碧莲道:"大娘在家,也要个丫环服侍,为什么都要打发出去? 难道一户人家,是大娘一个做得来的?"罗氏见她问到此处,不好糊涂答应,就厚着脸皮道:"老实对你讲,莫说她去之后你住不牢,就是你去之后,连我也立不定了。"碧莲听了这句话,不觉目睁口呆,定了半响,方才问道:"这等说来大娘也是要去的了? 请问这句说话真不真,这个意思决不决? 也求大娘说个明白,让碧莲好做主意。"罗氏高声应道:"有什么不真? 有什么不决? 你道马家有多少田产,有几个亲人? 难道靠着这个尺把长的孩子,叫我呷西风,吸露水替他守节不成?"碧莲点点头道:"说得是,果然没有靠傍,没有出息。从来的节妇都出在富贵人家,绩麻拈草的人如何守得住寡? 这等大娘也请去,二娘也请去,待碧莲住在这边,替马氏一门做个看家狗罢。"

　　罗氏与莫氏一起问道:"我们若有了人家,这房户里的东西,少不得都要带去。你一个住在家中,把什么东西养生? 叫何人与你做伴?"碧莲道:"不妨,我与大娘、二娘不同,平日不曾受用得惯,每日只消半升米、二斤柴就过得去了。那六七十岁的老苍头,没有什么用处,料想大娘、二娘不要,也叫他住在家中,尽可以看门守户。若是年纪少壮的,还怕男女同居,有人议论;他是半截下土的人,料想不生物议。等得他天年将尽,孩子又好做伴了。这都是一切小事,不消得二位主母费心,各请自便就是。"罗氏、莫氏道:"你这句话若果然出于真心,就是我们的恩人了,请上受我

---

　　① 尾声——这里是拖别人的孩子。

们一拜。"碧莲道："主母婢妾,分若君臣,岂有此理?"罗氏、莫氏道："你若肯受拜,才见得是真心,好待我们去寻头路;不然,还是讥讽我们的话,依旧作不得准。"碧莲道："这等恕婢子无状了。"就把孩子抱在怀中,朝外而立,罗氏、莫氏深深拜了三拜,碧莲的身子就像泥塑木雕的一般,挺然直受,连"万福"也不叫一声。罗氏、莫氏得了这个替死之人,就如罪囚释了枷锁,肩夫丢了重担,哪里松塍①得过? 连夜叫媒婆寻了人家,席卷房中之物,重做新人去了。

　　碧莲揽些女工针织,不住的做,除三口吃用之外,每日还有羡余②,时常买些纸钱,到坟前烧化,便宜了个冒名替死的万子渊,鹘鹘突突③在阴间受享。这些都是后话。

　　却说马麟如自从随了主人,往陕西赴任,途中朝夕盘桓,比初时更加亲密。主人见他气度春容,出言彬雅,全不像个术士,闲中问他道："看兄光景,大有儒者气象,当初一定习过举业的,为什么就逃之方外,隐于壶中?"麟如对着知己,不好隐瞒,就把自家的来历说了一遍。主人道："这等说来,兄的天分一定是高的了。如今尚在青年,怎么就隳④了功名之志? 待学生到任之后,备些灯火之资,寻块养静之地,兄还去读起书来,遇着考期,出来应试,有学生在那边,不怕地方攻冒籍。倘若秋闱高捷,春榜联登,也不枉与学生相处一番。以医国之手,调元燮化,所活之人必多,强如以刀圭济世,吾兄不可不勉。"麟如受了这番奖励,不觉死灰复燃,就立起身来,长揖而谢。主人莅任之后,果然依了前言,差人往萧寺之中讨一间静室,把麟如送去攻书,适馆授餐,不减《缁衣》之好。未及半载,就扶持入学;科闱将近,又荐他一名遗才。麟如恐负知己,到场中绎想抽思,恨不得把心肝一起呕出。三场得意,挂出榜来,巍然中了。少不得公车之费,依旧出在主人身上。麟如经过扬州,叫人去访万子渊,请到舟中相会。地方回道："是前任太爷请去了。"麟如才记起当初冒名的话,只得吩咐家人,倒把自家的名字去访问别人。那地方邻舍道："人已死过多时,骨殖

---

①　松塍——不敢放松。

②　羡余——结余。

③　鹘(hú)突——糊涂。

④　隳(huī)——毁坏。

都装回去了,还到这边来问?"麟如虽然大惊,还只道是他自己的亲人来收拾回去,哪里晓得其中就里?

及至回到故乡,着家人先去通报,叫家中唤吹手轿夫来迎接回去。那家人是中后新收的,老仆与碧莲都不认得,听了这些话,把他啐了几声道:"人家都不认得,往内室里乱走,岂不闻'疾风暴雨,不入寡妇之门'?我家并没有人读书,别家中举,干得我家屁事?还不快走!"家人赶至舟中,把前话直言告禀。麟如大诧,只说妻子无银使用,将房屋卖与别家,新人不识旧主,故此这般回复,只得自己步行而去,问其就里。谁想跨进大门,把老仆吓了一跳,掉转身子往内飞跑,对着碧莲大喊道:"不好了,相公的阴魂出现了!"碧莲正要问他缘故,不想麟如已立在面前,碧莲吓得魂不附体,缩了几步,立住问道:"相公,你有什么事放心不下,今日回来见我?莫非记挂儿子么?我好好替你抚养在此,不曾把与他们带去。"麟如定着眼睛把碧莲相一会,又把老仆相一会,方才问道:"你们莫非听了讹言,说我死在外面了么?我好好一个人,如今中了回来,你们不见欢喜,反是这等大惊小怪,说鬼道神,这是什么缘故?"只见老仆躲在屏风背后,伸出半截头来答应道:"相公,你在扬州行医,害病身死,地方报官买棺材收殓了,丢在新城脚下,是我装你回来殡葬的,怎么还说不曾死?如今大娘、二娘虽嫁,还有莲姐在家,替你抚孤守节,你也放得下了,为什么青天白日走回来吓人?我们吓吓也罢了,小官是你亲生的,他如今睡在里边,千万不要等他看见。吓杀了他,不干我们的事。"说完,连半截头也缩进去了。

麟如听到此处,方才大悟道:"是了是了,原来是万子渊的缘故。"就对碧莲道:"你们不要怕,走近身来听我讲。"碧莲也不向前,也不退后,立在原处应道:"相公有什么未了之言,讲来就是。阴阳之隔,不好近身。碧莲还要留个吉祥身子,替你抚孤,不要怪我疑忌。"麟如立在中堂,就说自己随某官赴任,叫子渊冒名行医,子渊不幸身死,想是地方不知真伪,把他误认了我,以讹传讹,致使你们装载回来,这也是理之所有的事,后来主人劝我弃了医业,依旧读书赴考,如今中了乡科,进京会试,顺便回来安家祭祖,备细说了一遍,又道:"如今说明白了,你们再不要疑心,快走过来相见。"碧莲此时满肚惊疑都变为狂喜,慌忙走下阶来,叩头称贺。老仆九分信了,还有一分疑虑,走到街檐底下,离麟如一丈多路,磕了几个头,起来立在旁边,察其动静。

麟如左顾右盼，不见罗氏、莫氏，就问碧莲道："他方才说大娘、二娘嫁了，这句话是真的么？"碧莲低着头，不敢答应。麟如又问老仆，老仆道："若还不真，老奴怎么敢讲？"麟如道："她们为什么不察虚实，就嫁起人来？"老仆道："只因信以为实，所以要想嫁人；若晓得是虚，她们自然不嫁了。"麟如道："她两个之中，还是哪一个要嫁起？"老仆道："论出门的日子，虽是二娘先去几日；若论要嫁的心肠，只怕也难分先后。一闻凶信之时，各人都有此意了。"麟如道："她们肚里的事，你怎么晓得？"老仆道："我回来报信的时节，见她不肯出银子装丧，就晓得各怀去意了。"麟如道："她们既舍不得银子，这棺材是怎么样回来的？"老仆道："说起来话长，请相公坐了，容老奴细禀。"碧莲扯一把交椅，等麟如坐了，自己到里面去看孩子。老仆就把碧莲倡议扶柩，罗氏不肯，要托人烧化；莫氏又叫丢在那边，待孩子大了再处理。亏得碧莲捐出五两银子，才引得那一半出来，自己带了这些盘缠，往扬州扶棺归葬的话说了一段，留住下半段不讲，待他问了才说。麟如道："我不信碧莲这个丫头就有恁般好处。"老仆道："她的好处还多，只是老奴力衰气喘，一时说她不尽。相公也不消问得，只看她此时还在家中，就晓得好不好了。"麟如道："也说得是。但不知她为什么缘故，肯把别人的儿子留下来抚养，我又不曾有什么好处到她，她为何肯替我守节？你把那两个淫妇要出门的光景，与这个节妇不肯出门的光景，备细说来我听。"老仆又把罗氏、莫氏一心要嫁，只因孩子缠住了身，不好去得，把孩子朝打一顿，暮咒一顿，磨得骨瘦如柴；碧莲看不过，把他领在身边，抱养熟了。后来罗氏、莫氏要嫁，莫氏又怕送儿子还她，叫罗氏与碧莲断过，碧莲力任不辞。罗氏见她肯挑重担，情愿把守节之事让她，各人磕她三个头，欢欢喜喜出门去了的话，有头有脑说了一遍。

麟如听到实处，不觉两泪交流。正在感激之时，只见碧莲抱了孩子，走到身边道："相公，看看你的儿子，如今这样大了。"麟如张开两手，把碧莲与孩子一起搂住，放声大哭，碧莲也陪他哭了一场，方才叙话。麟如道："你如今不是通房，竟是我的妻子了；不是妻子，竟是我的恩人了。我的门风被那两个淫妇坏尽，若不亏你替我争气，我今日回来竟是丧家狗了。"又接过儿子，抱在怀中道："我儿，你若不是这个亲娘，被淫妇磨作齑粉了，怎么捱得到如今，见你亲爹的面？快和爹爹一起拜谢恩人。"说完，跪倒就拜，碧莲扯不住，只得跪在下面同拜。

　　麟如当晚重修花烛,再整洞房,自己对天发誓,从今以后与碧莲做结发夫妻,永不重婚再娶。这一夜枕席之欢自然加意,不比从前草草。竣事之后,搂着碧莲问道:"我当初大病之时,曾与你们永诀,你彼时原说要嫁的,怎么如今倒守起节来?你既肯守节,也该早对我讲,待我把些情意到你,此时也还过意得去。为什么无事之际倒将假话骗人,有事之时却把真情为我?还亏得我活在这边,万一当真死了,你这段苦情叫谁人怜你?"说罢,又泪下起来。碧莲道:"亏你是个读书人,话中的意思都详不出。我当初的言语,是见她们轻薄我,我气不过,说来讥诮她们的,怎么当做真话?她们一个说结发夫妻与婢妾不同,一个说只有守寡的妻妾,没有守寡的梅香。分明见得她们是节妇,我是随波逐浪的人了;分明见得节妇只许她们做,不容我手下人僭位的了。我若也与她们一样,把牙齿咬断铁钉,莫说她们不信,连你也说是虚言。我没奈何,只得把几句绵里藏针的话,一来讥讽她们,二来暗藏自己的心事,要你把我做个防凶备吉之人。我原说若还孤儿没人照管,要我抚养成人,我自然不去。如今生他的也嫁了,抚他的也嫁了,当初母亲多不过,如今半个也没有,我如何不替你抚养?我又说你百年以后,若还没人守节,要我烧钱化纸,我自然不去。如今做大的也嫁了,做小的也嫁了。当初你家风水好,未死之先,一连就出两个节妇;后来风水坏了,才听得一个死信,把两个节妇一起遣出大门,弄得有墓无人扫,有屋无人住,我如何不替你看家?这都是你家门不幸,使妻妾之言不验,把梅香的言语倒反验了。如今虽有守寡的梅香,不见守寡的妻妾,到底是桩反事,不可谓之吉祥。还劝你赎她们转来,同享富贵。待你百年以后,使大家践了前言,方才是个正理。"麟如惭愧之极,并不回言。

　　在家绸缪数日,就上公车,春闱得意,中在三甲头,选了行人司。未及半载,赍诏还乡,府县官员,都出郭迎接,锦衣绣裳,前呼后拥,一郡之中,老幼男妇,人人争看。罗氏、莫氏见前夫如此荣耀,悔恨欲死,都央马族之人劝麟如取赎。那后夫也怕麟如的势焰,情愿不取原聘,白白送还。马族之人,恐触麟如之怒,不好突然说起,要待举贺之时,席间缓缓谈及。谁想麟如预知其意,才坐了席,就点一本朱买臣的戏文,演到覆水难收一出,喝彩道:"这才是个男子!"众人都说事不谐矣,大家绝口不提,次日回复两家。

　　罗氏的后夫放心不下,又要别遣罗氏,以绝祸根,终日把言语伤触她,好待她存站不住。当面斥道："你当初要嫁的心也太急了些，不管死信真不真，收拾包裹竟走，难道你的枕头边一日也少不得男子的？待结发之情尚且如此，我和你半路相逢，哪里有什么情意？男子志在四方，谁人没有个离家的日子，我明日出门，万一传个死信回来。只怕我家的东西又要卷到别人家去了。与其死后做了赔钱货，不如生前活离，还不折本。"罗氏终日被她凌辱不过，只得自缢而死。

莫氏嫁的是个破落户，终日熬饥受冻，苦不可言，几番要寻死，又痴心妄想道："丈夫虽然恨我，此时不肯取赎，儿子到底是我生的，焉知他大来不劝父亲赎我？"所以熬着辛苦，耐着饥寒，要等他大来。及至儿子长大，听说生母从前之事，愤恨不了，终日裘马翩翩，在莫氏门前走来走去，头也不抬一抬。莫氏一日候他经过，走出门来，一把扯住道："我儿，你嫡嫡亲亲的娘在这里，为何不来认一认？"儿子道："我只有一个母亲，现在家中，那里还有第二个？"莫氏道："我是生你的，那是领你的。你不信，只去问人就是。"儿子道："这等待我回去问父亲，他若认你为妻，我就来认你为母；倘若父亲不认，我也不好来冒认别人。"莫氏再要和他细说，怎奈他扯脱袖子，头也不回，飘然去了。从此以后，宁可迂道而行，再不从她门首经过。莫氏以前虽不能够与他近身说话，还时常在门缝之中张张他的面貌，自从这番抢白之后，连面也不得见了，终日捶胸顿足抢地呼天，怨恨而死。

碧莲向不生育，忽到三十之外，连举二子，与莫氏所生，共成三凤。后来麟如物故，碧莲二子尚小，教诲扶持，俱赖长兄之力。长兄即莫氏所生。碧莲当初抚养孤儿，后来亦得孤儿之报，可见做好事的原不折本，这叫做皇天不负苦心人也。

申　集
寡妇设计赘新郎　众美齐心夺才子

词云：

潘安貌，无才也使佳人好。佳人好，若逢才女，还须同调。才多加上容颜俏，风流又值人年少。人年少，不愁天上，花星不照。

——右调《忆秦娥》。

这首词，乃说世间做风流子弟的，"才貌"二字缺一不可。有貌无才，要老实又老实不得；有才无貌，要风流也风流不来。要做第一等风流之人，须要在赋生之初，把这两件东西放在天平上弹一弹过，然后并在一处，合为一身，方才没有缺陷之恨。这两件之中，又要分个难易，易得的是貌，难得的是才。世间绝标致的男子，一百个之中常有一两个。莫说富贵人家的儿子，居移气，养移体，自然生得娇皮细肉，俊雅可观；就是僮仆厮养之辈，梨园小唱之流，尽有面似潘安，腰同沈约，令妇人女子见之，不觉魂摇心荡者，正自不少。只是这样的男子，容易使人动兴，也容易使人败兴。看了他的容颜举止，正要打点害相思；及至想到他是何等之人，所作所为的是何等之事，就不觉情兴索然，那场相思病就值不得去害他了。天下极俊雅的才人，一万个之中选不出一两个。无论才貌两件都有十分的，使天下妇人见之，个个愿为之死；即使易得之貌有了七分，难得之才有了三分，那些怜才好色的妇人，也就肯截长补短，替他总算起来，一般是两样俱全，十分并的才子。知书识字的佳人，爱其才而愿为之妇；就是不通文墨的女子，也慕其名而欲得为夫。所以"才貌"二字虽然并称，毕竟"才"字在"貌"字之前，是说有了才方重其貌，不曾说有了貌可以不问其才也。

从古及今，标致男子之中极惹看的，只有两个。一个叫做潘安，是晋朝人，生得姿容既好，神情亦佳，同时的美男子甚多，比并起来，要算他第一个。常挟了弹子出游，竟像张仙下界。那些少年女子一见了他，个个都如颠如狂，不惜廉耻，竟赶到街市之中，你扯我曳起来。所以《世说新语》上面载他这一段道："潘岳挟弹出洛阳道，妇人遇者莫不连手共萦之。"萦者,即扯曳之意也;连手共萦者,即你扯我曳之意也。潘安是个立名砥①行的人,被这些妖冶妇人缠扰不过,恐怕生出物议来,竟不敢在街市上行走,有事出门,只得坐了车子。车上与地下有高低俯仰之分,又且行走得快,使她爬不上,赶不着,就可以平安无事了。谁想那些妇人究竟放他不过,就是爬不上,赶不着,吵也要吵他一场,打也要打他几下。大家不约而同,预先买了果子,放在袖中,等他车子经过,就一起抛掷出来,做个半爱半恨之意。爱者,爱他多才多貌;恨者,恨他寡情寡意。所以潘安掷果一事,至今流传,以为风流话柄。这个才子虽然生得惹事,还亏他命根牢固,经得起那些玩皮妇人摆布得起,终日在果子缝中钻来钻去,不曾被人掷得死。

　　另有一个孱弱的才子,生得花一般娇,粉一般嫩,莫说果子掷来承受不起,就把眼睛多相他几相,也要相出病来,可怜他活不多年,竟被天下之人看杀。这个风流话柄,比掷果之事更奇。那才子姓卫名玠,也是晋朝人,生得神清骨秀,体不胜衣,常坐白羊车行于洛阳市上,使人看了,竟像是一块白璧雕洗出来的人物一般,就替他取个美号,叫做“璧人”。与他同时的也有许多美男子,如王澄、王济、王玄,都有绝美的姿容,为世人所艳羡,及至见了卫玠,就把那几个相形下来。当时的人有两句批评道:“王家三子,不如卫家一儿。”卫玠被这两句批评、一个美号传播开去,莫说天下的妇人个个思量,人人爱慕,不知把没形没影的相思,害杀人家多少女子,就是男子里面,也没有一个不眷恋他。卫玠一日有事,从豫章行至下都,路上的人听见说卫璧人从此经过,哪一个妇人不艳妆以待,哪一个男子不拭目而观? 把那车子两旁挤个没缝,只当是几千里的官塘大路,每边筑了一堵肉墙,待他的车子从人气之中碾将过去。及至到了下都,那下都的人无论相知不相知,有旧没有旧,都来拜访,要借璧人一观。若回他不在寓处,他今日去了,明日又来,直到见了才住。卫玠是个孱弱书生,那里经得这般劳碌? 不上几时,就被人看出病来,竟以弱疾而死。所以当时的人编句巧话出来,叫做“看杀卫玠”。这段事实也出在《世说新语》,不是做小说的人编造出来的。

　　这两个标致男子,都是极有才思、极有名望的文人,所以他的姿貌因

---

　　① 砥——细的磨刀石,这里指形状像柱子。

其才而益重,从来的风流才子,毕竟要数他这两个;不然弥子瑕、龙阳君的面孔尽有可观,为什么"风流"二字不归与他,提起这两个名字,反觉得可鄙而可贱者何也? 这等说起来,"才貌"二字果然是分开不得的。只是这两件东西,造物再不肯兼付与人,不是使他少这件,就是使他缺那件,这不是造物的刻薄处,正是造物的忠厚处。若还兼付与人,这个人就不能够循规蹈矩,守着自家的妻子,终身定有许多风流罪过犯将出来,不是授以善身之资,反是予以丧德之具了。从古及今,有几个才貌兼全的人能够完名全节的? 若还有才有貌,又能循规蹈矩,不做妨伦背理之事,方才叫做真正风流。风者,有关风化之意;流者,可以流传之意。原是两个正经字眼,为什么不加在道学先生身上,常用在才人韵士身上? 只因道学先生做来的事,板腐处多,活动处少,与风流的字义不甚相合,所以不敢加他,才人韵士做出事来,如风之行,如水之流,一毫沾滞也没有,一毫形迹也不着,又能不伤风化,可以流传,与这两个字眼切而且当,所以拿来称赞他。如今世上的人不解字义,竟把偷香窃玉之事做了"风流"二字的注脚,岂不可笑!

方才所说的两个古人,都是有才有貌,又能循规蹈矩,不做妨伦背礼之事的。如今再说个古人以后、今人以前的标致男子,虽不十分循规蹈矩,却不曾做出妨伦背礼之事来,与"风流"二字不甚相合,也还不甚相离,说来做个消闲的话柄。

这个标致男子姓吕名旭,表字哉生,是明朝弘治年间人,祖籍原是福建,因父亲吕春阳在扬州小东门外开个杂货铺子,做起家业来,就不回福建,竟在扬州地方娶了妻室。从来女色出在扬州,男色出在福建,这两件土产是天下闻名的。吕春阳少年时节原是个绝标致的龙阳,娶的那位妻子又是个极美丽的瘦马,俗语四句道得好:

> 低铜铸低钱,好土烧好瓦;
>
> 要生上相骡,先拣好驴马。

往常人家只消一个标致妻子,就生得好儿好女出来,何况他这一底一盖,都是绝精的印子,印出来的花样,岂有不齐整的? 吕哉生未曾蓄发之时,竟像个粉团捏就的孩子,随你什么妇人,没有他那种白法,性子又聪明,口齿又伶俐,走出去上学,那些路上人家的妇人,无论老少,都要扯进去玩耍,心上爱他不过。又因他年纪幼小,再不称名道姓,只以"心肝儿子"呼之,搂在怀中,扑了又扑,叫了又叫。及至叫熟了口,搂惯了手,等他到头发披肩、情窦将开的时节,依旧扯进去玩耍。有几个不识廉耻的,扑他几扑,也要他回扑几扑;叫他几声,也要他回叫几声。又以摩疼擦痒为名,竟要他浑身摸索起来,把个不曾出幼的孩子,未及十三岁,就弄得无件不知,无般不晓。

　　看官你说,这等一个惹事的孩子,又遇着那许多作孽的妇人,处此地步,比干柴烈火更胜一倍,自然要做出事来,弄坏为人的根脚,这个正人君子就做不成了。谁想吕哉生的命好,当此万难摆脱之时,亏一个救命的恩人,替他临崖勒马,还不至于堕落火坑,使后来翻身不得。他这位恩人不是别个,就是一位训蒙的先生,全亏他教诲得严,拘束得紧,所以留得这条性命,到后来还做个好人。如今世上的父母不知教子之法,只说蒙馆先生是可以将就得的,往往造次相延,不加选择,直到开笔行文之后,用着经馆先生,方才去求签问卜,访问众人,然后开筵下榻。不知道孩子从师,就如病人服药,空心吃下去的方才有效,到用过饮食之后,就有灵丹吃下去,也与五脏六腑隔着一层,不能够粘脾着肾了。开手从的那位先生,就是得病之初空心吃的一服丸散。吃得着也是这一服,吃不着也是这一服。投了个方正的先生,那孩子后来自然会方正;投了个苟且的先生,那孩子后来毕竟要苟且。不信但看写字的笔法,若还开手把笔的先生是个会写楷书的,教来的学生个个会写楷书,就是写得不好,也到底有些端庄之意,决不至于连行带草;若还开手把笔的先生是个善写草字的,教来的学生个个会写草字,即使写不到家,也究竟带些龙蛇之体,再不能够一点一画。即此一事,就是教方即方、教圆即圆的证据了。所以发蒙的先生,比经馆先生更有关系,不可不严加选择。吕春阳的儿子只因这位蒙师从得着,所以不至于失身。教他写字读书,还不十分严厉;独有进退出入之间,管得十分严紧。放他回去吃饭,不住的教人踪迹他,若还来迟一刻,就要盘问到底。稍有差错之处,不是罚跪,就要记打。不打则已,一打定要打得皮破血流。所以吕哉生往来之际,不敢十分耽搁。那些作孽的妇人正要留他玩耍,他想到先生身上,就不觉毛骨竦然,洒脱袖子,就跑了去。故此保得住童子原身,不至于十分破坏。

　　那位蒙师把他教到十三岁上,见他聪明日进,文程日深,就对吕春阳道:"你这位令郎,如今大有进益,可谓青出于蓝了。我这样先生,只好替他训蒙,不敢替他开笔,须要另寻一位经馆,替他讲书作文,后来方有出息。只是一件,你令郎的容貌生得太齐整了,恐有不积德的男子,不正气的妇人,要看相他。须要独请一位西席①,关在家中读书,方才保得他成器;不然'功名'二字或者骗得到手,'品行'二字只怕保不到头也。"吕春阳虽是个市井之人,也还有些志气,况且少年时节也曾吃过男子的苦,也曾受过妇人的亏,怎么肯把这掌上之珠与人去前钻后刺,就依了蒙师的话,独请一位老成先生,关在家中,朝攻夜习,半步也不放出门。一来是他寿长,二来是他命好,这位经馆先生也与蒙师一样,专在行止上做工夫,把讲书作文之事都做了第二义,常说:"举人进士是前世修的,正人君子是今世学的。今世的正人君子,就是来世的举人进士。可见一生的行止,关了两世的功名富贵。要做举人进士者,岂可不于此加严!"每到朔望②之日,教他把《太上感应篇》朗颂一过,然后看书作文。说到色欲之事,就把奸淫的报应委曲诚谕他。总是见他五官四肢都是些海淫之具,他就不去惹事,定有事来惹他,故此下药于未病之先,使他取法乎上、仅得乎中之意。

　　吕哉生的书馆,逼近于内室之中,他的知识又多,凡家中之人一举一动,都瞒他不过。一日,有个老仆的妻子与个少年管家,在僻静之处解带宽衣,正要做些瞒人的勾当,被吕哉生劈面撞着,呵叱了一顿,回到书房余怒未尽,还有些怒发冲冠之意。先生问他的缘故,他就把僮婢相好的话说了一遍,要转去告诉父亲,求他正个家法,先生问道:"那个少年管家,想是没有妻室的么?"吕哉生道:"若是没有妻室,也还情有可原;他自己的老婆还好似别人的,心上偏不中意,要睡别人的老婆,所以可恨。"先生道:"既然如此,不消你管闲事。他睡人的妻子,自然会把妻子还人。'我不淫人妻,人不淫我妇',这两句古语,是铁板铸定的,随你什么好汉,再逃这两句不过。你若不信,再去留心伺察他,只怕你令尊的家法,没有这般处得他痛快。"吕哉生听了这些话,只说是寻常因果之言,那里字字不差,人人都验? 谁想过不多时,又看见一个妇人与一个男子,在暗室之中如此如此。吕哉生看不明白,还只说是一对旧人,因前日的阵势被人冲

① 西席——旧时家塾教师。
② 朔望——农历每月的初一。

散,不曾上得战场,所以今日复来打仗。吕哉生见他在云雨之时,要走去拿他,恐怕近于失体,就去唤那老仆来,叫他自己捉奸。那个老仆也只说是自己的妻子,心上愤恨不过,拿了一条绳索,悄悄走到卧榻之前,把这一男一女,连头连颈捆在一处,使他叫喊不出。又央了一个管家,把他抬到中堂,听凭家主发落。吕哉生父子叫人解开一看,谁想那个妇人不是老仆的妻子,却是前日奸夫的老婆;那个男子不是前日的奸夫,是一名新进之仆,却好是个无妻无室情有可原之人。正在审问之时,那个少年管家听见妻子被人淫污,赶到跟前,不消家主动手,自家揪住老婆,打个不停,又与奸夫扭做一团,要与他拼命。吕哉生道:"你不消发极,这分明是天理昭彰,一报还你一报。我前日要处你之时,先生念两句古语劝我,说道:'我不淫人妻,人不淫我妇。'我还只说是套话,谁想一字不差。你前日奸淫别人的妻子,是我亲眼见的,今日你的妻子被人奸淫,也是我亲眼见的:刚刚合着那两句古语,只是不该这等应验得快。可见奸淫之事,果然是做不得的。"吕春阳见儿子的话说得中听,心上十分欢喜,倒把这一对男女当做儿子的恩人,不是他一番警省,如何知道奸淫有报? 就不施鞭朴,只把说话诫谕一番,从轻发落过了。

却说吕哉生见过这番报应,就把那两句古语写来贴在面前,以便出人之间,不时警省。见了那些无耻妇人,平日引诱他的,就像虎狼一般,头也不抬,急急的走过,唯恐惹出事来,要把妻子还债。他自从警醒之后,不但行止分明,一事不苟,连学业也大进起来。但凡人家子弟长进不长进,读得书与读不得书,全看情窦初开的那几年。若还情窦一开,终日想着色欲之事,就要与书本为仇,巴不得撇开了他,好去寻花问柳,这个举人进士就有几分做不成了;若还情窦既开,看得色欲之事也不过如此,除了妻妾之外,不想去窥伺别人,就要与书本为缘,没有分心之处,这个举人进士就有几分做得成了。吕哉生见过那番报应,知道别人的妻子是奸淫不得的,要做风流才子,只好多娶几房姬妾,随我东边睡到西边,既不损于声名,又无伤于阴骘,何等不妙。要想姬妾众多,除非中了科甲,方才娶得像意;不然就拼了银子娶来,那些姬妾也是勉强相从,不觉得十分遂意,见了富贵之人未免要羡慕他,这个风流才子依旧做得没兴。所以尽心竭力,只想读书,一毫不去外务,他的学业岂有不进之理? 十四岁出来赴考,县尊就取他第一。扬州的人见他不是本处籍贯,就攻起冒籍来,写了知单,各处粘贴,要等府试院试之日,一起攻打,不容他进场。吕春阳只有这个儿子,怎肯把性命去换功名?就丢了扬州不考,竟领他回到故乡,复还本籍。俗语道得好:"是个老虎,到处吃肉。"吕哉生在扬州地方考了案首,回到福建,也不曾考个第二。由县而府,由府而道,处处都是他领批。吕哉生进在本处,虽然是父母之邦,怎奈声音不对,与亲友说话,定要个通事之人,觉得十分不便。就与父亲商议,不如援例做了监生,移到南京居住。一来声音相近,便于交游;二来监中科举,又容易得中。吕春阳就依着儿子,替他纳了南监,连家小搬到南京。

吕哉生入监之后,没有一次考试不在前列,未及一两年,就做了积分的贡士。有个流寓①的显宦,见吕哉生气度非凡,又考得起,就要把女儿招他。吕春阳住在异乡,正要攀结一门高亲,好做靠壁,岂有不允之理?就把儿子送上显宦之门,做了贵人之婿。谁想这一对夫妻,正合着古语二句:

　　　　呆郎娶巧妇,美男得丑妻。

吕哉生的容貌,竟像个绝美的妇人,那位小姐的形状,反像个极丑的男子,又麻又黑,又且痴蠢。吕哉生一见,几乎气死,悔又悔不得,就又就不得,只得勉强睡了几夜,就寻个僻静书馆,到外面去读书。只说这段姻缘是终身改正不得的了,谁想他到底命好,不上一年,那位小姐就得暴病而死。

吕哉生脱得这个难星,唯恐离了东施,又要遇着嫫姆,再不敢轻易续弦,终日孤眠独宿;直到父母双亡,丁艰起复之后,方才出去择配。怎奈他自己的姿色生得太美了,那里寻得着对头?择来择去,只是不中。自己又鳏旷不过,思想良家女子是儿戏不得的,只好到章台楚馆嫖嫖妓妇,还不十分损伤阴骘。彼时各院之中名妓甚多,看见吕哉生的容貌竟是仙子一般,又且才名藉甚,那一个不爱慕他?闻得他在院中走动,有几个声价最高,不大留客的妇人,也为他变节起来,都艳妆盛饰,立在门前,候他经过。一见面,定要留进去盘桓一番。吕哉生眼力最高,一百个之中没有一两个中意,大率寡门闯得多,实事做得少。

起先是吕哉生去嫖妇女,谁想嫖到后来,竟做出一桩反事:男子不去嫖妇人,妇人倒来嫖男子,要宿吕哉生一夜,那个妓女定费十数两嫖钱,还

_____

①　流寓——寄居在异乡。

有携来的东道在外。甚至有出了嫖钱，陪了东道，吕哉生托故推辞，不肯留宿，只闯得一次寡门，做了个乘兴而来，尽兴而返的，也不知多少。这是什么缘故？只因吕哉生风流之名播于遐迩，没有一处不知道他，竟把他的取舍定了妓妇的优劣，但是吕哉生赏鉴过的，就称他为名妓，门前的车马渐渐会多起来。都说吕哉生自己身上何等温柔，何等香腻，不是第一等妇人，怎肯容他粘皮靠肉，所以一经品题，便成佳士。若还吕哉生不曾识面，或是见过一两次，不去亲近她的，任你名高六院，品重一时，平昔的声价也会低微起来。都说吕哉生不赏鉴她，毕竟有些古怪，不是风姿欠好，就是情意未佳，不然第一等妇人与第一等男子，怎肯当面错过？这叫做"伯乐失顾，即成驽马"。那妇人嫖男子的规矩，不是有心做出来的，只因吕哉生嫖妓之时，被那些寻常妇人扯曳不过，竟不敢在院中走动，有几个能书善画、稍通文墨的，吕哉生不忍绝她，许她常来就教。谁想就教之端一开，这两扇大门就关闭不住，那些好名的姊妹，那一个不来物色他；又怕吕哉生闭户不纳，损了自己的声名，都预先央了分上，讨了荐书，替自己先容过了，然后来载酒问奇。吕哉生却不得情面，只得勉强应承。若还走到面前，看见是作养不得的，就只好吃几杯酒，说几句话，假托一桩事故，送她起身；若还是作养得的，定要留宿一晚，消了那头分上，那妇人到临行之际，都有几两参价赠他，为偿精补肾之费。虽不叫做嫖金，其实与嫖金无异，此妇人嫖男子之名所由来也。吕哉生受了参价，没有别样回礼，只做一首无题之诗，或是写在扇头，或是题在帕上，做个投琼报李之意。诗后不落姓字，只用一方小小图书，是"红颜知己"四个字。他生平不喜务名，凡作诗文都不肯落款，也不去刊刻，所以姓名不传，这是他生性如此，不独待妓妇为然。古人有两句名言，合着他的心事，常写来贴在面前道：

　　使我有身后名，不如生前一杯酒。

　　彼时名妓虽多，内中只有三个是吕哉生许可之人，竟与三房姬妾一般，许他轮流当夕。一个叫做沈留云，一个叫做朱艳雪，一个叫做许仙俦。这三个妓女原不叫这三个名字，只因吕哉生相与之初，曾做几首诗词赠她，诗词之中有这几个新鲜字眼，那妓女重他不过，就取来做了名字。吕哉生之见重于妇人，大率类此。他赠沈留云的是一首绝句，其诗云：

　　暧暧霓裳淡欲飞，人间若个许相依？

　　襄王爱作巫山梦，留住行云不放归。

这三个之中,态度要算她第一,轻飘无着,竟像要飞去的一般,所以这等赞她。

赠朱艳雪的是一首小令,名为《风入松》,其词云:

十年留意访婵娟,今日始逢仙。梅花帐里偕鸳梦,闲评品、柳媚花妍。气似幽兰馥馥,神凝秋水涓涓。

醒来疑在雪中眠,莹质最堪怜。又怪人间无艳雪,多应是、玉映霞天。焉得良宵不旦,百年长卧花前。

这三个之中,肌肤要算她第一,白到极处,又从白里透出红来,所以这等赞她。

赠许仙俦的是一只曲子,名为《黄莺儿》,其词云:

处处惹人愁,最关情,是两眸,等闲一转教人瘦。腰肢恁柔,肌香恁稠,凡夫端的难消受。与卿谋,人间天上,若个许相俦。

这三个之中,眉眼风情要算她第一,骚到极处,又能骚而不淫,毕竟要择人而与,所以这等赞她。

这三个名姬起先不甚相合,自与吕哉生相与之后,就同船合命起来,竟像嫡亲姊妹一般,一毫妒心也没有,都拼了大注财物结识吕哉生。吕哉生的身子被这三个大老官成年包定了,就一个嫖客也不接,终日守着他。这三个姊妹渐渐有起权柄来,竟成了鼎足之势。大家立定主意,要嫁吕哉生,不顾他情愿不情愿。把这三首情词当作铁券一般,紧紧的藏了,若还不允,就要执此为凭,和他硬做。吕哉生心上也要并纳三人,只因正室未娶,不好把妓女为妻,要待续弦之后,然后收纳她们。这三个姊妹也许他先娶正妻,自己随后来做小,只怕娶了个妒妇回来,不容吕哉生做主,负了从前之约,竟要自己替他择配,不容吕哉生私自议婚,连聘金也不要他出,都是自己包管到底,好使新来之人感激她们,不忍与她们为难。她三个身边都有千金积蓄,又是自己做主,没有鸨母的,所以敢作敢为,把吕哉生拿住了做。吕哉生又怕说来的亲事未必中意,毕竟要拣个将就的方才下聘,怎肯娶个美貌妇人来夺自家的宠?故此口便应承她们,依旧央了媒人,在外面访择。谁想这三个姊妹却是一片好心,都说寻常的女子不但配他不来,就与自己三个也搭配不上;况且自己三个,又不是过路的媒人走得开的,万一新妇不中意,恨起媒人来,以后相从的事,就不稳了。所以尽心竭力,要寻个绝世佳人,为施恩之计。

有个姓乔的寡妇，只生一女，颇有才名，又会写字作画，与这三个姊妹神交已久，只是不曾见面。这一日，三个姊妹以拜访同社为名，去看乔小姐。见她生得奇娇异媚，又且贤慧绝伦，就问她母亲道："闻得令爱小姐还不曾许人家，不知要选个什么女婿？"乔寡妇道："别样都可以不论，只有'才貌'二字是少不得的。"这三个姊妹道："如今现有一个才子，容貌是当今第一，若还去了方巾，与小姐立在一处，只怕辨不出那个是男，那个是女，不知肯许他么？"乔寡妇问是那一家，这三个姊妹就把吕哉生说去。乔寡妇一向留心择婿，男子里面略有几分才貌的，都在她肚里，岂有闺阁之中家弦户颂的才子，反不知道之理？就满口应承，没有一个含糊字眼。乔小姐闻之，自然喜出望外，唯恐错了机会，竟不肯顾惜廉耻，又扯到背后去叮嘱一番。这三个姊妹就对乔小姐道："他与我们三个都有终身之约，小姐进门之后，要留着三个坐位等我们的。"乔小姐也满口应承，不作一毫难色。这三个姊妹见女家允了，不怕男家不允，就便宜行事起来，竟把下聘的事宜与过门的日子，都与乔寡妇当面订过，然后去知会吕哉生。吕哉生一来不肯见信，二来自己也相中一个，正要选期纳彩，那里肯依允她们？只说婚姻大事，不是草草得的，且待我从容占卜。这三个姊妹到背后去商议道："若还要他自出聘礼，就不好瞒他做事；如今聘礼是我们出，要他做个现成新郎，不是什么歹事。竟替他做成了，到娶亲之日，捉他上场，不怕他走上天去！若还新人不好，还怕他到临期埋怨；有这等一个绝世佳人，不知不觉抬到面前，却像天上掉下来的一般，也不是什么苦事，料想不肯推他出门。"大家商议定了，竟把吕哉生的名字写了婚启，备下礼物，齐齐整整的送聘过门。吕哉生只当在睡梦之中，哪里知道？一心去做那一头。

那头亲事不是男子相中妇人，是妇人看上男子，生个巧计出来，诱他成事的。那女子姓曹，名婉淑，住在国子监前，是个少年寡妇，年纪虽过二八，却有绝世的姿容，又且长于笔墨。吕哉生入监攻书，时常在她门首经过。曹婉淑之居孀，原像卓文君之守节，不曾想起节妇牌坊的，看见这个美貌相如走来走去，那点琴心不消人去挑得，自然会动撺起来，思想这样男子，怎么好不嫁他？就着人访问姓名。还只说是有了妻室的人，只要做得他的阿娇，就住他第二间金屋也是甘心的，不想又是久旷之夫，与自家这个怨女正好凑成一对，就去央人说亲。那个说亲的媒婆是知道吕哉生的,就把三个妓女占定了他,要敛资择配,不容吕哉生做主的话,说了一遍。谁想曹婉淑这头亲事还不曾起影,就预先吃起醋来,把眉头蹙了几蹙,想出一个主意。对媒婆道:"既然如此,这头亲事不是上门去说得的了,须要在别处候他。就是遇见之时,也不要把这头亲事突然说起,须要如此如此,这般这般,然后说到我身上,他方才肯做。一有应承之瘾,就领他来相亲,无论成不成,都有媒钱谢你。"

媒婆答应了去,果然依计而行。立在太学门前,见吕哉生走过,问他跟随的人道:"这位郎君莫非就是吕相公么?"跟随的人道:"正是,你问他怎的?"媒婆道:"前日院子里三位姑娘,央我寻一头亲事,说是娶与吕相公的,如今有了一头,正打点去说,故此要认一认,日后好来领赏。"吕哉生听见,就回转头来对她道:"只怕所说的亲事未必中意。"媒婆道:"她们出的题目是极容易的,有什么不中意?"吕哉生道:"她们出什么题目与你?"媒婆道:"她们说只要二三分姿色的,若还十分标致就不要了,这样女子怕寻不出。"吕哉生听了这一句,正合着自己的疑心,就变起色来道:"原来如此,这等你不要理她们。若有十分姿色的,你便来讲;就是九分九厘,我也不做,不要枉费了精神。"媒婆道:"相公若要好的,莫说十分,就是二十分的也有,只是那三位姑娘立定了主意,只怕你拗她们不过。"吕哉生道:"她们又不是我的亲人,那里有得与她们做主?"媒婆道:"既然如此,眼面前就有一个,何不去相一相?"吕哉生道:"住在那里?"媒婆指了曹家道:"就在这里面"。吕哉生往常走过,看见这户人家有个绝色的女子,只说是有丈夫的,所以不想去做,如今听了这一句,就不觉高兴起来,盘问她们的来历。媒婆把少年丧夫,将要改醮的话说了一遍,吕哉生欢喜不了,就叫媒婆进去知会,自己随后去相亲。

只见曹婉淑淡妆素服,风致嫣然,没有一毫脂香粉气。媒婆要替她卖弄温柔,不但浑身肌体凭他相验,连那三寸金莲也替他高高擎起,并那一捻腰肢都把手去抱过,要见她细得可怜。又取出笔砚诗笺,叫吕哉生出题面试。吕哉生先赋一绝,要她依韵和来,其诗云:

自是琼花种,还须着意栽。

今宵归别业,先筑避风台。

曹婉淑不假思索,就提起笔来,和一首在后面道:

有意怜春色,还须独榭栽。

灵和宫畔柳,岂屑并章台?

吕哉生见了,十分叹服,说谢家咏雪之才,不过如此。只怪她醋意太重,知道是媒婆告诉她的,就一味模糊赞赏,不说她所以然的妙处。当面就定了婚议,只等选期下聘,择日完婚。曹婉淑恐怕那三个妓女与他相处在先,嫁去之后,一时不能杜绝,定有几场气嗮,要想居重驭轻,又且以静待动,就叫媒婆传话,说自家颇有积蓄,尽够赡养终身,不过为无人倚靠,要招个男子做主,须是男子弃了家室过来就他,自己不肯挟赀往嫁。吕哉生也虑做亲之日,那三个姊妹必来聒噪,肚里思量,正要寻个避秦之地,不想他这句话巧中机谋,就欣然应允。曹婉淑要卖弄家私,不但聘礼不要他出,铺陈不要他办,连接他上门的轿子也是自家的,索性赔钱到底,不要他破费半文,使那三个妓妇知道,说吕哉生的身子只当卖与她的一般,不好走来争论。吕哉生的身子也是卖与妇人惯的,就是自己倒做新人,坐了花花轿子嫁到她家去,也不是什么奇事,就满口应承,袖了诗笺而去。

却说那三个姊妹定了乔小姐,正要替他择吉完姻,不想听见风声,知道吕哉生瞒着自己,做成了一头亲事,心下十分惊恐。起先还在疑信之间,一日吕哉生脱下衣服,这三个姊妹拿去浆洗,忽然在袖子里面抖出一副诗笺,展开一看,竟是妇人与男子亲口订婚之词,大家就动了公愤,要与吕哉生为难起来。说前面一首是他的亲笔,后面一首,分明是妇人要嫁他,不屑与我们并处,要他拒绝我们,独娶她一人之意。这个淫妇还不曾进门,就这般放肆,成亲以后的光景不问而可知了。此时若不阻他,明日娶了回来,如何了得? 正要打点出兵,内中有个知事的道:"他的亲事既然做成了,我们空做冤家,料想没有退亲之理,不如且藏在胸中,隐而不发,使他不防备我,大家用心去打听,看他聘的是那一家,拣的是那一日,要在何处成亲,大家搜索枯肠,想个计策出来,与那不贤之妇斗一斗聪明,显一显本事,且看哪个的手段高强。如今这两头亲事都是翻悔不得的了,为今之计,只有抢先的一着。倘若预先弄得他成亲,等乔小姐占了坐位,就是娶了她来,也与我们一样做小,不怕她强到哪里去;若还正事不做,去讨那口上的便宜,万一他使起性来,断然不容我们做主,那位乔小姐叫她如何着落,难道好娶在我们家里,与她一同接客不成?"那两个道:"极说得是。"就一味撒漫,不惜银子,各处央人伺察他。

却说吕哉生选定吉日,叫媒婆知会过了,自己度日如年,盼不到那个日子。一心要见新人，把这三个旧交当了仇家敌国，恨不得早离一刻也是好的。及至到了成亲之日，脱去旧衣，换了新服，坐在家中，只等轿子来接。那三个姊妹自从闻信之后，大家跟定吕哉生，一刻也不离，唯恐她要背夫逃走。及至到了这一日，不知什么缘故，反宽宏大量起来，只留一个没气性的与他做伴，那两个涵养不足的，反飘然去了。吕哉生与她坐了一会，只见轿子来到门前，就只说朋友相招，要拂袖而去，那个姊妹也并不稽查，凭他上轿。吕哉生出了大门，就放下这头心事，一心想着做亲，不管东南西北，随着那两个轿夫抬着径走。及至抬进大门，走出轿子，把光景一看，谁想不是前日的所在，另是一户人家，就疑心起来，问轿夫道："这是哪里？为什么不到曹家去，把我抬到这边来？"轿夫道："曹家娘子说，她那所房子是前夫物故的所在，不十分吉利，要另在一处成亲。这座房子也是她自己的，请相公先来等候，她的轿子随后就到了。"吕哉生见他说得近理，就不十分疑惑，独自一个坐了一会，忽然听见鼓乐之声，从远而近，渐渐响到门前。吕哉生心上又有些疑惑起来，思量孀妇再醮①，没有吹打出门之理，况且又不是别人娶他，难道自己叫了吹手，迎着自己去嫁人不成？及至新妇出了轿子，走到面前，见她一般戴了方巾，穿了团袄，与处女出嫁无异。新人面上是有珠帘盖着的，吕哉生看不分明，未知是与不是，只得随了傧相的口，叫拜就拜，叫兴就兴，行了成亲的大礼，同入绣房之中，又对坐一会，然后替她除去方巾，把面容仔细一看，就大惊大怪起来。原来这个新妇并非曹婉淑，另是一位绝色的佳人，年纪只好二八，丰姿绰约，态度翩跹，大有仙子临凡之意。吕哉生不解其故，正要开口问她，不想绣榻之后另有一间暗房，门环响了一下，闪出两个女子，却像有些面善的一般。正要走去识认，不想房门外又有一个女子喊叫进来，捏了拳头，要替这新郎打喜。种种怪异之事，叫吕哉生应接不暇。

　　原来这三位女子不是别人，就是吕哉生的仇家敌国，替他硬主婚姻、强做好事的人。那位新妇就是乔小姐。只因吕哉生做事不密，把曹婉淑赘他为夫，连轿子不叫他雇，要迎接上门的话，告诉了朋友。朋友替他漏泄出来，被这三个有心人打听得明明白白，故此预先赁下一所房屋，定了两乘轿子。一乘去娶乔小姐，只说是吕哉生的；一乘去接吕哉生，只说是

---

　　① 再醮——寡妇改嫁，再婚的意思。

曹婉淑的。都把大块银子买嘱了轿夫，叫他不要漏泄，把这一对佳人才子骗在一处，硬逼他成亲。一来遂了自己的意，二来报了妒妇的仇，叫做"一举两得"。吕哉生看了新人，正在惊疑之际，又被这三个姊妹从两处夹攻进来，弄得进退无门，不知从哪里说起。那三个姊妹道："这一位小姐，是我姊妹三个娶来奉送的。容貌虽不甚佳，还将就看得过；别样的文字虽做不来，像你袖子里面紧紧藏着的那样歪诗，也还做得出几首。只有一件不中式，你是喜欢古董的人，偏是破碎家伙倒用得着，新鲜物件是不要的，所以立定主意，要娶寡妇续弦，不使我们知道。这位小姐是一件簇新的玩器，不曾有人赏鉴过的，恐怕你这古董新郎不大十分中意。古语道得好：'衣不穿新，何由得旧？'求你不要憎嫌，留在身边，自己用旧了罢。"吕哉生被她们这些巧话说得满面羞惭，半句也答应不出，只好赔着笑脸，自家认个不是。那三个姊妹还有许多言语要发泄出来，见他羞得可怜，也就不忍再说。五个人坐在一处，吃了合欢的酒席。这三个姊妹不但把他送归锦幕，扶上牙床，连那喷香的被窝都替他撒好了，方才去睡。吕哉生这一夜本是来寻已放之花，不想逢着未开之蕊，乔小姐那种香艳又是生平不曾受用过的，这番得意的光景，哪里形容得出？只是想到曹婉淑身上，未免有些不安。还想今晚就了这一头，明日去补那一头，做个二美兼收，才是他的心事。谁想那三个姊妹自他成亲之后，就把里外的门户重重锁了，一个闲人也不放进来，一毫信息也不放出去，大家伴住了他，要待一年两年之后，打听曹婉淑别嫁了人，方才容他出去。

却说曹婉淑那一日打发轿子出门，自家脱去素服，改了艳妆，只等新郎一到，就完亲事。不想新郎并不见面，抬了一乘空轿回来，说："吕相公不在家中，到朋友家吃酒去了，只有一封书札与一件东西，是他出门的时节留在家中，家中人递出来的。"曹婉淑听了这句话，气得浑身冰冷，心上思量道："不信有这等异事，拣了好时好日约他来做亲，谁想亲不来做，反去吃起酒来，难道哪一席酒是皇帝的御宴不成？"此时气便气，恼便恼，还有些原谅他，说他毕竟有意外之事，万不得已之情，决不单为吃酒，这封书定是写来告限的，要我另拣好日也不可知。及至拆开一看，谁想那封书札倒不是告限，是写来退亲的。书里面的意思，大概是说招亲之事，非大丈夫所为，自己还有薄产，足以聊生，不屑靠妇人养活。又有几句阴讽的话，说他丈夫骸骨未冷，还该再守几年，即使熬不过，也只该出去嫁人，没有坐产招夫之理。死者的阴灵，未必不在故土，万一成亲之夜，忽然出现起来，这一夜的枕席之欢就不能够终局了。故此深谋熟虑，不便相从，特地写书来回绝她，叫她另选才郎，别图佳会。书上的话，说得有文有理，不像这等直致。又说相许一场，忽然谢绝，也觉得难以为情，特寄小物一件，叫她不时佩用，只当自己相随。书尾后面又夹着半幅诗笺，就是那日相亲之时，曹婉淑和他的亲笔，割去自己那一首，送来返璧，一来取信于他，二来要示决绝婚姻之意。

曹婉淑见了，竟像几十瓢冷水从头上浇将下来，激得浑身乱抖，又像发摆子的一般，身上冷一阵，热一阵。思量天地之间，竟有这等刻毒的男子，既说新寡之人，不该就嫁，为什么走来相我？既然相中了我，又当面订了婚议，岂有反悔的道理？你既不愿招亲，当初就该直说，难道你立意要娶我过去，我难道好却你不成？为什么许了入赘，骗人家的轿子上门，使远近的人都知道了，忽然变起卦来？叫我这张面皮放在哪里？就指定吕哉生的名字，咒骂了一场。又自己悲悲切切，哭个不了。那说亲的媒婆立在旁边，替她思想道："他既然谢绝婚姻，就不该拿东西来送你；既有东西送来，可见还有眷恋之意。何不取出来看看，是件什么东西？"曹婉淑道："也说得是。"就把带回之物取到面前，与她同看。原来那件东西是有绵纸封着的，约有二寸多阔，七寸多长，又且有棱有角，却像是个扇匣一般。曹婉淑只道是把扇子，或者另有新诗写在上面也不可知。谁想拆开一看，扇匣倒是个扇匣，只是匣中之物，非扇非诗，出人意料之外。你说是件什么东西？有《西江月》一首为证：

俗号景东人事，雅称角氏先生。锄强扶弱有声名，惯受萎男央倩。常伴愁孀怨女，最能医痒摩疼，保全玉洁与冰清，夜夜何曾孤另。

曹婉淑见了，羞得满面通红，没有存身之地。连那丫环使婢都替她惭愧起来，笑得一声，就急急的走了开去。那媒婆道："他把这件东西送你，还有个怜孤恤寡之意，或者身子被人缠住，不得过来，先央这位先生替他代职，改日还要来娶你也不可知，待我明日走去问他，且看是什么缘故？"曹婉淑这一夜心事不佳，难以独宿，把媒婆留在家中，相伴了一夜。第二日起来，就央她去见吕哉生，讨个悔亲的来历。只见媒婆去了两日，不见回音，直到第三日走来，问她就里，她说："吕哉生并不见面，连自己的家人也不知他去向，只说他在妓妇家中；及至走去打探，连那三个妓妇也不知那里去了。"曹婉淑道："这等说起来，那一个男子与三个妇人毕竟同在一处，只要访得着妇人，就晓得男子的下落了。还央你去打听打听。"那媒婆又去访问几日，不见一毫踪影，只得丢过一边。

却说曹婉淑守寡不坚，做出这桩诧事，邻近的人那一个不耻笑她？内中有个恶少，假捏她的姓名，做一张寻人的招子，各处粘贴起来道：

> 立招子人曹婉淑，今因自不小心，失去新郎一个，名唤吕哉生。头戴黑飘巾，身穿玄色袄，脚踏大红鞋，腰间并无财物，只有相亲绝句一首。忽于赘婚之日，未及到门，即被奸人拐去。屡次访寻，不知下落。此系急切要用之人，断断不容久匿，如有四方君子，知风报信者，愿谢白银三十两；收留送出者，愿谢黄金五十两。决不食言，请揭招子为证。

那贴招子的人原是一片歹意，一来看上曹婉淑，要想娶她；二来妒忌吕哉生，要想破他，使两边知道，怕人谈论，不好再结婚姻，做个鹬蚌相争，渔翁得利的意思。不想机缘凑巧，歹意反成了好意，果然从招子里面寻出人来。

本处地方有个篦头①的女待诏，叫做殷四娘，极会按摩修养，又替妇人梳得好头，常在院子里走动。吕哉生与那三个姊妹，都是她服侍惯的，虽然闭在幽室之中，依旧少她不得，殷四娘竟做了入幕之宾，是人都防备，独不防备她。一日从街上走过，看见这张招子，只说果然是她贴的，就动了射利之心，揭下一张，竟到曹家去报信，说吕哉生现在一处，要待赏钱到手，才说地方。曹婉淑正要寻人，竟把假招子认做真的，就取三十两银子交付与她，然后问她隐藏的来历。殷四娘把三个妓妇聘定乔小姐，见他不允，预先赁下房屋，雇了轿子，假说曹家去接，骗他入屋成亲的话，有头有脑说了一遍。曹婉淑听了，才知道那封书札与那件东西，都是这三个妓妇瞒着吕哉生，弄来取笑她的。心上恨不过，咬牙顿齿，狠骂了一场。还不曾知道地方，就一面叫了轿子，一面吩咐丫环奴仆，要点齐人马，一起出兵，叫殷四娘领了，去征剿那些劫贼。

殷四娘道："这等说起来，倒是我报信的不是了。吕相公与那三个姊妹都是我极好的主顾，难道为你这几两银子，叫我断了生意不成？况且你

---

① 篦（bì）头——用梳子梳头。

是个少年寡妇，走到妓妇家中与她们争论起来，知道的说她们拐你丈夫，不知道的只说你争她们的孤老，这个名声不大十分好听。两下争论不决，毕竟要投人讲理，你是一张嘴，她们是三张嘴，你做寡妇的人要惜体面，她们做妓妇的人不怕差耻，什么话讲不出，什么事做不来？况且你那个丈夫又是不曾实受的，哪一个处事的人，肯在他肚皮上面扯来还你？这桩有输没赢的事，劝你不做也罢。"曹婉淑八面威风，被她这些言语说得垂头丧气，想了一会，又对她道："你说的话虽是有理，难道我相定的丈夫被她冒名拐了去，不但自家受用，还拿去做人情，既慷他人之慨，又燥自己之脾，写那样刻薄的书来羞辱我，这等的冤仇难道不报一报，就肯干休不成？你既不肯领我去，须要想个计较出来，成就我这桩亲事。我除了赏钱之外，还要重重谢你。"殷四娘想了一会，回复她道："若要成亲，只有调停一法。寻个两边相熟的人在里面讲和，你也不要自专，她也莫想独得，把男子放出来大家公用，这还说得有理。"曹婉淑道："两边相熟莫过于你，这等就央你去调停，叫她们早些放出来，不要耽搁了日子，后来不好算账。"殷四娘道："我这个和事老人，倒是做得来的，只怕讲成之后，大小次序之间有些难定。请问你的意思，还是要做大，要做小？"曹婉淑道："自然是做大，岂有做小之理？"殷四娘道："这等说起来，成亲之事，今生不能够了，只好约到来世罢。莫说乔小姐是个处女，又是明婚正娶过来的，自然不肯做小；就是那三个姊妹，一来与她相处在先，一来又以恩义相结，不费她一毫气力，不破她一文钱钞，娶个美貌佳人与他，也可谓根深蒂固，摇动不得的了。如今若肯听人调处，将就搭你一份，也是个天大的人情，公道不去的了；你还想自己做大，把她做起小来。譬如成亲的那一日，被你先抢进门，做了夫妇，她如今要搀越进来，自己做了正室，逼你做第二、三房，你情愿不情愿？"曹婉淑见她说得有理，也就不好强辩。思想这样男人，断断舍他不得，为才子而受屈，还强如嫁俗子而求伸。口便不肯转移，还说做小的事，断成不得，只是说话的气概，渐渐和软下来，不像以前激烈。殷四娘未来之先，知道这头亲事将来定是完聚的，原要贪天之功以为己力，故此走来报信，先弄些赏钱到手，再生个方法成就她，好弄她的谢礼。如今见她性气渐平，知道这桩事是调停得来的了，就逐项与她断过：做第一房是多少，做第二房是多少，就不能够第一、第二，只要做得成亲，坐了第四、五把交椅，也要索个平等谢仪。直等曹婉淑心上许了，讨个笑而不答的光景做了票约，方才肯去调停。

　　却说吕哉生做亲之后，虽则新婚燕尔，乐事有加，当不得一个"曹"字横在胸中，使他睹婉容而不乐，见淑女兮增悲，既不能够脱身出去，与他成就婚姻，又不能够通个消息，与他说明心事，终日思量，除了女待诏之外，再没有第二个。

　　一日，殷四娘进来篦头，吕哉生等众人不在面前，就把心腹的话与她说了一遍，要托她传书递柬。殷四娘正要调停此事，就把曹婉淑贴了招子各处寻他，自己走去报信，曹婉淑又托她调停的话，细细说了一遍。吕哉生道："我也正要如此，巴不得弄在一处，省得苦乐不均，怎奈势不由己。倒是新来的人还有一线开恩之意，当不得那三个冤家恨他入骨，提也不容提起，这桩事怎么调处得来？"殷四娘道："只要费些心血，有什么调处不来？"吕哉生见他有担当之意，就再三求告，要他生个妙计出来。也许她说成之后，重重相谢。殷四娘也与他订过谢仪，弄了第二张票约到手，方才与他画策。想了一会，就对吕哉生道："若要讲和，须要等这三个冤家倒来求我，方才说得成；若还我去求她们，不但不听，反要疑心起来，把我当做奸细，连传消递息之事都做不得了。"吕哉生道："他如今自夸得计，好不兴头，怎么倒肯来求你？"殷四娘道："不难，我自有驾驭之法。这三个妇人，肚里又有智谋，身边又有积蓄，真是天不怕，地不怕，没有法子处她们。只好把她们心上最爱的人去处她们一处，把她们心上最怕的事去吓她们一吓，才可以逼得上场。"吕哉生道："她们心上最爱的人是那一个？心上最怕的事是那一桩？"殷四娘道："她们最爱的人就是你了。只因你的才貌是当今第一，把三付心肠死在你一个人身上，千方百计要随你终身。你若肯把个'死'字吓她们，她们自然害怕起来，要救你的性命，自然件件依从了。"吕哉生道："说便说得有理，只是没有个寻死之法，难道一个男子汉大丈夫，好去投河上吊不成？"殷四娘摇头道："不消这等激烈，全要做得婉转。你从今以后，对了这些妇人，只是不言不语，长嗟短叹，做个心事不足的光景。做了几日，就要装起病来，或说头昏脑晕，或说腹痛心疼，终日不茶不饭，口里只说要死，她们三四个自然会慌张起来。到那时节，我自有引她们上路之法，决不使你弄假成真。只要你做作得好，不可露出马脚来。"吕哉生听了这些话，赞服不已，与她们商议定了，就依计而行。果然先作愁容，后装病态，装做了几日，竟像有鬼神相助起来,把些伤风咳嗽的小症替他装点病容,好等人着急的一般。身上发寒发热,口里叫疼叫苦,把那几个妇人弄得日不敢食,夜不敢眠,终日替他求签问卜。那些算命打卦的人都说他难星在命,少吉多凶,若要消灾,除非见喜,须要寻些好事把难星冲一冲,方才得好,不然还要沉重起来,保不得平安无事。及至延医调治,那医生诊过了脉,都说是七情所感,病入膏肓,非药所能医治,须要问他自己,所思念者何人,所图谋者何事,一面替他医心,一面替他医病,内外夹攻,方能取效;若还只医病体,不医心事,料想不能霍然①,只好捱些日子而已。看官你说,那些医生术士为什么这等灵验,从假病之中看出真脉息来?要晓得是殷四娘的缘故,预先吩咐了他,叫他如此如此,所以字字顶真,没有一句不着。

那三个姊妹自吕载生得病之后,就知道纵这场灾晦是我们弄出来的,不消医生诊脉,术士谈星,她这几个散瘟使者已是预先明白的了。如今听了这些话,句句都说着自己,就有些反躬罪己,竟要把醋制的饮片替他医起心病来。又当不得一位乔小姐在旁边撺掇,叫把曹婉淑迎接进来替他冲喜,省得难星不退,一日重似一日,到后面懊悔不来。大家商议,要弄个心腹之人到曹家去说合,恰好殷四娘走到面前,就把心上的话对她说了一遍。殷四娘随口答应,只当不知,还问:“曹家住在那里,如今嫁了不曾?就作不曾嫁,恐怕知道新郎病重,自己是伤弓之鸟,未必肯嫁个垂死之人,再做一番寡妇。说便去说,只怕这头亲事不能够就成。”那三个姊妹怕她不肯用命,大家许了一份公礼,待事成之后与她酬劳。殷四娘弄了第三个票约到手,方才出门。出门之后,并不曾到曹家去,只在外面走了一转,坐了一会,就进来回复她们。乔小姐与三个姊妹问她们亲事何如,殷四娘摇摇手道:“不妥不妥,她们说吕相公是个薄幸之人,当初相中了她们,约定日子过去招亲,及至轿子上门,忽然变起卦来,使她做人不得。这也罢了,又不该使心用计,写一封刻薄不过的书札去讥讽她,送一件村俗不过的东西去戏弄她。她心上愤恨不了,做寡妇的人,又不好出头露面同他讲话,只好诉之于神,请了几份纸马,终日烧香礼拜,定要咒死了他,方才遂意。及至我走过去,说了吕相公生病,她就拍掌大笑起来,说天地神明这样灵感,又去添香祷告,许了一付猪羊,只求吕相公早死一日,她早还一日的愿

_____

① 霍然——疾病迅速消除。

心。看了这样光景,料想她不肯结亲,所以这桩心事开不得口。"

　　那三个姊妹听了这些话,一发懊悔起来,只说男子的病果然是她咒出来的,恨不得自己上门认个不是,宁可咒死自己,不要冤杀男人。从来鬼神之事,单为妇人而设,没有一个妇人不信邪说,所以殷四娘这番说话更来得巧。乔小姐道:"这等说起来,病人一日不死,她那张毒口是一日不住的了。你说这样一个病人,哪里还咒得起? 不如把真情实话对殷四娘讲了,等她过去说个明白。一来止住那张毒口,省得替病人加罪;二来自己认个不是,等她回心转意,好过来冲喜。"那三个姊妹一来要救病人,二来知道这桩事情瞒不到底,就把托名写书的话说了一遍。又怕殷四娘直说出来,曹婉淑要迁怒于她,未必不丢了病人,咒害自己,叫殷四娘善为词说,只推那封书扎与那件东西,吕相公与她们三四个都不知情,想是外面的人冒她名字写来破亲的,这等说去,方才不碍体面。殷四娘道:"既然如此,还可以调停,等我再去说一说。"又到外面走了一转,坐了一会,进来回复他道:"这头婚姻如今有些诚意了,只有三件事要你们做,你们未必肯依。"众人道:"那三件事?"殷四娘道:"第一件她要做大,要你们做小;第二件要你们随着病人过去就她,她不肯来就你们;第三件说你们三位不该做定圈套,拐骗她的丈夫,进门之日,都要负荆请罪。这三件里面,若有一件不依,她宁可一世守寡,决不嫁与仇人做小,还受你们的轻薄。"众人听了这些话,都变起色来,说:"宁可拼了病人等她咒死,这三件事是断断不依的。"殷四娘道:"她这等对我说,我也这等对你们说,明晓得是做不来的。"说了这一句,起身就走。

　　乔小姐见这三个姊妹性子不好,弄出这般事来,恐怕她们执意太过,把殷四娘放走了,没人替她收拾,就把她留到房中,再三叮嘱道:"那边虽是这等说,还要仗你调停,难道她说一句,就依她一句不成? 或者三件之中依了一件,也就全她的体面了。"殷四娘道:"你的意思要依她哪一件?"乔小姐道:"只有请罪的一桩,还可以依得,那两件事都是讲不去的。"殷四娘道:"我看她的意思,三件之中极重的做大,大事不依,就依了小事,也是讲不来的。据我看起来,她们三个是妓女出身,又不曾明婚正娶,就认些下贱,做了第二、三房,也不叫做有屈。只有你一位,是个良家女子,做了偏房,觉得不体面。当不得那边一个与这边三个都不肯圆通,叫我也不好做主。"乔小姐道:"我的意思也是这等说,要她们三个吃些小亏,好扶持病人再活几岁,只是这句碍口的话我不好说得,还求你行个方便,把那边一个与这边三个都宛转劝谕一番。若还劝谕得来,使我做得正室,我除了公礼之外,还要私自谢你。"殷四娘见她说到此处,方才踊跃起来,只当第四张票约又弄到手,除此之外再没有别样生发了,就依着她的话,走出房门,先把那三个姊妹婉婉转转劝了一顿,说:"请罪一事,乔小姐方才许过了,不必再说,只有'大小'二字最难调停。据我说起来,乔小姐的体面关系你们三位,是断断受屈不得的,只有你们三位还可以圆通。除非把乔小姐做大,你们三位做小,把新来的那一个夹在里面,使她不大不小,介乎妻妾之间,这还有些道理。乔小姐是你们的人,她若做大,就与你们做大一般,还有什么不慊意①? 只怕那边一个未必肯依。至于成亲之处,她又不肯来,你们又不肯去,难道把一个男子切做两块不成? 又有个妙法在此,两处地方都不用,另寻一所房子,大家抬在一处,只当会亲的一般,何等不妙?"那三个姊妹听了这些话,都快活起来,说她至公至正,没有一毫偏区,"只要那边肯了,我们一一依从就是。"

　　殷四娘到了此时,知道这些倔强的人都心服了,料想没有更翻,方才去见曹婉淑,把自家的神机妙算,细细夸张了一番;又把那一位小姐与三个姊妹起先如何强横,后来如何软款,都是她的回天之力,少不得手舞足蹈,说个尽情。曹婉淑见她前次的话来得凶狠,连婚姻之事还有些疑虑,只要说得成亲,就做临了一个,也是情愿的了;如今不但婚姻成就,还俨然做了二乔,驾乎诸妓之上,有什么不欢喜? 就欣然许了,托她早寻房屋,以便成亲。还怕众人要贿赂她,把第二张交椅又夺了去,就不等事成,预先付出谢礼,只当下了定钱,使她不好移易。

　　殷四娘看见大势已成,恐怕众人到了一处,大家和好起来,说出两相情愿的话,这个和事老人就不但无功,反有过了。棺材出门之后,去讨挽歌郎钱,哪里还得清楚? 所以两边终日催促,要想完姻,殷四娘故意作难,只是延捱推阻,直等那三主谢仪陆续收完了,方才与他们成事。这五位佳人,个个要卖弄家私,你不肯住我的房,我不肯住你的屋,大家争买居庭,求为地主。又是殷四娘调停,叫她们各出二百金,凑成一千两房价,买了一所绝大的花园,朱楼画槛,暖阁凉亭,无所不有。拣了吉日,一个才子、

―――――――――

　　① 慊(qiè)意——满意。

五位佳人合来住在一处。莫说吕哉生的病症原是假的,即使患病是真,到了这个时候,也会痊可起来。起先吃的是四物汤。如今加上一味,改做五积散了,有什么不健脾胃?那五位佳人起先甚是水火,及至相见之后,就合着俗语一句:"要好打场官司。"大家合力同心,把水火变成胶漆,真是手足不啻,骨肉相同。吕哉生据了五美,也就心满意足,不想再遇佳人,终日埋头读书,要替妇人争气。后来联科中了两榜,由县令起家,做到宪副之职。从来标致男人,像这般结果的甚少,他只因善听长者之言,不为才貌所误,故有这等的收成。若不亏那两位先生替他临崖勒马,莫说功名不保,富贵难期,连这五位佳人也不能够必得;即使得了,也不勾他抵偿淫债,还要赔一副身家性命做利钱也。

酉　集
吃新醋正室蒙冤　续旧欢家堂和事

词云：

　　齑菜瓶翻莫救，葡萄架倒难支。阃内烽烟何日靖，报云死后班师。欲使妇人不妒，除非阖尽男儿。

　　醋有新陈二种，其间酸味同之。陈醋止闻妻妒妾，近来妾反先施。新醋更加有味，唇边咂尽胭脂。

　　这首词名为《何满子》，单说妇人吃醋一事。人只晓得醋乃妒之别名，不知这两个字也还有些分辨。"妒"字从才貌起见，是男人、女人通用得的；"醋"字从色欲起见，是妇人用得着、男子用不着的。虽然这两个名目同是不相容的意思，究竟咀嚼起来，妒是个歪字眼，醋是件好东西。当初古人命名，一定有个意思，开门七件事，醋是少不得的，妇人主中馈，凡物都要先尝，吃醋是她本分，怎么比做争锋夺宠之事？要晓得争锋争得好，夺宠夺得当，也就如调和饮食一般，醋用得不多不少，那吃的人就但觉其美而不觉其酸了；若还不当争而争，不当夺而夺，只顾自己，不管别人，就如性喜吃醋的妇人安排饮食，只像自己的心，不管别人的口，当用盐酱的都用了醋，那吃的人自然但觉其酸而不觉其美了。可见吃醋二字，不必尽是妒忌之名，不过说他酸的意思，就如秀才悭吝，人叫他酸子的一般。究竟妇人家这种醋意，原是少不得的。当醋不醋谓之失调，要醋没醋谓之口淡。怎叫做当醋不醋？譬如那个男子，是姬妾众的，外遇多的，若有个会吃醋的妻子钳束住了，还不至于纵欲亡身；若还见若不见，闻若不闻，一味要做女汉高，豁达大度，就像饮食之中，有油腻而无齑盐，多甘甜而少酸辣，吃了必致伤人，岂不叫做失调？怎叫做要醋没醋？譬如富贵人家，珠翠成行，钗环作队，若有个会吃醋的妻子夹在中间，愈加觉得津津有味；若还听我自去，由我自来，不过像个家鸨母迎商奉客。譬如饮食之中，但知鱼肉之腥膻，不觉珍馐之贵重，滋味甚是平常，岂不叫做口淡？只是这件东西，原是拿来和作料的。不是拿来坏作料的，譬如药中的饮子，姜只好用三片,枣只好用一枚,若用多了,把药味都夺了去,不但无益,而反有损,那服药的人,自然容不得了。

从来妇人吃醋的事,戏文、小说上都已做尽,哪里还有一桩剩下来的?只是戏文、小说上的妇人,都是吃的陈醋,新醋还不曾开坛,就从我这一回吃起。陈醋是大吃小的,新醋是小吃大的。做大的醋小,还有几分该当,就酸也酸得有文理;况且她说的话,丈夫未必心服,或者还有几次醋不着的。唯有做小的人倒转来醋大,那种滋味,酸到个没理的去处,所以更觉难当;况且丈夫心上,爱的是小,厌的是大。她不醋就罢,一醋就要醋着了。区区眼睛看见一个,耳朵听见一个。

眼睛看见的是浙江人,不好言其姓氏。丈夫因正妻无子,因十岁上娶了一个美妾。这妾极有内才,又会生子,进门之后,每年受一次胎,只是小产的多,生得出的少。她又能钳制丈夫,使他不与正妻同宿。一日正妻五旬寿诞,丈夫禀命于她,说:"大生日比不得小生日,不好叫她守空房。我权过去宿一晚,这叫做'百年难遇岁朝春',此后不以为例就是了。"其妾变下脸来道:"你去就是了,何须对我说得!"她这句话是煞气的声口,原要激他中止的。谁想丈夫要去的心慌,就是明白禁止,尚且要矫诏而行,何况得了这个似温不严的旨意,哪里还肯认做假话,调过头去竟走。其妾还要唤他转来,不想才走进房,就把门窗紧闭,同上牙床,大做生日去了。十年割绝的夫妻,一旦凑做一处,在妻子看了,不消说是久旱逢甘雨,在丈夫看了,也只当是他乡遇故知,诚于中而形于外,自然有许多声响做出来了。其妾在门外听见,竟当做一桩怪事,不说她的丈夫被我占来十年,反说我的丈夫被她夺去一夜。要勉强熬到天明,与丈夫厮闹,一来十年不曾独宿,捱不过长夜如年;二来又怕做大的趁这一夜工夫,把十年含忍的话在枕边发泄出来,使丈夫与她离心离德。想到这个地步,真是一刻难容,要叫又不好叫得,就生出一个法子,走到厨下点一盏灯,拿一把草,跑到猪圈屋里放起火来,好等丈夫睡不安宁,起来救火。她的初意,只说猪圈屋里没有什么东西,拼了这间茨房子,做个火攻之计,只要吓得丈夫起来,救灭了火,依旧扯到她房里睡,就得计了。不想水火无情,放得起,浇不息,一夜直烧到天明,不但自己一户人家化为灰烬,连四邻八舍的屋宇都变为瓦砾之场。次日丈夫拷打丫环,说:"为什么夜头夜晚点灯到猪圈里去?"只见许多丫环众口一词,都说:"昨夜不曾进猪圈,只看见二娘立在大娘门口,悄悄的听了一会,后来慌忙急促走进厨房,一只手拿了灯,一只手抱了草,走到后面去,不多一会,就火着起来,不知什么缘故?"丈夫听了这些话,才晓得是奸狠妇人做出来的歹事。后来邻舍知道,人人切齿,要写公呈出首,丈夫不好意思,只得私下摆布杀了。这一个是区区目击的,乃崇祯九年之事。

耳闻的那一个是万历初年的人,丈夫叫做韩一卿,是个大富长者,在南京淮清门外居住。正妻杨氏,偏房陈氏。杨氏嫁来时节,原是个绝标致的女子,只因到二十岁外,忽地染了疯疾,如花似玉的面庞,忽然臃肿,一个美貌佳人,变做疯皮癫子。丈夫看见,竟要害怕起来,只得另娶了一房,就是陈氏,她父亲是个皂隶,既要接人的重聘,又不肯把女儿与人做小,因见一卿之妻染了此病,料想活不久,贪一卿家富,就许了他。陈氏的姿色虽然艳丽,若比杨未病之先,也差不得多少,此时进门与疯皮癫子比起来,自然一个是西施,一个是嫫母了。治家之才,驭下之术,件件都好,又有一种笼络丈夫的技俩。进门之夜,就与他断过:"我在你家,只可与一人并肩,不可使二人敌体。自我进门之后,再不许你娶别个了。"一卿道:"以后自然不娶。只是以前这一个,若医不好就罢了;万一医得好,我与她是结发夫妻,不好抛撇,少不得一边一夜,只把心向你些就是了。"陈氏晓得是绝死之症,落得做虚人情,就应他道:"她先来,我后到,凡事自然要让她。莫说一边一夜,就是她六我四,她七我三,也是该当的。"

从此以后,晓得她医不好,故意催丈夫赎药调治;晓得形状恶赖,丈夫不敢近身,故意推去与她同睡。杨氏只道是个极贤之妇,心上感激不了,凡是该说的话,没有一句不教诲她。一日对她道:"我是快死的人,不想在她家过日子了,你如今一朵鲜花才开,不可不使丈夫得意。他生平有两桩毛病,是犯不得的,一犯了他,随你百般粉饰,再医不转。"陈氏问那两桩,杨氏道:"第一桩是多疑,第二桩是悭吝。我若偷他一些东西到爷娘家去,他查出来,不是骂,就是打,定有好几夜不与我同床,这是他悭吝的毛病。他眼睛里再着不得一些嫌疑之事。我初来的时节,满月之后,有个表兄来问我借银子,见他坐在面前,不好说得,等他走出去,靠了我的耳朵说几句私话。不想被他看见,当时不说,直等我表兄去了,与我大闹,说平日与他没有私情,为什么附耳讲话?竟要写休书休起我来。被我再三折辨,方才中止。这桩事至今还不曾释然。这是他疑心的毛病。我把这两桩事说在你肚里,你晓得他的性格,时时刻刻要存心待他,不可露出一些破绽,就离心离德,不好做人家了。"陈氏得了这些秘诀,口中感激不尽,道是:"母亲爱女儿也不过如此,若还医得你好,叫我割股也情愿。"

却说杨氏的病,起先一日狠似一日,自从陈氏过门之后,竟停住了。又有个算命先生,说她"只因丈夫命该克妻,所以累你生病;如今娶了第二房,你的担子轻了一半,将来不会死了"。陈氏听见这句话,外面故意欢喜,内里好不担忧。就是她的父亲,也巴不得杨氏死了,好等女儿做大,不时弄些东西去浸润他,谁想终日打听,再不见个死的消息。一日来与女儿商量说:"她万一不死,一旦好起来,你就要受人的钳制了,倒不如弄些毒药,早些结果了她,省得淹淹缠缠,叫人记挂。"陈氏道:"我也正要如此。"又把算命先生的话与他说了一遍,父亲道:"这等一发该下手了。"就去买一服毒药,交与陈氏。陈氏搅在饮食之中,与杨氏吃了,不上一个时辰,发狂发躁起来,舌头伸得尺把长,眼睛乌珠挂出一寸。陈氏知道着手了,故意叫天叫地,哭个不了;又埋怨丈夫,说他不肯上心医治。一卿把衣衾棺椁办得剪齐,只等断了气,就好收殓。谁想杨氏的病,不是真正麻疯,是吃着毒物引起的。如今以毒攻毒,只当遇了良医,发过一番狂躁之后,浑身的皮肉一起裂开,流出几盆紫血,那眼睛舌头依旧收了进去。昏昏沉沉睡过一晚,到第二日,只差得黄瘦了些,形体面貌竟与未病时节的光景一毫不差。再将养几时,疯皮癞子依旧变做美貌佳人了。陈氏见药她不死,一发气恨不平,埋怨父亲,说他毒药买不着,错买了灵丹来,倒把死人医活了,将来怎么受制得过?

一卿见妻子容貌复旧,自然相爱如初,做定了规矩,一房一夜。陈氏起先还说三七、四六,如今对半均分还觉得吃亏,心上气忿不了,要生出法来离间他。思量道:"她当初把那两桩毛病来教导我,我如今就把这两桩毛病去摆布她。疑心之事,家中没有闲杂人往来,没处下手;只有悭吝之隙可乘。他爷娘家不住有人来走动,我且把贼情事冤屈她几遭。一来使丈夫变变脸,动动手,省得她十分得意;二来多呕几次气,也少同几次房。他两个鹬蚌相持,少不得是我渔翁得利。先讨他些零碎便宜,到后来再算总账。"计较定了,着人去对父亲说:"以后要贵重些,不可常来走动,我有东西,自然央人送来与你。"父亲晓得她必有妙用,果然绝迹不来。一卿隔壁有个道婆居住,陈氏背后与她说过:"我不时有东西丢过墙来,烦你送到娘家去,我另外把东西谢你。"道婆晓得有些利落,自然一口应承。

却说杨氏的父母见女儿大病不死,喜出望外,不住教人来亲热她。陈氏得他来一次,就偷一次东西丢过墙去,寄与父亲。一卿查起来,只说陈家没人过往,自然是杨氏做的手脚,偷与来人带去了。不见一次东西,定与她嗨一次气;嗨一次气,定有几夜不同床。杨氏忍过一遭,等得他怒气将平、正要过来的时节,又是第二桩贼情发作了。冤冤相继,再没有个了时。只得寄信与父母,叫以后少来往些,省得累我受气。父母听见,也像陈家绝迹不来。一连隔了几月,家中渐觉平安。鹬蚌不见相持,渔翁的利息自然少了。陈氏又气不过,要寻别计弄她,再没有个机会。

一日将晚,杨氏的表兄走来借宿,一卿起先不肯留,后来见城门关了,打发不去,只得在大门之内、二门之外收拾一间空房,等他睡了。一卿这一晚该轮着陈氏,陈氏往常极贪,独有这一夜,忽然廉介起来,等一卿将要上床,故意推到杨氏房里去。一卿见她固辞,也就不敢相强,竟去与杨氏同睡。杨氏又说不该轮着自己,死推硬拗,不容他上床,一卿费了许多气力,方才钻得进被。只见睡到一更以后,不知不觉被一个人掩进房来,把他脸上摸了一把,摸到胡须,忽然走了出去。一卿在睡梦之中被他摸醒,大叫起来道:"房里有贼!"杨氏吓得战战兢兢,把头钻在被里,再不作声。一卿就叫丫环点起灯来,自己披了衣服,把房里、房外照了一遍,并不见个人影。丫环道:"二门起先是关的,如今为何开着,莫非走出去了不成?"一卿再往外面一照,那大门又是闩好的。心上思量道:"若说不是贼,二门为什么会开?若说是贼,大门又为什么不开?这桩事好不明白。"正在那边踌躇,忽然听见空房之中有人咳嗽,一卿点点头道:"是了,是了,原来是那个淫妇与这个畜生日间有约,说我今夜轮不着她,所以开门相等。及至这个畜生扒上床去,摸着我的胡须,知道干错了事,所以张惶失措,跑了出来。我一向疑心不决,直到今日才晓得是真。"一卿是个有血性的人,详到这个地步,哪里还忍得住?就走到咳嗽的所在,将房门踢开,把杨氏的表兄从床上拖到地下,不分皂白,捶个半死。那人问他什么缘故,一卿只是打,再不说。那人只得高声大叫,喊妹子来救命。谁想他越喊得急,一卿越打得凶。杨氏是无心的人,听见叫喊,只得穿了衣服走出来,看为什么缘故。哪里晓得那位表兄是从被里扯出来的,赤条条的一个身子,没有一件东西不露在外面。起先在暗处打,杨氏还不晓得,后来被一卿拖到亮处来，杨氏忽然看见，才晓得自家失体，羞得满面通红，掉转头来要走，不想一把头发已被丈夫揪住，就捺在空房之中，也像令表兄一般，打个无数。杨氏只说自己不该出来，看见男子出身露体，原有可打之道，还不晓得那桩冤情。直等陈氏叫许多丫环把一卿扯了进去，细问缘由，方才说出杨氏与他表兄当初附耳绸缪、如今暗中摸索的说话。陈氏替她苦辨，说："大娘是个正气之人，决无此事。"一卿只是不听。

等到天明，要拿奸夫与杨氏一起送官，不想那人自打之后，就开门走了。一卿写下一封休书，叫了一乘轿子，要休杨氏到娘家去。杨氏道："我不曾做什么歹事，你怎么休得我？"一卿道："奸夫都扒上床来，还说不做歹事？"杨氏道："或者他有歹意，进来奸我，也不可知。我其实不曾约他进来。"一卿道："你既不曾约他，把二门开了等哪一个？"杨氏赌神罚咒，说不曾开门，一卿哪里肯信？不由她情愿，要勉强扯进轿子。杨氏痛哭道："几年恩爱夫妻，亏你下得这双毒手。就要休我，也等访的实了，休也未迟。昨夜上床的人，你又不曾看见他的面貌，听见他的声音，糊里糊涂，焉知不是做梦？就是二门开了，或者是手下人忘记，不曾关也不可知。我如今为这桩冤枉的事休了回去，就死也不得甘心。求你积个阴德，暂且留我在家，细细的查访，若还没有歹事，你还替我做夫妻；若有一毫形迹，凭你处死就是了，何须休得？"说完，悲悲切切，好不哭得伤心。一卿听了，有些过意不去，也不叫走，也不叫住，低了头只不作声。陈氏料他决要中止，故意跪下来讨饶，说："求你恕她个初犯，以后若再不正气，一总处她就是了。"又对杨氏道："从今以后要改过自新，不可再蹈前辙。"一卿原要留她，故意把虚人情做在陈氏面上，就发落她进房去了。

从此以后，留便留在家中，日间不共桌，夜里不同床，杨氏只吃得他一碗饭，其实也只当休了的一般。他只说那夜进房的果然是表兄，无缘无故走来沾污人的清名，心上恨他不过，每日起来，定在家堂香火面前狠咒一次。不说表兄的姓名，只说走来算计我的，叫他如何如何；我若约他进来，叫我如何如何。定要求菩萨神明昭雪我的冤枉，好待丈夫回心转意。咒了许多时，也不见丈夫回心，也不见表兄有什么灾难。

忽然一夜，一卿与陈氏并头睡到三更，一起醒来，下身两件东西，无心凑在一处，不知不觉自然会运动起来，觉得比往夜更加有趣。完事之后，一卿问道："同是一般取乐，为什么今夜的光景有些不同？"一连问了几声,再不见答应一句。只说她怕羞不好开口,谁想过了一会,忽然流下泪来。一卿问是什么缘故,她究竟不肯回言。从三更哭起,哭到五更,再劝不住,一卿只得搂了同睡。睡到天明,正要问她夜间的缘故,谁想睁眼一看,不是陈氏,却是杨氏,把一卿吓了一跳。思量昨夜明明与陈氏一起上床,一起睡去,为什么换了她来?想过一会,又疑心道:"这毕竟是陈氏要替我两个和事,怕我不肯,故意睡到半夜,自己走过去,把她送了来,一定是这个缘故了。"起先不知,是搂着的;如今晓得,就把身离开了。

却说杨氏昨夜原在自家房里一人独宿,谁想半夜之后从梦中醒来,忽然与丈夫睡在一处,只说他念我结发之情,一向在那边睡不过意,半夜想起,特地走来请罪的。所以丈夫回她,再不答应,只因生疏了许久,不好就说肉麻的话,想起前情,唯有痛哭而已。及至睡到天明,掀开帐子一看,竟不在自己房中,却睡在陈氏的床上,又疑心,又没趣,急急爬下床来,寻衣服穿,谁想裙袄褶裤都是陈氏所穿之物,自己的衣服半件也没有。正在张惶之际,只见陈氏倒穿了她的衣服走进房来,掀开帐子,对着一卿骂道:"奸巧乌龟,做的好事!你心上割舍不得,要与她私和,就该到她房里去睡,为什么在睡梦之中把我抬过去,把她扯过来,难道我该替她守空房,他该替我做实事的么?"一卿只说陈氏做定圈套,替她和了事,故意来取笑他,就答应道:"你倒趁我睡着了,走去换别人来,我不埋怨你就够了,你反装聋做哑来骂我!"陈氏又变下脸来,对杨氏道:"就是他扯你过来,你也该自重,你有你的床,我有我的铺,为什么把我的毡条褥子垫了你们做把戏?难道你自家的被席只该留与表兄睡的么?"杨氏羞得顿口无言,只得也穿了陈氏的衣服走过房去。夫妻三个都像做梦一般,一日疑心到晚,再想不着是什么缘故。

及至点灯的时节,陈氏对一卿道:"你心上丢不得她,趁早过去,不要睡到半夜三更,又把我当了死尸抬来抬去!"一卿道:"除非是鬼摄去的,我并不曾抬你。"两人脱衣上床,陈氏两只手死紧把一卿搂住,睡梦里也不肯放松,只怕自己被人抬去。上床一觉直睡到天明,及至醒来一看,搂的是个竹夫人①,丈夫不知那里去了。流水爬起来,披了衣服,赶到杨氏房中,掀开帐子一看,只见丈夫与杨氏四只手搂做一团,嘴对嘴,鼻对鼻,

① 竹夫人——又叫青奴,是一种圆柱形的生下制品可拥抱,可搁脚。

一线也不差,只有下身的嘴鼻盖在被中,不知对与不对。陈氏气得乱抖,就趁他在睡梦之中,把丈夫一个嘴巴,连杨氏一起吓醒。各人睁开眼睛,你相我,我相你,不知又是几时凑着的。陈氏骂道:"奸乌龟,巧王八!"教你明明白白的过来,偏生不肯,定要到半夜三更瞒了人来做贼。我前夜着了鬼,你难道昨夜也着了鬼不成?好好起来对我说个明白!一卿道:"我昨夜不曾动一动,为什么会到这边来,这桩事着实有些古怪。"陈氏不信,又与他争了一番。一卿道:"我有个法子,今夜我在你房里睡,把两边门都锁了,且看可有变动。若平安无事,就是我的诡计;万一再有怪事出来,就无疑是鬼了,毕竟要请个道士来遣送。难道一家的人把他当做傀儡,今日挈过东、明日挈过西不成?"陈氏道:"也说得是。"

到了晚间,先把杨氏的房门锁了。二人一起进房,叫丫环外面加锁,里面加栓,脱衣上床,依旧搂做一处。这一夜只因怕鬼,二人都睡不着,一直醒到四更,不见一些响动,直到鸡啼方才睡去。一卿醒转来,天还未明,伸手把陈氏一摸,竟不见了。只说去上马桶,连唤几声,不见答应,就着了忙。叫丫环快点起灯来,把房门开了,各处搜寻,不见一毫形迹。及至寻到毛坑隔壁,只见她披头散发,在猪圈之中搂着一个癞猪同睡。唤也不醒,推也不动,竟像吃酒醉的一般。一卿要叫丫环抬她进去,又怕醒转来,自己不晓得,反要胡赖别人;要丢她在那边,自己去睡,心上又不忍。只得坐在猪圈外,守她醒来。杨氏也坐在那边,一来看她,二来与一卿做伴。一卿叹口气道:"好好一户人家,弄出这许多怪事,自然是妖怪了,将来怎么被他搅扰得过?"杨氏道:"你昨日说要请道士遣送,如今再迟不得了。"一卿道:"口便是这等说,如今的道士个个是骗人的,那里有什么法术?"杨氏道:"遣得去遣不去,也要做做看,难道好由他不成?"

两个不曾说得完,只见陈氏在猪圈里伸腰叹气,丫环晓得要醒了,走到身边把她摇两摇道:"二娘,快醒来,这里不便,请进去睡。"陈氏蒙蒙眬眬的应道:"我不是什么二娘,是个有法术的道士,来替你家遣妖怪的。"丫环只说她做梦,依旧攀住身子乱摇,谁想她立起身来,高声大叫道:"捉妖怪,捉妖怪!"一面喊,一面走,不像往常的脚步,竟是男子一般。两三步跨进中堂,爬上一张桌子,对丫环道:"快取宝剑法水来!"一家人个个吓得没主意,都定着眼睛相她。她又对丫环道:"你若不取来,我就先拿你做了妖怪,试试我的拳头。"说完,一只手捏了丫环的头髻,轻轻提上桌子;一只手捏了拳头,把丫环乱打。丫环喊道:"二娘不要打,放我下去取来就是。"陈氏依旧把丫环提了,朝外一丢,丢去一丈多路。

一卿看见这个光景,晓得有神道附住她了,就叫丫环当真去取来。丫环舀一碗净水,取一把腰刀,递与她。他就步罡捏诀,竟与道士一般做作起来。念完一个咒,把水碗打碎,跳下一张台子,走到自己房中,拿一条束腰带子套在自家颈上,一只手牵了出来,对众人道:"妖怪拿到了,你家的怪事,是她做起,待我叫她招来。"对着空中问道:"头一桩怪事,你为什么用毒药害人?害又害不死,反把她医好,这是什么缘故?"问了两遭,空中不见有人答应,她又道:"你若不招,我就动手了!"将刀背朝自己身上重重打了上百,自己又喊道:"不消打,招就是了。我当初嫁来的时节,原说她害的是死证,要想自己做大的。后来见她不死,所以买毒药来催她,不知什么缘故反医活了,这桩事是真的。"歇息一会,自己又问道:"第二桩怪事,你为什么把丈夫的东西偷到爷娘家去,反把贼情事冤屈做大的?这是那个教你的法子?"自己又答应道:"这个法子是大娘自己教我的。她疯病未好之先,曾对我讲,说丈夫有悭吝的毛病,家中不见了东西,定要与她呕气,呕气之后,定有几夜不同床。我后来见她们两个相处得好,气忿不过,就用这个法子摆布她。这桩事也是真的。"自己又问道:"第三桩怪事,杨氏是个冰清玉洁之人,并不曾做歹事,那晚她表兄来借宿,你为什么假装男子,走去摸丈夫的胡须,累她受那样的冤屈?这个法子又是那个教你的?"自己又应道:"这也是大娘教我的。她说初来之时,与表兄说话,丈夫疑她有私。后来他的表兄恰好来借宿,我就用这个法子离间她。这桩事是她自己说话不留心,我固然该死,她也该认些不是。我做的怪事只有这三桩,要第四件就没有了。后来把我们抬来抬去的事不知是那个做的,也求神道说个明白。"自己又应道:"抬你们的就是我。我见杨氏终日哀告,要我替她伸冤,故此显个神通惊吓你,只说你做了亏心之事,见有神明帮助她,自然会惊心改过。谁想你全不懊悔,反要欺凌丈夫,殴辱杨氏,故此索性显个神通,扯你与癞猪同宿。今日把她的冤枉说明。破了一家人的疑惑,你以后却要改过自新,若再如此,我就不肯轻恕你了。"杨氏听了这些话,快活到极处,反痛哭起来,只晓得是神道,不记得是仇人,倒跪了陈氏,磕上无数的头。

一卿心上思量道:"是便是了,她又不曾到哪里去,娘家又不十分有人来,当初的毒药是哪个替她买来的? 偷的东西又是哪个替她运去的? 毕竟有些不明白。"正在那边疑惑,只见她父亲与隔壁的道婆听见这桩异事,都赶来看。只说她既有神道附了,毕竟晓得过去未来,都要问她终身之事。不想走到面前,陈氏把一只手揪住两个的头发,一只手掉转了刀背,一面打,一面问道:"毒药是哪个买来的? 东西是哪个运去的? 快快招来!"起先两个还不肯说,后来被她打得头破血流,熬不住了,只得各人招出来。一卿到此,方才晓得是真正神道,也对了陈氏乱拜。

拜过之后,陈氏舞弄半日,精神倦了,不觉一跤跌倒,从桌上滚到地下,就动也不动。众人只说她跌死,走去一看,原来还像起先闭了眼,张了口,呼呼的睡,像个醉汉的一般,只少个癞猪做伴。众人只得把她抬上床去,过了一夜,方才苏醒。问她昨日舞弄之事,一毫不知,只说在睡梦之中,被个神道打了无数刀背。一卿道:"可曾叫你招什么话么?"她只是模糊答应,不肯说明。哪里晓得隐微之事,已曾亲口告诉别人过了。后来虽然不死,也染了一桩恶疾,与杨氏当初的病源大同小异。只是杨氏该造化,有人把毒药医她;她自己姑息,不肯用那样虎狼之剂,所以害了一世,不能够与丈夫同床。你道陈氏她染的是什么恶疾? 原来只因那一晚搂了癞猪同睡,猪倒好了,把癞疮尽过与他,雪白粉嫩的肌肤,变做牛皮蛇壳,一卿靠着他,就要喊叫起来,便宜了个不会吃醋的杨夫人,享了一生忠厚之福,可见新醋是吃不得的。

我这回小说,不但说做小的不该醋大,也要使做大的看了,晓得这件东西,不论新陈,总是不吃的妙。若使杨氏是个醋量高的,终日与陈氏吵吵闹闹,使家堂香火不得安生,那鬼神不算计她也够了,哪里还肯帮衬她? 无论疯病不得好,连后来那身癞疮,焉知不是她的晦气? 天下做大的人,忠厚到杨氏也没处去了,究竟不曾吃亏,反讨了便宜去。可见世间的醋,不但不该吃,也尽不必吃。我起先那些吃醋的注解,原是说来解嘲的,不可当了实事做。

戌　集

重义奔丧奴仆好　贪财殒命子孙愚

诗云：

> 古云有子万事足，多少茕民怨孤独。
>
> 常见人生忤逆儿，又言无子翻为福。
>
> 有子无儿总莫嗟，黄金不尽便传家。
>
> 床头有谷人争哭，俗语从来说不差。

话说世间子嗣一节，是人生第一桩大事。祖宗血脉要他绵①，自己终身要他养，一生挣来的家业要他承守。这三件事，本是一样要紧的，但照世情看起来，为父为子的心上，各有一番轻重。父亲望子之心，前面两桩极重，后面一件甚轻；儿子望父之心，前面两件还轻，后面一桩极重。若有了家业，无论亲生之子生前奉事殷勤，死后追思哀切；就是别人的骨血承继来的，也都看银子面上，生前一样温衾扇枕，死后一般戴孝披麻，却像人的儿子尽可以不必亲生。若还家业凋零，老景萧索，无论螟蛉之子孝意不诚，丧容欠戚；就是自己的骨髓流出来结成的血块，也都冷面承欢，愁容进食，及至送终之际，减其衣衾，薄其棺椁，道他原不曾有家业遗下来，不干我为子之事。待自己生身的尚且如此，待父母生身的一发可知。就逢时遇节，勉强祭奠一番，也与呼蹴之食无异，祖宗未必肯享。这等说来，岂不是三事之中，只有家业最重？

当初有两个老者，是自幼结拜的弟兄，一个有二子，一个无嗣。有子的要把家业尽数分与儿子，待他软流供膳；无嗣的劝他留住一份自己养老，省得在儿子项下取气，凡事不能自由。有子的不但不听，还笑他心性刻薄，以不肖待人，怪不得难为子息，竟把家业分析开了，要做个自在之人。不想两位令郎都不孝，一味要做人家，不顾爷娘死活，成年不动酒，论月不开荤，那老儿不上几月，熬得骨瘦如柴。一日在路上撞着无嗣的，无

---

① 绵——绵延。连续不断。

嗣的问道:"一向不见,为何这等清减了?"有子的道:"只因不听你药石之言,以致如此。"就把儿子鄙吝,舍不得奉养的话告诉一遍。无嗣的叹息几声,想了一会道:"令郎肯作家,也是好事,只是古语云:'五十非肉不饱。'你这样年纪,如何断得肉食?我近日承继了两个小儿,倒还孝顺,酒肉鱼鲞,拥在面前,只愁没有两张嘴,两个肚。你不如随我回去,同住几日,开开荤了回去,何如?"有子的熬炼不过,顾不得羞耻,果然跟他回去。

无嗣的道:"今日是大小儿供给,且看他的饮馔何如?"少顷,只见美味盈前,异香扑鼻,有子的与他豪饮大嚼,吃了一顿,抵足睡了。次日起来道:"今日轮着二房供膳,且看比大房丰俭何如?"少刻,又见佳酥美馔,不住的搬运出来,取之无穷,食之不竭。一连过了几日,有子的对无嗣的叹息道:"儿子只论孝不孝,哪论亲不亲?我亲生的那般忤逆,反不如你承继的这等孝顺。只是小弟来了两日,再不见令郎走出来,不知是怎生两个相貌,都一般有这样的孝心,可好请出来一见?"无嗣的道:"要见不难,待我唤他们出来就是。"就向左边唤道:"请大官人出来。"伸手在左边袋里摸出一个银包,放在桌上。又向右边唤道:"请二官人出来。"伸手又在右边袋里摸出一个银包,放在桌上。对有子的指着道:"这就是两个小儿,老兄请看。"有子的大惊道:"这是两包银子,怎么说是令郎?"无嗣的道:"银子就是儿子了,天下的儿子哪里还有孝顺似他的?要酒就是酒,要肉就是肉,不用心焦,不消催促,何等体心。他是我骨头上挣出来的,也只当自家骨血。当初原教他同家过活,不忍分居,只因你哪一日分家,我劝你留一分养老,你不肯听,我回来也把他分做两处,一个居左,一个居右,也叫他们轮流供膳,且看是你家的孝顺,我家的孝顺?不想他们还替我争气,不曾把我熬瘦了,到如今还许我请人相陪,岂不是古今来第一个养老的孝子?不枉我当初苦挣他一场。"说完,依旧塞进两边袋里去了。那有子的听了这些话,不觉两泪交流,无言可答。后来无子的怜他老苦,时常请他吃些肥食,滋补颐养,才得尽其天年。

看官,照这桩事论起来,有家业分与儿子的,尚且不得他孝养之力,那白手传家、空囊授子的,一发不消说了。虽然如此,这还是入世不深,只知其一,不知其二的话。若照情理细看起来,贫穷之辈,囊无蓄贯,仓少余粮,做一日吃一日的人家,生出来的儿子,倒还有些孝意。为什么缘故?只因他无家可传,无业可受,那负米养亲、采薇供膳之事,是自小做惯的,也就习以为常，不自知其为孝，所以倒有暗合道理的去处。偏是富贵人家儿子，吃惯用惯，却像田地金银是他前世带来的，不关父母之事，略分少些，就要怨恨，竟像刻剥了他已财一般。若稍稍为父母吃些辛苦，就道是尽瘁竭力，从来未有之孝了，哪里晓得当初曾、闵、大舜，还比他辛苦几分。所以人的孝心，大半丧于膏粱纨袴，不可把金银产业当做传家之宝，既为儿孙做马牛，还替他开个仇恨爷娘之衅。我如今说个争财背本之人，以为逆子贪夫之戒。

明朝万历年间，福建泉州府同安县有个百姓，叫做单龙溪，以经商为业。他不贩别的货物，单在本处收荔枝圆眼，到苏杭发卖。长子单金早丧，遗腹生下一孙，就叫做遗生。次子单玉，是中年所得，与遗生虽是叔侄，年相上下，却如兄弟一般。两个同学读书，不管生意之事。家中有个义男，叫做百顺，写得一笔好字，打得一手好算，龙溪见他聪明，时常带在身边服侍，又相帮做生意。百顺走过一两遭，就与老江湖一般惯熟。为人又信实，说一是一，说二是二，所以行家店户，没有一个不抬举他。龙溪不在面前，一般与他同起同坐。又替他取个表德，叫做顺之。做到后来，反厌龙溪古板，喜他活动。龙溪脱不去的货，他脱得去；龙溪讨不起的账，他讨得起。龙溪见他结得人缘，就把脱货讨账之事，索性教他经手，自己只管总数。就有人在背后劝百顺，叫他聚些银子，赎身出去自做人家。百顺回他道："我前世欠人之债，所以今世为人之奴，拼得替他劳碌一生，偿还清了，来世才得出头；若还鬼头鬼脑偷他的财物，赎身出去自做人家，是债上加债了，哪一世还得清洁？或者家主严厉，自己苦不过，要想脱身，也还有些道理；我家主仆犹如父子一般，他不曾以寇仇待我，我怎忍以土芥①视他？"那劝的人听了，反觉得自家不是，一发敬重他。

却说龙溪年近六旬，妻已亡故，自知风烛草霜，将来日子有限，欲待丢了生意不做，又怕账目难讨，只得把本钱收起三分之二，瞒了家人掘个地窖，埋在土中，要待单玉与遗生略知世务，就取出来分与他们。只将一份客本贩货往来，答应主顾，要惭惭刮起陈账，回家养老。谁想经纪铺户规矩做定了，毕竟要一账搭一账，后货到了，前账才还，后货不到，前账只管扣住，龙溪的生意再歇不得手。他平日待百顺的情分与亲子无异，一样穿

①　土芥(jiè)——土和草。

衣,一般吃饭,见他有些病痛,恨不得把身子替他。只想到银子上面,就要分个彼此,子孙毕竟是子孙,奴仆毕竟是奴仆。心上思量道:"我的生意一向是他经手,倘若我早晚之间有些不测,那人头上的账目总在他手里,万一收了去,在我儿孙面前多的说少,有的说无,叫他们哪里去查账?不如趁我生前,把儿孙领出来认一认主顾,省得我死之后,众人不相识,就有银子也不肯还他们。"算计定了,到第二次回家,收完了货,就吩咐百顺道:"一向的生意都是你跟去做,把两个小官人倒弄得游手靠闲,将来书读不成,反误他们终身大事。我这番留你在家,叫他们跟我出去,也受些出路的风霜,为客的辛苦,知道钱财难趁,后来好做人家。"百顺道:"老爷的话极说得是,只怕你老人家路上没人服侍,起倒不便。两位小官人不曾出门得惯,船车上担干受系,反要费你的心。"龙溪道:"也说不得,且等他们走一两遭再做区处。"

　　却说单玉与遗生听见叫他们丢了书本,去做生意,喜之不胜。只道做客的人,终日在外面游山玩水,风花雪月,不知如何受用,哪里晓得穿着草鞋游山,背着被囊玩水,也不见有甚山水之乐。至于客路上的风花雪月,与家中大不相同,两处的天公竟是相反的。家中是解愠之风,兆瑞之雪,娱目之花,赏心之月;客路上是刺骨之风,僵体之雪,断肠之花,伤心之月。二人跟了出门,耐不过奔驰劳碌,一个埋怨阿父,一个嗟怅阿祖,道:"好好在家快活,为什么领人出来受这样苦?"及至到了地头,两个水土不服,又一起生起病来,这个要汤,那个要药,把个六十多岁的老人家磨得头光脚肿,方才晓得百顺的话句句是金石之言,懊悔不曾听得。服侍得两人病痊,到各店去发货,谁想人都嫌货不好,一箱也不要,只得折了许多本钱,滥贱的撺去。要讨前账回家,怎奈经纪铺行都回道:"经手的不来,不好付得。"单玉、遗生与他争论,众人见他大模大样,一发不理,大家相约定了,分文不付。龙溪是年老之人,已被一子一孙磨得七死八活,如今再受些气恼,分明是雪上加霜,哪里撑持得住?一病着床,再医不起。自己知道不济事了,就对单玉、遗生道:"我虽然死在异乡,有你们在此收殓,也只当死在家里一般。我死之后,你可将前日卖货的银子装我骸骨回去。这边的账目料想你们讨不起,不要与人嘔气,回去叫百顺来讨,他也有些良心,料不致全然乾没。我还有一句话,论理不该就讲,只恐怕临危之际说不出来,误了大事,只得讲在你们肚里。我有银子若干,盛做几坛,埋在某处地下，你们回去可掘起来均分，或是买田，或是做生意，切不可将来浪费。"说完，就叫买棺木，办衣衾，只等无常①一到，即便收殓。

却说单玉、遗生见他说出这宗银子埋在家中，两人心上如同火发，巴不得乃祖乃父早些断气，收拾完了，好回去掘来使用。谁想垂老之病，犹如将灭之灯，乍暗乍明，不肯就息。二人度日如年，好生难过。一日遗生出去讨账，到晚不见回来，龙溪央人各处寻觅，不见踪影。谁想他要银子心慌，等不得乃祖毙命，又怕阿叔一同回去，以大欺小，分不均匀，故此瞒了阿叔，背了乃祖，做个高才捷足之人，预先赶回去掘藏了。龙溪不曾设身处地，哪里疑心到此？单玉是同事之人，晓得其中决窍，遗生未去之先，他早有此意，只因意思不决，迟了一两天，所以被人占了先着。心上思量道："他既然瞒我回去，自然不顾道理，一总都要掘去了，哪里还留一半与我？我明日回去取讨，他也未必肯还，要打官司，又没凭据，难道孙子得了祖财，儿子反立在空地不成？如今父亲的衣衾棺椁都已有了，若还断气，主人家也会殡殓，何必定要儿子送终？我若与他说明，他决然不放我走，不如便宜行事罢了。"算计已定，次日瞒了父亲，以寻访遗生为名，雇了快船，兼程而进的去了。

龙溪见孙子寻不回来，也知道为银子的缘故，懊悔出言太早，还叹息道："孙子比儿子到底隔了一层，情意不相关切，只要银子，就做出这等事来。还亏得我带个儿子在身边，不然骸骨都没人收拾了。可见天下孝子易求，慈孙难得。"谁想到第二日，连儿子也不见了，方才知道不但慈孙难得，并孝子也不易求。只有钱财是嫡亲父祖，就埋在土中，还要急急赶回去掘他起来；生身的父祖，到临终没有出息，竟与路人一般，就死在旦夕，也等不得收殓过了带他回去。财之有用，亦至于此；财之为害，亦至于此。叹息了一回，不觉放声大哭。又思量："若带百顺出来，岂有此事？自古道：'国难见忠臣。'不到今日，如何见他好处？怎得他飞到面前，待我告诉一番，死也瞑目。"

却说百顺自从家主去后，甚不放心，终日求签问卜，只怕高年之人，外面有些长短。一日忽见遗生走到，连忙问道："老爷一向身体何如？如今在哪里？为什么不一起回来，你一个先到？"遗生回道："病在外面，十分

---

① 无常——鬼名，迷信的人相信人将死时有"无常鬼"来勾魂。

危笃①，如今死了也不可知。"百顺大惊道："既然病重，你为何不在那边料理后事，反跑了回来？"遗生只道回家有事，不说起藏的缘故。百顺见他举止乖张，言语错乱，心上十分惊疑，思想家主病在异乡，若果然不保，身边只有一个儿子，又且少不更事，叫他如何料理得来？正要赶去相帮，不想到了次日，连那少不更事的也回来了。百顺见他慌慌张张，如有所失，心上一发惊疑，问他缘故，并不答应，直到寻不见银子，与遗生争闹起来，才晓得是掘藏的缘故。

　　百顺急了，也不通知二人，收拾行囊竟走。不数日赶到地头，喜得龙溪还不曾死，正在恹恹②待毙之时，忽见亲人走到，悲中生喜，喜处生悲，少不得主仆二人各有一番疼热的话。次日龙溪把行家铺户一起请到面前，将忤逆子孙贪财背本，先后逃归，与义男闻信，千里奔丧的话告诉一遍。又对众人道："我舍下的家私与这边的账目，约来共有若干，都亏这个得力义子帮我挣来的，如今被那禽兽之子、狼虎之孙得了三分之二，只当被强盗劫去一般，料想追不转了。这一份虽在账上，料诸公决不相亏。我如今写张遗嘱下来，烦诸公做个见证，分与这个孝顺的义子。我死之后，叫他在这里自做人家，不可使他回去。我的骸骨也不必装载还乡，就葬在这边，待他不时祭扫，省得靠了不孝子孙，反要做无祀之鬼。倘若那两个逆种寻到这边来与他说话，烦诸公执了我的遗嘱，送他到官，追究今日背祖弃父，死不奔丧之罪。说便是这等说，只怕我到阴间，也就有个报应，不到寻来的地步。"说完，众人齐声赞道："正该如此。"百顺跪下磕头，力辞不可，说："百顺是老爷的奴仆，就粉身为主，也是该当，这些小勤劳，何足挂齿？若还老爷这等溺爱起来，是开幼主惩仆之端，贻百顺叛主之罪，不是爱百顺，反是害百顺了，如何使得？"龙溪不听，勉强挣扎起来，只是要写。众人同声相和道："幼主摆布你，我们自有公道。"一面说，一面取纸的取纸，磨墨的磨墨，摆在龙溪面前。龙溪虽是垂死之人，当不得感激百顺的心坚，愤恨子孙的念切，提起笔来，精神勃勃，竟像无病的一般，写了一大幅。前面半篇说子孙不孝，竟是讨逆锄凶的檄文；后面半篇赞百顺尽忠，竟是义士忠臣的论断。写完，又求众人用了画押，方才递与百顺。

---

① 笃（dǔ）——形容病情沉重。
② 恹恹（yàn）——有病的样子。

百顺怕病中之人,违拗不得,只得权且受了,磕头谢恩。

却也古怪,龙溪与百顺想是前生父子,夙世君臣,在生不能相离,临死也该见面。百顺未到之先,淹淹缠缠,再不见死;等他来到,说过一番永诀的话,遗嘱才写得完,等不得睡倒,就绝命了。百顺号天痛哭,几不欲生,将办下的衣衾棺椁殡殓过了,自己戴孝披麻,寝苫枕块①,与亲子一般,开丧受吊。七七已完,就往各家讨账,准备要装丧回去。众人都不肯道:"你家主临终之命不可不遵。若还在此做人家,我们的账目一一还清,待你好做生意;若要装丧回去,把银子送与禽兽狼虎,不但我们不服,连你亡主也不甘心。况且那样凶人,岂可与他相处? 待生身的父祖尚且如此,何况手下之人? 你若回去跟他,将来不是饿死,就是打死,断不可错了主意。"百顺见众人的话来得激切,若还不依,银子决难到手,只得当面应承道:"蒙诸公好意为我,我怎敢不知自爱? 但求把账目赐还,待我置些田地,买所住宅,娶房家小在此过活,求诸公青目就是。"众人见他依允,就把一应欠账如数还清。

百顺讨足之后,就备了几席酒,把众人一起请来,拜了三拜,谢他一向抬举照顾之情,然后开言道:"小人奉家主遗言,蒙诸公盛意,叫我不要还乡,在此成家立业,这是恩主爱惜之心,诸公怜悯之意,小人极该仰承;只是仔细筹度起来,毕竟有些碍理。从古以来,只有子承父业,那有仆受主财? 我如今若不装丧回去,把客本交还幼主,不但明中犯了叛主之条,就是暗中也犯了昧心之忌,有几个受了不义之财,能够安然受享的? 我如今拜别诸公,要扶灵柩回去了。"众人知道劝不住,只得替他踌躇道:"你既然立心要做义仆,我们也不好勉强留你。只是你那两个幼主,未必像阿父能以恩义待人,据我们前日看来,却是两个凶相,你虽然忠心赤胆的为他们,他们未必推心置腹的信你。他父亲生前货物是你放,死后账目是你收,万一你回去之后,他倒疑你有私,要恩将仇报起来,如何了得? 你的本心只有我们知道,你那边有起事来,我们远水救不得近火。你如今回去,银子便交付与他们,那张遗嘱切记要藏好,不可被他看见,抢夺了去。他们若难为你起来,你还有个凭据,好到官去抵敌他。"百顺听到此处,不觉

---

① 寝苫(shān)枕块——古时宗法制所规定的居父母丧的礼节。子从父母之丧起,至入葬期间,不住寝室,睡在草席上,以土块为枕头。

改颜变色，合起掌来念一声"阿弥陀佛"道："诸公讲的什么话？自古道：'君欲臣死，臣不得不死；父欲子亡，子不得不亡。'岂有做奴仆之人与家主相抗之理？说到此处，也觉得罪过。那遗嘱上的言语，是家主愤怒头上偶然发泄出来的，若还此时不死，连他自己也要懊悔起来；何况子孙看了，不说他反常背理，倒置尊卑？我此番若带回去，使幼主知道，叫他何以为情？若使为子者怨父，为孙者恨祖，是我伤残他的骨肉，搅乱他的伦理，主人生前以恩结我，我反以仇报他了，如何使得？我不如当诸公面前毁了这张遗嘱，省得贻悔于将来。"说完，取出遗嘱捏在手中，对灵柩拜了三拜，点起火来烧化了。四座之中，人人叹服，个个称奇，道他是僮仆中的圣人，可惜不曾做官做吏，若受朝廷一命之荣，自然是个托孤寄命之臣了。

百顺别了众人，雇下船只，将旅榇装载还乡，一路烧钱化纸，招魂引魄，自不必说。一日到了同安县，将灵柩停在城外，自己回去，请幼主出来迎丧。不想走进大门，家中烟消火灭，冷气侵人，只见两个幼主母，不见了两位幼主人。问到哪里去了？单玉、遗生的妻子放声大哭，并不回言，直待哭完了，方才述其缘故。原来遗生得了银子，不肯分与单玉，二人终日相打，遗生把单玉致命处伤了一下，登时呕血而死。地方报官，知县把遗生定了死罪，原该秋后处决，只因牢狱之中时疫大作，遗生入监不上一月，暴病而死。当初掘起的财物都被官司用尽，两口尸骸虽经收殓，未曾殡葬。百顺听了，捶胸跌足，恸痛一场，只得寻了吉地，将单玉、遗生合葬龙溪左右。

一夜百顺梦见龙溪对他大怒道："你是明理之人，为何做出背理之事？那两个逆种是我的仇人，为何把他们葬在面前，终日使我动气？若不移他开去，我宁可往别处避他！"百顺醒来，知道他父子之仇，到了阴间还不曾消释，只得另寻一地，将单玉、遗生迁葬一处。一夜又梦见遗生对他哀求道："叔叔生前是我打死，如今葬在一处，时刻与我为仇，求你另寻一处，把我移去避他。"百顺醒来，懊悔自己不是，父子之仇尚然不解，何况叔侄？既然得了前梦，就不该使他合茔，只得又寻一地，把遗生移去葬了，三处的阴魂才得安安。

单玉、遗生的妻子年纪幼小，夫死之后，各人都要改嫁。百顺因他无子，也不好劝她守节，只得各寻一户人家，送她去了。龙溪没有亲房，百顺不忍家主绝嗣，就刻个"先考龙溪公"的神主，供奉在家，祭祀之时，自称不孝继男百顺,逢时扫墓,遇忌修斋,追远之诚,比亲生之子更加一倍。后来家业兴隆,子孙繁衍,衣冠累世不绝,这是他盛德之报。

我道单百顺所行之事,当与嘉靖年间之徐阿寄一样流芳;单龙溪所生之子,当与春秋齐桓公之五子一般遗臭。阿寄辅佐主母,抚养孤儿,辛苦一生,替他挣成家业,临死之际,搜他私蓄,没有分文,其事载于《警世通言》。齐桓公卒于宫中,五公子争嗣父位,各相攻伐,桓公的尸骸停在床上六十七日,不能殡殓,尸虫出于户外,其事载于《通鉴》。这四桩事,却好是天生的对偶。可见奴仆好的,也当得子孙;子孙不好的,尚不如奴仆。凡为子孙者,看了这回小说,都要激发孝心,道为奴仆的尚且如此,岂可人而不如奴仆乎?有家业传与子孙,子孙未必尽孝;没家业传与子孙,子孙未必不孝。凡为父祖者,看了这回小说,都要冷淡财心,道他们因有家业,所以如此,为人何必苦挣家业?这等看来,小说就不是无用之书了。若人贪财好利的子孙,问舍求田的父祖,不原作者之心,怪我造此不情之言,离间人家骨肉者,请述《孟子》二句回复他道:"知我者其唯《春秋》乎?罪我者其唯《春秋》乎?"

亥　集

贞女守贞来异谤　朋侪①相谑致奇冤

诗云：

　　治国齐家道本同，看来难做是家翁。

　　五刑不为妻孥设，一吼能教法令穷。

　　小忿最能妨爱欲，至明才可学痴聋。

　　古人尽昧调停术，只有文王在个中。

　　这首诗是说齐家一事，比治国更难。治国的人，遇了是非曲直之事，可以原情而论，据理而推。情理上说不去的，就把刑罚加他，那怕他不服服贴贴？至于齐家的人，遇了是非曲直之事，只好用那调和鼎鼐②的手段调剂拢来，使他是者忘其是，非者忘其非，曲者冥其曲，直者冥其直，才能够使一门之内，尽奏雍熙③，五伦之中，不生变故。若还也像治国一般，要把情理去压服他，无论蛮妻拗子，不是"情理"二字压得服的，连这情理两件东西先不肯同心协力，替他做和事老人，预先要在问官胸中，打起斗殴官司来了。譬如兄弟两个相争，告在父亲手里，原起情来，自然是以大欺小，该说为兄的不是；若还据起理来，自然是以下犯上，又该说为弟的不是了。妻妾两个吵闹，告在丈夫手里，原起情来，自然是正妻吃醋，磨灭偏房，该说做大的不是；若还据起理来，自然是爱妾恃宠，欺凌正室，又该说做小的不是了。情要左袒这一边，理要左袒那一边，还是把"情"字做了干证，难为阿兄与阿正的好？还是把"理"字做了干证，难为阿弟与阿妾的好？还是把情理扭做一团，预先和了干证，着他去与两边解纷的好？可见"情理"二字，是家庭之内用不着的东西。情理尚且用不着，那刑名法律，一发不消说了。所以古语道得好："清官难断家务事。"但凡做官的遇

---

　　①　侪（chái）——同类的人。

　　②　调和鼎鼐——在鼎鼐中调和五味。比喻治理国事。

　　③　雍熙——雍：古代撤膳时所奏的音乐。熙：吉祥。和谐之意。

着有家庭之事调处不明来告状的,只好以不治治之,学那当家人的藏拙之法,叫做"不痴不聋,难做家翁",只是不准他便了。他见官府不准,自然回去调停。就如街市上相打的人,看见有人扯劝,他两边再不住手;及至扯劝的人一起走开,他知道不好收煞,也就两下收兵,不解而自散了。

说便是这等说,古语之中又有两句道:

> 若无解交人,冤家抱树死。

万一有家庭之事,屡次调处不来,毕竟要经官动府,官府要藏拙,他不肯容你藏拙,定要借重一番。试试官府的裁断,比家主公的裁断何如。难道好说我裁断不济,不敢领教不成?

如今说桩奇事。明朝弘治年间,广东琼州府定安县,有个廪膳①秀才,姓马名镰,字既闲,是个少年名士。娶妻上官氏,也是个名族。兄弟三四个,也都是考得起的秀才。上官氏生得千娇百媚,又且贤慧端庄,自十四岁进马氏之门,到二十四岁这十年之中,夫妻两口恩爱异常,再不曾有一句参商②的话。

既闲有个同社的朋友,姓姜名玄,字念兹,也是同学的秀才。还有几个年少斯文,或是姓张,或是姓李,序不得许多名字。他这几辈名流结为一社,终日会文讲学,饮酒赋诗,一年到头没有几十个不见面的日子。一日马既闲去访朋友,那朋友正在家里宴客,见既闲走到,就拉他入席同饮。饮到半中间,那姜念兹也闯了来,恰好一班同社之人,都做了不速之客,大家坐在一处,少不得要开怀畅饮。众人之中唯有姜念兹的酒量不济,吃不上几杯就有些醉意了。说话之间,忽然正颜厉色对马既闲道:"老兄你便在此饮酒,尊嫂在家做了一件不端之事,朋友有相规之义,不得不说出来,但不知你容小弟说,不容小弟说?"马既闲变起色来道:"有何不端之事,快请说来。"姜念兹道:"不但尊嫂,连小弟方才也做了一件不轨之事。若对兄说,兄定要变脸,只是事体相连,要说都要说,要瞒都要瞒,不好单说那一件。"马既闲道:"都求说来就是。"姜念兹道:"小弟方才到宅上奉访,不想老兄公出在外,只因失于回避,劈面撞着了尊嫂。尊嫂的芳容不该生

---

① 廪(lǐn)膳——官府供给膳食。

② 参(shēn)商——二者均为二十八宿之一,不可能同时在天空中出现。比喻感情不和睦。

得那样标致，真所谓冶容诲淫，小弟生平其实不曾见过这样女子，苟非圣人，未有不动心者，就不觉手舞足蹈起来。若还尊嫂坚词以拒，或者还带挈小弟做个鲁男子也不可知，不想尊嫂也见小弟有几分贱容，不肯十分见外，竟使小弟越闲败检，做了一桩死有余辜之事。这也罢了。正与尊嫂在绸缪之际，不想有个盛婢走进房来，不言不语，立在旁边，却像有个临渊羡鱼①之意，就如今日主人邀宾，小弟与兄走来闯席，主人岂有不纳之理？若还不纳，就要招起怪来，今日这席酒决不能够欢然而散了，只得也拉他入坐，吃了一杯残酒。这是小弟方才造宅之时，与尊嫂二人做的不端不轨之事。论起理来，这样碍口的话不该对老兄面陈，只是老兄平日是个明见万里的人，万一久后觉察出来，这段仇恨就终身不解了，倒不如预先讲明，还可以自首免罪。如今只求老兄汪洋大度，恕小弟一念之差，饶个初犯；以后若再如此，莫说老兄该与小弟绝交，连同社诸兄都排斥小弟，不容见面就是了。"说完这些话，又走出位来，深深唱了一个喏，然后坐到原位上去。

马既闲听了这些诧异之谈，不觉面如土色，当真又不是，当假又不是。若说他是真话，世间没有奸了人的妻子，肯对原夫说出之理，况且妻子是个正气的人，想来决无此事；若说他是取笑的话，为什么正颜厉色，没有一毫嬉笑之容？他一面说，既闲肚里一面踌躇，思量这样的事，无论虚实，总来没有认真之理，任凭他说，自己只当不听见，直等他说完了下来作揖的时节，方才把他骂了几声，也拿几句尖酸的话讨了回席，然后吃酒。众人都说他是戏谑之词，就对姜念兹道："谑浪诙谐，虽是我辈的常事，只是也要存些大体。自古道：'朋友妻，不可嬉。'什么笑话说不得，定要把朋友的内眷来做戏谈，该罚你一碗冷酒才是。"姜念兹道："小弟方才的言语句句是真，列位不要认做笑话。若还不信，待我把他尊嫂与盛婢身体上的光景略说几句，且看对不对就是了。"就对马既闲道："老兄莫怪小弟说，你那位尊嫂，姿容态度果然妩媚，只是身上肉少骨多，又且寒冷，没有一毫温柔之趣。别处冷还冷得好，独有豚尖上那两块肉，分外冷得怕人，小弟的贱腿方才被她冰了一冰，直到如今还不得热。倒不如那位盛婢，容貌虽不甚佳，身上的肌肉倒暖得有趣。别处虽暖，还与寻常妇人差不多，独有胸

---

①　临渊羡鱼——面对深渊，希望得到鱼。

前那一块，可称至宝，随你什么妇人，再没有那种热法。据小弟评品起来，尊嫂中看不中用，盛婢中用不中看。若还把两个并做一个，存其所长，去其所短，则为绝世之佳人，古之所谓温柔乡，不是过矣。"众人见他说到这个地步，一发替马既闲不平，大家走起身来道："你如今若不受罚，我们满席的人都要激变起来了。"就把起先零星折下的冷酒，共有一大碗，放在姜念兹面前，又委一个催酒的人，限三催要干，如迟倍罚。姜念兹道："诸公若要罚我，宁可换一碗热的，我方才行了房事，吃不得冷酒；若还逼我吃下去，岂不弄出阴症病来？"众人起先见他说得有凭有据，却像是桩真事一般，心上正有些疑惑；如今听了这一句，一发疑上加疑，正要借这一碗冷酒，试验他的真假出来，那里肯换？就把一席的人分做三班，揪耳的揪耳，捻手的捻手，灌酒的灌酒，不上两口气，灌个倾江倒海，一泻无遗。姜念兹原是已醉之人，又加了这一碗冷酒，自然把持不定，一吐之后，不觉狂躁起来，连衣服也穿不住，都脱去了。众人见他醉得不堪，就着家人扶送回去。大家再吃几钟，也就散了。

却说马既闲听了这些话，心上十分狐疑，思量自家的妻子平素为人正气，难道一旦做出这样事来？若还没些影响，他为什么平空白地造出此言来羞辱我？我妻子身上骨多肉少其实是真，只不十分寒冷；婢女生得肥胖，身上暖热也是真的，只是胸前一块也与身上一般，不觉得十分诧异。止有这句说得不像，其余的话句句逼真。天下的事尽有不可意料的，或者人身上的血气，一日之间，有时而衰，有时而旺，衰者愈觉其冷，旺者愈觉其热，也不可知。我如今急急走回去，各人验他一验就知道了。想到此处，就巴不得跨进大门，把两步并做一步，急急的赶到家中，只说要与妻子行房，把他扯进房去，不由情愿，将上身的衣服尽数解开，浑身一摸，竟像一朵水仙花，但觉寒韵侵人，不见温香袭体，比往常受用的光景，似有高唐、洛浦之分；再把裤带解开，将她两豚一摸，果然冷得异常，与上身较量起来，又有凉水、寒冰之别矣。马既闲十分的疑心，已有五、六分开交不得了，就托故爬起身来，不果行房，做了件请客不诚，虚邀见意之事。走出房去，又到厨下寻着丫环，也像调戏她的一般，从背后一把搂住。别样的暖法都是往常领教过的，不消再试，只有胸前那块至宝，虽然也曾靠着几次，只是家主偷婢，大约在慌忙急遽之时，就如蜻蜓点水，一着便开，也不知水冷水热，直到此时用意抚摩，才晓得是两袋温香，一片暖玉，果然有些诧异,不愧至宝之名。马既闲到了此时,已十分开交不得了,就放下脸来道:"我方才出去之后,曾有人来寻我不曾?"丫环道:"有一位姜相公来寻相公说话,我回道不在家,他就去了。"马既闲道:"只怕未必肯就去。这等娘子与他相见不曾?"丫环道:"他立在篱笆外面张得一张,看见娘子,就像没趣的一般,连忙走了开去。他又不曾进门,娘子为何与他相见?"马既闲道:"只怕他也未必就肯没趣。这等你与他近身说话不曾?"丫环道:"我与大娘时刻不离,大娘不见面,我也不见面了,为何与他近起身来?这些话都问得好笑。"马既闲满肚不平之气正要发泄出来,只见她答应的时节举止如常,颜色不变,还有个理直气壮,不肯让人,要与家主说个明白的光景。马既闲十分疑心,看见这种气象,就减了一、二分,只得隐忍住了,且慢慢的察其动静。晚间与妻子睡在一处,不住的把言语试他,也有可信之处,也有可疑之处。既闲踌躇了一夜,还不能决其有无。

到第二日起来,虽然没有实据,也觉得有些羞惭,不好出去见朋友。心上思量道:"他若是酒后出的狂言,今日朋友对他说了,他毕竟要来请罪;若还不来请罪,就愈加可疑,不但不是酒后出狂言,还是酒后吐真言了。"谁想等了一日,不见人来。到第二日又等一日,也不见人来。等到第三日,有些熬不住了,就吩咐一个书僮到外面去打听:"看姜相公与众位相公连日相会不相会,说我不说我?"只见书僮去了一会,转来回复道:"众位相公都在一处,只有姜相公不曾出来,闻得害了阴症病,睡在家里,起身不得。众位相公相约了要去看他,不知相公也去不去?"马既闲听了这一句,不觉面色铁青,头毛直竖,连身上都发寒发热起来,知道这桩丑事是千真万确的了。还有等姜念兹病好之后,别寻他一桩过失,面叱他一场,然后与他绝交;绝交之后,也别寻妻子一桩过失,休她回去,以塞众人之口,省得贻笑于乡邻。谁想天下的事,再不由人计较,你要塞人的口,天下肯塞人的口,偏要与你传播开来。再过几日,姜念兹竟死了,那"阴症病"三个字,是他未曾得病之先,自己逆料出来的,难道好替他赖做别的症候?淫欲某人妻子的话,是他不肯隐过,自己表白出来的,难道好说没有这桩事情?"往常人家闺阃之事,没些影响,尚且有人捕风捉影,生出话来,何况这桩实实有凭、凿凿可据之事,没人谈论之理?马既闲休妻之念到了此时,即欲不决,也不能够了。心上思量道:"我要休她,少不得要把这桩事情说个明白,才好塞她的口,使她没得分辩。要说明白,少不得要把那坏事的丫环严刑拷打,方才肯招。只是招出之后我要休她,她赖死赖活不肯回去,也是一桩难处的事。不如且瞒了她,把丫环带到别处拷问一番,真情出于丫环之口,就当得她自己的招供了,哪怕她不服?只消写封休书,遣她回去就是,何必定要说明?"主意定了,就生个计较出来。

他有个嫡亲妹子嫁在近处,只说叫丫环去看妹子,丫环先去,自己也随在后边。走到妹子家中,就叫丫环跪下,把那日自己出门,家中做出丑事的话,叫她直招。丫环不但不招,反说家主青天白日见神见鬼,想是自己平日做惯此事,故此以己之心,度人之心,在这边胡猜乱试。岂有没缘没故,一个男子进门,就与她通奸之理?就作主母要做此事,难道不怕丫环碍眼;丫环要做此事,难道不怕主母害羞?"这样没志气的话,亏你说得出口?"马既闲被他以前那些硬话掩饰过一次,后来分外可疑,如今就说得理直气壮,也不信了。思量不加刑罚,哪里肯招?就把他浑身衣服尽皆剥去,又把一根索子将她两手两脚悬空吊起,自己执了皮鞭,打个不停,直等招了才住。那丫环是个精赤的身子,被他打了数百,不但皮破血流,亦且筋伤骨损,就喊叫道:"相公不消再打,待我招来就是。"马既闲就放下皮鞭,听她细说。丫环道:"那日姜相公进来,并不曾敢调戏娘子,只扯我一个到厨下去说话是真。"马既闲道:"这等你被他奸了不曾?"丫环道:"我扯他不过,被他强奸一次,也是真的。娘子并不曾失节,不敢乱招。"马既闲道:"我家又没有三层厅、四层屋,不过几间破房子,岂有丫环被奸、主母不曾失节之理?难道袖了一双手,立在旁边看你们做事不成?这等说起来,不必再审,自然是千真万确的了。"当日回去,就写了一封休书,叫了一乘轿子,只说娘家来接她,把上官氏打发回去。又恨那丫环不过,说毕竟是她勾引奸夫,引诱主母,才做出这等事来,若仍旧卖她为奴,不足以赎其罪,就把她卖到琼州府一个娼妓人家,倚门接客。

却说上官氏当日抬到母家,父母兄弟见她无因而至,正有些疑心,及至看了那封休书,一发惊慌不了。问她被出的缘故,上官氏一毫不知。那兄弟几个只得赶来见既闲,问他讨个明示。既闲道:"是令姊令妹做的事,只消问她就是了,何须赶来见我?"那兄弟几个道:"方才问过,她说一毫不知。"马既闲道:"这等小弟是个有血性的人,这样的事说不出口,只请到背后去访,但问姜念兹之死由于何病,得病之故起于何人,就知道了。只是列位自己去问,恐怕那说话的人碍了列位的体面,不好直说,须要托人去访,方才探得真话出来。"那兄弟几个见他不肯说,只得依他的话,托了别人又去访问别人;及至别人说与别人,别人走来回复,方才知道其中就里。她那父母兄弟都是要体面的人,见她做出此事,连自家也无颜,大家你一句,我一句,把上官氏说得满面羞惭,半个低钱也不值。上官氏并不回言,直等他说到气平之后,方才辨论几句道:"真的假不得,假的真不得。我若果有此事,莫说丈夫休我,就是父母兄弟,也该置我于死地,为什么容此不肖之女玷辱家门? 若还没些影响,平空受此奇冤,只怕父母兄弟也难替我坐视。"那父母兄弟道:"如今外面的人众口一词,都是这等说了,你还有什么辨得?"上官氏道:"众人的话,都由于一个人的酒后之言,哪有个酒后之言是作得准的? 只是那说话的人不该就死,故此把虚话都弄实了。焉知此人之死,不是因他无端造谤,平地生非,玷污人的清名,离间人的夫妇,故此天理不容,使他言出于口,祸中于身,故有此番显报也不可知。如今这桩事体若还不曾张扬,或者还该隐忍,瞒得一个是一个,宁可受屈于己,不可贻笑于人;他若不曾休我,或者还该忍耐,过得一年是一年,宁可受些不白之冤,不可做那不祥之事。如今休的业已休了,你就送我转去,料想他也不收;谈论的业已谈论了,你就挨家逐户去辨,料想他也不听。隐瞒也是出丑,张扬也是出丑;好说他也不要,歹说他也不要。倒不如待我出头露面,当官与他分理一场,万一遇得着一位清官,把这件冤枉事情审得明白,固然是桩好事;就作审不出来,也是前生的冤业了。我拼得一刀自刎,死在官府面前,做个有气性的女子,为什么包羞忍耻,坐在家中,使父母兄弟做人不得,岂不是两败俱伤?"那父母兄弟见她这些言语说得激烈,或者果是冤情也不可知,就替她写张状子,到定安县里去告,柱语是辨惑明冤事。

恰好那个知县是广东第一位清官,姓包名继元,人都说是包龙图的后身,故此改名不改姓。不但定安县里没有一桩冤狱,就是外府外县,但有疑难事情,官府断不来的,就到上司告了,求批与他审决,果然审得情形毕露,就像眼见的一般。当日包知县准了状词,就出牌拘审。马既闲见他告了,也诉一状,柱语是无惑可辨,无冤可明,恳恩雪耻诛淫以维风化事。原差把马既闲夫妇与状上有名的干证个个拘齐,只有丫环卖在别处,知县不肯越境提人,故此不到。

临审的时节,先叫马既闲上去,问他休妻的来历。马既闲就把姜念兹饮酒之时,当面讥诮的言语,与回来试验件件不差,数日之后姜念兹病死的话,有头有脑说了一遍。知县道:"据你说来,都是些捕风捉影、以虚作实的话,一毫凭据也没有,如何就把妻子出了?"马既闲道:"这些话虽然涉于影响,那丫环口里的话却是明明白白的。"又把丫环招出的言语,细细述了一遍,道:"老父师若还不信,此婢现在府城,拘来一审就明白了。"知县道:"她这些话,还是你不曾加刑,她情愿说出来的,还是被你拷打不过,没奈何了招出来的?"马既闲见官府问到此处,有些不好答应,只得含含糊糊,说了一句。知县道:"我知道了,你且下去。叫那妇人上来。"

上官氏走到面前,知县问道:"你主婢二人若与姜秀才无奸,他怎么知道你身上寒冷,丫环身上暖热,说来一些不差,难道是个神仙不成?"上官氏道:"这个缘故,莫说丈夫疑心,就是小妇人自己也不明白。或者是他取笑的话,偶然猜着了也不可知。只是小妇人平日是个冰清玉洁的人,不但与姜秀才无奸,并不知道他面长面短,平空白地受此奇谤,就是死也不肯甘心。若还是别的老爷在此为官,小妇人只好含冤抱屈而死,也不敢前来告状;闻得老爷是龙图转世,没有审不出的冤情,所以才敢萌此妄想。如今只求老爷原情度理,把这桩怪事替小妇人筹想一筹想,释得小妇人自己之疑,就辩得丈夫心上之惑。"知县道:"再没有不曾贴身,知道冷热之理,这等你便与他奸,那个丫环可曾被他淫污?或者你身上的寒冷丫环知道,丫环对他说了,故此他冒认有私,做个赖风月的话柄,也不可知。"上官氏道:"丫环平日与小妇人半步不离,小妇人替她发得誓过,并无此事。"知县道:"你且下去。"叫马生员的干证上来。

那些干证就是当初同席的朋友。马既闲恐怕审输了官司,要正他无故出妻之罪,故此央了这班朋友,来证姜念兹席上之言。又把医姜念兹的医生也借重在里面,要他说出"阴症"二字,为定罪之由,使将来没有反复。知县先问那些朋友道:"当日姜生员席上之言,是诸兄亲耳听见的么?"那些朋友道:"奸情的真假,其实难明,只是这些说话,却是出于姜生之口,入于马生之耳,门生辈众耳众目,一起听见的。"知县道:"这等姜生员平日是个老成的人,还是个不正气的人?"众朋友道:"平日做人极老成,独有这些言语说得不正气。"知县道:"这等他平日是个板腐的人,还是个喜诙谐好玩耍的人?"众朋友道:"他平日也善诙谐,也喜玩耍,只是小节虽然不拘,大体也还不失,不曾戏谑到这个地步。"知县道:"这等他当日之死,果然由于何病?"众朋友道:"他未吃冷酒之先,就说出'阴症'二字,后来果以阴症而死。现有用药的医生,是一方之国手,求老父师审他就是。"知县问医生道:"姜秀才死于阴症,本县已知道了,不消你再说。只是这'阴症'二字,还是在他脉息里面诊出来的,还是在他自家口里侦探出来的?"医生道:"他自己害羞,不对医生说,是众位相公要救他的性命,背后对医生说的。就是他的脉息,也与众人的说话一般,明明是个阴症。"知县笑了一笑,就吩咐叫马生员上来。

马既闲只说奸情审实了,叫他跪上去,好看妻子用刑,谁想全然不是。知县见他走到,又笑一笑道:"这张状子,本县审出来了,不是一桩奸情,倒是一桩人命。姜秀才饮酒的时节,又不丧心病狂,为什么奸了你的妻子,肯对你说? 此是必无之理。不过是平日戏谑惯了,故意造出这番说话,要讨你的便宜。就是'阴症'二字,也是见众人罚他冷酒,又为谑中之谑,随口说出来的,原没有什么成见。及至得病之后,众朋友以为前言既验,奸必是真,要救他性命,背后吩咐医生叫他作阴症医治。近来的医生那里知道诊什么脉,不过把'望闻问切'四个字做了秘方,去撞人的太岁。撞得着,医好几个;撞不着,医死几个,这都是常事。他见众人说是阴症,无论是何病体,都作阴症医了。药不对科,自然医死,还有什么讲得? 若还果然阴症,姜生员怕死,自然该对医生直说,为什么酒席之间不怕羞,到性命相关之际,反怕起羞来? 可见姜生员与你的妻子一毫无染,只是这位国手不该做庸医误人,白白断送他一条性命,以致显而易见之事,做了冥然不白之冤。如今只消把他问罪,雪你夫妇二人之恨,依旧回去做夫妻,自然没得说了。"就要叫妇人上来,要与他当面和事。马既闲道:"弃妇不端之事,昭然在人耳目之间,不是老父师的片言,可以折得这桩大狱的。宁可受了违断之罪,那完聚之事,万不敢遵。"知县道:"照你说来,难道这等一个少年妇人,就被这桩莫须有之事耽搁她一世不成?"马既闲道:"生员只是不要罢了,何必耽搁她,任凭改嫁就是。"知县对上官氏道:"这等看起来,他是决不要你的了。我今日替你断过,男子另娶,女子另嫁,以后不得再起讼端。"上官氏听了这一句,就在堂上发起性来,说:"老爷是做官的人,一言之下,风化所关,岂有叫一个妇人嫁两个丈夫之理? 他要娶任凭他娶,小妇人有死而已,决不二夫。"说了这几句,就在衣袖里面取出一把剃刀,竟要自刎。知县慌了,连忙叫他父母兄弟一起扯住。又对马既闲道:"但看这种光景,就知道是个贞节妇人,那桩疑事不辩而自明了。如今听我解纷,还是与他完聚的是。"马既闲只是摇头,不肯依断。知县道:"你如今心上之疑,还有那几桩不解?说来我听。"马既闲道:"别的事都可解说,只有'冷热'二字解说不来。"知县听了这句话,不言不语,踌躇了一会,就对他道:"你这句话也说得有理,别的疑事,本县方才都替他说明白了,只有'冷热'二字不曾有个注解,如何服得你的心?这还是本县思虑不到,以致如此。也罢,你们今日都且散去,待本县慢慢的思想,思想出来,再替你审断就是。"众人一起叩谢道:"但愿如此。"当日各人散去,个个都说这个官府枉负了一世的清名,没有决断,有奸就说有奸,无奸就说无奸,何须要到背后去想?

一连过了几日,不见差人来唤复审,正要写状去催,谁想他又往府公干去了,数日方回。众人不等票拘,等他投文之后,就跪过去求审。知县道:"这件事,本县也曾大费揣摩,只是思想不出。就是思想出来,也只好自己肚里明白;若还对诸兄说,诸兄也未必就肯释然。古语说得好:'解铃还用系铃人。'当初那些话,原出于姜生员之口,如今要知虚实,除非还是问他。只是本县乃阳世之官,不能审阴间之事,待我移一角文书到城隍司那边去,烦他把姜生的魂魄提到面前,问他当日之言,是虚是实,讨个的确回文过来,才好与诸兄定案。"众人听了这些话,大家都冷笑起来,道:"鬼神之事,极是渺茫,哪有城隍司的回文是讨得来的?"知县道:"别的官府问他,他未必就答;只怕本县发去的文书,他没有不回之理。诸兄不信就试一试看。我如今若差衙役去投,恐怕讨来的回文诸兄未必见信,不如就着马生赍去,讨了回文转来,有奸无奸,自然明白,再没有疑心的了。"就对马既闲道:"你如今回去,预先斋戒沐浴起来,本县退堂之后,就备一角牒文,明早给发与你。你赍到那边,虔诚祷告一番,把文书烧了,当日不可回去,就宿在神位之旁。第二日起来,他定有回文给发;即使没有回文,少不得梦也托一个与你,决不使你空返就是。"说了这几句,竟自退堂进去了。众人心上都不明白,对马既闲道:"无论真假,你便去走一次,不要认做投文书,只当去求梦罢了。或者弄假成真,有些应验,也不可知。"

马既闲回去,果然斋戒沐浴,发起一片诚心。到第二日,领了本县的牒文,到城隍庙中投递,少不得拜了几拜,把以前的情节告诉一番,然后把牒文化去。当晚就在神位之前和衣而睡,只说回文断断没有,或者日之所思,夜之所梦,无论验不验,定有些梦境也不可知。谁想昏昏沉沉睡了一夜,不见半毫影响。清早起来,又在神位前坐了一会,也不见一毫动静。正要转身回去,只见本庙的道官进来装香,劈面撞着马既闲,把他相了几眼,却像认得的一般,口里唧唧哝哝,只管说"奇事奇事"。马既闲问他是什么奇事,那道官道:"小道是本司掌印的道官,今夜三更时候,忽然梦见城隍老爷唤我带印上堂,说要印一角牒文,回到县里去。我果然带印上来,走到老爷眼前,老爷递一角文书、一个封套与我,我就在文书年月上用了一颗,挂号处用了一颗,封筒钤缝之处用了两颗,共是四颗印信。老爷又教我粘封好了,递与本告拿去,小道递与一人,那面孔模样至今俨然在目,竟与老相公一般,所以方才撞见,诧为奇事。请问老相公为何到此?"马既闲听见这些话,也吃了一大惊,就把本县父母教他赍牒前来,并讨回文的话,说了一遍。两个人惊诧不已,只是回文不见,使人疑惑。马既闲又等一会,不见响动,只得走回家中,要吃些点心,好去回复知县。那些状内有名的朋友,听说马既闲转来,大家不约而齐都来问信。马既闲先把梦与回文两件俱无的话,略说几句,又把道士撞见,惊奇说梦的话,细述一番,众人也惊诧不已。内中有几个聪明的道:"神道的回文,岂有与人看见之理? 或者就在梦中发去,本县的父母也在梦中拆看,也不可知。我们换了衣服,同去见他,他毕竟有些话说。"马既闲就在众人面前脱去见神的色衣,换了见官的青衣,不想就在换衣之际,胸前掉下一角文书。众人大惊,拾起来一看,上面写着两行字道:

定安县城隍司牒文一角,仰本告赍赴定安县正堂包当堂开拆。

那封筒钤缝之处,果然有印二颗,就是城隍道纪司的印信,那年月之旁,又有几个小字道:

内贰件。

众人见了这角文书,大家你看了我,我看了你,都觉得毛骨悚然,就一起赞叹道:"这等看起来,本县的父母不但是包龙图的后身,竟是包龙图的正身了。只是县里发去的文书,只得一件,如今为何有两件,难道连前文也发回不成?"有几个少年要私自觇①开一看,然后送与包公;那些老成的不肯,说私开官府的文书,尚且有罪,何况赫赫有灵的神道,是儿戏得的? 还

---

①　觇(tiǎn)——探取。

是赍送与官,当堂求看的是。就大家换了衣服,走到县前,恰好遇着知县坐堂,一起挨挤上去,说:"城隍司的回文有了,求老父师当堂开拆看。"

马既闲递与门子,门子放在知县面前,众人巴不得早些拆开,好看城隍腹中的文理,鬼判写来的字迹。谁想包知县故意作难,不肯就拆,且跌一枝火签,差人去提上官氏与他父母兄弟,并那做干证的医生,直等这些人犯一起拘到面前,方才拆开文书。仔细一看,就大笑起来道:"原来是这个缘故。"叫上官氏过来,"那一日你丈夫不在家,姜秀才来寻他的时节,还是冷天,还是热天?"上官氏道:"是十月初旬,热天过了,正是初冷的时节。"知县道:"这时节你穿什么衣服,坐在哪里,做什么事? 丫环穿什么衣服,坐在哪里,做什么事? 都被姜秀才看见不曾?"上官氏想了一会,就答应道:"那个时节,小妇人因寒衣不曾浆洗,只穿得一件纱衫,坐在石板上捶衣服。丫环穿的是青布夹袄,坐在灶前烧火。姜秀才只在篱笆外面张得一张,也不知他看得明白,看不明白。"知县点点头道:"是了,你这些说话正合着来文,果然是这个缘故。"就对众人道:"本县前日所说的话一字不差,如今都凑着了。姜秀才与诸兄是一班忘形的朋友,终日笑要诙谐,绝无忌惮。那日去寻马生,隔着篱笆看见这些动静,他就见景生情,造出那番话来取笑你。上官氏乃瘦怯之人,遇了乍凉的天气,只穿一件纱衫,身上岂有不寒之理? 以极寒的身子,坐在石板上面,犹如雪上加霜,那豚间两块自然是冷极的了。丫环乃肥胖之人,况在寒冷的时节,穿了一件夹袄,身上岂有不暖之理? 以极暖的身子,对着灶门烧火,犹如炉中加炭,那胸前一块自然是热极的了。此乃必然之理,一定之情,不必定要贴身着肉,方才知道这种光景。他说话的意思,不过是使乖弄巧,要你回去试验出来,疑心一夜。到第二日相见,就说出真情,要博同社之人哄然一笑而已,原没有别的意思。不想第二日就病起来,不能够与你见面。那得病的缘故,是吃了冷酒之后,又脱衣服,寒冷之气,内外交攻,犯的是伤寒症候。庸医不解,误听人言,作了阴症病医,所以越医越重,以致昏眩而死,此乃上官氏受谤之由也。如今回文现在这边,诸兄拿下去细看。不但城隍司有回文,连那冥犯姜念兹也具有一张供状在此,但不知可是亲笔,诸兄也拿下去细认一番。"说完,就把回文与供状一起递下来。众人捏了仔细一看,只见城隍的文理也与阳间官府的口气一般,鬼判的笔踪字与阳间书办的字迹无异,众人看了还不十分吃惊;独有那张供状,使人看了一遍，不觉害怕起来。不但笔踪字迹俨若生前，就是那篇文理，也宛然是姜念兹的口气。只因他长于四六，下笔便是骈丽之词，不但古作里面排偶最多，就是八股文字之中，也句句是锦联锦对。那供状云：

　　冥犯姜玄，供为庸医害命、谑语伤伦、恳雪两大奇冤以安人鬼事：念玄生居阳世，偕马镳等素笃嘤鸣；恪守清规，与上官氏毫无苟且。只以交情太昵，忌讳两忘，谈锋有暇即交，谑浪无风亦起。访友非关窃妇，窥墙岂为偷情？临风着单薄之衫，想见香肌欲栗；捣衣坐寒凉之石，悬知玉股如冰。睹衣厚即知肥体之加温，奚必粘皮而靠肉；观火近则识酥胸之倍暖，何尝倚翠而偎红？甚矣，东方之善诙谐；冤哉，西子之蒙不洁。至于有因之疾，实起于驴背冲寒；奈何无恒之医，谬认作花间中酒。攻之不效，尚不悔过于己，犹曰"药不瞑眩，厥疾不瘳①"；既而云亡，则能借口于人，而曰"夫人不言，言必有中"。嗟乎！生者之冤不白，止当归罪于方生忽死之游魂；死者之忿难消，行将索命于起死回生之国手。伏望神天移文旧父，寄语良朋，速完夫妇之伦，早结神人之案。免使阳间弃妇，终朝讼屈而呼冤；以致冥府羁魂，尽日披枷而带锁。今蒙召质，理合陈情，一字非虚，所供是实。

　　众人看过之后，依旧递还知县。都说不但字迹宛然，亦且口吻逼肖，是亡友的亲笔无疑。若非老父师聪明正直，威镇幽明，怎能够役鬼驱神，审出这桩奇事？龙图再见之名，真不诬也。就叫马既闲夫妻二人跪在一处，拜谢了恩官。谢过之后，众人一起禀道："这等看起来，马生夫妇之冤，与亡友姜玄之死，都起于医生一人，求大爷师惩治一番，逐他出境，省得以后再误别人。"知县道："我前日原要处他，如今看了回文，倒可以置之不问了。姜生员的供状，开口就说庸医害命，后面又说行将索命，他少不得就来相招了，何须本县惩治他？况且这样的医生，满城都是，哪里逐得许多？自古道：'学医人废。'就是卢医扁鹊，开手用药之时，少不得也要医死几个，然后试得手段出来。从古及今，没有医不死人的国手，只好叫服药之人，委之于命罢了。"说过一番，众人唯唯而退。

　　知县自从审了这桩奇事，名声愈震，龙图再出之号，从广东直传到京师，未满三年，就钦取做了吏部。那做干证的医生，自从审了官司回去，夜

----

　　①　瘳（chōu）——病愈。

夜见神见鬼,说有人问他讨命,不多几时,就忧郁死了。

却说马既闲与上官氏,自从在公堂完聚之后,夫妻恩爱之情,比前更加十倍,三年之中,连生二子。一日上官氏对马既闲道:"我当初那桩冤枉,虽然是官府有才,推详得出;也亏得城隍老爷有灵有感,拘得鬼犯到来,讨得供状转去,方才审决得下。不然,我夫妻二人此时还不能见面。几时该办些祭礼,同去拜谢一番才是。"马既闲道:"我也正要如此。"就拣了一个好日,办下一付猪羊、夫妇二人,连那两个儿子一起抱了前去,叫道士撞钟击鼓,通起诚来,然后拜谢。只见那通诚的道士,就是一向掌印的道官,见他夫妻拜得志诚,不住的在旁边冷笑,却像这桩事情有些什么缘故的一般。马既闲疑心起来,到拜完之后,扯住他细问,他只是东遮西掩,不肯直说。后来见马既闲问之不已,方才吐出真情。原来当初那一角回文,不是真正城隍给发的。就是包知县付与道官,叫道官做的手脚。当日在堂上吩咐之后,马既闲的公文还不曾领得到手,他倒先做一角回文,叫个得用的门子密密的交与道官,叫他待马秀才求梦的时节,乘他在睡梦之中,悄悄塞在他怀里。第二日早些起来,只说到殿上装香,自然撞着,把夜间做梦如何如何的话,说与马秀才知道。又叮嘱道官,叫他全要做得秘密,连自家的徒弟也不可使他得知;若还泄漏出来,要拿道官去打死。所以道官性命为重,熬了三年,不曾敢说出一字。如今见官府升选去了,马既闲的夫妻又十分相得,料想没有反复之理,故此才敢吐出真情。马既闲夫妻听了这番说话,虽然如梦初醒,如睡初觉,也还半信半疑。倒说这道官之言未必尽确,岂有做官的人,肯替百姓这等用心,这般出力,做得完完全全,一些马脚也不露? 就作回文可假,难道那张供状也是假得来的? 死者的文理,死者的笔迹,分分明明,一毫不错,怎么说是做造出来的? 况且供状上面那些捶衣、烧火的话,句句都是真情,他当初又不曾看见,如何逆料得来? 这毕竟是道官说谎,要以神明之力冒为己功,见得当初全亏了他,才有今日,要起发我们赏赐的意思,不要听他。

直等又过三年,马既闲联科中了进士,在京师遇着包公,拜谢他昔日之恩,说:"当初这桩不幸之事,不知费老父师多少深心。且莫说别样周全,即如假借回文一事,也使人感入骨髓。他人处此,无论不肯做,就做了也要露些形迹出来,怎么能够这般周到?"包公听了这些话,故作惊诧之容,说:"当日那角文书,的真是城隍的回牒,如何说'假借'二字? 兄这些话,小弟甚是不解。"马既闲道:"老父师不必再瞒,其中情节门生都已知道了。某道官尚在,老父师在任,封得住他的口,如今高迁已久,他口上的封条也朽烂了,怎么还禁止得住? 只是门生闻得之后,又添了两桩疑事,踌躇三载,再解说不出,如今正要请问。那张回文是出于老父师之手,不必说了;请问那张供状,为何酷肖亡友之笔,捶衣、烧火二事,又从何处得来? 快些赐教明白,省得门生终日疑心。"包公见他说得对针,知道瞒不到底,就大笑起来道:"那角回文,果然是小弟扭捏出来的。令正受枉的情节,小弟胸中甚是了然,只因兄是当局之人,又且为先入之言所惑,所以执迷不解,若不把神道设教,如何扯得拢来? 所以做出那桩欺人的勾当。捶衣、烧火之事,乃得之于盛婢之口。当初拘审的时节,小弟若还要她到官,有何难处? 只消一纸关文,就提到了。只因她当日被兄拷打,胡招乱说了一次,若提到官,她必然惧怕,说私刑尚且熬不过,如何受得官刑? 少不得略加捶楚,她就仍前乱说。要晓得官府审事,重刑之下,必少真情;盛怒之时,绝多冤狱。她在私下乱招,还作不得准,若在公堂之上,说几句胡话出来,就使人移动不得了。所以不肯提她到官,要留在那边,做个退步。若还卖在别处地方,还一时见她不着,又喜卖在府城,小弟参谒上台,不时往府,带便问她一问,有何难处? 所以那日回复诸兄,要待从容思想者,正是为此。后来往府公干,拘她到寓处一鞫①,就探出这种真情。若回来与兄直说,兄自然不信,没奈何只得略施小巧,假口于既死之人,此讨回文、索供状之所由来也。既然要做这桩事,毕竟要做得周匝,不然反要弄巧成拙,贻笑于诸兄了。小弟做官几载,并不曾与姜生往来,何从知道他的文理,寻访他的笔迹? 只因小弟初到之时,曾季考一次,姜生与兄都取在优等,原卷尚在敝衙,搜寻出来一看,只见他文字之中工于对偶,笔下又来得溜酋,所以学他口气,做了那篇四六供招,叫内衙书办摹仿他的笔迹誊写出来,所以俨然无二。这段因缘,虽是小弟费了些心血,果然断得不差;也还是兄与尊阃凤缘未断,该当如此,故使小弟侥天之幸,不曾露得马脚出来。不然道官口上的封条,不消三日就朽烂了,怎能够熬到如今方才泄露?"说完又大笑了一场。马既闲听了这些话,感激到极处,不觉掉下泪来,又跪倒在地,拜了几拜,方才分别。

---

①　鞫(jū)审问。

后来包知县直做到尚书，子子孙孙富贵不绝，人以为虚心折狱之报。马既闲只因自家妻子受过这番冤屈，又听了包公许多金石之言，后来做官，无论大小词讼，都要原情度理，虚衷审鞫，不肯造次用刑，不敢草草定罪，也做到三品才住。

这回小说是做与贵官长者看的，但愿当事诸公，人人都买一册，不时翻阅翻阅，但学包知县之存心，不必定要学他弄巧，若还学他弄巧，定有马脚露出来，恐怕没有许多封条封得住小民之口也。

连城璧外编

一

落祸坑智完节操　借仇口巧播声名

词云：

女性从来似水，人情近日如丸。《春秋》责备且从宽，莫向长中索短。

治世柏舟易矢，乱离节操难完。靛缸捞出白齐纨，纵有千金不换。

话说忠孝节义四个字，是世上人的美称，个个都喜欢这个名色。只是奸臣口里也说忠，逆子对人也说孝，奸夫何曾不道义，淫妇未尝不讲节，所以真假极是难辨。古云："疾风知劲草，板荡识忠臣。"要辨真假，除非把患难来试他一试。只是这件东西是试不得的，譬如金银铜锡，下炉一试，假的坏了，真的依旧剩还你；这忠孝节义将来一试，假的倒剩还你，真的一试就试杀了。我把忠孝义三件略过一边，单说个节字。明朝自流寇倡乱，闯贼乘机，以至沧桑鼎革①，将近二十年，被掳的妇人车载斗量，不计其数。其间也有矢志不屈，或夺刀自刎，或延颈受诛的，这是最上一乘，千中难得遇一；还有起初勉强失身，过后深思自愧，投河自缢的，也还叫做中上；又有身随异类，心系故乡，寄信还家，劝夫取赎的，虽则腼颜可耻，也还心有可原，没奈何也把她算做中下；最可恨者，是口餍肥甘，身安罗绮，喜唱畲②调，怕说乡音，甚至有良人千里来赎，对面不认原夫的，这等淫妇，才是最下一流，说来叫人腐心切齿。虽曾听见人说，有个仗义将军，当面斩淫妇之头，雪前夫之恨，这样痛快人心的事，究竟只是耳闻，不曾目见。

---

① 鼎革——更新称鼎，除旧称革。多指改朝换代。

② 畲（tǎi）调——说话带外地口音。

看官,你说未乱之先,多少妇人谈贞说烈,谁知放在这欲火炉中一炼,真假都验出来了。那些假的如今都在,真的半个无存,岂不可惜。我且说个试不杀的活宝,将来做个话柄,虽不可为守节之常,却比那忍辱报仇的还高一等。看官,你们若执了《春秋》责备贤者之法,苛求起来,就不是末世论人的忠厚之道了。

崇祯年间,陕西西安府武功县乡间有个女子,因丈夫姓耿,排行第二,所以人都叫他耿二娘。生来体态端庄,丰姿绰约,自不必说;却又聪慧异常,虽然不读一句书,不识一个字,她自有一种性里带来的聪明。任你区处不来的事,遇了她,她自然会见景生情,从人意想不到之处生个妙用出来,布摆将去。做的时节,人都笑她无谓,过后思之,却是至当不易的道理。在娘家做女儿的时节,有个邻舍在河边钓鱼,偶然反钓钩含在口里与人讲话,不觉的吞将下去。钩在喉内,线在手中,要扯出来,怕钩住喉咙;要咽下去,怕刺坏肚肠。哭又哭不得,笑又笑不得,去与医生商议,都说医书上不曾载这一款,哪里会医? 那人急了,到处逢人问计。二娘在家听见,对阿兄道:"我有个法儿,你如此如此,去替他扯出来。"其兄走到那家道:"有旧珠灯取一盏来。"那人即时取到。其兄将来拆开,把糯米珠一粒一粒穿在线上,往喉咙里面直推,推到推不去处,知道抵着钩了,然后一手往里面勒珠,一手往外面抽线,用力一抽,钩扯直了,从珠眼里带将出来,一些皮肉不损,无人不服她好计。到耿家做媳妇,又有个妯娌从架上拿箱下来取衣服,取了衣服,依旧把箱放上架去,不想架太高,箱太重,用力一擎,手骨兜住了肩骨,箱便放上去了,两手朝天,再放不下,略动一动,就要疼死。其夫急得没主意,到处请良医,问三老,总没做理会处。其夫对二娘道:"二娘子,你是极聪明的,替我想个主意。"二娘道:"要手下来不难,只把衣服脱去,叫人揉一揉就好了。只是要几个男子立在身边,借他们阳气蒸一蒸,筋脉才得和合,只怕她害羞不肯。"其夫道:"只要病好,哪里顾得!"就把叔伯兄弟都请来周围立住,把她上身衣服脱得精光,用力揉了一会,只不见好。又去问二娘,二娘道:"四肢原是通连的,单揉手骨也没用,须把下身也脱了,再揉一揉腿骨,包你就好。"其夫走去,替他把裙脱了,解到裤带,其妇大叫一声:"使不得!"用力一挣,两手不觉朝下,紧紧捏住裤腰。彼时二娘立在窗外,便走进去道:"恭喜手已好了,不消脱罢。"原来起先那些揉四肢、借阳气的话,都是哄她的,料她在人面前决惜廉耻,自然不顾疼痛,一挣之间,手便复旧,这叫做"医者意也"。众人都大笑道:"好计,好计!"从此替她进个徽号,叫做女陈平。但凡村中有疑难的事,就来问计。二娘与二郎夫妻甚是恩爱,虽然家道贫穷,她惯会做无米之炊,绩麻拈草,尽过得去。

忽然流贼反来,东蹂西躏,男要杀戮,女要奸淫。生得丑的,淫欲过了,倒还甩下;略有几分姿色的,就要带去。一日来到武功相近地方,各家妇女都向二娘问计。二娘道:"这是千百年的一劫,岂是人谋算得脱的?"各妇回去,都号啕痛哭,与丈夫永诀,也有寻剃刀的,也有买人言的,带在身边,都说等贼一到,即寻自尽,决不玷污清白之身。耿二郎对妻子道:"我和你死别生离,只在这一刻了。"二娘道:"事到如今,也没奈何。我若被他们掳去,决不忍耻偷生,也决不轻身就死。须尽我生平的力量,竭我胸中的智巧去做了看。若万不能脱身,方才上这条路;倘有一线生机,我决逃回来与你团聚。贼若一到,你自去逃生,切不可顾恋着我,做了两败俱伤。我若去后,你料想无银取赎,也不必赶来寻我,只在家中死等就是。"说完,出了几点眼泪,走到床头边摸了几块破布放在袖中;又取十个铜钱,叫二郎到生药铺中去买巴豆。二郎道:"要他何用?"二娘道:"你莫管,我自有用处。"二郎走出门,众人都拦住问道:"令正作何料理?"二郎把妻子的话述了一遍,又道:"他寻几块破布带在身边,又叫我去买巴豆,不知何用?"众人都猜她意思不出。二娘买了巴豆回来,二娘敲去了壳,取肉缝在衣带之中,催二郎远避,自己反梳头匀面,艳妆以待。

不多时,流贼的前锋到了。众兵看见二娘,你扯我曳。只见一个流贼走来,标标致致,年纪不上三十来岁,众兵见了,各各走开。二娘知道是个头目,双膝跪下道:"将爷,求你收我做了婢妾罢。"那贼头慌忙扶起道:"我掳过多少妇人,不曾见你这般姿色,你若肯随我,我就与你做结发夫妻,岂止婢妾?只是一件,后面还有大似我的头目来,见你这等标致,他又要夺去,哪里有得到我?"二娘道:"不妨,待我把头发弄蓬松了,面上搽些锅煤,他见了我的丑态,自然不要了。"贼头搂住连拍道:"初见这等有情,后来做夫妻,还不知怎么样疼热。"二娘装扮完了,大队已到。总头查点各营妇女,二娘掩饰过了。贼头放下心,把二娘锁在一间空房,又往外面掳了四五个来,都是二娘的邻舍,交与二娘道:"这几个做你的丫环使婢。"到晚叫众妇煮饭烧汤,贼头与二娘吃了晚饭,洗了脚手。二娘欢欢

喜喜脱了衣服,先上床睡。贼头见了二娘雪白的肌肤,好像:

　　　　馋猫遇着肥鼠,饿鹰见了嫩鸡。

自家的衣服也等不得解开,根根衣带都扯断,身子还不曾上肚,那翘然一物已到了穴边,用力一抵,谁想抵着一块破布。贼头道:"这是什么东西?"二娘从从容容道:"不瞒你说,我今日恰好遇着经期,月水来了。"贼头不信,拿起破布一闻,果然烂血腥气。二娘道:"妇人带经行房,定要生病。你若不要我做夫妻,我也禁你不得;你若果然有此意,将来还要生儿育女,权且等我两夜。况且眼前替身又多,何必定要把我的性命来取乐?"贼头道:"也说得是,我且去同她们睡。"二娘又搂住道:"我见你这等年少风流,心上爱你不过,只是身不自由。你与她们做完了事,还来与我同睡,皮肉靠一靠也是甘心的。"贼头道:"自然。"他听见二娘这几句肉麻的话,平日官府招不降的心,被他招降了;阎王勾不去的魂,被她勾去了。勉强爬将过去,心上好不难丢。

　　看官,你说二娘的月经为什么这等来得凑巧?原来这是她初出茅庐的第一计,预先带破布,正是为此。那破布是一向行经用的,所以带血腥气。掩饰过这一夜,就好相机行事了。彼时众妇都睡在地下,贼头放出平日打仗的手段来,一个个交锋对垒过去。一来借众妇权当二娘,发泄他一天狂兴;二来要等二娘听见,知道他本事高强。众妇个个欢迎,毫无推阻。预先带的人言、剃刀,只做得个备而不用;到那争锋夺宠的时节,还像恨不得把人言药死几个,剃刀割死几个,让他独自受用才称心的一般。二娘在床上侧耳听声,看贼头说什么话。只见他雨散云收,歇息一会,喘气定了,就道:"你们可有银子藏在何处么?可有首饰寄在谁家么?"把众妇逐个都问将去,内中也有答应他有的,也有说没有的。二娘暗中点头道:"是了。"贼头依旧爬上床来,把二娘紧紧搂住,问道:"你丈夫的本事比我何如?"二娘道:"万不及一。不但本事不如,就是容貌也没有你这等标致,性子也没有你这等温存,我如今反因祸而得福了。只是一件,你这等一个相貌,哪里寻不得一碗饭吃,定要在鞍马上做这等冒险的营生?"贼头道:"我也晓得这不是桩好事,只是如今世上银子难得,我借此掳些金银,够做本钱,就要改邪归正了。"二娘道:"这等你以前掳的有多少了?"贼头道:"连金珠首饰算来,也有二千余金。若再掳得这些,有个半万的气候,我就和你去做老员外、财主婆了。"二娘道:"只怕你这些话是骗我的，你若果肯收心，莫说半万，就是一万也还你有。"贼头听见，心上跳了几跳，问道："如今在哪里？"二娘道："六耳不传道，今晚众人在此，不好说得，明夜和你商量。"

贼头只得勉强捱过一宵，第二日随了总头，又流到一处。预先把众妇安插在别房，好到晚间与二娘说话。才上床就问道："那万金在哪里？"二娘道："你们男子的心肠最易改变，如今说与我做夫妻，只怕银子到了手，又要去寻好似我的做财主婆了。你若果然肯与我白头相守，须要发个誓，我才对你讲。"贼头听见，一个筋斗就翻下床来，对天跪下道："我后来若有变更，死于万刀之下。"二娘挽起道："我实对你说，我家公公是个有名财主，死不多年。我丈夫见东反西乱，世事不好，把本钱收起，连首饰酒器共有万金，掘一个地窖埋在土中。你去起来，我和你一世哪里受用得尽？"贼头道："恐怕被人起去了。"二娘道："只我夫妻二人知道，我的丈夫昨日又被你们杀了，是我亲眼见的。如今除了我，还有哪个晓得？况又在空野之中，就是神仙也想不到。只是我自己不好去，怕人认得。你把我寄在什么亲眷人家，我对你说了那个所在，你自去起。"贼头道："我们做流贼的人，有什么亲眷可以托妻寄子？况且哪个所在生生疏疏，教我从哪里掘起？究竟与你同去才好。"二娘道："若要同行，除非装做叫化夫妻，一路乞丐而去。人才认不出。"贼头道："如此甚好。既要扮做叫化，这辎重都带不得了，将来寄在何处？"二娘道："我有个道理，将来捆做一包，到夜间等众人睡静，我和你抬去丢在深水之中，只要记着地方，待起了大窖转来，从此经过，捞了带去就是。"贼头把她搂住，"心肝乖肉"叫个不了，道她又标致，又聪明，又有情意，"我前世不知做了多少好事，修得这样一个好内助也够得紧了，又得那一主大妻财。"当晚与二娘交颈而睡。料想明日经水自然干净，预先养精蓄锐，好奉承财主婆，这一晚竟不到众妇身边去睡。

到第三日，又随总头流到一处。路上恰好遇着一对叫化夫妻，贼头把他衣服剥下，交与二娘道："这是天赐我们的行头了。"又问二娘道："经水住了不曾？"二娘道："住了。"贼头听见，眉欢眼笑，摩拳擦掌，巴不得到晚，好追欢取乐。只见二娘到午后，忽然睡倒在床，娇啼婉转，口里不住叫痛。贼头问她那里不自在，二娘道："不知什么缘故，下身生起一个毒来，肿得碗一般大，浑身发寒发热，好不耐烦。"贼头道："生在哪里？"二娘举

起纤纤玉指,指着裙带之下。贼头大惊道:"这是我的命门,怎么生得毒起?"就将她罗裙揭起,绣裤扯开,把命门一看,只见:

玉肤高耸,紫晕微含。深痕涨作浅痕,无门可入;两片合成一片,有缝难开。好像蒸过三宿的馒头,又似浸过十朝的淡菜。

贼头见了,好不心疼。替她揉了一会,连忙去捉医生,讨药来敷,谁想越敷越肿。那里晓得这又是二娘的一计。她晓得今夜断饶不过,预先从衣带中取出一粒巴豆,拈出油来,向牝户周围一擦。原来这件东西极是利害的,好好皮肤一经了他,即时臃肿。她在家中曾见人验过,故此买来带在身边。这一晚,贼头搂住二娘同睡,对二娘道:"我狠命熬了两宵,指望今夜和你肆意取乐,谁知又生出意外的事来,叫我怎么熬得过? 如今没奈何,只得做个太监行房,摩靠一摩靠罢了。"说完,果然竟去摩靠起来。二娘大叫道:"疼死人,挨不得!"将汗巾隔着手,把他此物一捏。原来二娘防他此着,先把巴豆油染在汗巾上,此时一捏,已捏上此物,不上一刻,烘然发作起来。贼头道:"好古怪,连我下身也有些发寒发热,难道靠得一靠就过了毒气来不成?"起来点灯,把此物一照,只见肿做个水晶棒槌。从此不消二娘拒他,他自然不敢相近。二娘千方百计,只保全这件名器不肯假人,其余的朱唇绛舌,嫩乳酥胸,金莲玉指,都视为土木形骸,任他含哂摩捏,只当不知,这是救根本不救枝叶的权宜之术。

睡到半夜,贼头道:"此时人已睡静,好做事了。"同二娘起来,把日间捆的包裹抬去丢在一条长桥之下,记了桥边的地方,认了岸上的树木。回来把叫化衣服换了,只带几两散碎银子随身,其余的衣服行李尽皆丢下,瞒了众妇,连夜如飞的走。走到天明,将去贼营三十里,到店中买饭吃。二娘张得贼眼不见,取一粒巴豆拈碎,搅在饭中。贼头吃下去,不上一个时辰,腹中大泻起来,行不上二三里路,倒登了十数次东。到夜间爬起爬倒,泻个不住。第二日吃饭,又加上半粒。好笑一个如狼似虎的贼头,只消粒半巴豆,两日工夫,弄得焦黄精瘦,路也走不动,话也说不出,晚间的余事,一发不消说了。贼头心上思量道:"妇人家跟着男子,不过图些枕边的快乐。他前两夜被经水所阻,后两夜被肿毒所误,如今经水住了,肿毒消了,正该把些甜头到他,谁想我又疴起痢来。要勉强奋发,怎奈这件不争气的东西,再也扶他不起。"心上好生过意不去,谁知二娘正为禁止此事。自他得病之后,愈加殷勤,日间扶他走路,夜间搀他上炕,有时爬不及,泻在席上,二娘将手替他揩抹,不露一毫厌恶的光景。贼头流泪道:"我和你虽有夫妻之名,并无夫妻之实。我害了这等齷齪的病,你不但不憎嫌,反愈加疼热,我死也报不得你的大恩。"二娘把好话安慰了一番。

第三日行到本家相近地方,隔二三里寻一所古庙住下,吃饭时,又加一粒巴豆。贼头泻倒不能起身,对二娘道:"我如今元气泻尽,死多生少,你若有夫妻之情,去讨些药来救我,不然死在目前了。"二娘道:"我明日就去赎药。"次日天不亮,就以赎药为名,竟走到家里去。耿二郎起来开门,恰好撞着妻子,真是天上掉下来的,那里喜欢得了? 问道:"你用什么计较逃得回来?"二娘把骗他起窖的话大概说了几句。二郎只晓得他骗得脱身,还不知道他原封未动。对二娘道:"既然贼子来在近处,待我去杀了他来。"二娘道:"莫慌,我还有用他的所在。你如今切不可把一人知道,星夜赶到某处桥下,深水之中有一个包裹,内中有二千多金的物事,取了回来,我自有处。"二郎依了妻子的话,寂不漏风,如飞赶去。二娘果然到药铺讨了一服参苓白术散,拿到庙中,与贼头吃了,肚泻止了十分之三,将养三四日,只等起来掘窖。二娘道:"要掘土,少不得用把锄头,待我到铁匠店中去买一把来。"又以买锄头为名,走回家去,只见桥下的物事,二郎俱已取回。二娘道:"如今可以下手他了。只是不可急遽,须要如此如此,这般这般,不可差了一着。"说完换了衣服,坐在家中,不往庙中去了。

二郎依计而行,拿了一条铁索,约了两个帮手,走到庙中,大喝一声道:"贼奴! 你如今走到哪里去?"贼头吓得魂不附体。二郎将铁索锁了,带到一个公众去处,把大锣一敲,高声喊道:"地方邻里,三党六亲,都来看杀流贼!"众人听见,都走拢来。二郎把贼头捆了,高高吊起,手拿一条大棍,一面打一面问道:"你把我妻子掳去,奸淫得好!"贼头道:"我掳的妇人也多,不知哪一位是你的奶奶?"二郎道:"同你来的耿二娘,就是我的妻子。"贼头道:"他说丈夫眼见杀了,怎么还在? 这等看起来,以前的话都是骗我的了。只是一件,我掳便掳她去,同便同她来,却与她一些相干也没有,老爷不要错打了人。"二郎道:"利嘴贼奴,你同她睡了十来夜,还说没有相干,哪一个听你?"擎起棍子又打。贼头道:"内中有个缘故,容我细招。"二郎道:"我没有耳朵听你。"众人道:"便等他招了再打也不迟。"二郎放下棍子,众人寂然无声,都听你说。贼头道:"我起初见她生得标致,要把她做妻子,十分爱惜她。头一晚同她睡,见她腰下夹了一块破布,说经水来了,那一晚我与别的妇人同睡,不曾舍得动她。第二晚又熬了一夜。到第三晚,正要和她睡,不想她要紧去处生起一个毒来,又动不得。第四晚来到路上,她有肿毒才消,我的痢疾病又发了,一日一夜泻上几百次,走路说话的精神都没有,哪里还有气力做那桩事?自从出营直泻到如今,虽然同行同宿,其实水米无交。老爷若不信时,只去问你家奶奶就是。”众人中有几个伶俐的道:“是了是了,怪道那一日你道她带破布、买巴豆,我说要她何用,原来为此。这等看来,果然不曾受他淫污了。”内中也有妻子被掳的,又问他道:“这等前日掳去的妇人,可还有几个守节的么!”贼头道:“除了这一个,再要半个也没有,内中还有带人言、剃刀的,也拼不得死,都同我睡了。”问的人听见,知道妻子被淫,不好说出,气得面如土色。二郎提了棍子,从头打起,贼头喊道:“老爷,我有二千多两银子送与老爷,饶了我的命罢。”众人道:“银子在哪里?”贼头道:“在某处桥下,请去捞来就是。”二郎道:“那都是你掳掠来的,我不要这等不义之财,只与万民除害!”起先那些问话的人,都恨这贼头不过,齐声道:“还是为民除害的是!”不消二郎动手,你一拳,我一棒,不上一刻工夫,呜呼哀哉尚飨了。还有几个害贪嗔病的,想着那二千两银子,瞒了众人,星夜赶去掏摸,费尽心机,只做得个水中捞月。

看官,你说二娘的这些计较奇也不奇,巧也不巧?自从出门,直到回家,那许多妙计,且不要说,只是末后一着,何等神妙!她若要把他弄死在路上,只消多费几粒巴豆,有何难哉。他偏要留他送到家中,借他的口,表明自己的心迹,所以为奇。假如把他弄死,自己一人回来,说我不曾失身于流贼,莫说众人不信,就是自己的丈夫,也只说他是撇清的话,哪见有靛青缸里捞得一匹白布出来?如今奖语出在仇人之口,人人信为实录,这才叫做女陈平。陈平的奇计只得六出,他倒有七出。后来人把他七件事编做口号云:

一出奇,出门破布当封皮;二出奇,馒头肿毒不须医;三出奇,纯阳变做水晶槌;四出奇,一粒神丹泻倒脾;五出奇,万金谎骗出重围;六出奇,藏金水底得便宜;七出奇,梁上仇人口是碑。

二

仗佛力求男得女　格天心变女成男

诗云：

　　梦兆从来贵反详，梦凶得吉理之常。

　　却更有时明说与，不须寤①后搅思肠。

话说世上人做梦一事，其理甚不可解，为什么好好的睡了去，就会见张见李，与他说起话、做起事来？那做张做李的人，若说不是鬼神，渺渺茫茫之中，哪里生出这许多形象？若说果是鬼神，那梦却尽有不验的，为什么鬼神这等没正经，等人睡去就来缠扰？或是醉人以酒，或是迷人以色，或是诱人以财，或是动人以气，不但睡时搅人的精神，还到醒时费人的思索，究竟一些效验也没有，这是什么缘故？要晓得鬼神原不骗人，是人自己骗自己。梦中的人，也有是鬼神变来的，也有是自己魂魄变来的。若是鬼神变来的，善则报之以吉，恶则报之以凶。或者凶反报之以吉，要转他为恶之心；吉反报之以凶，要励他为善之志。这样的梦，后来自然会应了。若是自己魂魄变来的，他就不论你事之邪正，理之是非，一味只要投其所好。你若所好在酒，他就变做刘伶、杜康，携酒来与你吃；你若所好在色，他就变做西施、毛嫱，献色来与你淫；你若所重在财，他就变做陶朱、猗顿，送银子来与你用；你若所重在气，他就变做孟贲、乌获，拿力气来与你争。这叫做日之所思，夜之所梦，自己骗自己的，后来哪里会应？我如今且说一个验也验得巧的，一个不验也不验得巧的，做个开场道末，以起说梦之端。

当初有个皮匠，一贫彻骨，终日在家堂香火面前烧香礼拜道："弟子穷到这个地步，一时怎么财主得来？你就保佑我生意亨通，每日也不过替人上两双鞋子，打几个楦头②，有什么大进益？只除非保佑我掘到一窖银

---

①　寤（wù）——睡醒。

②　楦（xuàn）头——制鞋、制帽时所用的模型。

子,方才会发迹。就不敢指望上万上千,便是几百、几十两的横财也见赐一主,不枉弟子哀告之诚。"终日说来说去,只是这几句话。忽一夜就做起梦来,有一个人问他道:"闻得你要掘窖,可是真的么?"皮匠道:"是真的。"那人道:"如今某处地方有一个窖在那里,你何不去掘了来?"皮匠道:"底下有多少数目?"那人道:"不要问数目,只还你一世用他不尽就是了。"皮匠醒来,不胜之喜,知道是家堂香火见他祷告志诚,晓得那里有藏,叫他去起的了。等得到天明,就去办了三牲,请了纸马,走到梦中所说的地方,祭了土地,方才动土。掘下去不上二尺,果然有一个蒲包,捆得结结实实,皮匠道:"是了,既然应了梦,决不止一包。如今不但几十几百,连上千上万都有了。"及至提起来,一包之下,并无他物,那包又是不重的,皮匠的高兴先扫去一半了。再拿来解开一看,却是一蒲包的猪鬃。皮匠大骇,欲待丢去,又思量道:"猪鬃是我做皮匠的本钱,怎好暴弃天物。"就拿回去穿线缝鞋,后来果然一世用他不尽。这或者是因他自生妄想,魂魄要投其所好,信口教他去起窖,偶然撞着的;又或者是神道因他聒絮得厌烦,有意设这个巧法,将来回复他的,总不可知。这一个是不验的巧处了。

如今却说那验得巧的。杭州西湖上有个于坟,是少保于忠肃公的祠墓。凡人到此求梦,再没有一个不奇验的。每到科举年,他的祠堂竟做了个大歇店,清晨去等的才有床,午前去的就在地下打铺,午后去的,连屋角头也没得蹲身,只好在阶檐底下、乱草丛中打几个瞌铳而已。那一年有同寓的三个举子,一起去祈梦,分做三处宿歇。次日得了梦兆回来,各有忧惧之色,你问我不说,我问你不言。直到晚间吃夜饭,居停主人道:"列位相公各是何梦?"三人都攒眉蹙额道:"梦兆甚是不祥。"主人道:"梦凶得吉,从来之常,只要详得好。你且说来,待我详详看。"内中有一个道:"我梦见于忠肃公亲手递个象棋与我,我拿来一看,上面是个'卒'字,所以甚是忧虑。卒者死也,我今年不中也罢了,难道还要死不成?"那二人听见,都大惊大骇起来,这个道:"我也是这个梦,一些不差。"那个又道:"我也是这个梦,一些不差。"三人愁做一堆,起先去祈梦,原是为功名;如今功名都不想,大家要求性命了。主人想了一会道:"这样的梦,须得某道人详,才解得出,我们一时解他不来。"三人都道:"那道人住在哪里?"主人道:"就在我这对门,只有一河之隔。他平素极会详梦,你们明日去问他,他自然有绝妙的解法。"三人道:"既在对门,何须到明日,今晚便去问他就是了。"主人道:"虽隔一河,无桥可度,两边路上俱有栅门,此时都已锁了,须是明日才得相见。"三人之中有两个性缓的,有一个性急的,性缓的竟要等到明日了,那性急的道:"这河里水也不深,今晚便待我涉过水去,央他详一详,少不得我的吉凶就是你们的祸福了,省得大家睡不着。"说完,就脱了衣服,独自一个走过水去,敲开道人的门,把三人一样的梦说与他详。道人道:"这等夜静更深,栅门锁了,相公从哪里过来的?"此人道:"是从河里走过来的。"道人道:"这等那两位过来不曾?"祈梦的道:"他们都不曾来。"道人大笑道:"这等那两位都不中,单是相公一位中了。"此人道:"同是一样的梦,为什么他们不中,我又会中起来?"道人道:"这个'卒'字,既是棋子上的,就要到棋子上去详了。从来下象棋的道理,卒不过河,一过河就好了。那两位不肯过河,自然不中;你一位走过河来,自然中了,有什么疑得?"此人听见,虽说他详得有理,心上只是有些狐疑;及至挂出榜来,果然这个中了,那两个不中。可见但凡梦兆,都要详得好,鬼神的聪明,不是显而易见的,须要深心体认一番,方才揣摩得出。这样的梦是最难详的了;却一般有最易详的,明明白白,就像与人说话一般,这又是一种灵明,总则要同归于验而已。

万历初年,扬州府泰州盐场里,有个灶户,叫做施达卿。原以烧盐起家,后来发了财,也还不离本业,但只是发本钱与别人烧,自己坐收其利。家赀虽不上半万,每年的出息倒也有数千,这是什么缘故?只因灶户里面,赤贫者多,有家业者少,盐商怕他赖去,不肯发大本与他;达卿原是同伙的人,哪一个不熟?只见做人信实的,要银就发,不论多寡,人都要图他下次,再没有一个赖他的。只是利心太重,烧出盐来,除使用之外,他得七分,烧的只得三分。家中又有田产屋业,利上盘起利来,一日富似一日,灶户里边,只有他这个财主。古语道得好:

> 地无朱砂,赤土为佳。

海边上有这个富户,哪一个不奉承他?夫妻两口,享不尽素封之乐。只是一件,年近六十,尚然无子。其妻向有醋癖,五十岁以前,不许他娶小,只说自己会生,谁想空心蛋也不曾生一个。直到七七四十九岁之后,天癸已绝,晓得没指望了,才容他讨几个通房。达卿虽不能够肆意取乐,每到经期之后,也奉了钦差,走去下几次种。却也古怪,那些通房在别人家就像雌鸡、母鸭一般,不消家主同衾共枕,只是说话走路之间,得空偷偷摸摸,就有了胎;走到他家,就是阉过了的猪,揭过了的狗,任你翻来覆去,横困也没有,竖困也没有,秋生冬熟之田,变做春夏不毛之地,达卿心上甚是忧煎。

他四十岁以前闻得人说,准提菩萨感应极灵,凡有吃他的斋、持他的咒的,只不要祈保两事,求子的只求子,求名的只求名,久而久之,自有应验。他就发了一点虔心,志志诚诚铸一面准提镜,供在中堂。每到斋期,清晨起来,对着镜子,左手结了金刚拳印,右手持了念珠,第一诵净法界真言二字道:

　　　　唵嚂。

念了二十一遍。第二诵护身真言三字:

　　　　唵啮嚂。

也是二十一遍。第三诵大明真言七字:

　　　　唵么抳钵讷铬吽。

一百零八遍。第四才诵准提咒廿七字:

　　　　南无飒哆喃三藐三菩提俱胝喃怛你也他唵折隶主隶准提娑婆

　　词。也是一百零八遍。然后念一首偈:

　　　　稽首皈依苏悉帝,头面顶礼七俱胝。我今称赞大准提,唯愿慈悲

　　垂加护。

讽诵完了,就把求子的心事祷告一番,叩首数通已毕,方才去吃饭做事。

那准提斋每月共有十日,哪十日?

　　　　初一,初八,十四,十五,十八,廿三,廿四,廿八,廿九,三十。

若还月小,就把廿七日预补了三十,又有人恐怕琐琐碎碎记他不清,将十个日子编做两句话道:

　　　　一八四五八,三四八九十。

只把这两句念得烂熟,自然不会忘了。只是一件,这个准提菩萨是极会磨炼人的,偏是不吃斋的日子再撞不着酒筵;一遇了斋期,便有人请他赴席。那吃斋的人,清早起来,心是清的,自然记得,偏没人请他吃早酒;到了晚上,百事分心,十个九个都忘了,偏要撞着头脑,遇着荤腥,自然下箸,等到忽然记起的时节,那鱼肉已进了喉咙,下了肚子,挖不出了。独有施达卿专心致志,自四十岁上吃起,吃到六十岁,这二十年之中,再不曾忘记一

次,怎奈这桩求子的心事再遂不来。

那一日是他六十岁的寿诞,起来拜过天地,就对着准提镜子哀告道:"菩萨,弟子皈依你二十年,日子也不少了;终日烧香礼拜,头也磕得够了;时常苦告苦求,话也说得烦了。就是我前世的罪多孽重,今生不该有子,难道你在玉皇上帝面前,这个小小份上也讲不来? 如今弟子绝后也罢了,只是使二十年虔诚奉佛之人,依旧做了无祀之鬼,那些向善不诚的都要把弟子做话柄,说某人那样志诚,尚且求之不得,可见天意是挽回不来的。则是弟子一生苦行不唯无益,反开世人谤佛之端,绝大众皈依之路,弟子来生的罪业一发重了。还求菩萨舍一舍慈悲,不必定要宁馨之子、富贵之儿,就是痴聋喑哑的下贱之坯,也赐弟子一个,度度种也是好的。"说完,不觉孤恓起来,竟要放声大哭,只因是个寿日,恐怕不祥,哭出声来,又收了进去。

及至到晚,寿酒吃过了,贺客散去了,老夫妻睡做一床,少不得在被窝里也做一做生日。睡到半夜,就做起梦来,也像日间对着镜子呼冤叫屈,日间收进去的哭声此时又放出来了。正哭到伤心之处,那镜子里竟有人说起话来,道:"不要哭,不要哭,子嗣是大事,有只是有,没有只是没有,难道像哪骗孩童的果子一般,见你哭得凶,就递两个与你不成?"达卿大骇,走到镜子面前仔细一看,竟有一尊菩萨盘膝坐在里边。达卿道:"菩萨,方才说话的就是你么?"菩萨道:"正是。"达卿就跪下来道:"这等弟子的后嗣毕竟有没有,倒求菩萨说个明白,省得弟子痴心妄想。"菩萨道:"我对你说,凡人'妻财子禄'四个字,是前生分定的,只除非高僧转世,星宿现形,方才能够四美俱备,其余的凡胎俗骨,有了几桩,定少几桩,哪里能够十全? 你当初降生之前,只因贪嗔病重,讨了'妻财'二字竟走,不曾提起'子禄'来,那生灵簿上不曾注得,所以今生没有。我也再三替你挽回,怎奈上帝说你利心太重,刻薄穷民,虽有二十年好善之功,还准折不得四十载贪刻之罪,哪里求得子来? 后嗣是没有的,不要哄你。"达卿慌起来道:"这等请问菩萨,可还有什么法子,忏悔得来么?"菩萨道:"忏悔之法尽有,只怕你拼不得。"达卿道:"弟子年已六十,死在眼前,将来莫说田产屋业都是别人的,就是这几根骨头,还保不得在土里土外,有什么拼不得?"菩萨道:"大众的俗语说得好:'酒病还须仗酒医。'你的罪业原是财上造来的,如今还把财去忏悔。你若拼得尽着家私拿来施舍,又不可被人骗去,务使穷民得沾实惠,你的家私十分之中散到七、八分上,还你有儿子生出来。"达卿稽首道:"这等弟子谨依法旨,只求菩萨不要失信。"菩萨道:"你不要叮嘱我,只消叮嘱自家。你若不失信,我也决不失信。"说完,达卿再朝镜子一看,菩萨忽然不见了。正在惊疑之际,被妻子翻身碍醒,才晓得是南柯一梦。心上思量道:"我说在菩萨面前哀恳二十年,不见一些影响,难道菩萨是没耳朵的? 如今这个梦,分明是直接回音了,难道还好不信? 无论梦见的是真菩萨,假菩萨,该忏悔,不该忏悔,总则我这些家当将来是没人承受的,与其死了待众人瓜分,不如趁我生前散去。"

主意定了,次日起来就对镜子拜道:"蒙菩萨教诲的话,弟子句句遵依,就从今日做起,菩萨请看。"拜完了,叫人去传众灶户来,当面会付:"从今以后,烧盐的利息要与前相反,你们得七分,我得三分。以前有些陈帐,你们不曾还清的,一概蠲免①。"就寻出票约来,在准提镜前,一火焚了。又吩咐众人:"以后地方上凡有穷苦之人,荒月没饭吃的,冬天没绵袄穿的,死了没棺材盛的,都来对我讲,我察得是实,一一舍他,只不可假装穷态来欺我;就是有什么该砌的路,该修的桥,该起建的庙宇,只要没人侵欺,我只管捐赀修造。烦列位去传谕一声。"众人听见,不觉欢声震天,个个都念几声"阿弥陀佛"而去。不曾传谕得三日,达卿门前就捱挤不开,不是求米救饥的,就是讨衣遮寒的;不是化砖头砌路的,就是募石板修桥的;至于募缘抄化的僧道,讨饭求丐的乞儿,一发如蜂似蚁,几十双手还打发不开。达卿胸中也有些泾渭,紧记了菩萨吩咐不可被人骗去的话,宗宗都要自己查核得确,方才施舍与他;那些假公济私的领袖,一个也不容上门。他那时节的家私,齐头有一万,舍得一年有余,也就去了二千。

忽然有个通房,焦黄精瘦,生起病来,茶不要,饭不贪,只想酸甜的东西吃,达卿知道是害喜了。问他经水隔了几时,通房道:"三个月不洗身上了。"达卿喜欢得眼闭口开,不住嘻嘻的笑。先在菩萨面前还个小小愿心,许到生出的时节做四十九日水陆道场,拜酬佛力。那些劝做善事的人,闻得他有了应验,一发踊跃前来。起先的募法还是论钱论两的多,到此时募缘的眼睛忽然大了,多则论百,少则论十,要拿住他施舍。若还少了,宁可不要,竟像达卿通房的身孕是他们做出来的一般。众人道:"他

---

① 蠲(juān)免——减免。

要生儿子,毕竟有求于我。"他又道:"我有了儿子,可以无求于人。"达卿起先的善念,虽则被菩萨一激而成,却也因自己无子,只当拿别人的东西来撒漫的。此时见通房有了身孕,心上就踌躇起来道:"明日生出来的无论是男是女,总是我的骨血,就作是个女儿,我生平只有半子,难道不留些奁产嫁他? 万一是个儿子,少不得要承家守业,东西散尽了,叫他把什么做人家? 菩萨也是通情达理的,既送个儿子与我,难道叫他呼风不成? 况且我的家私也散去十分之二,譬如官府用刑,说打一百,打到二、三十上也有饶了的,菩萨以慈悲为本,决不求全责备,我如今也要收兵了。"从此以后,就用着俗语二句:

> 无钱买茄子,只把老来推。

募化的要多,他偏还少,好待募化的不要,做个退兵之策。俗语又有四句道得好:

> 善门难开,善门难闭。
>
> 招之则来,推之不去。

　　当初开门喜舍的时节,欢声也震天;如今闭门不舍的时节,怨声也震地。一时间就惹出许多谤詈之言,道他为善不终,"且看他儿子生得出、生不出? 若还小产起来,或是死在肚里,那时节只怕懊悔不及"。谁想起先祝愿的话也不灵,后来诅咒之词也不验,等到十月满足,一般顺顺溜溜生将下来。达卿立在卧房门前,听见孩子一声叫响,连忙问道:"是男是女?"收生婆子把小肚底下摸了一把,不见有碍手的东西,就应道:"只怕是位令爱。"达卿听见,心上冷了一半。过了一会,婆子又喊起来道:"恭喜,只怕是位令郎。"达卿就跳起来道:"既然是男,怎么先说是女,等我吃这一惊?"口里不曾说得完,两只脚先走到菩萨面前了,磕一个头,叫一声"好菩萨",正在那边拜谢,只见有个丫环如飞的赶来道:"收生婆婆请老爹说话。"达卿慌忙走去,只说产母有什么差池,赶到门前,立住问道:"有什么话讲?"婆子道:"请问老爹,这个孩子还是要养他起来、不养他起来?"达卿大惊道:"你说的好奇话,我六十多岁,才生一子,犹如麒麟、凤凰一般,岂有不养之理?"婆子道:"不是个儿子。"达卿道:"难道依旧是女儿不成?"婆子道:"若是女儿,我倒也劝你养起来了。"达卿道:"这话一发奇,既不是儿子,又不是女儿,是个什么东西?"婆子道:"我收了一世生,不曾接着这样一个孩子,我也辨不出来,你请自己进来看。"达卿就把门

帘一掀,走进房去,抱着孩子一看,只见:

　　肚脐底下,腿胯中间。结子丁香,无其形而有其迹;含苞豆蔻,开其外而闭其中。凹不凹,凸不凸,好像个压匾的馄饨;圆又圆,缺又缺,竟是个做成的肉饺。逃于阴阳之外,介乎男女之间。

原来是个半雌不雄的石女。达卿看了,叹一口气,连叫几声"孽障",将来递与婆子道:"领不领随在你们,我也不好做主意。"说完,竟出去了。达卿之妻道:"做一世人,只生得这些骨血,难道忍得淹死不成? 就当不得人养,也只当放生一般,留在这边积个阴德也是好的。"就教婆子收拾起来,一般叫通房抚养。

　　却说达卿走出房去,跑到菩萨面前,放声大哭。哭了一场,方才诉说道:"菩萨,是你亲口许我的,叫我散去家私,还我一个儿子,我虽不曾尽依得你,这二三千两银子也是难出手的。别人在佛殿上施一根缘,舍一个柱,就要祈保许多心事;我舍去的东西,若拿来交与银匠,也打得几个银孩子出来,难道就换不得一个儿子? 便是儿子舍不得,女儿也还我一名,等我招个女婿养养老也是好的。再作我今生罪深孽重,祈保不来,索性不叫我生也罢了,为什么弄出这个不阴不阳的东西,留在后面现世?"说完又哭,哭完又说,竟像定要与菩萨说个明白的一般。哭到晚间,精神倦了,昏昏的睡去。那镜子里面依旧像前番说起话来道:"不要哭,不要哭,我当初原与你说过的,你不失信,我也不失信。你既将就打发我,我也将就打发你,难道舍不得一分死宝,就要换个完全活宝去不成?"达卿听见,又跪下来道:"菩萨,果然是弟子失信,该当绝后无辞了。只是请问菩萨,可还有什么法子忏悔得么?"菩萨道:"你若肯还依前话,拼着家私去施舍,我也还依前话,讨个儿子来还你就是。"达卿还要替他讨个明白,不想再问就不应了,醒来又是一梦。心上思量道:"菩萨的话原说得不差,是我抽他的桥板,怎么怪得他拔我的短梯? 也罢,我这些家私依旧是没人承受的了,不如丢在肚皮外散尽了他,且看验不验?"到第二日,照前番的套数,菩萨面前,重发誓愿,呼集众人,叫他"不可因我中止善心,不来劝我布施,凡有该做的好事,不时相闻,自当领教。"众人依旧欢呼念佛而去。

　　那一年恰好遇着奇荒,十家九家绝食,达卿思量道:"古语云:'饥时一口,饱时一斗。'此时舍一分,强如往常舍十分,不可错了机会。"就把仓中的稻子尽数发出来,赈济饥民;又把盐本收起来,叫人到湖广、江西买米来赈粥,一连舍了三月,全活的饥民不止上千,此时家私将去一半。心上思量道:"如今也该有些动静了。"只管去问通房:"经水来不来?肚子大不大?可想吃什么东西?"通房都道:"一些也不觉得。"达卿心上又有些疑惑起来道:"我舍的东西虽然不曾满数,只是菩萨也该把个消息与我,为什么比前倒迟钝起来?"

忽一日,丫环抱了那个石女,走到达卿面前道:"老爹抱抱孩子,我要去有事。"这孩子生了半年,达卿不曾沾手,因他是个怪物,见了就要气闷起来。此时欲待不接,怎奈那丫环因小便紧急,不由家主情愿,丢在怀中,竟上马桶去了。达卿把孩子仔细一看,只见眉清目秀,耳大鼻丰,尽好一个相貌。就叹口气道:"这样一个好孩子,只差得那一些,就两无所用。我的罪业固然重了,你前世作了什么恶,就罚你做这样一件东西?"说完,把他抱裙揭开,看那腰下之物,不想看出一场大奇事来。你道什么奇事?那孩子生出来的时节,小便之处男女两件东西都是有的,只是男子的倒缩在里面,女子的倒现在外边,所以男不像男,女不像女;如今不知什么缘故,女子的渐渐长平了,男子的又拖了半截出来,竟不知是几时变过的。他母亲夜间也不去摸他,日间也不去看他。此时达卿无心看见,就惊天动地叫起来道:"你们都来看奇事!"一时间,妻子通房、丫环使婢都走拢来道:"什么奇事?"达卿把孩子两脚扒开与众人看。众人都大惊道:"这件东西是那里变出来的?好怪异!"达卿道:"这等看起来,分明是菩萨的神通了。想当初降生的时节,他原做个两可的道理,试我好善之心诚与不诚,男也由得他,女也由得他,不男不女也由得他。如今见我的家私舍去一半,所以也拿一半来安慰我。这等看来,将来还不止于此。只是这一半也还是拿不稳的,我若照以前中止了善心,焉知伸得出来的缩不进去?如今没得说,只是发狠施舍就是了。"当日率了妻子通房,到菩萨面前磕了无数的头,就去急急寻好事做。

不多几时,场下瘟病大作,十个之中,医不好两三个。薄板棺材,从一两一口卖起,卖到五、六两还不住。达卿就买了几簝木头,叫上许多匠作,昼夜做棺材施舍。又着人到镇江请明医,苏州买药料,把医生养在家中,施药替人救治。医得好的,感他续命之恩;医不好的,衔他掩尸之德。不上数月,又舍去二、三千金。再把孩子一看,不但人道又长了许多,连肾囊肾子都褪出来了。达卿一来因善事圆满。二来因孩子变全,就往各寺敦请高僧,建七七四十九日水陆道场,酬还凤愿。功德完日,正值孩子周试之期,数百里内外受惠之人都来庆贺。以前达卿因孩子不雌不雄,难取名字,直到此时,方才拿得定是个男子,因他生得奇异,取名叫做奇生。后来易长易大,一些灾难也没有,资性又聪明,人物又俊雅,全不像灶户人家生出来的。达卿延请明师,教他诵读,十六岁就进学,十八岁就补廪①。补廪十年,就膺了恩选,做过一任知县,一任知州。致仕之时,家资仍以万计。达卿当初只当不曾施舍,白白得了一个贵子,又还饶了一个封君,你道施舍的利钱重与不重?

可见作福一事,是男人种子的仙方,女子受胎的秘诀,只是施舍的银子,不可使他落空,都要做些眼见的功德。如今世上无子的人,十个九个是财上安命的,那里拼得施舍?究竟那些家产终久是别人的,原与施舍一样。他宁可到死后分赃,再不肯在生前作福,这是什么缘故?只因有两个主意横在胸中,所以不肯割舍。第一个主意,说焉知我后来不生,生出来还要吃饭;不知天有生人,必有养人,那有个施恩作福修出来的儿子会饿死的?第二个主意,说有后无后,是前生注定的,哪里当真修得来?不知因果一事,虽未必个个都像施达卿应得这般如响,只是钱财与子息这两件东西,大约有些相碍的。钱财多的人家,子息定少;子息多的人家,钱财必希。不信但看打鱼船上的穷人,卑田院中的丐妇,衣不遮身,食不充口,那儿子横一个,竖一个,止不住只管生出来;盈千叠万的财主,妻妾满堂,眼睛望得血出,再不见生,就生了也养不大。可见银子是妨人的东西,世上无嗣的诸公,不必论因果不因果,请多少散去些,以为容子之地。

---

① 补廪——明清科举制度,生员经岁、科两试成绩优秀者,增生可依次升廪生。谓之"补廪"。

三

说鬼话计赚生人　显神通智恢旧业

词云：

是害俱从利得，懒向刀头舐蜜。欲作寡营人，无奈妻孥交谪。叹息，叹息，没个点金神术。

——右调《如梦令》

这首词，是一个恬淡无求之人不肯贪财贾祸，又当不得家计萧条，没穿少吃，被妻子埋怨不过，做来寄感慨的。古语云："酒食朋友，柴米夫妻。"做丈夫的人，不能够封妻荫子，也就于夫纲有愧了；连"柴米"二字尚不周全，使妻妾子女熬饥受冻，这等的丈夫，怎怪得妻子埋怨？只是做丈夫的人，使妻子终日埋怨的，固然不是个有用的男子；做妻子的人，终日埋怨丈夫的，也叫不得个有用的妇人。据我说起来，若还是个没用的妇人，就不该去埋怨丈夫；若还是个有用的妇人，又不消去埋怨丈夫。别样生理妇人家虽做不得，那些蚕桑织纴之事，浣纱刺绣之工，哪一件是做不得的？古时的妇人，嫁了做官做吏的丈夫，尚且有纺绩之声达于中外；何况做了贫士之妻，不肯受些辛苦，替男子做人家，终日张了大口等丈夫的饭吃，赤了身子等丈夫的衣穿，稍有不足，就做起《狮吼记》来，与他吵闹。这样妇人，与朱买臣的妻子同是一流人物，到穷极无聊之际，那逼写休书的事，都是做得出的。

崇祯末年，淮安府盐城县有个极恶的妇人，只因好吃懒做，丈夫养膳她不来，要想卖与别人。她恐怕第二个丈夫也与前面的一样，不能够穿好吃好，竟要自家择婿。遇着一个远方之人，是做大伙强盗的，见他丰衣足食，只道是个富翁，就随了他去。谁想未及一年，就被官府拿住，问了死罪，禁在狱中，把妻子发与媒婆变卖。不料前面的丈夫恰好来在本处，因卖了妻子不曾另娶，闻得有个官卖的妇人要寻受主，就约了几个客商，都是要买妇人的，一同去相。及至走到跟前，竟是自家的妻子，这前夫不好意思，掉转头来竟走。那妇人一把扯住，哭哭啼啼跪在前夫面前，叫他莫记旧情,只当修福一般,赎我回去。前夫不理,她只是哀告。那些同来的客商,都是轻裘缓带、丰衣足食之人,见前夫不赎,都想要买她,这妇人抵死不从,只要跟了前夫回去。那官媒立在旁边,问她什么缘故?她说当初错了主意,只想穿好吃好,不问来历,嫁与歹人,故此有这个日子。如今这些客商个个丰衣足食,焉知不是歹人?倒不如跟了前夫,虽则贫穷,还可以相信得过,将来决没有这个日子。所以不愿从新,只想复旧。前夫见她说得可怜,只得备了官价,写张领字,当官带了回去。这妇人走到家中,竟换了一番性格。起先极懒,后来极勤;起先极奢,后来极俭;起先极强悍,后来极温柔:这都是走过一家,尝着滋味的缘故。后来帮助丈夫成家立业,做了个有名的财主。当初若不嫁与强盗,吃过好食,穿过好衣,受过好衣好食之累,哪里晓得衣食两件是好不得的?倒不如粗衣淡饭,虽然吃不饱,也还饿不死;虽然穿不暖,也还冻不杀。不像好衣好食要饱出祸来,暖出事来,到祸发事出之后,求为饥寒而不可得也。

　　如今世上好吃懒做、埋怨丈夫的妇人,可惜不曾嫁与强盗;若还做过压寨夫人,犯了金科玉律,等官府做媒改嫁出来的,自然会感激丈夫,宁受饥寒,不做歹事,使自己安乐一生,不受丰衣足食之累了。可见贫贱人家的女子,只该劳筋动骨,替男子挣家,切不可拿丈夫来嗟怨。是便是了,古语云:"虽有巧妇,不能做无米之炊。"做妇人的就是极勤极苦,趁来的钱财也只好养活自己,难道丈夫的身子也靠他养活不成?况且丈夫之外,还有儿女,还有丫环奴仆,都是要穿衣吃饭的。若还男子没有出息,这一世的无米之饭,叫他如何炊煮得来?少不得早晚之间,定有几句言语埋怨丈夫的了。要晓得那有本事的男子,不消妇人埋怨,自然挣得衣食来;没本事的男子,就是早骂一顿,晚咒一场,那衣食两件也咒骂不出,白白伤了夫妇之情。不如自己搜索枯肠,想个计策出来,去炊那无米之饭。炊得熟,做个巧妇;炊不熟,也还做个贤妇。我如今说个惯炊无米之饭,不愁不熟,只愁太熟的妇人,与贫家女子做个榜样,省得她埋怨丈夫。

　　这个妇人叫做顾云娘,是万历初年的人,住在淮安府桃源县。丈夫顾有成,是个读死书的秀才,只有文墨之事略知道些,除了读书之外,竟像个未雕未斫①的孩子。不但钱财不知数目,米粮不辨升斗,连吃饭的饥饱、

---

　　①　未斫——单纯。

穿衣的冷热都不知道,竟像吃在别人肚里、穿在别人身上一般。穿衣吃饭的时节,定要人立在旁边,替他记着碗数件数,才不至于伤饥失饱、寒暖不均;若还一次没人照管,凭他自穿自吃,就要弄出病来。至于出门走路不辨东西,与人行礼不记左右,一发不消说了。同窗的朋友替他取个别号,叫做"顾混沌"。父母在日,也有三千余金的家产。只因丧过二亲之后、未娶云娘以前,有个结发的妻子,比丈夫略高一成,仅仅知道饥饱,晓得冷热,除了吃着之外,一毫人事不懂,连开门七件事,只晓得是家用之物,问他是树上生的,泥里长的? 就不知道了。与丈夫两个恰好一阴一阳,凑成个混沌世界。夫妻两口,只管穿衣吃饭,一毫家务不管,不上三年,把一份好家私消磨殆尽。这位有福的夫人命里不该熬饥受冻,过完好日子,就升天去了。苦得这位顾云娘嫁来续弦,替她还了饥寒之债。

　　云娘是个贫士之女,未嫁之先,也曾许过一户人家,未及于归,丈夫就死了。守过三年,将近二十岁,只因父母嫁女之心太急了些,不肯从容择婿,所以把个聪明女子,配了个懵懂儿郎。云娘走进大门,看见新郎的举止与家人的动静,就知道这户人家,不是做妇人的家数做得来的,连"女中丈夫"四个字都用不着,还要截去上二字,不肯列于女子之中,俨然以丈夫自命。就不等三期,竟出来理事,把丫环奴仆叫到面前,逐件吩咐过去,竟像新官到任设立堂规的一般,都要依令而行,不许违她一件。说完之后,就叫丫环奴仆领了去查盘仓库。只说顾有成是个旧家,除了田产之外,定有几年的积蓄;哪里晓得仓无一粒,囊无半文,连娶她的聘金与成亲的酒水,都是借欠来的。及至查问田产,并没有寸土尺地。云娘看见这些光景,十分忧虑。心上思量道:"这等看起来,连'丈夫'二字也用不着,竟要做神仙了。除非有个点金神术,能作无米之炊,方才做得这户人家,不然只好束手待毙。这一家老小,如何养活得来?"就终日思量,要想个点铁成金的法子,好试她无米能炊的手段。

　　自从吩咐众人之后,那些丫环奴仆个个没有笑容,人人都含愠色,好像衙役遇到了清官,知道没有利落,有个不愿充当,只求革退之意。只有个老实丫环,年近三十岁,没有丈夫的,举止并不改常,做事十分踊跃。云娘知道是个好人,就叫她贴身服侍,把以前的话,细细问她道:"你相公这户人家,是一向清淡的,还是以前富足,如今消乏下来的?"那丫环道:"数年之前,还是个财主,则这两三年里面消乏下来的。"云娘道:"这等相公的钱财,还是他好嫖好赌,邪路上花用去的? 还是他结识亲戚,相交朋友,正事上费用去的?"丫环道:"相公是个老实人,并不喜欢嫖赌,也不与人往来,只因老实太过,不会当家;前面那位主母也与相公一般,不管闲账,又且好穿喜吃,与三姑六婆往来。所以不上三年,就把家私费尽了。"云娘道:"既然家主家婆不管闲账,家中大小事务都是何人料理?"丫环道:"米粮出入,是几个得用的丫环轮流掌管;钱财出入,是个能事的管家一人经手;其余辛苦劳碌的事,是我做得多。"云娘道:"丫环的好歹,我都看见了,不消问得。只是那个能事的管家,平日光景如何? 只怕相公不嫖不赌,他倒在外面嫖赌;相公不与人往来,他倒结识亲戚,相交朋友,拿了家主的钱财去做畅汉,也不可知。"丫环道:"没有此事。他平日谨慎不过,并不与一人往来。又把钱财当做性命,就是我们瞒了家主,要支几个铜钱使用,他都是不敢的。哪里肯做畅汉?"

云娘听了这些话,甚是疑心。思量男子又不嫖赌,又不结交,没有什么取穷之道;就是妇人好穿喜吃,也用不了这许多;毕竟是手下的人与外面的人欺他没用,大家诓骗去了。我如今思想起来,败落未及三年,日子也还不久,外面人骗去的虽然追取不转,手下人落去的还可以稽查得出。米粮不是久藏之物,况且又是几个丫环轮流掌管,即使稽查出来,也是看得见的赃物;独有钱财之事,是一个家人经手。这一个家人若还好嫖好赌,所落的钱财自然花费去了;若肯结识亲戚,相交朋友,所落的钱财自然寄到亲友家中去了。既然两件都不好,可见这些积蓄还不曾运出大门,定有个安顿私囊之处。只消费些心血,拼双冷眼,不时去伺察他,这主钱财还可以搜寻得出。

从此以后,就把一片心计分为两处,用二分监守丫环,用八分去稽察奴仆。看见丫环打米出去,再不就淘,决要延捱一会。云娘知道她的意思,故意走开,闪在幽僻之处,远远的照瞭他,看她弄些什么手脚。只见她兜了几碗往墙角头一倒,就取米下锅。原来那条夹墙里面有个小小仓廒①,容得一石多米,是这几个得用的丫环共同制造的,轮着那一个管粮,就是那一个盛米,到交代之日,上手的人出空了,交与下手的人。仓廒虽小,倒喜得丰歉常平,一年到头,再没有空闲的日子。云娘看了,就叹口气

---

① 仓廒(áo)——粮仓。

道:"不想一个小小墙洞,竟漏去一户人家。手下人之可畏,亦至于此!"
看便看见了,再不去觉察她,要把这个小小仓廒,留到荒歉之时取来救命,
故不肯小用了他。

米粮的弊窦已被她察出来了,只有钱财的漏孔还寻不着。只见厨房
后面有一片小小荒园,云娘要开辟出来,做个菜圃。正要叫人动手,那个
管事的家人不肯叫别人出力,竟要自己一个独任其劳。云娘就交付与他,
等他独锄独种。那个家人平日极懒,及至锄园种菜,就忽然勤力起来。叫
他外面去做事,到临行之际,定要把锄头藏过了,只怕又有勤力的人要偷
了锄头,去替他垦地;转来的时节,茶饭不曾吃,先要到菜园里面巡视一
番,看见别人的脚迹,就疑心起来,定要查问到底。云娘口中不说,心上思
量道:"他的精神命脉都聚在那一处,可见除了菜园,没有第二桩心事,只
消一把锄头,就了得他三年的积蓄了。"从此以后,不往别处搜寻,也把精
神命脉聚在那一处,合着古语二句,叫做:

　　　　主仆同心,黄土变金。
只是菜园虽小,也有一块地方,不知道这主钱财落在那一棵菜根下面。又
想个计较出来,等他出门做事将要转来的时节,自己先到园中等候,看他
进来那一刻,眼光落在那一处,就知道这主钱财埋在那一处了,连这一把
锄头还不消用第二下,割开一寸地皮,就可以和盘托出了。果然用了此
法,把他注目之处看在眼中。知道丈夫一份家私,墙洞里漏去一半,泥孔
里漏去一半。还亏得土地有灵,替他守住泥孔,漏得下来,不曾漏得出去;
不像壁公壁婆,不会看守墙洞,一边收得进来,一边就放出去也。

云娘把这无影的弊端尽皆察出,也可谓巧到极处,能到至处了。若把
别个妇人,一面看出来,一面就要做出来,巴不得早取一刻,早得一刻的用
处,哪里还肯容忍?她却不然,心上思量道:"这主钱财虽是我丈夫的故
物,如今取了出来,依旧交还原主,有什么损伤阴骘?只是那个家人,也费
了三年心血趱积起来,如今不知不觉被人偷掘了去,叫他何以为情?况且
我掘起来,就不与他说明,他也知道是我。口便不敢怨怅,心上岂有不恨
之理;既有怨恨之心,未必不起逃走之念;即使不敢逃走,也要离心离德起
来,要他尽心竭力帮助我做人家,断断不能够了。还要想个妙法,取了他
的银子来,又不使他怨恨我;不但不怨恨,还要使他尽心竭力帮助我做人
家;这才叫做聪明,这样的聪明方才有些用处。若还只顾财物,不结人心,

就合着《四书》一句'财聚则民散',有了死宝,没了活宝,所得不偿所失,这样聪明反是败家之具也。"

踌躇了几日,将到满月之期,只见那些讨债的人络绎不绝。讨到后面,见没得还他,竟扯住顾有成羞辱起来,说:"你娶妻子,与别人何干?要我们代出聘金,帮贴酒水,难道生出来的儿子,肯叫我们父亲不成?"云娘听了这些话,气愤不过,把丈夫叫进去道:"你既没有银子,为什么做这般险事?如今这些债负有得还他,没得还他?不妨直对我说。"顾有成满面羞惭,没有一句回复。那个管事的家人立在旁边,替他答应道:"这些债负是没有抵偿的。当初听了媒人的话,说娘子妆奁极厚,压箱的银子尽够还人,所以做了这桩险事。如今有得还没得还,只问娘子就是了。"云娘听见这句话,笑了一笑,想了一想,就对家人道:"这等你出去回他,说我妆奁虽少,还债的东西也还略有几件,只是要待满月之后,才肯开箱。如今到满月之期,也不多几日了,叫他请回,竟到彼时来取,决不少他一厘就是。"家人依了这些话,出去回复众人,众人欣然而去。顾有成听见云娘的话说得硬朗,只说果有银子带来,等云娘不在房中,偷了他的钥匙,把箱笼开来一看,只见箱中之物,都是些破衣旧袄,残针断线,莫说银子没有一厘,就是值钱的首饰,像样的衣服,也没有一件。顾有成看过之后,依旧替她锁好,就害怕起来。正要打点问她,只见云娘吩咐家人,叫他明日去唤卖婆,说有值钱的首饰、像样的衣服多送些来,我要换要买;又吩咐那些丫环,叫她们去请尼姑道婆,说要修斋礼忏,超度亡灵。那些丫环奴仆一起回复他道:"家中的饭米只够明日一顿早粥,午饭就没有了。先要发些银子出来,办下明日的粮草,才好出去请人。"云娘道:"不消你们挂念,我这个家主婆是惯炊无米饭的,只消几块湿柴,一锅白水,就可以煮出饭来,何须用米?你们不信,明日就试一试,还你转来的时节,决有饭吃就是了。"众人不信,只说她讲笑话。

到了第二日,把家中余剩的米尽数下锅,煮了一顿早粥,大家吃了,去请三姑六婆,竟像败家妇人的举动。众人去后,又寻些事故,把丈夫也打发出门,竟像要避去众人,好烧丹炼石,省得被人厌坏的一般。顾有成原是个混沌之人,到了此时,一发混沌起来,竟不知她葫芦里面卖的什么怪药。就不往别处走动,只在大门外面立了半日,等丫环奴仆转来,与他一同进去。丫环奴仆把三姑六婆的话,各人回复一遍,都说明日就来。云娘对众人道："你们去了半日,肚中饥了,午饭已煮熟多时,快些去吃,省得说我不会当家,定要等米来做饭。"顾有成随了丫环奴仆走到灶前,只见揭开锅盖,果然有一锅好饭,煮得喷香。只是饭煮得早,人来得迟,觉得太熟了些,盛在碗中,有些糍软之意。顾有成与丫环奴仆大家呆了半晌,方才走散。

及至到了第二日,那些尼姑道婆一起走到。云娘相见过了,对她们说道:"轮回因果之事,我往常再不信的。如今看起来,果然不是虚话。自从我进门之后,夜夜梦见前面的大娘,说他生前不会当家,听人哄骗,把丈夫一份好家私平空败尽。如今死在阴司,被公婆懊恨不过,告诉阎王,要罚她变猪变狗。她她无可奈何,夜夜来求告我,要我做些功果超度一超度。故此借重列位师父,念些经忏与她,等她早生早化。只是家中柴米欠缺,银钱短少,只好备些斋供,经钱等项,却是没有的。求列位师父,只当修福一般,念平日相与之情,替她忏悔一忏悔。"那些尼姑道婆,终日在他家走动,死者的银钱不知骗过多少,如今听了这句话,都害怕起来。思想被人欺骗的,尚且如此;欺骗别人的,还不知如何报应。巴不得忏悔别人,又替自己忏悔,省得死者发极,要告诉阎王,扳出自己来,未必不捉生替死。大家不约而同,都许她不要经钱,白做一堂功德。云娘订过之后,就拣个起忏的日子,急急打发她出门,好等卖婆来做交易。

只见卖婆走到,取出许多衣服首饰,都是值钱像样的。云娘拣了几件,放在面前,与她说价,大约值多还少,要讨些眼下的便宜,与面前吃亏的人扯直。那个卖婆见她才嫁过来,就总成自己,只说是个好主顾,也与前面的人一般,是好欺好骗的。初次相交,正要放松一着,等买主好思念她,后来自有取偿之处。值一两的还不上八钱,也就肯了。云娘议定之后,一面叫人去借天平,一面进房去取银子。顾有成与丫环奴仆,大家拥在一堂,看她交兑。只见取出来的银子,也有成锭的,也有散碎的,总是细丝,一块搭头也没有。兑明白了,交与卖婆取去。那些丫环奴仆,个个伸头,人人吐舌,也有欢喜的,也有忧愁的,也有说她是娘家带来的,也有疑她是别处取来的。虽然惊诧,还不说神道鬼,独有个混沌丈夫,心上惊骇不过,知道她箱笼之中并无一物,这些银子是哪里变出来的? 一定是个仙女无疑了。从此以后,竟把妻子当作神仙,恨不得顶在头上,莫说言语之间不敢侮慢,就是云雨绸缪之际,想到此处,也忽然惊悚起来,唯恐亵渎了神仙,后来必有罪过。

到了满月之后,那些大小债主一起上门,云娘叫人传话道:"银子是没有的,若要首饰衣服,还有几件。列位用得着,待我取些出来,清了账目;若还用不着,须要到一年半载之后,待我做些女工针织,趱积起来奉还。"那些讨债的人,那个肯丢了现的,去讨赊账?只得将计就计,来俯就他,要首饰的取首饰,要衣服的取衣服。云娘又不相应,件件都作了重价,值一两的东西起先是八钱买下来,如今作了一两五六钱,方才打发出去。银子的来历还不曾说明,先趁个对合上手,且把显而易见之事,露些小小聪明,与手下人看一看,使他改心换意,知道这位主母是要欺骗别人、不受别人欺骗的。

到了起忏之日,自家至至诚诚斋戒沐浴过了,随着尼姑道婆一同拜忏。拜了三日三夜,到收拾道场的时节,跪在公婆神位之前,再三哀告道:"你前面的媳妇,虽然不会当家,把你吃辛吃苦挣来的家业,一朝败尽,叫她变猪变狗,其实是该当的,只可怜她是个没用的人,当初并无歹意,只因被人欺骗,以至于此。如今忏悔以后,求你看佛天面上,饶恕她些,舍个人身与她,等她托生去罢。"说完之后,又走到死者神位之前,拜了几拜,高声劝谕道:"承你所托的事,我如今都做过了;蒙你教导的话,我前日都试过了,果然一毫不差,桩桩都有应验。只是那些偷骗的人,照你说来,一个不肯饶他,定要明彰报应,其实都是该当的。只可怜那些男女,都是愚蠢之人,不过因贪财好利,以至于此。如今又取了转来,使他虚累其名,不曾做得实事,也甚觉得可怜。如今忏悔以后,求你也看佛天面上,饶恕他些,舍他一条性命,再过几年,等他做些功劳,准折了罪过罢。"那些丫环奴仆听了这些话,个个都毛骨悚然。起先吃了她的无米之饭,看了他的倘来之财①,心上甚是疑虑,只怕是自己的东西,走去摸摸仓廒,探探库藏,就捶胸顿足起来,知道贼情败露,被她获着真赃,愧恨之心,自然不消说了。只是一半恨她,还有一半疑她,说她是新来的人,哪里知道从前之事?自己藏匿的东西又十分牢固,为什么一到即知,一搜便着,难道是个神仙不成?正在猜疑不决之时,听了这番说话,就豁然大悟起来。只说以前的话,都是死者阴灵不散,托梦与她,指引了藏匿之处,叫她取出来的。竟把怨恨

①　倘来之财——无意中得到的或不应得而得到的钱财。

生者之心，变做惧怕死者之念，大家抖做一团。等云娘拜过之后，一起跪在神位之前，一面磕头，一面祷祝，只求大舍慈悲，赦了他的偷骗之罪。独有一个老实丫环于心无愧，立在旁边嘻笑自如。

云娘自从礼忏之后，就把三姑六婆概行谢绝，连那放松一着的卖婆也没处取偿原本，白白折了一个加二。那些丫环奴仆受过她这一番惊哄，都说这一位主母是有鬼神附着的，别人失去的东西尚且搜寻得着，何况自己的财物，有得把人窃去？落得不要欺心。所以个个改了心肠，人人换了主意，再不敢去欺骗她。她待下人，又能知甘识苦，有赏有罚。只因她会驾驭英雄，竟把奸党邪人，变做忠臣义士，这一份家业哪能不中兴起来？她以前掘着的银子共有千金，还去一、二百金之债，余剩下来的，也不买田，也不放账，只拿来堆积粮食。自古道："堆金不如积谷。"当不得她贱买贵卖，日长夜大起来，不上三十年，做了桃源县中第一个财主。生出来的儿子喜得肖母不肖父，没有一毫混沌家风。顾有成时常对儿子谈说旧事，说你母亲是个仙女，有点铁成金的妙术，又能做无米之炊。把她进门以后、满月以前的话，细细说与他听。那儿子不信，说她明明是个凡人，怎么叫做仙女？那些奇巧之事，毕竟有些根据，不是凭空设出来的，就在母亲面前，要穷究这些来历。云娘恐怕漏泄出来，使下人识破，依旧要欺骗他，只是不说。直到儿子长成，娶了媳妇，唯恐媳妇不会当家，要被下人欺骗，方才背了家人奴仆，把这些原委直说出来，做个防欺御骗的样子。所以这桩妙事流传至今，使《连城璧外集》之中，又添一段佳话也。

四

待诏喜风流趋钱赎妓　运弁持公道舍米追赃

词云：

> 访遍青楼窈窕，散尽黄金买笑。金尽笑声无，变作吠声如豹。承
> 教，承教，以后不来轻造。

这首词名为《如梦令》，乃说世上青楼女子，薄幸者多，从古及今，做郑元和、于叔夜的不计其数，再不见有第二个穆素徽、第三个李亚仙。做嫖客的人，须趁莲花未落之时，及早收拾锣鼓，休待错梦做了真梦，后来不好收场。世间多少富家子弟，看了这两本风流戏文，都只道妓妇之中一般有多情女子，只因嫖客不以志诚感动她，所以不肯把真情相报，故此尽心竭力，倾家荡产，去结识青楼，也要想做《绣襦记》《西楼梦》的故事。谁想个个都有开场，无煞尾，做不上半本，又有第二个郑元和、于叔夜上台，这李亚仙、穆素徽与他从新做起，再不肯与一个正生扮演到头，不知什么缘故？

万历年间，南京院子里有个名妓，姓金名荃，小字就叫做荃娘。容貌之娇艳，态度之娉婷，自不必说，又会写竹画兰，往来的都是青云贵客。有个某公子在南京坐监，费了二、三千金结识她，一心要娶她作妾，只因父亲在南直做官，恐生物议，故此权且消停。自从相与之后，每月出五十两银子包她，不论自己同宿不同宿，总是一样。日间容她会客，夜间不许她留人。后来父亲转了北京要职，把儿子改做北监，带了随任读书。某公子临行，又兑六百两银子与她为一年薪水之费，约待第二年出京，娶她回去。荃娘办酒做戏，替他饯行，某公子就点一本《绣襦记》。荃娘道："启行是好事，为何做这样不吉利的戏文？"某公子道："只要你肯做李亚仙，我就为你打莲花落也无怨。"当夜枕边哭别，吩咐她道："我去之后，若听见你留一次客，我以后就不来了。"荃娘道："你与我相处了几年，难道还信我不过？若是欲心重的人，或者熬不过寂寞，要做这桩事；若是没得穿、没得吃的人，或者饥寒不过，没奈何要做这桩事。你晓得我欲心原是淡薄的，

如今又有这主银子安家,料想不会饿死,为什么还想接起客来?"某公子
一向与她同宿,每到交媾之际,看她不以为乐,反以为苦,所以再不疑她有
二心。此时听见这两句话,自然彻底相信了。分别之后,又曾央几次心腹
之人,到南京装做嫖客,走来试她;她坚辞不纳,一发验出她的真心。

　　未及一年,就辞了父亲,只说回家省母,竟到南京娶她。不想走到之
时,荃娘已死过一七了。问是什么病死的,鸨儿道:"自从你去之后,终日
思念你,茶不思,饭不想,一日重似一日。临死之时,写下一封血书,说了
几句伤心话,就没有了。"某公子讨书一看,果然是血写的,上面的话叙得
十分哀切,煞尾那几句云:

　　　生为君侧之人,死作君旁之鬼。乞收贱骨,携入贵乡,他日得践
　　同穴之盟,吾目瞑矣。老母弱妹,幸稍怜之。

某公子看了,号啕痛哭,几不欲生。就换了孝服,竟与内丧一般。追荐已
毕,将棺木停在江口,好装回去合葬,刻个"副室金氏"的牌位供在柩前,
自己先回去寻地。临行又厚赠鸨母道:"女儿虽不是你亲生,但她为我而
亡,也该把你当至亲看待。你第二个女儿姿色虽然有限,她书中既托我照
管,我转来时节,少不得也要培植一番,做个屋乌之爱。总来你一家人的
终身,都在我身上就是了。"鸨母哭谢而别。

　　却说某公子风流之兴虽然极高,只是本领不济,每与妇人交感,不是
望门流涕,就是遇敌倒戈,自有生以来,不曾得一次颠鸾倒凤之乐。相处
的名妓虽多,考校之期都是草草完篇,不交白卷而已。所以到处便买春
方,逢人就问房术,再不见有奇验的。一日坐在家中,有个术士上门来拜
谒,取出一封荐书,原来是父亲的门生,晓得他要学房中之术,特地送来传
授他的。某公子如饥得食,就把他留在书房,朝夕讲究。那术士有三种奇
方,都可以立刻见效。第一种叫做坎离既济丹,一夜止敌一女,药力耐得
二更;第二种叫做重阴丧气丹,一夜可敌二女,药力耐得三更;第三种叫做
群姬夺命丹,一夜可敌数女,药力竟可以通宵达旦。某公子当夜就传了第
一种,回去与乃正一试,果然欢美异常。次日又传第二种,回去与阿妾一
试,更觉得矫健无比。

　　术士初到之时,从午后坐到点灯,一杯茶汤也不见,到了第二、三日,
那茶酒饮食渐渐的丰盛起来,就晓得是药方的效验了。及至某公子要传
末后一种,术士就有作难之色。某公子只说他要索重谢,取出几个元宝送

他。术士道:"不是在下有所需索,只因那种房术,不但微损于己,亦且大害于人,须是遇着极淫之妇,屡战不降,万不得已,用此为退兵之计则可,平常的女子动也是动不得的。就是遇了劲敌,也只好偶尔一试;若一连用上两遭,随你铁打的妇人,不死也要生一场大病。在下前日在南京偶然连用两番,断送了一个名妓。如今怕损阴德,所以不敢传授别人。"某公子道:"那妓妇叫什么名字,可还记得么?"术士道:"姓金名茎,小字叫做茎娘,还不曾死得百日。"某公子大惊失色,呆了半晌,又问道:"闻得那妇人近来不接客,怎么独肯留兄?"术士道:"她与个什么贵人有约,外面虽说不接客,要掩饰贵人的耳目,其实暗中有个牵头,夜夜领人去睡的。"某公子听了,就像发疟疾的一般,身上寒一阵,热一阵。又问他道:"这个妇人,有几个敝友也曾嫖过,都说她的色心是极淡薄的。兄方才讲那种房术,遇了极淫之妇方才可用,她又不是个劲敌,为什么下那样毒手摆布她?"术士道:"在下阅人多矣,妇人淫者虽多,不曾见这一个,竟是通宵不倦的;或者去嫖她的贵友本领不济,不能饱其贪心,故此假装恬退耳。她也曾对在下说过,半三不四的男子,惹得人渴,救不得人饥,倒不如藏拙些的好。"某公子听到此处,九分信了,还有一分疑惑,只道他是赖风月的谎话,又细细盘问那妇人下身黑白何如,内里蕴藉何如,术士逐件讲来,一毫也不错。又说小肚之下、牝户之上有个小小香疤,恰好是某公子与他结盟之夜,一起灸来做记认的。见他说着心窍,一发毛骨悚然,就别了术士进去,思量道:"这个淫妇吃我的饭,穿我的衣,夜夜搂了别人睡,也可谓负心之极了。到临终时节,又不知哪里弄些猪血狗血,写一封遗嘱下来,叫我料理她的后事。难道被别人弄死,叫我偿命不成?又亏得被人弄死,万一不死,我此时一定娶回来了。天下第一个淫妇,嫁着天下第一个本领不济之人,怎保得不走邪路,做起不尴不尬的事来?我这个龟名万世也洗不去了。这个术士竟是我的恩人,不但亏他弄死,又亏他无心中肯讲出来。他若不讲,我哪里晓得这些缘故?自然要把她骨殖装了回来,百年之后,与我合葬一处,分明是生前不曾做得乌龟,死后来补数了,如何了得!"当晚寻出那封血书,瞒了妻妾,一边骂,一边烧了。次日就差人往南京,毁去"副室金氏"的牌位,吩咐家人,踏着妈儿的门槛,狠骂一顿了回来。

从此以后,刻了一篇《戒嫖文》,逢人就送。不但自己不嫖,看见别人迷恋青楼,就下苦口极谏。这叫做:

　　要知山下路，须问过来人。

　　这一桩事，是富家子弟的呆处了。后来有个才士，做一回《卖油郎独占花魁》的小说，又有个才士，将来编做戏文，那些挑葱卖菜的看了，都想做起风流事来。每日要省一双草鞋钱，每夜要做一个花魁梦。攒积几时，定要到妇人家走走，谁想卖油郎不曾做得，个个都做一出贾志诚了回来。当面不叫有情郎，背后还骂叫化子，那些血汗钱岂不费得可惜！

　　崇祯末年，扬州有个妓妇，叫做雪娘，生得态似轻云，腰同细柳，虽不是朵无赛的琼花，钞关上的姊妹，也要数她第一。她从幼娇痴惯了，自己不会梳头，每日起来，洗过了面，就叫妈儿替梳；妈儿若还不得闲，就蓬上一两日，只将就掠掠，做个懒梳妆而已。

　　小东门外有个篦头的待诏，叫做王四。年纪不上三十岁，生得伶俐异常，面貌也将就看得过。篦头篦得轻，取耳取得出，按摩又按得好，姊妹人家的生活，只有他做得多。因在坡子上看见做一本《占花魁》的新戏，就忽然动起风流兴来，心上思量道："敲油梆的人尚且做得情种，何况温柔乡里、脂粉丛中摩疼擦痒之待诏乎？"一日走到雪娘家里，见她蓬头坐在房中，就问道："雪姑娘要篦头么？"雪娘道："头到要篦，只是舍不得钱，自己篦篦罢。"王四道："哪个想趁你们的钱，只要在客人面前作养作养就够了。"一面说，一面解出家伙，就替她篦了一次。篦完，把头发递与她道："完了，请梳起来。"雪娘道："我自己不会动手，往常都是妈妈替梳的。"王四道："梳头什么难事，定要等妈妈？待我替你梳起来罢。"雪娘道："只怕你不会。"王四原是聪明的人，又常在妇人家走动，看见梳惯的，有什么不会？就替她精精致致梳了一个牡丹头。雪娘拿两面镜子前后一照，就笑起来道："好手段，倒不晓得你这等聪明。既然如此，何不常来替我梳梳，一总算银子还你就是。"王四正要借此为进身之阶，就一连应了几个"使得"。雪娘叫妈儿与他当面说过，每日连梳连篦，算银一分，月尾支销，月初另起。王四以为得计，日日不等开门就来伺候。每到梳头完了，雪娘不叫修养，他定要捶捶捻捻，好摩弄他的香肌。一日夏天，雪娘不曾穿裤，王四对面替她修养，一个陈抟大睡，做得她人事不知。及至醒转来，不想按摩待诏做了针灸郎中，百发百中的雷火针已针着受病之处了。雪娘正在麻木之时，又得此欢娱相继，香魂去而未来，星眼开而复闭，唇中齿外唧唧哝哝，有呼死不辍而已。从此以后，每日梳完了头，定要修一次养，不但浑身捏高,连内里都要修到。雪娘要他用心梳头,比待嫖客更加亲热。

一日问他道:"你这等会趁钱,为什么不娶房家小,做户人家?"王四道:"正要如此,只是没有好的。我有一句话,几次要和你商量,只怕你未必情愿,故此不敢启齿。"雪娘道:"你莫非要做卖油郎么?"王四道:"然也。"雪娘道:"我一向见你有情,也要嫁你,只是妈妈要银子多,你哪里出得起?"王四道:"她就要多,也不过是一二百两罢了。要我一主兑出来便难,若肯容我陆续交还,我拼几年生意不着,怕挣不出这些银子来?"雪娘道:"这等极好。"就把他的意思对妈儿说了。妈儿乐极,怕说多了,吓退了他,只要一百二十两,随他五两一交,十两一交,零碎收了,一总结算。只是要等交完之日,方许从良;若欠一两不完,还在本家接客。王四一一依从,当日就交三十两。那妈儿是会写字的,王四买个经折叫她写了,藏在草纸袋中。

从此以后,搬在她家同住,每日算饭钱还她,聚得五两、十两,就交与妈儿上了经折。因雪娘是自己妻子,梳头篦头钱一概不算,每日要服侍两三个时辰,才得出门做生意。雪娘无客之时,要扯他同宿,他怕妈儿要算嫖钱,除了收账,宁可叫妻子守空房,自己把指头替代。每日只等梳头之时,张得妈儿不见,偷做几遭铁匠而已。王四要讨妈儿的好,不但篦头修养分内之事,不敢辞劳,就是日间煮饭,夜里烧汤,乌龟忙不来的事务,也都肯越俎代疱。地方上的恶少就替他改了称呼,叫做"王半八",笑他只当做了半个王八,又合着第四的排行,可谓极尖极巧。王四也不以为惭,见人叫他,他就答应,只要弄得粉头到手,莫说半八,就是全八也情愿充当。

准准忙了四五年,方才交得完那些数目。就对妈儿道:"如今是了,求你写张婚书,把令爱交卸与我,待我赁间房子,好娶她过门。"妈儿只当不知,故意问道:"什么东西是了?要娶那一位过门?女家姓什么?几时做亲?待我好来恭贺。"王四道:"又来取笑了,你的令爱许我从良,当初说过一百二十两财礼,我如今付完了,该把令爱还我去,怎么假糊涂,倒问起我来?"妈儿道:"好胡说!你与我女儿相处了三年,这几两银子还不够算嫖钱,怎么连人都要讨了去?好不欺心?"王四气得目定口呆,回她道:"我虽在你家住了几年,夜夜是孤眠独宿,你女儿的皮肉我不曾沾一沾,怎么假这个名色,赖起我的银子来?"王四只道雪娘有意到他,日间做的

勾当都是瞒着妈儿的,故此把这句话来抵对,那晓得古语二句,正合着他二人:

　　落花有意随流水,流水无心恋落花。

雪娘不但替妈儿做干证,竟翻转面孔做起被害来。就对王四道:"你自从来替我梳头,哪一日不歪缠几次?怎么说没有相干?一日只算一钱,一年也该三十六两。四、五年合算起来,不要你找账就够了,你还要讨什么人?我若肯从良,怕没有王孙公子,要跟你做个待诏夫人?"王四听了这些话,就像几十桶井花凉水从头上浇下来的一般,浑身激得冰冷,有话也说不出。晓得这主银子是私下退不出来的了,就赶到江都县去击鼓。

　　江都县出了火签,拿妈儿与雪娘和他对审。两边所说的话与私下争论的一般,一字也不增减。知县问王四道:"从良之事,当初是那个媒人替你说合的?"王四道:"是她与小的当面做的,不曾用媒人说合。"知县道:"这等那银子是何人过付的?"王四道:"也是小的亲手交的,没有别人过付。"知县道:"亲事又没有媒人,银子又没有过付,叫我怎么样审?这等他收你银子,可有什么凭据么?"王四连忙应道:"有他亲笔收账。"知县道:"这等就好了,快取上来。"王四伸手到草纸袋中,翻来覆去,寻了半日,莫说经折没有,连草纸也摸不出半张。知县道:"既有收账,为什么不取上来?"王四道:"一向是藏在袋中的,如今不知哪里去了?"知县大怒,说他既无媒证,又无票约,明系无赖棍徒要霸占娼家女子,就丢下签来,重打三十。又道他无端击鼓,惊扰听闻,枷号了十日才放。看官,你道他的经折哪里去了?原来妈儿收足了银子,怕他开口要人,预先吩咐雪娘,与他做事之时,一面搂抱着他,一面向草纸袋摸出去了,如今哪里取得出?

　　王四前前后后共做了六七年生意,方才挣得这主血财,又当了四五年半八,白白替她梳了一千几百个牡丹头,如今银子被她赖去,还受了许多屈刑,叫他怎么恨得过?就去央个才子,做一张四六冤单,把黄绢写了,缝在背上,一边做生意,一边诉冤,要人替他讲公道。哪里晓得那个才子又是有些作孽的,欺他不识字,那冤单里面句句说鸨儿之恶,却又句句笑他自己之呆。冤单云:

　　诉冤人王四,诉为半八之冤未洗,百二之本被吞,请观书背之文,以救刳①肠之祸事。念身向居蔡地，今徙扬州，执贱业以谋生，事贵人而糊口。褰遭夆障，勾引痴魂。日日唤梳头，朝朝催挽髻。以彼青丝发，系我绿毛身。按摩则内外兼修，唤不醒陈抟之睡；盥沐则发容兼理，忙不了张敞之工。缠头锦日进千缣，请问系何人执柄；洗儿钱岁留十万，不知亏若个烧汤。原不思破彼之悭，只妄想酬吾所欲。从良密议，订于四五年之前；聘美重资，浮于百二十之外。正欲请期践约，忽然负义寒盟。两妇舌长，雀角鼠牙易竞；一人智短，鲢清鲤浊难分。搂吾背而探吾囊，乐处谁防窃盗；答我豚而枷我颈，苦中方悔疏虞。奇冤未雪于厅阶，隐恨求伸于道路。伏乞贵官长者，义士仁人，各赐乡评，以补国法。或断雪娘归己，使名实相符，半八增为全八；或追原价还身，使排行复旧，四双减作两双。若是则鸱羽不致高张，而龟头亦可永缩矣。为此泣诉。

妈儿自从审了官司出去，将王四的铺盖与篦头家伙尽丢出来，不容在家宿歇。王四只得另租房屋居住，终日背了这张冤黄，在街上走来走去。不识字的只晓得他吃了衕衕②的亏，在此伸诉，心上还有几分怜悯；读书识字的人看了冤单，个个掩口而笑，不发半点慈悲，只喝彩冤单做得好，不说那代笔之人取笑他的缘故。王四背了许久，不见人有一些公道，心上思量："难道罢了不成？纵使银子退不来，也叫她吃我些亏，受我些气，方才晓得穷人的银子不是好骗的！"就生个法子，终日带了篦头家伙，背着冤黄，不往别处做生意，单单立在雪娘门口，替人篦头，见有客人要进去嫖她，就扯住客人，跪在门前控诉。那些嫖客见说雪娘这等无情，结识她也没用，况且篦头的人都可以嫖得，其声价不问可知，有几个跨进门槛的，依旧走了出去。妈儿与雪娘打又打他不怕，赶又赶他不走，被他截住咽喉之路，弄得生计索然。

忽一日王四病倒在家，雪娘门前无人吵闹，有个解粮的运官进来嫖她。两个睡到二更，雪娘睡熟，运官要小解，坐起身来取夜壶。那灯是不曾吹灭的，忽见一个穿青的汉子跪在床前，不住的称冤叫枉。运官大惊道："你有什么屈情，半夜三更走来告诉？快快讲来，待我帮你伸冤就

① 刳（kū）——剖开。
② 衕衕（háng yuàn）——同"行院"。指妓院。

是。"那汉子口里不说，只把身子掉转，依旧跪下，背脊朝了运官，待他好看冤帖。谁想这个运官是不大识字的，对那汉子道："我不曾读过书，不晓得这上面的情节，你还是口讲罢。"那汉子掉转身来，正要开口，不想雪娘睡醒，咳嗽一声，那汉子忽然不见了。运官只道是鬼，十分害怕，就问雪娘道："你这房中为何有鬼诉冤？ 想是你家曾谋死什么客人么？"雪娘道："并无此事。"运官道："我方才起来取夜壶，明明有个穿青的汉子，背了冤黄，跪在床前告诉。见你咳嗽一声，就不见了，岂不是鬼！ 若不是你家谋杀，为什么在此出现？"雪娘口中只推没有，肚里思量道："或者是那个穷鬼害病死了，冤魂不散，又来缠扰也不可知。"心上又喜又怕，喜则喜阳间绝了祸根，怕则怕阴间又要告状。

运官疑了一夜，次日起来，密访邻舍。邻舍道："客人虽不曾谋死，骗人一项银子是真。"就把王四在他家苦了五六年挣的银子，白白被她骗去，告到官司，反受许多屈刑，后来背了冤黄，逢人告诉的话，说了一遍。运官道："这等那姓王的死了不曾？"邻舍道："闻得他病在寓处好几日了，死不死却不知道。"运官就寻到他寓处，又问他邻舍说："王四死了不曾？"邻舍道："病虽沉重，还不曾死，终日发狂发躁，在床上乱喊乱叫道：'这几日不去诉冤，便宜了那个淫妇。'说来说去，只是这两句话，我们被他聒噪不过。只见昨夜有一、二更天不见响动，我们只说他死了。及至半夜后又忽然喊叫起来道：'贼淫妇，你与客人睡得好，一般也被我搅扰一场。'这两句话，又一连说了几十遍，不知什么缘故。"运官惊诧不已，就叫邻舍领到床前，把王四仔细一看，与夜间的面貌一些不差。就问道："老王，你认得我么？"王四道："我与老客并无相识，只是昨夜一更之后，昏昏沉沉，似梦非梦，却像到那淫妇家里，有个客人与她同睡，我走去跪着诉冤，那客人的面貌却像与老客一般。这也是病中见鬼，当不得真，不知老客到此何干？"运官道："你昨夜见的就是我。"把夜来的话对他说一遍，道："这等看来，我昨夜所见的，也不是人，也不是鬼，竟是你的魂魄。我既然目击此事，如何不替你处个公平？ 我是解漕粮的运官，你明日扶病到我船上来，待我生个计较，追出这项银子还你就是。"王四道："若得如此，感恩不尽。"

运官当日依旧去嫖雪娘，绝口不提前事，只对妈儿道："我这次进京，盘费缺少，没有缠头赠你女儿。我船上耗米尚多，你可叫人来发几担去，把与女儿做脂粉钱。只是日间耳目不便，可到夜里着人来取。"妈儿千感万谢。果然到次日一更之后，叫龟子挑了箩担，到船上扒了一担回去，再来发第二担，只见船头与水手把锣一敲，大家喊起来道："有贼偷盗皇粮，地方快来拿获！"惊得一河两岸，人人取棒，个个持枪，一起赶上船来，把龟子一索捆住，连箩担交与夜巡。夜巡领了众人，到他家一搜，现搜出漕粮一担。运官道："我船上空了半舱，约去一百二十余担，都是你偷去了，如今藏在哪里？快快招来！"妈儿明知是计，说不出叫我来挑的话，只是跪下讨饶。运官喝令水手，把妈儿与龟子一起捆了，吊在桅上，只留雪娘在家，待她好央人行事。自己进舱去睡了，要待明日送官。

　　地方知事的去劝雪娘道："他明明是扎火圈的意思，你难道不知？漕米是紧急军粮，官府也怕连累，何况平民？你家赃证都搜出来了，料想推不干净。他的题目都已出过，一百二十担漕米，一两一担，也该一百二十两。你不如去劝母亲，叫他认赔了罢，省得经官动府，刑罚要受，监牢要坐，银子依旧要赔。"雪娘走上船来，把地方所劝的话对妈儿说了，妈儿道："我也晓得，他既起这片歹心，料想不肯白过，不如认了晦气，只当王四那宗银子不曾骗得，拿来舍与他罢。"就央船头进舱去说，愿偿米价，求免送官。舱中允了，就叫拿银子来交。妈儿是个奸诈的人，恐怕银子出得容易，又要别生事端，回道："家中分文没有，先写一张票约，待天明了，挪借送来。"运官道："朝廷的国课，只怕他不写，不怕他不还，只要写得明白。"妈儿就央地方写了一张票约，竟如供状一般，送与运官，方才放了。

　　等到天明，妈儿取出一百二十两银子，只说各处借来的，交与运官。谁想运官收了银子，不还票约，竟叫水手开船。妈儿恐贻后患，雇只小船，一路跟着取讨，直随至高邮州，运官才教上船去，当面吩咐道："我不还票约，正要你跟到途中，与你说个明白。这项银子，不是我有心诈你的，要替你偿还一主冤债，省得你到来世变驴变马还人。你们做娼妇的，哪一日不骗人，哪一刻不骗人？若都叫你偿还，你也没有许多银子。只是那富家子弟，你骗他些也罢了，为什么把做手艺的穷人当做浪子一般要骗？他服侍你五六年，不得一毫赏赐，反把他银子赖了，又骗官府枷责他，你于心何忍？他活在寓中，病在床上，尚且愤恨不过，那魂魄现做人身，到你家缠扰；何况明日死了，不来报冤？我若明明劝你还他，就杀你剐你，你也决不肯取出，故此生这个法子，追出那主不义之财。如今原主现在我船上，我替你当面交还,省得你心上不甘,怪我冤民诈贼。"就从后舱唤出来,一面把银子交还王四,一面把票约掷与妈儿。妈儿磕头称谢而去。

王四感激不尽,又虑转去之时,终久要吃淫妇的亏,情愿服侍恩人,求带入京师,别图生理。运官依允,带他随身而去,后来不知如何结果。

这段事情,是穷汉子喜风流的榜样。奉劝世间的嫖客及早回头,不可被戏文小说引偏了心,把血汗钱被他骗去,再没有第二个不识字的运官肯替人扶持公道了。

五

婴①众怒舍命殉龙阳　抚孤茕全身报知己

词云：

> 南风不识何由始，妇人之祸贻男子。翻面酱洪濛，无雌硬打雄。
>
> 向隅悲落魄，试问君何乐？龌龊甚难当，翻云别有香。

这首词民做《菩萨蛮》，单为好南风的下一针砭。南风一事，不知起于何代，创自何人，沿流至今，竟与天造地设的男女一道争锋比胜起来，岂不怪异？怎见男女一道是天造地设的？但看男子身上凸出一块，女子身上凹进一块，这副形骸岂是造作出来的？男女体天地赋形之意，以其有余，补其不足，补到恰好处，不觉快活起来，这种机趣岂是矫强得来的？及至交媾以后，男精女血，结而成胎，十月满足，生男育女起来，这段功效岂是侥幸得来的？只为顺阴阳交感之情，法乾坤覆载之义，象造化陶铸之功，自然而然，不假穿凿，所以亵狎而不碍于礼，玩耍而有益于正。至于南风一事，论形则无有余不足之分，论情则无交欢共乐之趣，论事又无生男育女之功，不知何所取义，创出这桩事来，有若于人，无益于己，做他何用？亏那中古之时，两个男子好好的立在一处，为什么这一个忽然就想起这桩事，哪一个又欣然肯做起这桩事来？真好一段幻想。况且那尾闾一窍，是因五脏之内污物无所泄，秽气不能通，万不得已生来出污秽的。造物赋形之初，也怕男女交媾之际，误入此中，所以不生在前而生在后，即于分门别户之中，已示云泥霄壤之隔；奈何盘山过岭，特地寻到那幽僻之处去掏摸起来？或者年长鳏夫，家贫不能婚娶，借此以泄欲火，或者年幼姣童，家贫不能糊口，借此以觅衣食，也还情有可原；如今世上，偏是有妻有妾的男子酷好此道，偏是丰衣足食的子弟喜做此道，所以更不可解。此风各处俱尚，尤莫盛于闽中，由建宁、邵武而上，一府胜似一府，一县胜似一县。不但人好此道，连草木是无知之物，因为习气所染，也好此道起来。深山之

---

① 婴——触；缠绕。

中有一种榕树,别名叫做南风树。凡有小树在榕树之前,那榕树毕竟要斜着身子去勾搭小树,久而久之,勾搭着了,把枝柯紧紧缠在小树身上,小树也渐渐倒在榕树怀里来,两树结为一树,任你刀锯斧凿,拆他不开,所以叫做南风树。近日有一才士听见人说,只是不信,及至亲到闽中,看见此树,方才晓得六合以内,怪事尽多,俗口所传、野史所载的,不必尽是荒唐之说。因题一绝云:

　　并蒂芙蓉连理枝,谁云草木让情痴?

　　人间果有南风树,不到闽天那得知。

看官,你说这个道理解得出,解不出? 草木尚且如此,那人的癖好一发不足怪了。如今且说一个秀士与一个美童,因恋此道而不舍,后来竟成了夫妻,还做出许多义夫节妇的事来。这是三纲的变体,五伦的闰位,正史可以不载、野史不可不载的异闻,说来醒一醒睡眼。

　　嘉靖末年,福建兴化府莆田县有个廪膳秀才,姓许名葳,字季芳,生得面如冠玉,唇若涂朱。少年时节,也是个出类拔萃的龙阳,有许多长朋友攒住他,终日闻香嗅气,买笑求欢,哪里容他去攻习举业? 直到二十岁外,头上加了法网,嘴上带了刷牙,渐渐有些不便起来,方才讨得几时闲空,就去奋志萤窗,埋头雪案,一考就入学,入学就补廪,竟做了莆田县中的名士。到了廿二三岁,他的夫星便退了,这妻星却大旺起来。为什么缘故? 只因他生得标致,未冠时节,还是个孩子,又像个妇人,内眷们看见,还像与自家一般,不见得十分可羡;到此年纪,雪白的皮肤上面,出了几根漆黑的髭须,漆黑的纱巾底下,露出一张雪白的面孔,态度又温雅,衣饰又时兴,就像苏州虎丘山上绢做的人物一般,立在风前,飘飘然有凌云之致。你道妇人家见了,哪个不爱? 只是一件,妇人把他看得滚热,他把妇人却看得冰冷。为什么缘故? 只因他的生性以南为命,与北为仇,常对人说:"妇人家有七可厌。"人问他那七可厌? 他就历历数道:"涂脂抹粉,以假为真,一可厌也;缠脚钻耳,矫揉造作,二可厌也;乳峰突起,赘若悬瘤,三可厌也;出门不得,系若匏瓜,四可厌也;儿缠女缚,不得自由,五可厌也;月经来后,濡席沾裳,六可厌也;生育之余,茫无畔岸,七可厌也。怎如美男的姿色,有一分就是一分,有十分就是十分,全无一毫假借,从头至脚,一味自然。任我东南西北,带了随身,既少嫌疑,又无挂碍,做一对洁净夫妻,何等不妙?"听者道:"别的都说得是了,只是'洁净'二字,恐怕过誉了些。"他又道:"不好此者,以为不洁;那好此道的,闻来别有一种异香,尝来也有一种异味。这个道理,可为知者道,难为俗人言也。"听者不好与他强辩,只得由他罢了。

他后来想起"不孝有三,无后为大",少不得要娶房家眷,度个种子。有个姓石的富家,因重他才貌,情愿把女儿嫁他,倒央人来做媒,成了亲事。不想嫁进门来,夫妇之情甚是冷落,一月之内,进房数次,其余都在馆中独宿。过了两年,生下一子,其妻得了产痨之症,不幸死了。季芳寻个乳母,每年出些供膳,把儿子叫她领去抚养,自己同几个家僮过日。因有了子嗣,不想再娶妇人,只要寻个绝色龙阳,为续弦之计,访了多时,再不见有。福建是出男色的地方,为什么没有? 只因季芳自己生得太好了,虽有看得过的,那肌肤眉眼,再不能够十全。也有几个做毛遂自荐,来与他暂效鸾凤,及至交欢之际,反觉得珠玉在后,令人形秽。所以季芳鳏居数载,并无外遇。

那时节城外有个开米店的老儿,叫做尤侍寰,年纪六十多岁,一妻一妾都亡过了,只有妾生一子,名唤瑞郎,生得眉如新月,眼似秋波,口若樱桃,腰同细柳,竟是一个绝色妇人。别的丰姿都还形容得出,独有那种肌肤,白到个尽头的去处,竟没有一件东西比他。雪有其白而无其腻,粉有其腻而无其光。在襁褓之时,人都叫他做粉孩儿。长到十四岁上,一发白里闪红,红里透白起来,真使人看见不得。兴化府城之东有个胜境,叫做湄洲屿,屿中有个天妃庙。立在庙中,可以观海,晴明之际,竟与琉球国相望。每年春间,合郡士民俱来登眺。那一年天妃神托梦与知府,说:"今年各处都该荒旱,因我力恳上帝,独许此郡有七分收成。"彼时田还未种,知府即得此梦,及至秋收之际,果然别府俱荒,只有兴化稍熟。知府即出告示,令百姓于天妃诞日,大兴胜会,酬他力恳上帝之功。到那赛会之时,只除女子不到,合郡男人,无论黄童白叟,没有一个不来。尤侍寰一向不放儿子出门,到这一日,也禁止不住。自己有些残疾,不能同行,叫儿子与邻舍家子弟做伴同去。临行千叮万嘱:"若有人骗你到冷静所在去讲闲话,你切不可听他。"瑞郎道:"晓得。"竟与同伴一起去了。

这日凡是好南风的,都预先养了三日眼睛,到此时好估承色。又有一班作孽①的文人,带了文房四宝,立在总路头上,见少年经过,毕竟要盘问姓名,穷究住处,登记明白,然后远观气色,近看神情,就如相面的一般,相完了,在名字上打个暗号。你道是什么缘故? 他因合城美少辐辏②于此,要攒造一本南风册,带回去评其高下,定其等第,好出一张美童考案,就如吴下评骘妓女一般。尤瑞郎与同伴四五人都不满十六岁,别人都穿红着紫,打扮得妖妖娆娆;独有瑞郎家贫,无衣妆饰,又兼母服未满,浑身俱是布素。却也古怪,那些估承色的、定考案的,都有几分眼力,偏是那穿红着紫的,大概看看就丢过了,独有浑身布素的尤瑞郎,一千一万双眼睛都盯在他一人身上,要进不放他进,要退不放他退,扯扯拽拽,缠个不了。尤瑞郎来看胜会,谁想自家反做了胜会把与人看起来。等到赛会之时,挨挤上去,会又过了,只得到屿上眺望一番。有许多带攒盒上山的,这个扯他吃茶,那个拉他饮酒,瑞郎都谢绝了,与同伴一起转去。

偶然回头,只见背后有个斯文朋友,年可二十余岁,丰姿甚美,意思又来得安闲,与那扯扯拽拽的不同,跟着瑞郎一同行走。瑞郎过东,他也过东;瑞郎过西,他也过西;瑞郎小解,他也小解;瑞郎大便,他也大便,准准跟了四五个时辰,又不问一句话,瑞郎心上甚是狐疑。及至下山时节,走到一个崎岖所在,青苔路滑,瑞郎一脚踏去,几乎跌倒。那朋友立在身边,一把挽住道:"尤兄仔细。"一面相扶,一面把瑞郎的手心轻轻摸了几摸,就如搔痒的一般。瑞郎脸上红了又白,白了又红,白是惊白的,红是羞红的,一霎时露出许多可怜之态,对那朋友道:"若不是先生相扶,一交直滚到山下。请问尊姓大号?"那朋友将姓名说来,原来就是鳏居数载、并无外遇的许季芳。彼此各说住处,约了改日拜访。说完,瑞郎就与季芳并肩而行,直到城中分路之处,方才作别。

瑞郎此时情窦已开,明晓得季芳是个眷恋之意,只因众人同行,不好厚那一个,所以借扶危济困之情,寓惜玉怜香之意,这种意思也难为他。莫说情意,就是容貌丰姿也都难得。今日见千见万,何曾有个强似他的?"我今生若不相处朋友就罢,若要相处朋友,除非是他,才可以身相许。"想了一会,不觉天色已晚,脱衣上床。忽然袖中掉出两件东西,拾起来看,

---

①　作孽(niè)——做坏事,造孽。这里指观察人。
②　辐辏——形容人或物聚集象车辐集中于车毂一样。

是一条白绫汗巾,一把重金诗扇。你道是哪里来的?原来许季芳跟他行走之时,预先捏在手里等候,要乘众人不见,投入瑞郎袖中;恰好遇着个扶跌的机会,两人袖口相对,不知不觉丢将过来,瑞郎还不知道。此时见了,比前更想得殷勤。

却说许季芳别了瑞郎回去,如醉如痴,思想兴化府中竟有这般绝色,不枉我选择多年,"我今日搔手之时,见他微微含笑,绝无拒绝之容,要相处他,或者也还容易。只是三日一交,五日一会,只算得朋友,叫不得夫妻,定要娶他回来,做了填房,长久相依才好。况且这样异宝,谁人不起窥伺之心?纵然与我相好,也禁不得他相处别人,毕竟要使他从一而终,方才遂我大志。若是小户人家,无穿少吃的,我就好以金帛相救;万一是旧家子弟,不希罕财物的,我就无计可施了。"翻来覆去,想到天明。正要出城访问,忽有几个朋友走来道:"闻得美童的考案出了,贴在天妃庙中,我们同去看看何如?"季芳道:"使得。"就与众人一同步去。走到庙中,抬头一看,竟像殿试的黄榜一般,分为三甲,第一甲第一名就是尤瑞郎。众人赞道:"定得公道,昨日看见的,自然要算他第一。"又有一个道:"可惜许季芳早生十年,若把你未冠时节的姿容留到今日,当与他并驱中原,未知鹿死谁手?"季芳笑了一笑,问众人道:"可晓得他家事如何?父亲作何生理?"众人中有一个道:"我与他是紧邻,他的家事瞒不得我。父亲是开米店的,当初也将就过得日子,连年生意折本,欠下许多债来,大小两个老婆俱死过了,两口棺木还停在家中不能殡葬,将来一定要受聘的。当初做粉孩儿的时节,我就看上他了,恨不得把气吹他大来。如今虽不曾下聘,却是我荷包里的东西,列位休来剪绺。"

季芳口也不开,别了众人回去。思想道:"照他这等说,难道罢了不成?少不得要先下手。"连忙写个晚生帖子,先去拜他父亲,只说久仰高风,特来拜访,不好说起瑞郎之事。瑞郎看见季芳,连忙出来拜揖。季芳对侍寰道:"令郎这等长大,想已开笔行文了。晚生不揣,敢邀入社何如?"侍寰道:"庶民之子,只求识字记账,怎敢妄想功名?多承盛意,只好心领。"季芳、瑞郎两人眉来眼去,侍寰早已看见,明晓得他为此而来,不然一个名士,怎肯写晚生帖子,来拜市井之人?心上明白,外面只当不知。三人坐了一会,分别去了。侍寰次日要去回拜季芳,瑞郎也要随去,侍寰就引他同行。季芳谅他决来回拜,恨不得安排香案迎接。相见之时,少不得有许多谦恭的礼数,亲热的言词,坐了半晌,方才别去。

　　看官,你道侍寰为何这等没志气,晓得人要骗他儿子,全无拒绝之心,不但开门揖盗,又且送亲上门,是何道理?要晓得那个地方,此道通行,不以为耻;侍寰还债举丧之物,都要出在儿子身上,所以不拒窥伺之人。这叫做"明知好酒,故意犯令"。既然如此,他就该任凭瑞郎出去做此道了,为何出门看会之时,又吩咐不许到冷静所在与人说话,这是什么缘故?又要晓得福建的南风,与女子一般,也要分个初婚、再醮。若是处子原身,就有人肯出重聘,三茶不缺,六礼兼行,一样的明婚正娶;若还拘管不严,被人尝了新去,就叫做败柳残花,虽然不是弃物,一般也有售主,但只好随风逐浪,弃取由人,就开不得雀屏,选不得佳婿了。所以侍寰不废防闲,也是韫椟待沽①之意。

　　且说兴化城中自从出了美童考案,人人晓得尤瑞郎是个状元。那些学中朋友只除衣食不周的,不敢妄想天鹅肉吃,其余略有家事的人,那个不垂涎咽唾?早有人传到侍寰耳中。侍寰就对心腹人道:"小儿不幸,生在这个恶赖地方,料想不能免俗。我总则拼个蒙面忍耻,顾不得什么婚姻论财,夷虏之道。我身背上有三百两债负,还要一百两举丧,一百两办我的衣衾棺椁,有出得起五百金的,只管来聘,不然叫他休想。"从此把瑞郎愈加管束,不但不放出门,连面也不许人见。福建地方,南风虽有受聘之例,不过是个意思,多则数十金,少则数金,以示相求允之意,那有动半千金聘男子的?众人见他开了大口,个个都禁止不提。那没力量的道:"他儿子的后庭料想不是金镶银裹的,'岂其娶妻,必齐之姜?'便除了这个小官,不用也罢。"那有力量的道:"他儿子的年纪还不曾二八,且熬他几年,待他穷到极处,自然会跌下价来。"所以尤瑞郎的桃夭佳节,又迟了几时。只是思量许季芳,不能见面,终日闭在家中,要通个音信也不能够。不上半月,害起相思病来,求医不效,问卜无灵。邻家有个同伴过来看他,问起得病之由,瑞郎因无人通信,要他做个氤氲使者,只得把前情直告。同伴道:"这等何不写书一封,待我替你寄去,叫他设处五百金聘你就是了。"瑞郎道:"若得如此,感恩不尽。"就研起墨来,写了一个寸楮②,钉封好了,

---

①　韫椟(yùndú)待沽——韫:藏。椟:木柜。藏在木柜里待价而沽。

②　寸楮(chǔ)——短信。楮,树名,树皮可以造纸,后为纸的代称。

递与同伴。同伴竟到城外去寻季芳,问到他的住处,是一所高大门楣。同伴思量道:"住这样房子的人,一定是个财主,要设处五百金,料也容易。"及至唤出人来一问,原来数日之前,将此房典与别人,自己搬到城外去住了。同伴又问了城外的住处,一路寻去,只见数间茅屋,两扇柴门,冷冷清清,杳无人迹。门上贴一张字道:

> 不佞有小事下乡,凡高明书札,概不敢领,恐以失答开罪,亮之宥之。

同伴看了,转去对瑞郎述了一事,道:"你的病害差了,他门上的字明明是拒绝你的,况且房子留不住的人,那里有银子干风流事? 劝你及早丢开,不要痴想。"瑞郎听了,气得面如土色,思量一会,对同伴道:"待我另写一封绝交书,连前日的汗巾、扇子烦你一起带去。若见了他,可当面交还,替我骂他几句;如若仍前不见,可从门缝之中丢将进去,使他见了,稍泄我胸中之恨。"同伴道:"使得。"瑞郎爬起来,气忿忿的写了一篇,依旧钉封好了,取出二物,一起交与同伴。同伴拿去,见两扇柴门依旧封锁未开,只得依了瑞郎的话,从门缝中塞进去了。

　　看官,你道许季芳起初何等高兴,还只怕贿赂难通;如今明白出了题目,正好做文字了,为何全不料理,反到乡下去游荡起来? 要晓得季芳此行,正为要做情种。他的家事,连田产屋业,算来不及千金。听得人说尤侍寰要五百金聘礼,喜之不胜道:"便尽我家私,换得此人过来消受几年,就饿死了也情愿。"竟将住房典了二百金,其余三百金要出在田产上面,所以如飞赶到乡下去卖田。恐怕同窗朋友写书来约他做文字,故此贴字在门上,回复社友,并非拒绝瑞郎。忽一日得了田价回来,兴匆匆要央人做事,不想开开大门,一脚踏着两件东西,拾起一看,原来就是那些表记。当初塞与人,人也不知觉;如今塞还他,他也不知觉:这是造物簸弄英雄的个小小伎俩。季芳见了,吓得通身汗下,又不知是他父亲看见,送来羞辱他的;又不知是有了售主,退来回复他的,那一处不疑到? 把汗巾捏一捏,里面还有些东西,解开却是一封书札。拆来细看,上写道:

> 窃闻有初者鲜终,进锐者退速。始以为岂其然,而今知真不谬也。妃宫瞥遇,委曲相随;持危扶颠,备示悯恤。归而振衣拂袂,复见明珠暗投。以为何物才人,情痴乃尔,因矢分桃以报,谬思断袖之欢。

诓意后宠未承,前鱼早弃。我方织苏锦为献,君乃署翟门以辞。曩①如魍魉逐影,不知何所见而来?今忽鼠窜抱头,试问何所闻而去?君既有文送穷鬼,我宁无剑斩情魔?纨扇不载仁风,鲛绡枉沾泪迹。谨将归赵,无用避秦。

季芳看了,大骇道:"原来他寄书与我,见门上这几行谤字,疑我拒绝他,故此也写书来拒绝我。这样屈天屈地的事,叫我那里去伸冤?"到了次日,顾不得怪与不怪,肯与不肯,只得央人去做。尤侍寰见他照数送聘,一厘不少,可见是个志诚君子,就满口应承,约他儿子病好,即便过门。就将送来的聘金,还了债负,举了二丧,余下的藏为养老送终之费。这才合着古语一句道:

有子万事足。

且说尤瑞郎听见受了许多之聘,不消吃药,病都好了。只道是绝交书一激之力,还不知他出于本心。季芳选下吉日,领了瑞郎过门,这一夜的洞房花烛,比当日娶亲的光景大不相同。有撒帐词三首为证:

其一:

银烛烧来满画堂,新人羞涩背新郎。新郎不用相扳扯,便不回头也不妨。

其二:

花下庭前巧合欢,穿成一串倚阑干。缘何今夜天边月,不许情人对面看?

其三:

轻摩软玉嗅温香,不似游蜂掠蕊狂。何事新郎偏识苦?十年前是一新娘。

季芳、瑞郎成亲之后,真是如鱼得水,似漆如胶,说不尽绸缪之意。瑞郎天性极孝,不时要回去看父亲。季芳一来舍不得相离,二来怕他在街上露形,启人窥伺之衅,只得把侍寰接来同住,晨昏定省,待如亲父一般。侍寰只当又生一个儿子,喜出望外。只是六十以上之人,毕竟是风烛草露,任你百般调养,到底留他不住,未及一年,竟过世了。季芳哀毁过情,如丧考妣,追荐已毕,尽礼殡葬。瑞郎因季芳变产聘他,已见多情之至;后来又见

① 曩(nǎng)——以往,从前。

待他父亲如此,愈加感深入骨,不但愿靠终身,还且誓以死报。

他初嫁季芳之时,才十四岁,腰下的人道,大如小指,季芳同睡之时,贴然无碍,竟像妇女一般。及至一年以后,忽然雄壮起来,看他欲火如焚,渐渐的禁止不住。又有五个多事的指头,在上面摩摩捏捏,少不得那生而知之、不消传授的本事,自然要试出来。季芳怕他辛苦,时常替他代劳,只是每到竣事之后,定要长叹数声。瑞郎问他何故,季芳只是不讲。瑞郎道:"莫非嫌他有碍么?"季芳摇头道:"不是。"瑞郎道:"莫非怪他多事么?"季芳又摇头道:"不是。"瑞郎道:"这等你为何长叹?"季芳被他盘问不过,只得以实情相告。指着他的此物道:"这件东西是我的对头,将来与你离散之根就伏于此,叫我怎不睹物伤情?"瑞郎大惊道:"我两个生则同衾,死则共穴,你为何出此不祥之语,毕竟为什么缘故?"季芳道:"男子自十四岁起,至十六岁止,这三年之间,未曾出幼,无事分心。相处一个朋友,自然安心贴意,如夫妇一般。及至肾水一通,色心便起,就要想起妇人来了。一想到妇人身上,就要与男子为仇。书上道:'妻子具而孝衰于亲。'有了妻子,连父母的孝心都衰了,何况朋友的交情? 如今你的此物一日长似一日,我的缘分一日短似一日了。你的肾水一日多似一日,我的欢娱一日少似一日了。想到这个地步,叫我如何不伤心,如何不叹气?"说完了,不觉放声大哭起来。瑞郎见他说得真切,也止不住泪下如雨。想了一会道:"你的话又讲差了,若是泛泛相处的人,后来娶了妻子,自然有个分散之日;我如今随你终身,一世不见女子,有什么色心起得? 就是偶然兴动,又有个遣兴之法在此,何须虑他?"季芳道:"这个遣兴之法,就是将来败兴之端,你哪里晓得?"瑞郎道:"这又是什么缘故?"季芳道:"凡人老年的颜色不如壮年,壮年的颜色不如少年者,是什么缘故? 要晓得肾水的消长,就关于颜色的盛衰。你如今为什么这等标致? 只因元阳未泄,就如含苞的花蕊一般,根本上的精液总聚在此处,所以颜色甚艳,香味甚浓。及至一开之后,精液就有了去路,颜色一日淡似一日,香味一日减似一日,渐渐的干瘪去了。你如今遣兴遣出来的东西,不是什么无用之物,就是你皮里的光彩,面上的娇艳,底下去了一分,上面就少了一分。这也不关你事,是人生一定的道理,少不得有个壮老之日,难道只管少年不成? 只是我爱你不过,无计留春,所以说到这个地步,也只得由他罢了。"瑞郎被他这些话说得毛骨悚然,自己思量道:"我如今这等见爱于他,不过为这几分颜色,万一把元阳泄去,颜色顿衰,渐渐的惹厌起来,就是我不丢他,他也要弃我了,如何使得?"就对季芳道:"我不晓得这件东西是这样不好的,既然如此,你且放心,我自有处。"

过了几日,季芳清早出门去会考。瑞郎起来梳头,拿了镜子,到亮处仔细一照,不觉疑心起来道:"我这脸上的光景,果然比前不同了。前日是白里透出红来的,如今白到增了几分,那红的颜色却减去了。难道他那几句说话就这等应验,我那几点脓血就这等利害不成? 他为我把田产卖尽,生计全无,我家若不亏他,父母俱无葬身之地,这样大恩一毫也未报,难道就是这样老了不成?"仔细踌躇一会,忽然发起狠来道:"总是这个孽根不好,不如断送了他,省得在此兴风起浪。做太监的人一般也过日子。如今世上有妻妾、没儿子的人尽多,譬如我娶了家小,不能生育也只看得。我如今为报恩绝后,父母也怪不得我。"就在箱里取出一把剃刀,磨得锋快,走去睡在青凳上,将一条索子一头系在梁上,一头缚了此物,高高挂起,一只手拿了剃刀,狠命一下,齐根去了,自己晕死在春凳上,因无人呼唤,再不得苏醒。

季芳从外边回来,连叫瑞郎不应,寻到春凳边,还只说他睡去,不敢惊醒,只见梁上挂了一个肉茄子,荡来荡去,捏住一看,才晓得是他的对头。季芳吓得魂不附体。又只见裤裆之内,鲜血还流,叫又叫不醒,推又推不动,只得把口去接气,一连送几口热气下肚,方才苏醒转来。季芳道:"我无意中说那几句话,不过是怜惜你的意思,你怎么就动起这个心来?"说完,捶胸顿足,哭个不了;又悔恨失言,将巴掌自己打嘴。瑞郎疼痛之极,说不出话,只做手势叫他不要如此。季芳连忙去延医赎药,替他疗治。却也古怪,别人踢破一个指头,也要害上几时;他就像有神助的一般,不上月余,就收了口。那疤痕又生得古古怪怪,就像妇人的牝户一般。他起先的容貌体态,分明是个妇人,所异者几希之间耳;如今连几希之间都是了,还有什么分辨? 季芳就索性叫他做妇人打扮起来,头上梳了云鬓,身上穿了女衫,只有一双金莲不止三寸,也叫他稍加束缚。瑞郎又有个藏拙之法,也不穿鞋袜,也不穿褌裤,做一双小小皂靴穿起来,俨然是戏台上一个女旦。又把瑞郎的"郎"字改做"娘"字,索性名实相称到底。从此门槛也不跨出,终日坐在绣房,性子又聪明,女工针织不学自会,每日爬起来,不是纺绩,就是刺绣,因季芳家无生计,要做个内助供给他读书。那时节季芳的儿子在乳母家养大,也有三、四岁了,瑞娘道:"此时也好断乳,何不领回来自己抚养?每年也省几两供给。"季芳道:"说得是。"就去领了回来。瑞娘爱若亲生,自不必说。

季芳此时娇妻嫩子都在眼前,正好及时行乐,谁想天不由人,坐在家中,祸事从天而降。忽一日,有两个差人走进门来道:"许相公,太爷有请。"季芳道:"请我做什么?"差人道:"通学的相公有一张公呈,出首相公,说你私置腐刑,擅立内监,图谋不轨,太爷当堂准了,差我来拘;还有一个被害叫做尤瑞郎,也在你身上要。"季芳道:"这等借牌票看一看。"差人道:"牌票在我身上。"就伸出一只血红的手臂来。上写道:

　　立拿叛犯许葳、阉童尤瑞郎赴审。

原来太守看了呈词,诧异之极,故此不出票,不出签,标手来拿,以示怒极之意。你道此事从何而起?只因众人当初要聘尤瑞郎,后来暂且停止,原是熬他父亲跌价的。谁想季芳拼了这主大钞,竟去聘了回来,至美为他所得,那个不怀妒忌之心?起先还说虽不能够独享,待季芳尝新之后,大家也普同供养一番,略止垂涎之意。谁想季芳把他藏在家中,一步也不放出去。天下之宝,不与天下共之,所以就动了公愤。虽然动了公愤,与还无隙可乘。若季芳不对人道痛哭,瑞郎也不下这个毒手;瑞郎不下这个毒手,季芳也没有这场横祸。所以古语道:"无故而哭者不祥。"又道:"运退遇着有情人。"一毫也不错。众人正在观衅之际,忽然闻得这件新闻,大家哄然起来道:"难道小尤就有这等痴情?老许就有这等奇福?偏要割断他那种痴情,享不成这段奇福。故此写公呈出首起来。做头的就是尤瑞郎的紧邻,把瑞郎放在荷包里,不许别个剪绺的那位朋友。

当时季芳看了朱臂,进去对瑞郎说了。瑞娘惊得神魂俱丧,还要求差人延捱一日,好钻条门路,然后赴审。那差人知道官府盛怒之下,不可迟延,即刻就拘到府前,伺候升堂,竟带过去。太守把棋子一拍道:"你是何等之人,把良家子弟阉割做了太监?一定是要谋反了!"季芳道:"生员与尤瑞郎相处是真,但阉割之事,生员全不知道,是他自己做的。"太守道:"他为什么自己就阉割起来?"季芳道:"这个缘故生员不知道,就知道也不便自讲,求太宗师审他自己就是。"太守就叫瑞郎上去,问道:"你这阉割之理,是他动手的,是你自己动手的?"瑞郎道:"自己动手的。"太守道:"你为什么自己阉割起来?"瑞郎道:"小的父亲年老,债负甚多,二母的棺柩暴露未葬,亏许秀才捐出重资,助我作了许多大事;后来父亲养老送终,总亏他一人独任。小的感他大恩,无以为报,所以情愿阉割了,服侍他终身的。"太守大怒道:"岂有此理! 你要报恩,哪一处报不得,做起这样事来? 身体发肤,受之父母,怎么为无耻私情,把人道废去? 岂不闻'不孝有三,无后为大'么? 我且先打你个不孝!"就丢下四根签来,皂隶拖下去,正要替他扯裤,忽然有上千人拥上堂来,喧嚷不住。福建的土音,官府听不出,太守只说审屈了事,众人鼓噪起来,吓得张惶无措。你道是什么缘故? 只因尤瑞郎的美臀,是人人羡慕的,这一日看审的人将有数千,一半是学中朋友。听见要打尤瑞郎,大家挨挤上去,争看美臀。皂隶见是学中秀才,不好阻碍,所以直拥上堂,把太守吓得张惶无措。太守细问书吏,方才晓得这个情由。皂隶待众人止了喧哗,立定身子,方才把瑞郎的裤子扯开,果然露出一件至宝。只见:

> 嫩如新藕,媚若娇花。光腻无滓,好像剥去壳的鸡蛋;温柔有缝,又像煉①出甑的寿桃。就是吹一口,弹半下,尚且要皮破血流;莫道受屈棒,忍官刑,熬得不珠残玉碎。皂隶也喜南风,纵使硬起心肠,只怕也下不得那双毒手;清官也好门子,虽一时怒翻面孔,看见了也难禁一点婆心。

太守看见这样粉嫩的肌肤,料想吃不得棒起。欲待饶了,又因看的人多,不好意思。皂隶拿了竹板,只管沿沿摸摸,再不忍打下去。挨了一会,不见官府说饶,只得擎起竹板。

方才么喝一声,只见季芳拼命跑上去,伏在瑞郎身上道:"这都是生员害他,情愿替打。"起先众人在旁边赏鉴之时,个个都道:"便宜了老许。"那种醋意,还是暗中摸索;此时见他伏将上去,分明是当面骄人了,怎禁得众人不发极起来? 就一起鼓掌哗噪道:"公堂上不是干龙阳的所在,这种光景看不得!"太守正在怒极之时,又见众人哗噪,就立起身来道:"你在本府面前尚且如此,则平日无耻可知。我少不得要申文学道,革你的前程,就先打后革也无碍!"说完,连签连筒推下来。皂隶把瑞郎放起,拽倒季芳,取头号竹板,狠命的砍。瑞郎跪在旁边乱喊,又当磕头,又当撞头,季芳打一下,他撞一下,打三十板上,季芳的腿也烂了,瑞郎的

---

① 煉(hàn)——蒸。

头也碎了,太守才叫放起,一起押出去讨保。众人见打了季芳,又革去前程,大家才消了醋块,欢然散了。太守移文申黜之后,也便从轻发落,不曾问那阉割良民的罪。

季芳打了回来,气成一病,恹恹不起。瑞郎焚香告天,割股相救,也只是医他不转。还怕季芳为他受辱亡身,临终要埋怨,谁想易箦之际,反捏住瑞郎的手道:"我累你失身绝后,死有余辜。你千万不要怨怅。还有两件事叮嘱你,你须要牢记在心。"瑞郎道:"哪两桩事?"季芳道:"众人一来为爱你,二来为妒我,所以构此大难。我死之后,他们个个要起不良之心,你须要远避他方,藏身敛迹,替我守节终身,这是第一桩事。我读了半世的书,不能发达,只生一子,又不曾教得成人,烦你替我用心训诲,若得成名,我在九泉也瞑目,这是第二桩事。"说完,眼泪也没有,干哭了一场,竟奄然长逝了。

瑞郎哭得眼中流血,心内成灰,欲待以身殉葬,又念四岁孤儿无人抚养,只得收了眼泪,备办棺衾。自从死别之日,就发誓吃了长斋,七七替他看经念佛。殡葬之后,就寻去路。思量十六、七岁的人,带着个四岁孩子,还是认做儿子的好,认做兄弟的好?况且作孽的男子处处都有,这里尚南风,焉知别处不尚南风?万一到了一个去处,又招灾惹祸起来,怎么了得?毕竟要妆做女子,才不出头露面,可以完节终身。只是做了女子,又有两桩不便,一来路上不便行走,二来到了地方,难做生意。踌躇几日,忽然想起有个母舅,叫做王肖江,没儿没女,只得一身,不如叫他引领,一来路上有伴,二来到了地头,好寻生计。算计定了,就请王肖江来商量。肖江听见,喜之不胜道:"漳州原是我祖籍,不如搬到漳州去。你只说丈夫死了,不愿改嫁,这个儿子,是前母生的,一同随了舅公过活。这等讲来,任他南风北风,都吹你不动了。"瑞郎道:"这个算计真是万全。"就依当初把"郎"字改做"娘"字,便于称呼。起先季芳病重之时,将余剩的产业卖了二百余金,此时除丧事费用之外,还剩一半,就连夜搬到漳州,赁房住下。肖江开了一个鞋铺,瑞娘在里面做,肖江在外面卖,生意甚行,尽可度日。

孤儿渐渐长成,就拣了明师,送他上学,取名叫做许承先。承先的资质不叫做颖异,也不叫做愚蒙,是个可士可农之器。只有一件像种,那眉眼态度,宛然是个许季芳,头发也黑得可爱,肌肤也白得可爱。到了十二、三岁,渐渐的惹事起来。同窗学生,大似他的,个个买果子送与他吃。他又做陆绩怀桔的故事,带回来孝顺母亲。瑞娘思量道:"这又不是好事了。我当初只为这几分颜色,害得别个家破人亡,弄得自己东逃西窜,自己经过这番孽障,怎好不惩戒后人?"就吩咐承先道:"那送果子你吃的人,都是要骗你的,你不可认做好意。以后但有人讨你便宜,你就要禀先生,切不可被他捉弄。"承先道:"晓得。"不多几日,果然有个学长挖他窟豚,他禀了先生,先生将学长责了几板。回来告诉瑞娘,瑞娘甚是欢喜。不想过了几时,先生又瞒了众学生,买许多果子放在案头,每待承先背书之际,张得众人不见,暗暗的塞到承先袖里来。承先只说先生决无歹意,也带回来孝顺母亲。瑞娘大骇道:"连先生都不轨起来,这还了得?"就托故辞了,另拣个须鬓皓然的先生送他去读。

又过几时,承先十四岁,恰好是瑞娘当初受聘之年,不想也有花星照命。一日新知县拜客,从门首经过,仪从执事,摆得十分齐整。承先在店堂里看,那知县是个青年进士,坐在轿上一眼觑着承先,抬过四五家门面,还掉过头来细看。王肖江对承先道:"贵人招眼看,便是福星临,你明日必有好处。"不上一刻,知县拜客转来,又从门首经过,对手下人道:"把那个穿白的孩子拿来。"只见两三个巡风皂隶,如狼似虎赶进店来,把承先一索锁住,承先惊得号啕痛哭。瑞娘走出来,问什么缘故,那皂隶不由分说,把承先乱拖乱扯,带到县中去了。王肖江道:"往常新官上任,最忌穿白的人,想是见他犯了忌讳,故此拿去惩治了。"瑞娘顾不得抛头露面,只得同了肖江赶到县前去看。原来是县官初任,要用门子,见承先生得标致,自己相中了,故此拿他来递认状的。瑞娘走到之时,承先已经押出讨保,立刻要取认状。瑞娘走到家中,抱了承先痛哭道:"我受你父亲临终之托,指望教你读书成名,以承先人之志;谁想皇天不佑,使你做下贱之人,我不忍见你如此。待我先死了,你后进衙门,还好见你父亲于地下。"说完,只要撞死。肖江劝了一番,又扯到里面,商议了一会,瑞娘方才住哭。当晚就递了认状。第二日就叫承先换了青衣,进去服役。知县见他人物又俊俏,性子又伶俐,甚是得宠。

却说瑞娘与肖江预先定下计划,雇了一舱海船,将行李衣服渐渐搬运下去。到那一日,半夜起来,与承先三人一同逃走下船,曳起风帆,顷刻千里,不上数日,飘到广东广州府。将行李搬移上岸,凭房住下,依旧开个鞋铺。瑞娘这番教子,不比前番,日间教他从师会友,夜间要他刺股悬梁,若有一毫怠惰,不是打,就是骂,竟像肚里生出来的儿子。承先也肯向上,读了几年,文理大进。屡次赴考,府县俱取前列;但遇道试,就被攻冒籍的攻了出来。直到二十三岁,宗师收散遗才,承先混进去考,幸取通场第一,当年入场,就中了举。回来拜谢瑞娘,瑞娘不胜欢喜。

却说承先丧父之时,才得四岁,吃饭不知饥饱,哪里晓得家中之事?自他说乳母家回来,瑞娘就做妇人打扮,直到如今。承先只说当真是个继母,哪里去辨雌雄?瑞娘就要与他说知,也讲不出口,所以鹘鹘突突过了二十三年。直到进京会试,与福建一个举人同寓,承先说原籍也是福建,两下认起同乡来。那举人将他齿录一翻,看见父许葳,嫡母石氏,继母尤氏,就大惊道:"原来许季芳就是令先尊?既然如此,令先尊当初不好女色,止娶得一位石夫人,何曾再娶什么尤氏?"承先道:"这个家母如今现在。"那举人想了一会,大笑道:"莫非就是尤瑞郎么?这等他是个男人,你怎么把他刻做继母?"承先不解其故,那举人就把始末根由,细细的讲了一遍,承先才晓得这段希奇的故事。后来承先几科不中,选了知县。做过三年,升了部属。把瑞娘待如亲母,封为诰命夫人,终身只当不知,不敢提起所闻的一字。就是死后,还与季芳合葬,题曰"尤氏夫人之墓",这也是为亲者讳的意思。

看官,你听我道:这讶季芳是好南风的第一个情种,尤瑞郎是做龙阳的第一个节妇,论理就该流芳百世了;如今的人,看到这回小说,个个都掩口而笑,就像鄙薄他的一般。这是什么缘故?只因这桩事不是天造地设的道理,是那走斜路的古人穿凿出来的,所以做到极至的所在,也无当于人伦。我劝世间的人,断了这条斜路不要走,留些精神施于有用之地,为朝廷添些户口,为祖宗绵绵嗣续,岂不有益!为什么把金汁一般的东西,流到那污秽所在去?有诗为证:

阳精到处便成孩,南北虽分总受胎。

莫道龙阳不生子,蛆虫尽自后庭来。

六

连鬼骗有故倾家　受人欺无心落局

诗云:

> 世间何物最堪仇,赌胜场中几粒骰。
>
> 能变素封为乞丐,惯叫平地起戈矛。
>
> 输家既入迷魂阵,赢处还吞钓命钩。
>
> 安得人人陶士行,尽收博具付中流。

这首诗是见世人因赌博倾家者多,做业罪骰子的。骰子是无知之物,为什么罪他?不知这件东西虽是无知之物,却像个妖孽一般。你若不去惹他,他不过是几块枯骨,六面钻眼,极多不过三十六枚点数而已;你若被他一缠上了,这几块枯骨就是几条冤魂,六面钻眼就是六条铁索,三十六枚点数就是三十六个天罡,把人捆缚住了,要你死就死,要你活就活,任有拔山举鼎之力,不到乌江,他决不肯放你。如今世上的人迷而不悟,只要将好好的人家央他去送。起先要赢别人的钱,不想到输了自家的本;后来要翻自家的本,不想又输了别人的钱。输家失利,赢家也未尝得利,不知弄他何干?

说话的,你差了。世上的钱财定有着落,不在这边,就在那边,你说两边都不得,难道被鬼摄去了不成?看官,自古道:"鹬蚌相争,渔翁得利。"那两家赌到后来,你不肯歇,我不肯休,弄来弄去,少不得都归到头家手里。所以赌博场上,输的讨愁烦,赢的空欢喜,看的陪工夫,刚刚只有头家得利。

当初一人,有千金家事,只因好赌,弄得精穷。手头只剩得十两银子,还要拿去做孤注。偶从街上经过,见个道人卖仙方,是一口价,说十两就要十两,说五两就要五两,还少了就不肯卖。那方又是封着的,当面不许开,要拿回家去自己拆看。此人把他面前的方一一看过,看到一封,上面写着:

> 赌钱不输方,价银拾两。

此人大喜,思量道:"有了不输方去赌,要千两就千两,要万两就万两,何惜这十两价钱?"就尽腰间所有,买了此方。拿回去拆开一看,止得四个大字道:

只是拈头。

此人大骇,说被他骗了,要走转去退。仔细想一想道:"话虽平常,却是个至理。我就依着他行,且看如何应验?"从此以后,遇见人赌,就去拈头。拈到后来,手头有了些钞,要自己下场,想到仙方的话,又熬住了。拈了三年头,熬了三年赌,家赀不觉挣起一半,才晓得那道人不是卖的仙方,是卖的道理。这些道理人人晓得,人人不肯行。此人若不去十两银子买,怎肯奉为蓍蔡①? 就如世上教人读书,教人学好,总是教的道理。但是先生教学生就听,朋友劝朋友就不听,是什么缘故? 先生去束修、朋友不去束修故也。话休絮烦,照方才这等说来,拈头是极好的生意了;如今又有一人,为拈头反拈去了一户人家,这又是什么缘故? 听在下说来便知分晓。

嘉靖初年,苏州有个百姓,叫做王小山。为人百伶百俐,真个是眉毛会说话,头发都空心的。祖上遗下几亩田地,数间住房,约有二、三百金家业。他的生性再不喜将本觅利,只要白手求财。自小在色盆行里走动,替头家分分筹,记记账,拈些小头,一来学乖,二来糊口。到后来人头熟了,本事强了,渐渐的大弄起来。遇着好主儿,自己拿银子放头;遇着不尴尬的,先叫付稍,后交筹马,只有得趁,没有得赔。久而久之,名声大了,数百里内外好此道的,都来相投,竟做了个赌行经纪。他又典了一所花园居住,有厅有堂,有台有榭,桌上摆些假古董,壁上挂些歪书画,一来装体面,二来有要赌没稍的,就作了银子借他,一倍常得几倍。他又肯撒漫,家中雇个厨子当灶,安排的肴馔极是可口,拈十两头,定费六、七两供给,所以人都情愿作成他。往来的都是乡绅大老,公子王孙,论千论百家输赢,小可的不敢进他门槛。常常有人劝他自己下场,或者扯他搭一份,他的主意拿得定定的,百风吹他不动,只是醒眼看醉人。却有一件不好,见了富家子弟,不论好赌不好赌,情愿不情愿,千方百计,定要扯他下场;下了场,又要串通惯家弄他一个,不输个干净不放出门。他从三十岁开场起到五十岁,这二十年间送去的人家,若记起账来,也做得一本百家姓。只是他趁

---

① 蓍(shī)蔡——蓍:蓍草,古代用其茎占卜。蔡:大龟。占卜之意。

的银子大来大去，家计到此也还不上千金。

那时齐门外有个老者，也姓王，号继轩，为人智巧不足，忠厚有余。祖、父并无遗业，是他克勤克苦挣起一份人家。虽然只有二、三千金事业，那些上万的财主，反不如他从容。外无石崇、王恺之名，内有陶朱、猗顿之实。他的田地都买在平乡，高不愁旱，低不愁水；他的店面都置在市口，租收得重，税纳得轻；宅子在半村半郭之间，前有秋田，后有菜圃，开门七件事，件件不须钱买，取之宫中而有余。性子虽不十分悭吝，钱财上也没得错与人。田地是他逐亩置的，房屋是他逐间起的，树木是他逐根种的，若有豪家势宦要占他片瓦尺土，一草一木，他就要与你拼命。人知道他的便宜难讨，也不去惹他。上不欠官粮，下不放私债，不想昧心钱，不做欺公事，夫妻两口逍遥自在，真是一对烟火神仙。只是子嗣难得，将近五旬才生一子，因往天竺山祈嗣而得，取名唤做竺生。生得眉清目秀，聪颖可佳。将及垂髫，继轩要送他上学，只怕搭了村塾中不肖子弟，习于下流，特地请一蒙师在家训读，半步不放出门。教到十六、七岁，文理粗通，就把先生辞了。他不想儿子上进，只求承守家业而已。

偶有一年，苏州米粮甚贱，继轩的租米不肯轻卖，闻得山东、河南一路年岁荒歉，客商贩六陈去粜者，人人得利，继轩就雇下船只，把租米尽发下船，装往北路粜卖。临行吩咐竺生道："我去之后，你须要闭门谨守，不可闲行游荡，结交匪人，花费我的钱钞。我回来查账，若少了一文半分，你须要仔细！"竺生唯唯听命。送父出门，终日在家静坐。

忽一日生起病来，求医无效，问卜少灵。母亲道："你这病想是拘束出来的，何不到外面走走，把精神血脉活动一活动，或者强如吃药也不可知。"竺生道："我也想如此，只是我不曾出门得惯，东西南北都不知，万一走出门去，寻不转来，如何是好？"母亲道："不妨，我叫表兄领你就是。"次日叫人到娘家，唤了侄儿朱庆生来。庆生与竺生同年，只大得几月，凡事懵懂，只有路头较熟，当日领了竺生，到虎丘山塘游玩了一日，回来不觉精神健旺，竟不是出门时节的病容了。母亲大喜，以后日逐叫他出去蹓蹓。

一日走到一个去处，经过一所园亭，只见：

曲水绕门，远山当户。外有三折小桥，曲如之字；内有千重密槛，碎若冰纹。假山高耸出墙头，积雨生苔，画出个秋色满园关不住；芳树参差围屋角，因风散绮，弄得个春城无处不飞花。粉墙千堞白无痕,疑入凝寒雪洞;野水一泓青有翳①,知为消夏荷亭。可称天上蓬莱,真是人间福地。若非石崇之金谷,定为谢傅之东山。所喜者及肩之墙可窥,所苦者如海之门难入。

竺生看了,不觉动心骇目,对庆生道:"我们游了几日名山,到不如这所花园有趣。外观如此富丽,里面不知怎么样精雅,可惜不能够遍游一游。"庆生道:"这园毕竟是乡宦人家的,定有个园丁看守,若把几个铜钱送他,或者肯放进去也不可知,但不知他住在哪一间屋里?"竺生道:"这大门是不闩的,我们竟走进去,撞着人问他就是了。"两人推开大门,沿着石子路走,走过几转回廊,并不见个人影。行到一个池边,只见许多金鱼浮在水面,见人全不惊避。两人正看得好,忽有一人,头戴一字纱巾,身穿酱色道袍,脚踏半旧红鞋,手拿一把高丽纸扇,走到二人背后,咳嗽一声,二人回头,吓出一身冷汗。看见如此打扮,定不是园丁了,只说是乡宦自己出来,怕他拿为贼论,又不敢向前施礼,又不敢转身逃避,只得假相埋怨。一个道:"都是你要进来看花。"一个道:"都是你要来看景致。"口里说话,脸上红一块,白一条,看他好不难过。这戴巾的从从容容道:"二位不须作意,我这小园是不禁人游玩的,要看只管看,只是荒园没有什么景致。"二人才放心道:"这等多谢老爷,小人们轻造宝园,得罪了。"戴巾的道:"我不是什么官长,不须如此称呼。贱姓姓王,号小山,与兄们一样,都是平民,请过来作揖。"二人走下来,深深唱了两个喏,小山又请他坐下,问其姓名。庆生道:"晚生姓朱,贱名庆生;这是家表弟,姓王名竺生,是家姑夫王继轩的儿子。"看官,你说小山问他自己姓名,他为何说出姑夫名字?他说姑夫是个财主,提起他来,王小山自然敬重。却也不差,果然只因拖了这个尾声,引出许多妙处。

原来小山有一本皮里账簿,凡苏州城里城外有碗饭吃的主儿,都记在上面,这王继轩名字上,还圈着三个大圈的。当时听见了这句话,就如他乡遇了故知,病中见了情戚,脸色又和蔼了几分,眼睛更鲜明了一半。就回他道:"小子姓王,兄也姓王,这等五百年前共一家了。况且令尊又是久慕的,幸会幸会。"连忙唤茶来,三人吃了一杯。只见小厮禀道:"里面客人饥了,请阿爹去陪吃午饭。"小山对着二人道:"有几个敝友在里面,

---

① 翳(yì)——羽毛做的华盖。

可好屈二兄进去,用些便饭。"二人道:"素昧平生;怎好相扰。"立起身来就告别。小山一把扯住竺生道:"这样好客人,请也请不至,小子决不轻放的,不要客气。"庆生此时腹中正有些饥了,午饭尽用得着,只是小山止扯竺生,再不来扯他,不好意思,只得先走。小山要放了竺生去扯他,只怕留了陪宾,反走了正客,自己拉了竺生往内竟走,叫小厮:"去扯那位小官人进来。"二人都被留入中堂。

　　只见里面捧出许多嗄饭,银杯金箸,光怪陆离,摆列完了,小山道:"请众位出来。"只见十来个客人一起拥出,也有戴巾的,也有戴帽的,也有穿道袍而科头的,也有戴巾帽、穿道袍而跣足的,不知什么缘故。二人走下来要和他们施礼,众人口里说个"请了",手也不拱,竟坐到桌上狂饮大嚼去了,二人好生没趣。小山道:"二兄快请过来,要用酒就用酒,要用饭就用饭,这个所在是斯文不得的。"二人也只得坐下,用了一两杯酒,就讨饭吃。把各样菜蔬都尝一尝,竟不知是怎样烹调,这般有味。竺生平常吃的,不过是白水煮的肉,豆油煎的鱼,饭锅上蒸的鸭蛋,莫说口中不曾尝过这样的味,就是鼻子也不曾闻过这样的香。正吃到好处,不想被那些客人狼餐虎食,却似风卷残云,一霎时剩下一桌空碗。吃完了,也不等茶漱口,把筷子乱丢,一起都跑去了。竺生思量道:"这些人好古怪,看他容貌又不像俗人,为何都这等粗鲁?我闻得读书人都尚脱略①,想来这些光景就叫做脱略了。"

　　二人扰了小山的饭,又要告辞。小山道:"请里面去看他们呼卢,消消饭了奉送。"二人不知怎么样叫做呼卢,欲待问他,又怕妆村出丑。思量道:"口问不如眼问,进去看一看就晓得了。"跟着小山走进一座亭子,只见左右摆着两张方桌,桌上放了骰盆,三、四人一队,在那边掷色。每人面前又放一堆竹签,长短不齐,大小不一,又有一个天平法马搬来运去,再不见住。竺生道:"难道在此行令不成?我家请客,是一面吃酒一面行令的,他家又另是一样规矩,吃完了酒方才行令。"正在猜疑之际,忽地左边桌上二人相嚷起来,这个要竹签,那个不肯与,争争闹闹,喊个不休。这边不曾嚷得了,那边一桌又有二人相骂起来,你射我爷,我错你娘,气势汹汹,只要交手。竺生对庆生道:"看这样光景,毕竟要打得头破血流才住,

---

　　①　脱略——放任、不拘束。

我和你什么要紧,在此耽惊受怕。"正想要走,谁知那两个人闹也闹得凶,和也和得快,不上一刻,两家依旧同盆掷色,相好如初;回看左桌二人,也是如此。竺生道:"不信他们的度量这等宽宏,相打相骂,竟不要人和事。想当初伯夷、叔齐不念旧恶,就是这等的涵养。"

看了一会,小山忽在众人手中夺了几根小签,交与竺生。少顷,又夺几根,交与庆生。一连几次,二人共接了一、二十根。捏便捏在手中,竟不知要他何用。又怕停一会还要吃酒,照竹签算杯数,自家量浅,吃不得许多,要推辞不受,又恐不是,惹众人笑,只得勉强收着。看到将晚,众人道:"不掷了,主人家算账。"小山叫小厮取出算盘,将众人面前的大小竹签一数一算,算完了,写一个账道:

　　某人输若干,某人赢若干,头家若干,小头若干。

写完,念了一遍,回去取出一个拜匣,开出来都是银子,分与众人。到临了各取一锭,付与竺生、庆生,将小签仍收了去。竺生大骇,扯庆生到旁边道:"这是什么缘故,莫非算计我们?"庆生道:"他若要我们的银子,叫做算计;如今倒把银子送与你我,料想不是什么歹意。只是也要问个明白,才好拿去。"就扯小山到背后道:"请问老伯,这银子是把与我们做什么的?"小山笑道:"原来二兄还不知道,这叫做拈头。他们在我家赌钱,我是头家。方才的竹签,叫做筹马,是记银子的数目。但凡赢了的,每次要送几根与头家,就如打抽丰一般;在旁边看的,都要拈些小头,这是白白送与二位的。以后不弃,常来走走,再没有白过的。就是方才的酒饭,也都出在众人身上,不必取诸囊中,落得常来吃些。二兄不来,又有别人来吃去。"二人听了,大喜道:"原来如此,多谢多谢。"

只见众人一起散去,竺生、庆生也别了小山回来,对母亲一五一十说个不了。又取出两锭银子与母亲看,不知母亲如何欢喜,说他二人本事高强,骗了酒饭吃,又袖了银子回来。庆生还争功道:"都亏我说出姑夫,他方才如此敬重。"谁想母亲听罢,登时变下脸来,把银子往地下一丢道:"好不争气的东西!那人与你一面不相识,为什么把酒饭请你,把银子送你?你是吃盐米大的,难道不晓得这个缘故?我家银子也取得几千两出来,那希罕这两锭?从明日起,再不许出门!"对庆生道:"你将这银子明日送去还他,说我们清白人家,不受这等腌臜之物,丢还了就来,连你也不可再去。"骂得两人翻喜为愁,变笑成哭,把一天高兴扫得精光。竺生没趣，竟进房去睡了。庆生拾了两锭银子，弩着嘴皮而去。

　　看官，你说竺生的母亲为何这等有见识，就晓得小山要诱赌，把银子送去还他？要晓得他母亲所疑的，全不是诱赌之事。他只说要骗这两个孩子做龙阳，把酒食甜他的口，银子买他的心，如今世上的人，一百个之中，九十九个有这件毛病，哪晓得这王小山是南风里面的鲁男子。偏是诱赌之事，当疑不疑，为甚不疑？他只道竺生是个孩子，东西南北都不知，哪晓得赌钱掷色？不知这桩技艺不是生而知之，都是学而知之的；他又道赌场上要银子才动得手，二人身边骚铜没有一厘，就是要赌，人也不肯搭他，不知世上别的生意都要现实，独有这桩生意肯赊，空拳白手也都做得来的。他妇人家哪里晓得？

　　次日竺生被母亲拘住，出不得门。庆生独自一个，依旧走到花园里来。小山不见竺生，大觉没兴，问庆生道："令表弟为何不来？"庆生把他母亲不喜，不放出门之事，直言告禀，只是还银子的话，不说出来。小山道："原来如此。以后同令表弟到别处去，带便再来走走。"庆生道："自然。"说完了，小山依旧留他吃饭，依旧把些小头与他，临行叮嘱而去。

　　却说竺生一连坐了几日，旧病又发起来，哼哼嘎嘎，啼啼哭哭。起先的病倒不是拘束出来的，如今真正害的是拘束病了。庆生走来看他，姑娘问道："前日的银子拿还他不曾？"庆生道："还他了。"姑娘道："他说些什么？"庆生道："他说不要就罢，也没什么讲。"姑娘又问道："那人有多少年纪了？"庆生道："五六十岁。"姑娘听见这句话，半晌不言语，心上有些懊悔起来道："五六十岁的老人家，那里还做这等没正经的事，倒是我疑错了。"对庆生道："你再领表弟出去走走，只不要到那花园里去。就去也只是看看景致，不可吃他的东西，受他的钱钞。"庆生道："自然。"竺生得了这道赦书，病先好了一半，连忙同着庆生，竟到小山家去。小山接着，比前更喜十分。自此以后，叫竺生坐在身边，一面拈头，一面学赌。竺生原是聪明的人，不上三五日，都学会了。学得本事会时，腰间拈的小头也有了一二十两。小山道："你何不将这些做了本钱，也下场去试一试？"竺生道："有理。"果然下场一试，却也古怪，新出山的老虎偏会吃人，喝自己四五六，就是四五六，咒别人么二三，就么二三，一连三日，赢了二百余金。竺生恐怕拿银子回去，母亲要盘问，只得借个拜匣封锁了，寄在小山家中，日日来赌。

赌到第四日,庆生见表弟赢钱,眼中出火,腰间有三十多两小头,也要下场试试,怎奈自己的聪明不如表弟,再学不上。小山道:"你若要赌,何不与令表弟合了,他赢你也赢,坐收其利,何等不妙?"庆生道:"说得有理。"就把银子与竺生合了。偏是这日风色不顺,要红没有红,要六没有六,不上半日,二百三十余两输得干干净净。竺生埋怨表兄没利市,庆生埋怨表弟不用心,两个袖手旁观,好不心痒。众人道:"小王没有稍,小山何不借些与他掷掷?"小山道:"银子尽有,只要些当头抵抵,只管贷出来。"众人劝竺生把些东西权押一押,竺生道:"我父亲虽不在家,母亲管得严紧,哪里取得东西出来?"众人道:"呆子,哪个要你回去取东西?只消把田地房产写在纸上,暂抵一抵。若是赢了,兑还他银子,原取出来;就是输了,也不过放在他家,做个意思,待你日后自己当家,将银取赎,难道把你田地房产抬了回来不成?"竺生听了,豁然大悟,就讨纸笔来写。庆生道:"本大利大,有心写契,多借几百两,好赢他们几千两回去。"竺生道:"自然。"小山叫小厮取出纸墨笔砚,竺生提起笔来正要写,想一想,又放下来道:"我常见人将产业当与我家,都要前写坐落何处,后开四至分明,方才成得一张典契。我那些田地,从来不曾管业过,不晓得坐落在何方,叫我如何写起?"众人都道他说得有理,呆了半晌。那晓得王小山又有一部皮里册籍,凡是他家的田地山塘,房产屋业,都在上面。不但亩数多寡,地方坐落,记得不差;连那原主的尊名,田邻的大号,都登记得明明白白。到此时随口念来,如流似水。他说一句,竺生写一句,只空了银子数目,中人名字,待临了填。小山道:"你要当多少?"竺生道:"二百两罢。"小山道:"多则一千,少则五百,二三百两不好算账。"庆生道:"这等就是五百两罢。"竺生依他填了。庆生对众人道:"中人写你们那一位?"小山道:"他们是同赌的人,不便作中,又且非亲非戚,这个中人须要借重你。"庆生道:"只怕家姑娘晓得,埋怨不便。"众人道:"不过暂抵一时,哪里到令姑娘晓得的田地?"庆生就着了花押。小山收了,对竺生道:"银子不消兑出来,省得收拾费力,你只管取筹马赌,三、五日结一次账,赢了我替人兑还你,输了我替你兑还人。"竺生道:"也说得是。"收了筹马,依旧下场。也有输的时节,也有赢的时节,只是赢的都是小主。输的都是大主,赢了十次,抵不得输去一次的东西。起先把银子放在面前,输去的时节也还有些肉疼;如今银子成日不见面,弄来弄去都是些竹片,得来也不觉十分可喜,失去也不觉十分可惜。庆生被前次输怕了,再不敢去搭本,只管拈头,到还把稳。只是众人也不似前番,没有肥头把他拈去。小山晓得他家事不济,原不图他,只因要他作中,故此把些小头勾搭住他,不然早早遣开去了。

竺生开头一次写契,心上还有些不安,面上带些忸怩之色。写到后来,渐渐不觉察了,要田就是田,要地就是地,要房产就是房产。起先还是当与小山,小山应出来赌,多了中间一个转折,还觉得不耐烦;到后面一发输得直捷痛快了,竟写卖契付与赢家,只是契后吊一笔道:

待父天年,任凭管业。

写到后来,约有一二十张。小山肚里算一算道:"他的家事差不多了,不要放来生债。"便假正经起来,把众人狠说一顿道:"他是有父兄的人,你们为何只管牵住他赌?他父亲回来知道,万一难为他起来,你们也过意不去。况且他父亲苦挣一世,也多少留些与他受用受用,难道都送与你们不成?"众人拱手谢罪,情愿收拾排场。竺生还舍不得丢手,被他说得词严义正,也只得罢了,心上还感激他是个好人,肯留些与我受用。只说父亲的产业还不止此,哪晓得连根都去了。

看官,假如他母亲是好说话的,此时还好求救于母,乘父未归,做个苦肉计,或者还退些田地转来也不可知;那晓得倒被前日那些峻厉之言,封住儿子的口。可见人家父母,严的也得一半,宽的也得一半,只要宽得有尺寸。

且说王继轩装米去卖,指望俏头上一脱便回,不想天不由人,折了许多本,还坐了许多时。只因山东、河南米价太贵,引得湖广、江南的客人个个装粮食来卖。继轩到时,只见米麦堆积如山,真是出处不如聚处,只得把货都发与铺家,坐在行里讨账。等等十朝,迟迟半月,再不得到手。又有几宗被主人家支去用了,要讨起后客的米钱应还前客,所以准准耽搁半年。身虽在外,心却在家,思量儿子年幼,自小不曾离爷,我如今出门许久,难保得没有些风吹草动。忧虑到此,银子也等不得讨完,丢此余账便走。

到了家中,把银两钱钞,文契账目,细细一查,且喜得原封不动,才放了心。只是伺察儿子的举止,大不似前。体态甚是轻佻,言语十分粗莽;吃酒吃饭,不等人齐,便先举箸;见人见客,不论尊卑,一概拱手;无论嬉笑怒骂,动辄伤人父母;人以恶言相答,恬然不以为仇;总不知是哪里学来的样子,几时变成的气质。继轩在外忧郁太过,原带些病根回来,此时见儿子一举一动,看不上眼,叫他如何不气?火上添油,不觉成了膈气之病。自古道:"疯痨臌膈,阎罗王请的上客。"哪有医得好的? 一日重似一日,眼见得不济事了。临危之际,叫竺生母子立在床前,把一应文券账目交付与他道:"这些田产银两,不是你公公遗下来的,也不是你父亲做官做吏、论千论百抓来的,要晓得逐分逐厘、逐亩逐间从骨头上磨出来、血汗里挣出来的。我死之后,每年的花利,料你母子二人吃用不完,可将余剩的逐年置些生产,渐渐扩充大来,也不枉我挣下这些基业。纵不能够扩充,也须要承守,饿死不可卖田,穷死不可典屋,一典卖动头,就要成破竹之势了。我如今虽死,精魂一时不散,还在这前后左右,看你几年,你须要谨记我临终之话。"说完,一口气不来,可怜死了。

竺生母子号天痛哭,成服开丧。头一个吊客就是王小山,其余那些赌友,吊的吊,唁的唁,往往来来,络绎不绝。小山又斗众人出份,前来祭奠,意思甚是殷勤。竺生之母起先只道丈夫在日,不肯结交,死后无人魗①睬;如今看此光景,心下甚是喜欢。及至七七已完,追事事毕,只见有人来催竺生出丧,竺生回他年月不利,那人道:"趁此热丧不举,过后冷了,一发要选年择日,耽搁工夫。"竺生与他附耳唧哝,说了许多私话。那人又叫竺生领他到内室里面走了一遍,东看西看,就如相风水的一般,不知什么缘故。待他去后,母亲盘问竺生,竺生把别话支吾过了。

又隔几时,遇着秋收之际,全不见有租米上门。母亲问竺生,竺生道:"今年年岁荒歉,颗粒无收。"母亲道:"又不水,又不旱,怎么会荒起来?"要竺生领去踏荒,竺生不肯。一日自己叫家人雇了一只小船,摇到一个庄上,种户出来,问是那家宅眷,家人道:"我们的家主叫做王继轩,如今亡过了,这就是我们的主母。"种户道:"原来是旧田主,请里面坐。"竺生之母思量道:"田主便是田主,为何加个'旧'字,难道父亲传与儿子,也分个新旧不成?"走进他家,就说:"今岁雨水调匀,并非荒旱,你们的租米为何一粒不交?"种户道:"租米交去多时了,难道还不晓得?"竺生之母道:"我何曾见你一粒?"种户道:"你家田卖与别人,我的租米自然送到别人家

去,为什么还送到你家来?"竺生之母大惊道:"我家又不少吃,又不少穿,为什么卖田?且问你是何人写契?何人作中?这等胡说!"种户道:"是你家大官写契,朱家大官作中,亲自领人来召佃的。"竺生之母不解其故,盘问家人,家人把主人未死之先,大官出去赌博,将田地写还赌债之事,一一说明。竺生之母方才大悟,浑身气得冰冷,话也说不出来。停了一会,又叫家人领到别庄上去。家人道:"娘娘不消去得,各处的庄头都去尽了。莫说田地,就是身底下的房子也是别人的,前日来催大官出丧,他要自己搬进来住。如今只剩得娘娘和我们不曾有售主,其余家堂香火都不姓王了。"说得竺生之母眼睛直竖,就像泥塑木雕的一般,就叫收拾回去。到得家中,把竺生扯至中堂,拿了一根竹片道:"瞒了我做得好事!"打不得两三下,自己闷倒在地,口中鲜血直喷。竺生和家人扶了上床,醒来又晕去,晕去又醒来,如此三日,竟与丈夫做伴去了。竺生哭了一场,依旧照前殡殓不提。

却说这所住房原是写与小山的,小山自知管业不便,卖与一个乡绅。那乡绅也不等出丧,竟着几房家人搬进来住。竺生存身不下,只得把二丧出了,交卸与他,可怜产业窠巢,一时荡尽。还亏得父亲在日,定下一头亲事,女家也是个财主,丈人见女婿身无着落,又不好悔亲,只得招在家中,做了布袋。后来亏丈人扶持,他自己也肯改过,虽不能恢复旧业,也还苟免饥寒。王竺生的结果,不过如此,没有什么稀奇。

却说王小山以前趁的银子来来去去,不曾做得人家,亏得王竺生这注横财,方才置些实产。起先诱赌之时,原与众人说过,他得一半,众人分一半的。所以王竺生的家事共有三千,他除供给杂用之外,净得一千五百两。平空添了这些,手头自然活动。只是一件,银子便得了一大主,生意也走了一大半。为什么缘故?远近的人都说他数月之中,弄完了王竺生一户人家,又坑死他两条性命,手也忒辣,心也忒狠,故此人都怕他起来。财主人家都把儿子关在家中,不放出来送命。王小山门前车马渐渐稀疏,到得一年之外,鬼也没得上门了。他是热闹场中长大的,那里冷静得过?终日背着手踱进踱出,再不见个人来。

一日立在门前,有个客人走过,衣裳甚是楚楚,后面跟着两担行李,一担是随身铺盖,一担是四只皮箱,皮箱比行李更重,却像有银子的一般。那客人走到小山面前,拱一拱手道:"借问一声,这边有买货的主人家,叫做王少山,住在哪里?"小山道:"问他何干?"客人道:"在下要买些绸缎布匹,闻得他为人信实,特来相投。"小山想一想道:"他问的姓名,与我的姓名只差得一笔,就冒认了也不为无因。况我一向买货原是在行的,目下正冷淡不过,不如留他下来,趁些用钱,买买小菜也是好的。上门生意,不要错过。"便随口答应道:"就是小弟。"客人道:"这等失敬了。"小山把他留进园中,揖毕坐下,少不得要问尊姓大号,贵处那里。客人道:"在下姓田,一向无号,虽住在四川重庆府鄞都县,祖籍也原是苏州。"小山道:"这等是乡亲了。"说过一会闲话,就摆下酒来接风。

　　吃到半中间,叫小厮拿色盆来行令,等了半日,再不见拿来。小山问什么缘故,小厮道:"一向用不着,不知丢在那个壁角头,再寻不出。"小山骂道:"没用奴才,还喜得是吃酒行令,若还正经事要用,也罢了不成?"客人道:"主人家不须着恼,我拜匣里有一个,取出来用用就是。"说完,就将拜匣开了,取出一付骰子,一个色盆。小山接来一看,那骰子是用得熟熟滑滑、棱角都没有的。色盆外面有黄蜡裹着,花梨架子嵌着,掷来是不响的。小山大惊道:"老客带这件家伙随身,莫非平日也好呼卢么?"客人道:"生平以此为命,岂特好而已哉!"小山道:"这等待我约几个朋友,与老客掷掷何如?"客人道:"在下有三不赌。"小山问那三不赌,客人道:"论钱论两不赌,略赢便歇不赌,遇贫贱下流不赌。"小山道:"这等不难,待我约几位乡绅大老,把主马放大些,赌到二、三千金,结一次账就是了。"客人道:"这便使得。"小山道:"既然如此,借稍看一看,是什么银水,待我好叫他们照样带来。"客人道:"也说得是。"就叫家人把四只皮箱一起掇出,揭去绵纸封,开了青铜锁,把箱盖掀开。小山一看,只见:

　　银光闪烁,宝色陆离。大锭如缸,只只无人横野渡;弯形似月,溶溶如水映长天。面上无丝不到头,细如蛛网;脚根有眼皆通腹,密若蜂审窠。将来布满祇园,尽可购成福地;若使叠为阿堵,也堪围住行人。

小山道:"这样银水有什么说得,请收了罢。"客人道:"这外面冷静,我不放心,你不如点一点数目,替我收在里面去。输了便替我兑还人,赢了便替我买货。"小山道:"使得。"客人道:"我的银子都是五两一锭,没有两样的,拿天平来兑就是。"小山道:"这样大锭,自然有五两,不消兑得,只数锭数就是了。"一五一十,数完了一箱,齐头是二百锭,共银一千两,其余三箱,总是一样,合成四千两之数。小山看完,依旧替他锁好,自己写了封皮,封得牢牢固固,叫小厮掇了进去。当晚一家欢喜,小山梦里也笑醒来,真是天上掉下来的生意。

　　到次日,等不得梳头,就往各乡绅家去道:"我家又有一个好主儿上门,请列位去赢他几千两用用。"各乡绅道:"只怕没有第二个王竺生了。"小山道:"我也不知他的家事比王竺生何如,只是赊、现二字,也就有天渊之隔了。"各乡绅听见,喜不之胜,一起吩咐打轿,竟到小山家来。小山请客人出来见毕,吃了些点心,就下场赌。众人与小山又是串通的,起先故意输与客人,当日客人赢了六、七百两,次日又赢了二、三百两。到第三日,大家换过手法,接连赢了转来,每日四、五百两,赌到十日之外,小山道:"如今该结账了。"就将筹马一数,账簿一结,算盘一打,客人共输四千五百两。小山道:"除了箱内之物,还欠五百两零头,请兑出来再赌。"客人道:"带来的本钱只有这些,求你借我千把,我若赢得转来,加利奉还;若再输了,总写一票,回去取来就是。"小山道:"我与你并不相识,知道你是何等之人? 你若不还,我哪里来寻你? 这个使不得。大家收拾排场,不消再赌。五百两的零头,是要找出来的,不要大模大样。他们做乡宦的眼睛,认不得你什么财主,若不称出来,送官送府,不像体面。"客人道:"你晓得我只有这些稍,都交与你了。如今回去的盘费尚且没有,叫我把什么还他?"小山变下脸来,走进房里,将行李一检,又把两个家人身上一搜,果然半个钱也没有。只得逼他写一张欠票,约至三月后,一并送还,明晓得没处讨的,不过是个拖绳放的方法。众人叫小山拿银子出来分散,小山肚里是有毛病的,原与从人说开,照王竺生故事,自己得一半,众人分一半的,如今客人在面前,不好分得。只得对众人道:"今日且请回,待明早送客人去了,大家来取就是。"众人道:"这等要你出名,写几张欠票,明日好照票来支。"小山道:"使得。"提起笔来竟写,也有论千的,也有论百的,众人捏了票子,都回去了。小山当晚免不得办个豆腐东道,与客人饯行。客人道:"在下生平再不失信,你到三个月后,还约众人等我,我不但送银子来还,还要带些来翻本。"小山道:"但愿如此。"吃完了酒,又问客人讨了那四把钥匙过来,才打发他睡。

　　到次日送得出门,众乡绅一起到了。小山忙唤小厮掇皮箱出来。一面取天平伺候。只见一个小厮把四只皮箱叠做一撞,两只手捧了出来,全不吃力。小山惊问道:"这四只箱子有二百六七十斤重,怎么一次就撷了出来?"小厮道:"便是这等古怪,前日撷进去是极重的,如今都屁轻了。不知什么缘故?"小山吃了一惊,逐只把封皮验过,都不曾动,忙取钥匙开看,每箱原是二百锭,一锭也不少,才放了心。就把天平上一边放了法马,一边取银子来兑。拈一锭上手,果然是屁轻的,仔细一看,你道是什么东西? 有《西江月》词为证:

> 硬纸一层作骨,外糊锡箔如银。原来面上细丝纹,都是盍痕
> 板印。
>
> 看去自应五两,称来不上三分。下炉一试假和真,变做蝴蝶满空
> 飞尽。

原来都是些纸锭。小山把眼睛定了一会,对众人道:"不好了,青天白日被鬼骗了,这四皮箱都是纸锭,要他何用?"众人都去取看,果然不差,你看我,我看你,一个也不做声。小山想了一会道:"怪道他说姓田,田字乃鬼字的头;又说在鄷都县住,鄷都乃出鬼的所在,详来一些不差。只有原籍苏州的话没有着落。是便是了,我和他前世无冤,今世无仇,为什么装这个圈套来弄我?"把纸锭捏了又看,中间隐隐跃跃却像有行小字一般,拿到日头底下仔细一认,果然有印板印的七个字道:

> 不孝男王竺生奉。

小山看了,吓得寒毛直竖,手脚乱抖,对众人道:"原原原来是王竺生的父亲怪我弄去他的家事,变做人来报仇的。这等看来,又合着原籍苏州的话了。"

小山只说众人都是共事的,一起遇了鬼,大家都要害怕。哪里晓得乡绅里面有个不信鬼的,大喝一声道:"老王,你把客人的银子独自一个藏了,故意鬼头鬼脑弄这样把戏来骗人。世上那有鬼会赌钱的? 他要报仇,怕扯你不到阎王面前去,要这等斯斯文文来和你玩耍? 好好拿银子出来,不要胡说!"众人起先都在惊疑之际,听了这番正论,就一唱百和起来道:"正是,你把好好的人打发去了,如今说这样鬼话。就真正是鬼,也留他在这边,我们自会问鬼讨账,哪个叫你会了下来? 这票上的字,若是鬼写的就罢了;若是人写的,不怕他少我们一厘!"小山被众人说得有口难分,又且寡不敌众,再向前分剖几句,被众人一顿"光棍奴才",叫家人一起动手,打了一顿,将索子锁住,只要送官。小山跪下讨饶道:"列位老爷请

回,待小人一一赔还就是。"众人道:"要还就还,这个账是冷不得的,任你田产屋业我们都要,只不许抬价。"小山思量道:"我这鸡蛋怎么对得石子过?若还到官,官府自然有他体面;况且票上又不曾写出'赌钱'二字,怎么赖得?刑罚要受,监牢要坐,银子依旧要赔,也是我数该如此,不如写还了罢。"就唤小厮取出纸笔,照王竺生当日的写法,一扫千张,不完不住。只消半日工夫,把赌场上骗来的产业与祖父遗下的田地,尽铜铸钟,送得干干净净,连花园也住不成,依旧退还原主去了。文书匣内刚刚留得一张欠票,做个海底遗珠,展开一看,原来是田客人欠下的五百两赌债,约至三月后送还的。小山看了,又怕起来道:"他临去之时,曾说平生再不失信,倘若三月后果然又来,如何了得?"只得叫几个道士打了三日醮,将四皮箱纸锭连欠票一起烧还,只求免来下顾。亏这一番忏悔,又活了三年才死。那些赢钱去的乡绅,夜夜做梦,说田客人要来翻本,疑心成病,不上三年,也都陆续死尽。

可见赌博一事,是极不好的。不但赢来的钱钞做不得人家;就是送去了人家,也损于阴德。如今世上不知多少王小山在阳间趁钱,多少王继轩在阴间叹气。他虽未必个个到阳间来寻你,只怕你终有一日到阴间去就他。若阎罗王也是开赌场的便好,万一不好此道,这场官司就要输与原告了。奉劝世人,三十六行的生意桩桩做得,只除了这项钱财,不趁也好。